U0512889

远东收藏系列丛书

人与书渐 己老新编

九二翁冯春

韦泱 著

上海远东出版社

图书在版编目(CIP)数据

人与书渐已老:新编/韦泱著.--上海:上海远
东出版社,2025.--(远东收藏系列丛书).-- ISBN
978-7-5476-2133-2

Ⅰ. I267.1

中国国家版本馆 CIP 数据核字第 2025J4L966 号

策　　　划	黄政一
责任编辑	黄政一
封面题签	冯　春
封面设计	李　廉

远东收藏系列丛书

人与书渐已老新编

韦泱 著

出　　　版	上海远东出版社
	(201101　上海市闵行区号景路 159 弄 C 座)
发　　　行	上海人民出版社发行中心
印　　　刷	上海信老印刷厂
开　　　本	787×1092　1/16
印　　　张	24
插　　　页	1
印　　　数	1—1500
字　　　数	417,000
版　　　次	2025 年 6 月第 1 版
印　　　次	2025 年 6 月第 1 次印刷
ISBN 978-7-5476-2133-2/I·403	
定　　　价	98.00 元

自　序

　　用"时光飞驰"来形容不算夸张。距《人与书渐已老》的出版，仅仅过去 16 年，却有"恍如隔世"之感。书中写的 40 余位文化老人，都是我经常见面聊天或保持联系的"忘年交"。如今在世的只剩年逾百岁的儿童诗人圣野、九九高龄的翻译家吴钧陶等，其他大多已驾鹤仙去。翻看书中一篇篇文章，一幅幅我为他们拍摄的肖像照，以及众多民国版书影，不禁令人怆然。

　　从 20 世纪 90 年代开始至新世纪初，大约有 20 余年时间，是我与上海及全国各地文化老人交往密集的"高光时刻"。那时，我淘书已小有成就，常常与老作家的旧著"不期而遇"，我就顺藤摸瓜，从书的作者开始，去打听其现况并打上门去，他们都热情迎我入门。又从书的内容，与作者慢慢聊天。如此积累，就有了《人与书渐已老》一书的编辑出版。虽然 30 多年前，我出版的第一本书是诗集《金子的分量》，以及艺术收藏类书籍《连环画鉴赏与收藏》。但《人与书渐已老》是我的第一本书话作品集，特别值得敝帚自珍。

　　由此，我的主要精力放在了书话写作上。淘旧书，阅旧书，写旧书（当然包括旧书涉及到的许多文化老人），成为我的日常。继而在上海远东出版社又出版了关于淘书的姐妹集《跟韦泱淘书去》《淘书路上——韦泱淘书札记精选》，以及在文汇出版社、上海辞书出版社等，相继出版了《纸墨寿于金石》《旧书的底蕴》等。近著《在家淘书》一书，今年初还选入上海市作家协会举办的百种优秀文学书籍展。我想，没有第一本，就没有后来 10 多本书话集的问世。这些出版社和责任编辑都是我应该铭记并感恩的。

　　当然，朝前溯源，回望昔年，我在文学之路上跌跌撞撞走来，总有贵人相助。中学时期是我爱好文学的启蒙，感谢母校吴泾中学，和创建学生写作兴趣组的陈大鹏老师。宝钢五年的工作经历，是我爱好文学的入门，老作家毛炳甫成为我的文学引路人，一路提携我走进上海市作家协会大门，也是神圣的文学大门，持续担任市作协理事达 20 多年，期间又加入了中国作家协会。我自问自答：小子何德何能，无非一个业余文学爱好者，旧书爱好者，有啥可嘚瑟的。惟有老老实实读书写作，才是本分。

相比 10 多年前的《人与书渐已老》，这本新编也是姐妹集。虽然昨是而今非，内容依然离不开人与书。只是这里的人，不全是我交往过的人，有的选题是偶而得之，却觉得尝可一写，比如在与版画家张嵩祖老师的交往中，得知其父亲张作人生前是我国生物学界的前辈，成果斐然并长期任教华师大。还有在写作老作家赵自先生时，与其老伴黄以群交谈甚多，得知她的祖父黄以霖曾与黄炎培共事，事业了得。听多了，这些人物形象在头脑中活了起来，到了笔下就不能不写。还有一些我的同辈好友，他们各有成就和专业特色，有所感悟便发而为文，写下这些同龄人，对自己也是一种学习和鞭策。至于书，也是随遇而安。所有的书，经过时间的淘洗，都会渐渐泛黄生斑，终究会成为旧书。而在每本书的背后，也会或多或少有一些值得回味的故事。也是爱乌及屋，我爱藏书，也爱上了藏书票，陆续写了一些文章，去年上海有了藏书票收藏的专业组织，承大家不弃，忝列这个专委会副主任，我当然很愿意为藏书票爱好者服务。今年上海成立古旧书专业委员会，我受聘成为专委会古旧书专家库首批八位专家之一。这不等于我是专家，只是说明，我的努力得到了市有关方面的认可。所以，在这本新编中，关于藏书票和旧书方面的文章，选了一部分以飨读者。新编分三辑，说人、话书、谈艺，这只是大致的分类，并不严密，其中有不少交错，是难以归类的，如写人的会说到书，写书的其实就是谈艺，如此显得更包容一些。总之，新编内容更广，题材更宽，写作上也更加随心所欲，少了不少顾忌。或者说，史料性和可读性更大了。

有人说我，写老人把自己也写老了。是的，我已是"奔七"之人，近年来记忆差了，眼力弱了，体力不济了。我不敢随便说"就此封笔""见好就收"之类的话。但到了这个年纪，做减法是必然趋势。好在除了文史写作，我还有字画等艺术方面的爱好，读画写字也会成为我新的日常。新编中最后一辑，我以"谈艺"来命名，也是基于这样的思考。艺无止境，用艺术之美，来充实自己的晚年生活，不失为一种人生享受。其实，人生除了健康，还有什么不能放下的呢?!

序到此应该结束了。这篇序是一定要我自己来写的，因为过去请文化老人作序，自己以为可以得到他们的指正指谬，其实老人们都很善良，不肯说半句我的不是，反而说了一大堆好话，给予不少鼓励。这等于是我去讨表扬，弄得自己有些尴尬。那就自己写这序，好歹冷暖自知，如实地坦陈自己的一些想法，权作与书友们交流吧！

2025 年 2 月初春时节
韦泱于东临轩

目 录

第一辑　说人

第二辑　话书

第三辑　谈艺

第一辑

——

说

人

陈毅与上海文艺界

在上海外滩的陈毅广场上，陈毅市长的塑像栩栩如生，他似乎欣慰地看着浦江两岸日新月异的变化。陈毅（1901—1972）是我党早期党员，是人民军队的杰出将领，是新中国首任上海市长。素有"儒将"之誉的陈毅，与上海文艺界渊源深长，耐人寻味。今年，在他辞世50周年之际，上海文艺界更加缅怀我们的老市长。

初临上海是"文青"

陈毅虽是四川乐至县人，但他与上海颇有因缘，很早就来到上海了。他5岁进家乡私塾，背诵唐诗宋词，熟读《史记》《资治通鉴》。他曾回忆道："少年时代的家庭教育和成都遇见几个精通中国文学的老师，以及成都富于文学艺术史迹的自然环境，把我推上倾心于文学的道路"。1919年，因家境每况愈下，陈毅读不起成都甲种工业学校，改考留法预备学校。他与30多位同学经过考试取得了官费生资格，在重庆集中上船，准备由上海赴法勤工俭学。

赴法途经的第一站便是上海，落脚就在徐家汇的南洋公学内，因7月份学生放暑假，他们借住在学校宿舍里。第一次到"十里洋场"，18岁的陈毅却十分清醒，在等候去法轮船的近两个月中，他大部分时间是在宿舍里阅读，或去四马路（今福州路）书店街转转看看。他想，自己那么爱好中国文学，到法国后，法文书容易得到，中文书却无处可觅，索性就买着带过去。他把身边的余钱，都买了《史记》《汉书》《老子》《庄子》等线装书，装了两盒子随身带着。

在上海，陈毅还听了不少演讲，印象最深的是诗人康白情的演讲会。康是刚刚开始几个月的五四新文化运动干将，专门从北京来沪，把新文化的旋风刮到了上海,并结合他新出的诗集《草儿》,讲白话诗的新立和创作,还开出青年阅读书目。会后,陈毅就去书店找这些书刊,尤其是《新青年》杂志,时时捧读。还跟同学约定,不能总作旧诗,写信也不能总是"之乎者也",要做时代的新青年。他说:"五四运动强调思想解放和文化革新,使我在思想上起着大的变化"。在上海,陈毅第一次受到了五四运动的思想洗礼,对新文学的书刊产生极大的阅读兴趣。

陈毅偶尔外出,看看街头风景,走累了,最多只是买一罐荔枝或菠萝汁解渴,算是开了"洋荤"。至于各种戏院和游乐场所,他从不涉足。晚上,他就坐在校园小溪边,等同室的同学归来,这样他才放心。他看不惯有的同学在香风艳情中堕落,更不希望身边的同学,因贪玩荒废了学业。同年8月,他们乘法国"麦浪号"轮船,离开上海黄浦码头去法国马赛。陈毅因晕船,病了半个月后,赶往巴黎,与同学们会合。在法国的两年,他一边在圣日耳曼公学读书,一边在克虏伯兵工厂打工,每日可领取12法郎,以维持日常生活。此外,陈毅"广泛地阅读法国文学作品,特别喜欢卢梭和雨果的著作",还阅读国内友人寄来的《新青年》杂志,其政治意识日渐增强,还忙着写作,在周太玄主编的《旅欧周刊》上发表文章。由于学生在法的正当利益得不到保障,觉醒的同学掀起抗法爱国运动,陈毅是四个代表之一,负责起草各种交涉文件。两年后,陈毅与100多位同学被法方以"参加布尔什维克活动"的罪名,武装押至港口遣送回国。

1921年11月,陈毅与同学们从法国回中国。途中,他诗兴勃发,写了一组白话诗,表达自己对那个社会的不满情绪:"六年来弄的把戏/你看了悲不悲伤/这葡萄色的文明/竟造出什么佳酿?!"想到十月革命后的苏联,他写道:"快看、快看/西北的半天已红/愿这里火把/温热了你全身的冷冻"!可见,他对中国的未来充满信心。

赴法留学生仍旧从上海入境,这是陈毅第二次到上海,住在三马路(今汉口路)荣升旅馆,继续为同学们伸张正义,奔波忙碌,给各方写请愿书,登在《新闻报》和《民国日报》上,以取得社会各界对100多名穷学生的理解和救济。第二年,陈毅回到四川,到重庆《新蜀报》任编辑。1923年初,在北京中法大学的同学唤他入文学院学习,经留法同学颜昌颐介绍,陈毅加入中国共产党。三年后的1925年毕业,他把更多时间投入自己的文学创作中。以"曲秋"为笔名,翻译莫泊桑的诗,写小说《报仇》《生日》《归来的儿子》等,发表在《晨报副刊》和《小说月报》上,并由王统照介绍,加入了文学研究会。他与中法大学同学李嵩高、金满城三人,组织了自己的文学社团"斗千社",正好《晨报副刊》请他们负责编《文学周刊》,他们提出三人的编辑费每月 80 元,以维持他们的日常生活,而报社方面只能出 24 元。谈判无功而返,文学社难以为继,这成了陈毅终身没有从事文学创作的主要动因。

第三次到上海,时在 1929 年,陈毅已是职业革命家。他从北伐战争到井冈山斗争,和朱德部队会合后,又与毛泽东部队会师,组成中国工农红军第四军。他代表红四军,经浙江秘密来到上海,住在四马路(今福州路)西边的新苏旅馆,以便向秘密设在云南南路(今天蟾舞台南侧)的中共中央政治局机关汇报工作。后来被人跟踪,为了甩掉"尾巴",他紧走慢躲,整整两天两夜没合眼。办完党交办的事,晚上不敢回旅馆,潜到同学家倒头便睡。第二天又出去办事,可不到两小时,有个小孩给同学家送来纸条,一看是陈毅写的,说又被特务盯上了,无法回来。当天,陈毅就登上火车,离开上海到南京,又转到芜湖去了皖北。

文化建设树丰碑

陈毅按中央军委部署,率领 10 万大军从江苏丹阳出发,于 1949 年 5 月一举攻下并接管上海。上海一解放,他被任命为华东军区司令、上海市市长。1950 年 7 月 24 日,上海召开第一届文代会,陈毅和潘汉年副市长出席开幕式,26 日上午,由陈毅市长向大会作报告。据老作家年逾百岁的欧阳文彬多次对我说起,那天,解放剧场济济一堂,代表们兴高采烈,早早来到会场,大家知道今天听陈毅市长作报告,格外兴奋。陈市长的口才真是好啊,滔滔不绝讲了整整 4 个小时,而且不用讲稿。陈毅畅谈国内国际形势,不时联系实际,穿插自己及身边所见所闻,纵论天下事,又像唠家常,大报告做得生动有趣,没有空话官腔,句句实实在在。会上鸦雀无声,大家不时被陈毅一口洪亮的、带着幽默的四川话引得开怀大笑。如今,70 余年过去了,欧阳老仍感到音在耳边,记忆犹新。还有与会作家说:"听陈市长的报告,可说是思想上的一次美的享受"。也是在这天会上,有代表建议说,陈市长很早就是诗人作家,应该成为文学界一员。于是,经全体代表表决,一致邀请并通过陈毅市长加入上海市文学工作者协会(上海市作家协会前身)。陈毅点头笑笑,欣然接受代表们的热情邀请。1959 年 12 月,陈毅申请加入了中国作家协会,在"简历"一栏他写道:"一九一九年到法国,开始研究法国文学,一九二二年开始写诗与小说"。说明陈毅对文学爱之甚早。

根据上海市第一届文代会要求,决定编辑出版市文联第一本综合性文艺刊物,在决定刊名为《文艺新地》后,请谁题写刊名呢?大家想到了陈毅市长,他不但诗文

陈毅题写刊名的《文艺新地》封面

好，又写得一手好字，请他题写刊名，是大家共同的心愿。据该刊已故老编辑艾以先生回忆：陈毅非常爽快地满足了编辑部的要求，几天后就派人送来了毛笔题字，还带话说让编辑从几幅字中选一幅。可见题字事小，陈毅也是郑重其事，一丝不苟。刊物美术编辑张乐平先生将陈毅的题字醒目地设计在封面的左边，右下角是一幅钢笔素描画，工农大众举着五星红旗昂首阔步地前进，封面设计简洁而富有时代特色。

当获悉原工部局交响乐团要遣散外籍演员的消息时，陈毅当即命令召回演职人员，说上海是国际大城市，应有一流的交响乐团。乐团更名为上海市人民政府交响乐团，6月初在原跑马厅举行的上海各界庆祝解放的群众集会上，请黄贻钧担任指挥的交响乐团的演出，获得人们热情赞赏。陈毅自小崇敬鲁迅，对筹建上海鲁迅纪念馆十分关心，以市长身份出席开馆仪式，并为馆里编辑的《鲁迅诗稿》题写书名。更不用说，今天的红色圣地党的"一大"会址，当年在陈毅的提议下，组织人员进行勘察，考证确切的位置并加以修缮，70年来，党的"一大"会址纪念馆成为全国各族人民参观景仰的红色文化热点。

同时，陈毅先后为上海博物馆、上海图书馆、上海市工人文化宫题写馆名，至今都成为标志性文化景观，这是老市长留给上海人民最珍贵的文化遗产。

爱护人才暖心窝

陈毅喜欢与知识分子交朋友，无论在会内会外，见到文艺界的老人，他都主动关心，礼贤下士，谈诗说文不亦乐乎。上海解放初，百业待兴，工作千头万绪，可陈毅却最早想到给知识分子吃"定心丸"，保护知识分子尤其是文艺界的知识分子。上海解放的第三天即5月29日，陈毅市长偕市文管会负责人李亚农一起，来到海伦路专程看望沈尹默老先生。陈毅一进客厅，就紧握沈老的手说："党和政府需要像你这样的知识分子。我拜访上海高级知识分子,第一个就是你沈老啊!"接着,他们拉开了家常,陈毅询问沈老的生活起居,又说沈老有机会可以去北京看看,眼睛不方便,请夫人陪同去。沈尹默是我国五四新文化运动先驱,是与胡适等最早写作白话诗的诗人,又是著名书法家。这写诗和写字,都是陈毅的爱好。他对沈老是慕名而来,是惺惺相惜的文化同路人。陈毅知道李石曾与沈老私交好,临别时对沈老说,李石曾是我早年就读北京中法大学时的校长,能否通过沈老写一信,请他回来,参加新中国的建设。之后,沈尹默给在香港的李石曾写了一封信,邀请他回祖国大陆来。可惜的是,信到达香港时,李已先一步离开香港,移居巴西了。

同时,陈毅在看望宋庆龄时当即拍板,支持中国福利会把原"大理石大厦"改建成上海市少年宫,使孩子们有一个文化娱乐的场所。之后,陈毅先后去看望了《共产党宣言》首译者、复旦大学校长陈望道,看望病榻上的商务印书馆元老张元济,以及南社著名诗人柳亚子,柳亚子有诗赞陈毅:"兼资文武此全才"。

陈毅和夫人张茜在参观上海解放后的第一届书画展时,看到了陆小曼的两幅国画,兴趣盎然地对张茜及陪同人员说:过去我在中法大学读书时,多次听徐志摩老师的讲课,很受教益哪!按辈分来说,陆小曼还是我的师母呢!当得知因没有工作和收入,陆小曼生活拮据时,陈毅对陪同人员说:陆小曼可是我们的统战对象啊!几年后,在陈毅的过问和关心下,上海成立了中国画院和上海市文史研究馆,陆小曼等一大批学有所长、经济困难的老人,成为首批画师或馆员,生活有了可靠的保障。这一切,都体现了陈毅对上海知识分子的关怀。

让上海文艺界人士念念不忘的是,1949 年 6 月 5 日,在八仙桥青年会,陈毅召集全市文艺界知名人士座谈会,有陈望道、巴金、梅兰芳、赵丹、秦怡、周小燕、袁雪芬等 162 人。陈毅与作家、艺术家们谈笑风生,气氛热烈,大家其乐融融,感到温暖无比。

在洛迦山怀孙大雨

听说过洛迦山吗？

远看，它像一尊大佛，静静地横卧在普陀山与朱家尖之间。显然，它比这两山要小许多，以至于人们觉得陌生，更不知其地理方位。它面积不足 1 平方公里，山高不过百米。由于离普陀山更近些，古时佛经传入我国，梵语就把它与普陀山合称为"补怛洛迦"，直到明末以后，才将两山分别称之，但它一直属于普陀山管辖的一个小岛。唐玄奘在《大唐西域记》中提到：普陀洛迦乃是观音大士修行地。在民间，也有"不到洛迦不算朝完普陀山"之说，可见它与普陀山之密切。而历代文人多有来此一游者，王安石在任宁波鄞县知县时，曾有诗写到洛迦山："山势欲压海，禅宫向此开，鱼龙腥不到，日月影先来"。

对于洛迦山，我不来拜佛求神。我只想知道，百年前，有一位来自上海的诗人孙大雨，他是如何沿着一条山间小径，一步步艰难地攀登上洛迦山顶的。于是，我从上海来到舟山，随游船上了普陀山，又换乘小客轮，半小时后靠岸，开始登洛迦山，重走当年诗人的求索之路。

一步步走在石阶上，我的思绪不由自主地缠绕在"孙大雨"这个"新月"诗人名字上了。前时，我曾写小文《孙大雨与徐志摩》。在查阅孙大雨的相关史料，并与孙大雨的女儿孙佳始访谈后，得知孙大雨曾有洛迦山之行。

1925 年 7 月，孙大雨从清华学校（清华大学前身）毕业，按校方规定，赴美留学前可在国内游学一年。此时，孙大雨正在思考新诗创作问题。他觉得，"五四"创立的新诗，挣脱了旧体诗的束缚，但却过于直白，成了分行散文。那么，新诗要有自己的格律，要便于抒发独特的思想感情，其形式在哪里？他苦思冥想，找不到答案。带着种种迷茫和疑惑，他第一站去湖南长沙屈子祠，以凭吊我国诗歌先祖屈原。第二站来到浙江沿海的舟山群岛,他没去普陀山,却突发奇想,辗转去了默默无名的小岛洛迦山。

难以想象,那时的交通非常不便,去洛迦山,只有渔家打鱼的木舢板。上岸后,只有一条通往山上寺庙的崎岖小路。我想,今天人们上山走的平平整整石板路,可能就是在当年陡峭的土石路上铺成的。为了让后人知道上山不易,筑路工在重修山路时,特意在山脚下的石板路旁边,留下了一小截原来的旧路段,以观历史陈迹。我仔细察看,路面高低不平,以泥地为主,间有少许碎石块,以防雨天路滑。而且路窄,只容一人通行,两人交会的话,一人必须侧身谦让。这样的小路,如果一直走到山顶,一定是非常累人的。

洛迦山有大觉寺、伽蓝寺等多座寺庙,孙大雨住进圆通寺旁的寮舍。每天,尽管吃清汤寡水的斋饭,睡硬邦邦的板床,生活的难辛他不怕,只想找个安静的地方,点一盏青灯相伴,心无旁骛地面壁读书和思考。就这样,他安安心心做了两个月的"苦行僧"。如果说,寺庙是念经的场所,他念的是"中国新诗路在何方?"这本经。在这里,在大海浪涛的伴奏下,他用英语吟诵莎士比亚名诗,他思考白话诗与古典诗的差异,他试图打通白话诗与外国诗的内在关联。

一天,他茅塞顿开,兴奋的情绪无法抑止。他从英国诗歌的"音步"理论中,想到中文对应的"音组"一词,用两三个汉字作为一个单位,即一个音组,一般以五个音组成为一句诗行,如此,读上去才能朗朗上口,尽显新诗的意境、节奏和风致。"音组"似乎像一把钥匙,开启了新诗格律化的创作空间。为践行这一理论,他当即构思写下了平生第一首十四行格律新诗《爱》,其中写道:"往常的天幕是顶无忧的华盖/往常的大地永远肆意地平张/往常时摩天的山岭在我身旁/屹立,长河在奔腾,大海在澎湃"。孙大雨在后来的回忆中说道:"耽在国内一年,我到浙江海上佛寺客舍里去住了两个来月,想寻找出一个新诗所未曾而应当建立的格律制度,结果被我找到,可说建立了起来,我写得了新诗里第一首有意识的格律诗"。就是这首诗,第二年4月10日在徐志摩主编的《晨报副刊·诗镌》第二期上刊出,这是徐志摩第一次刊发孙大雨的诗作,给了他莫大的鼓舞。五天后的15日,闻一多的第一首格律新诗《死水》,也在该报刊出。可见,孙大雨是我国第一位提出并创作格律新诗的诗人。

心中郁结的难题一旦解锁,孙大雨便欣然告别洛迦山,兴冲冲地先回京城,与"新月"诗友徐志摩、朱湘、饶孟侃等一起,交流新诗格律的"音组"理论,让大家一起分享他的游学成果。以后,他写出万字论文《论音组》和《诗歌的格律》。他说:"我向往诗歌里情致的深邃与浩荡,同格律声腔相济相成的幽微与奇横"。1931年,

《诗刊》创刊，头条刊发孙大雨的《诀绝》《回答》《老话》，主编徐志摩在《序语》中对孙大雨的诗给予高度评价："大雨的三首商籁是一个重要的贡献！这竟许从此奠定了一种新的诗体"。当年9月，陈梦家编《新月诗选》，也选用了这三首格律体新诗，诗集由新月书店出版。

在洛迦山顶，我绕着圆通寺周边徘徊。在台阶下方，我看到了一排矮舍。遂想到，诗人曾在这里晃动过两个月的身影。想到那些寺庙和住屋，经百余年的风雨消蚀，或有过多次修缮和改建，未必就是明朝万历年间的原状原貌。但见寺庙前，有棵6米多高的冬青树，虬枝苍劲，华盖蔽日，站在下面，清凉惬意。这棵有着160年历史的老树，当可作证，昔年有个年轻诗人在此盘桓两月、苦苦求索的足迹。新诗百年，其修远兮！无数诗人、学者在开探的路上，皓首穷经，孜孜不倦，留下可歌可泣的华章。作为其中的先行者，孙大雨当有其一席之地。

洛迦山上的石板小径

望着洛迦山上的石板路小径，人们或上或下，一级级缓缓而行时，我想，借普陀山和朱家尖的自然禀赋，这洛迦山可是充满灵气之地，百年前它就给予诗人如此灵感。这样的机缘，当会长久地传承并温暖世间。由此，我得以找寻历史的回声和诗歌的永恒。

老资格诗人萧三

　　说萧三是老资格的诗人，也许会被人难以理解。他的资格有多老呢？20世纪30年代延安时期，毛泽东在接受美国记者埃德加·斯诺采访时说："我在高小学习时，结识了两位好友，其中之一，现在已成为作家"。这个好友作家，就是萧三。他是毛泽东从小学到高中的同学，是毛泽东创立的第一个政治组织"新民学会"参与者。那时不少人要为毛泽东写传，都被毛拒绝了，萧三却第一个写了《毛泽东传略》《青少年时代的毛泽东》，风行一时。萧三还写了许多他交往过的革命前辈，如徐特立、朱德、贺龙、鲁迅、瞿秋白、邹韬奋、陶行知等，编入1951年2月三联书店出版的《人物与纪念》。

　　萧三（1896—1983）原名萧子暲，湖南湘乡萧家冲人，父亲是小学教员，他自己从湖南第一师范毕业后，也当过三年小学教员。1919年到北京，考入留法预备班，并参加了"五四"运动。1920年，他与周恩来、邓小平等同赴法国勤工俭学，开始接触马列主义，加入赵世炎、周恩来组织的旅欧中国少年共产党（即中国社会主义青年团旅欧支部）。1922年底，他与王若飞、郑超麟等十几个人到莫斯科，入东方劳动者大学。1926年任共青团中央组织部长并代理书记。"大革命"失败后，他出席了在武汉举行的中共第五次全国代表大会。因脑震荡后遗症去苏联莫斯科休养。后在莫斯科东方大学任教，并开始有更多时间投入写作。

　　1930年秋，萧三以中国左翼作家联盟代表的身份，出席了在苏联举行的国际革命作家会议，会后参加了国际革命作家联盟的一些工作。与友人合编文艺刊物《太平洋灯塔》，仅出了一期。之后，他又主编了国际革命作家联盟会刊《国际文学》中文版。此外，他用中文写了大量诗歌，如《棉花》《南京路上》《抗日部队进行曲》等，并与一位苏联诗人兼汉学家合作，译成俄语在各报刊发表，出版了《拥护苏维埃中国》《湘笛集》等六部俄文版诗集,另在 1934 年由苏俄国家联合出版部远东分部出版了第一部中文诗集《萧三的诗》,选了他 13 首诗,产生了广泛影响,并被译成英文、法文、西班牙文、乌克兰文和格鲁吉亚文,可见萧三在当时已是国际著名诗人了,中国现代诗歌早期走向世界,并在国外传播之广,似乎没有人与他并驾齐驱了。

1939 年。他回到了延安,并担任鲁迅艺术学院翻译部主任、中共中央宣传部文委委员、延安文协主任等,主编《大众文艺》及外文版《中国导报》。撰写人物传记《毛泽东同志初期的革命活动》《朱总司令》《贺龙将军》等,翻译普希金、马雅可夫斯基的诗和剧本。他把西方的交谊舞带到了贫瘠的黄土地,多少年后还跟人笑着说:"我是罪魁啊,整风中没被少提意见"。全国解放后,他作为中国人民的和平使者,依然奔走在世界各国,出席历届保卫世界和平大会,并当选为世界和平理事会常务理事及书记处中国书记,从 1951 年起,常驻该会书记处在布拉格长达两年。他在国内的职务是文化部对外文化联络局局长、中国作家协会书记处书记。由此,他代表中国作协访问过许多国家,为我国对外文化交流做了大量工作。"文革"中,萧三因"间谍"罪入狱。平反后他已年逾八旬,计划中的《革命烈士诗抄·续编》,以及重写《毛泽东的青少年时代》,都无力完成了。

1952 年 9 月,萧三在国内的第一部诗集《和平之路》,由人民文学出版社出版。这是一部诗选集,共选诗 54 首,按内容和时间分为六辑,他在《写在后面》中说:"把前前后后写的和现在还找得着的一些稿子,收集、整理一下,免得全部遗失。从在苏联发表的第一首诗起,就是用的民间唱本的形式,因为我觉得,除内容要是民众的以外,作品的形式,也最好不和中国人民的习惯脱节"。他又写道:"在国外住的时间颇为长久,某些作品自然也染上了一点外国诗的色彩,目的也在于学习,让中国诗歌的形式能够多样化"。如《我记得》:"我记得我的老家和幼年时代\我们一道儿走到城墙上来\一河好水连接着天边\远远地浮着风帆一片"。1959 年,他的另一部诗集《友谊之歌》由作家出版社出版。之后在 60 年代初至 80 年代,人民文学出版社和湖南人民出版社先后出过三种《萧三诗选》,不少诗是从外文再转译成汉语的。总体上看,萧三的诗属于民歌体。他曾表白过:"我的诗,只希望读下去顺口顺眼,不敢说大众化和通俗化,但求其写出来像人说话"。尽管萧三在苏联最早读到马雅可夫斯基楼梯式自由诗《列宁》,与在东方大学的土耳其诗人希克梅特是同学,又与法国超现实主义诗人阿拉贡、艾吕雅有颇多交往,但他的诗,主基调依然是在探索新诗的民族化,这也是他与其他现代诗人的不同所在。当然,由于他本职工作繁多,还花大量时间写作人物传记、杂文以及翻译,他写诗的时间就不是太多,产量也不大,有的诗过于粗疏和概念化。无法苛求诗人,正如诗评家周良沛先生所说:"他毕竟是勇于先行的先行者,是以新诗率先走向世界的新诗人。"

相比萧三诗的创作,他所编的《革命烈士诗抄》,在读者中产生更大的影响。这部诗集由中国青年出版社出版于 1959 年 4 月,首印 10 万册。诗集选了李大钊、瞿秋白、恽代英、邓中夏、方志敏等先烈 100 多首诗,我们后来引用、朗诵以及选入教科书的许多革命烈士诗歌,大多出自这本诗集,如夏明翰的《就义诗》:"砍头不要紧\只要主义真\杀了夏明翰\还有后来人"。诗集中还有龙华无名烈士的遗诗:"龙华千载仰高风\壮士身亡志未终\墙外桃花墙里血\一般鲜艳一般红"。萧三在诗集前写有《致读者》:"这本《革命烈士诗抄》,不是普通的'诗抄'或'诗集',它的意义远远超过一般的诗文集。是的,全中国的每条路上、每堆土上,今天都生长着无数鲜艳的爱情的花、幸福的花、自由的花。我们永远纪念他们,继承烈士们未竟的遗志"。

《革命烈士诗抄》封面

1962 年 6 月,此书又出了增订本,共收入 89 位革命烈士的 193 首诗词。萧三又写了《编后记》,说:"这部诗抄的增订本,我们编辑了两年多之久,才告完成。这是因为增加的烈士遗诗比初版时多了一倍,而材料是陆续辗转搜集得来的,再则,关于烈士的生平简历,他们牺牲年月地点,以及对烈士遗诗的核对、考证和注释工作都颇费时日"。可以看出,编辑此书的不易。此书出版第一个月就连印五次,达 55 万册之多,加上上海等各地出版社纷纷租型印刷,保守估算印数不下百万册。

《和平之路》封面

这确实不是一部普通诗歌集子,它是我国珍贵的文化遗产,可以"让我们同心同德,实现近百年来中国志士仁人们的伟大理想,革命先烈们的伟大理想,保卫我们人民的自由幸福,保卫持久的和平!"(萧三语)

地图设计家金仲华

过去我只知道，金仲华是浙江桐乡人，曾担任过上海市副市长，一个不算小的官。后来知道，他是新闻出版家、国际问题专家。近期，因淘得他编的《世界现势图解》，结合此书，并阅读相关史料，方知他还是一位资深的地图设计家，令人钦佩之至。今年值金仲华同志诞辰115周年之际，谨以此文深表敬意。

金仲华（1907—1968），笔名孟如、仰山等，出生在浙江桐乡县梧桐镇，祖父因经营木材生意受骗而亡，家里决意让父亲金汇芳学诗文考秀才，并在县城里开办私塾"静远堂"，当县里办起新式学校"崇实小学"后，父亲从善如流，两校合并而一，金仲华就跟随父亲进入"崇实小学"，接受新式教育并完成小学学业。13岁离开家乡，入读嘉兴第一中学，毕业后考入杭州之江大学。走上社会的第一份工作，就是

《世界观势图解》封面

循着报上广告，考入上海张竞生主持的美的书店。在家乡桐乡，有金仲华故居和纪念馆，在上海虹口溧阳路1156弄内10号，也有清水墙砖、木门木窗的"金仲华故居"，这是他与上海的缘分。此后，他虽然去过武汉、重庆、桂林、香港等地，但上海是他工作、生活时间最长的地方，留下许多使人难以忘怀的足迹。1928年，他考入上海商务印书馆，从助理编辑开始了一生的新闻出版事业，后成为《妇女杂志》主编。曾应邀进入开明书店，协助叶圣陶编辑《中学生》月刊，以后协助邹韬奋主编《生活》《永生》，到香港主编《星岛日报》等报刊。由于长期担任《世界知识》主编，以

及《中国建设》(英文版)主编、中国新闻社社长、上海国际问题研究所所长、中国人民保卫世界和平委员会副主席及上海分会主席等涉外职务,他具有宽广的国际视野,渊博的国际知识,无愧国际问题专家的称号。一册《世界现势图解》,让人们对他有了新的认识。

此书由金仲华编、朱育莲绘,世界知识出版社"民国三十七年六月初版",发行者是位于"上海河南中路八十二号"的世界知识社,当年"定价十八元正"。编者前面写有《序》,其中讲道:"我用了三个月的时光编制这本地图集。最初的计划,是就一年来世界局势发展中的一些大问题,用地图和文字加以扼要的说明。当我整理材料、设计地图、编写说明的时候,我要让这本地图成为一本比较完备而印刷精美的地图集。除了地图以外,我还加添了一些图表,为的使读者更容易了解情势。我在编写说明的时候,在每篇的总题下面,又分成几个细目,使读者对于材料的把握,更有系统。这样,这本地图集,除了可以作为参考工具以外,是更适宜于一般人的阅读了。我把它定名为《世界现势图解》,因为它是包含着地图、图表和文字三种材料的。"

这一番话,把《世界现势图解》的设计想法说得很明白了。这是一位刊物主编、一位地图设计家的内行话。从早期在商务印书馆担任《妇女杂志》主编,到后来主编《世界知识》等,金仲华有一个明确的办刊理念,那就是学习借鉴西方报刊先进版式,首倡并编制国际形势地图,使刊物办得版面活泼,图文并茂,通俗易懂。他有两个木柜,专门用来收集各种地图资料。他说:"我采用的不少地图是几年来我从各方面搜集来的,如英国地理专家霍莱宾所作的许多历史地图和时事参考地图,德国政治地理学家拉特的政治经济劳动者运动参考地图,以至英美许多报纸杂志上随时发表的地图,我都选作参考"。他这样说也是这样做的。在他为《世界知识》开设"国际政治形势图解"专栏时,每写一文,就要配上时事政治或战争形势地图。他设计的地图,不但有地名、河流、交通的标注,还有各式各样的图象符号,如兵器、矿藏、人物漫画等,在绘画技法的用笔上,有粗有细,突出中心。一幅图的构思,如绘画那样,布局合理,重点突出,简繁协调,形象美观,极富艺术性,真正做到了"把时事与地图联系起来,增加一般人对于世界情势的了解"(金仲华语)。

1934 年,金仲华请沈振黄绘制国际政治地图。沈原先专门从事书籍装帧和画漫画的,金把自己集藏的外国报刊时事地图剪报,供沈作参考,在金的鼓励下,沈领会金的编辑意图,精心构思和绘制政治地图。在两人的通力合作下,第一本地图集《国际政治参考地图》,第二年 5 月由上海生活书店出版。金仲华培养的第二位地图绘制者,是他的妹妹金端苓。抗战爆发后,沈振黄参加战地服务团工作去了。时在香港的金仲华缺少人手,就让妹妹金端苓试着按照他的设计构想,绘制政治、军事地图,陆续发表在香港版《世界知识》和《星岛日报》上。1942 年,金仲华回到战时桂林后,因环境险恶,没有照相制版条件,只得由金端苓先将地图绘在薄纸上,再请人一一翻成木刻。兄妹如此艰苦合作,翌年以当地的竹制土纸,由桂林文光书店印成第二本地图集《第二次世界大战参考地图》。抗战胜利后,金仲华回到上海,一边筹备复刊《世界知识》,一边决定编一本较为完备的世界政治地图集。他物色到第三个合作者朱育莲先生,当初朱育莲只有 20 来岁,喜欢画画,金仲华独具慧眼,加意培养。有前面沈振黄、金端苓两位绘图者的样板作参考,加上金仲华的悉心指导,小朱很快上手掌握了这门手艺。当时的《世界知识》封面和正文版面,很多用了他的政治地图来装饰金仲华的专栏文章,既实用又美观,很受读者欢迎。在此基础上,两人通力合作,完成了第三本地图集《第二次世界大战后世界政治参考地图》,1947 年 8 月由上海世界知识社出版。

而《世界现势图解》一书,则是金仲华主编的第四本地图集,也是他与朱育莲合作的第二本地图集。其实,此书是第三本地图集的增订本,也可说是金仲华出版生涯中最后一本地图集。当时国际形势瞬息万变,各国疆界时有变动,读者希望有一部新的地图集,以帮助他们了解世界新的形势。此书除地图外,又增加了不少图表,再配以文字解释,世界形势便一目了然。在材料的处理和绘图技巧上,此书比以前更为精准丰富,对读者在阅读文章时,再对比图示,有了更大的吸引力。此书标志着我国对于政治地图的设计和绘制技术,都达到了国际水准。

作为一名地图设计家,金仲华从 1934 年到 1948 年的 14 年中,不但自己身体力行,全力做好报刊图文工作,还如伯乐一样,发现培养了三位地图绘画师。正如开明书店美术老编辑莫志恒先生所说:“金仲华还有一种专门学问,就是编辑、设计政治地图。他用文章和地图观察世界,剖析问题,使广大读者对国际问题加深理解,在我国文化出版史上,应该大书一笔。”

王统照的诗及其他

在现代诗人中，王统照的名字似乎较陌生，不太把他当诗人，这可能是过去阅读的误会，或我的孤陋寡闻。当我读他的诗集《江南曲》，觉得应为他写几句话，至少应把我的阅读感悟和体会写出来。

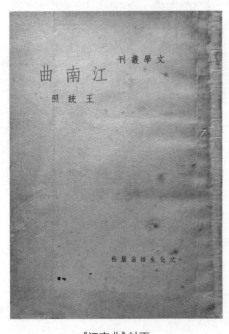

《江南曲》封面

《江南曲》初版于民国二十九年（1940年）四月，由文化生活出版社出版，列巴金主编的"文学丛刊"第六集，这集 16 册中，短诗集就《江南曲》一种，其余多为小说、散文或戏剧、长诗集。此集选短诗 14 首，分两辑，前面 12 首为第一辑，后面稍长的两首为第二辑。诗人在《自序》中，对为何用"江南曲"作书名，有如下的说明："用'江南曲'这个现存的旧名，别无深意，只证明这集中的分行文字都是滞留在江南这片土地上时所写出的记忆与兴感。因为'江南春'太俗靡了，'江南怨'太悽惶了，且不与内容谐调，末后，还是藉用这个'曲'字，也藉以表示这些文字并非堂皇大雅的诗篇。然而，'曲'谈何容易，偷此一字尚觉慊然！"那么，在写作这些诗篇时，诗人有何感想呢？他谈到："生活于这样苦难的时代，也就是使每个人受到严重试验的年代里，无论在甚么地方，所见、闻、思、感的是何等对象，谁能漠然无动于表？

当情意愤悱,又无从挥发的时候,偶然比物托事,涂几首真真不能自已的韵语,固可少觉慰安,同时,也深增惭愧!我每每在写完一首之后,抚摩着手中的纸笔,茫然四顾,不知所可。"这说出了时代的悲切和诗人的无奈。再看诗歌《谁能从你心底把暮愁浇消》:"谁能从你心底把暮愁浇消\庭院、郊原,还有轻浮着\梦痕的水道,一行弱柳\一片桑阴,柴门外柔波\荡影的小桥。听:音变了\那婉转黄莺春光催老……"这样的诗篇,已然是成熟的现代诗创作技法了。因为,这已是他的最后一本诗集了。

王统照(1897—1957),字剑三,山东诸城县人,出生在一个富有的地主家庭,小时候在家乡读私塾,1917年,他还在济南念中学时,就写下1 000余首旧体诗,选了部分自印诗集《剑啸庐诗草》。1918年到北京读中国大学英国文学系,参加"五四"运动并开始创作小说,在《新潮》上发表。1921年,成为"文学研究会"发起人之一,该会创办《文学旬刊》(后改为《文学周报》)。这是我国第一个文学社团,成员中有不少写白话新诗者,如周作人、俞平伯、徐玉诺、朱自清、刘半农、冰心、朱湘、梁宗岱、刘延陵等。王统照编辑着社刊《文学旬刊》,他在这个社团中"诗龄最长、诗作最多、诗集最多",1922年与刘延陵筹办中国第一个现代新诗刊物《诗》,后与鲁迅有交往,游学日本归国后到东北旅行,将沿途见闻写成报告文学集《北国之春》,揭露日寇的侵略罪行。1933年,他写下反映日本帝国主义疯狂侵略下民族危机的长篇小说《山雨》,预示着"山雨欲来"的国内局势。此书与同时期出版的茅盾《子夜》一起,被称为"两部现实主义的长篇巨制力作"。虽然此书大受读者欢迎,却遭到当局查禁,他不得不离开上海,去欧洲游学,到英法德意荷等国,两年后回到上海,接替张天翼主编《文学》。一边编刊一边兼任暨南大学教授,并参加上海文化界抗日活动。"皖南事变"后,辞去一切职务,回青岛老家,一度任职山东大学教授。除《山雨》,他还出版过长篇小说《春花》《一叶》,短篇及散文集《春雨之夜》《号声》《霜痕》等。诗集有1922年与朱自清、叶圣陶合作的《雪湖》,1925年的《童心》,以及《这时代》《夜行集》《横吹集》,在早期白话诗人中,他确是成果丰硕的老资格诗人了。虽然,"文学研究会"把文学看作是"人生的镜子",以此来倡导面向人生的现实主义文学。这在中国现代文学史上,有着积极的意义。而在王统照的笔下,则多方面对白话诗作了可贵的艺术探索。他早期翻译了不少外国诗,发表在《诗》《文学旬刊》上,这无疑拓宽了他的视野,在他的诗中起到了借鉴作用。如长诗《她的生命》,采用的不是传统的民间说唱式的,也不在故事的完整叙述上,而是更多注重于主人公的情绪演化、跌宕起伏中使诗的跳跃度更大,这也丰富了现实主义的创作。面对新诗初创时期过于散文化的弊病,他作了不少努力,虽然没有提倡新诗格律化等问题,但在诗的创作实践中,摸索着诗的多种创作可能性,尽量把诗写得既有规范、又无约束,朴素而又自然,使诗更像诗,保持其艺术的丰富性和多样性。他觉得:"写一篇能够看去像样的短篇小说,比写一首像样的小诗省事得多。"他在之前另一册诗集《这时代》的序中也说:"写诗最不能缺少的是灵活生动的想象力。"可惜的是,《江南曲》之后,诗人生前就没有出过诗集。他建国后任山东省文联主席、文化局长等,只出版过一本《炉边文谈》。1957 年因病去世后,出版了《王统照诗选》。1982 年,山东人民出版社出版了《王统照文集》,第四卷是他的诗集,编入他的新诗和旧体诗共五百余首,较全面地反映了他的诗歌创作成就。

《王统照文集》封面

说起王统照,不能不说他与陈毅将军的关系,与印度诗人泰戈尔的关系。早年他与在北平香山中法大学读书的陈毅相识,虽然王比陈大四岁,却一见如故成为莫逆,他鼓励陈毅写作,将他的短篇小说《报仇》《十年的升沉》,诗歌《春光》《游云》等发表在《文学旬刊》上,还介绍他加入"文学研究会"。1954 年夏天,他们在山东泉城重逢,有聊不完的话。1957 年得悉王统照病逝,陈毅悲痛地在《诗刊》发表悼念诗:"剑三今何在?墓木将拱草深盖,四十年来风雨急,书生本色能自爱。"

百年前的 1924 年,中国讲学社邀请印度"诗圣"泰戈尔访华,并商定由徐志摩担任泰翁讲演的翻译,王统照为讲演录的编辑,并一起负责安排陪同泰翁的日常行程。在泰翁到来之前,他与徐志摩到上海做好前期筹备,徐留在上海迎接泰翁访华第一站,王则提前赴南京,作好下一站的各项准备工作,后与徐一起陪同泰翁从南京去济南。第二天,在山东议会大厦,徐志摩任翻译,王统照主持泰翁演讲会并记录下泰的演讲《中印文化之交流》。泰翁济南结束访问后由徐志摩陪同北上,王统照因负责管理泰翁一行的行李稍留一些时间,随后再赶往北京。王统照协助徐志摩默默做好接待泰翁工作,既展现出他对泰翁的尊敬,也可看出他与徐志摩的深厚友情。徐志摩不幸遇难,王统照写下《悼志摩》长文,说道:"志摩认真的诗情,绝不含有任何矫伪,他那种痴,那种孩子似的天真实能令人惊讶。"

在泰翁访华前后,王统照写了《泰戈尔的人格观》《泰戈尔的思想与其诗歌的表象》,先后发表在《民铎》和《小说月报》上。又有《泰戈尔诗杂译》,发表在《文学旬刊》上。在中国早期现代诗人中,受泰戈尔诗歌影响最大者,一个是冰心,一个就是王统照。尤其是他1921年写的《小诗七十六首》,虽时隔100多年,今天读来仍感到诗意盎然:"一片秋云之破影\花下更显得清凉\杯中满浮着碧的波痕\痕中微小的影呀\想向何处?"这完全是典型的泰翁诗式,是中国版的《新月集》,可见王统照年轻时对泰翁的诗有多痴迷。正是在泰翁获得诺贝尔文学奖后,其诗开始陆续译介到中国,王统照等一些中国诗人通过模仿和借鉴泰翁的诗歌,开始走上创作之路。在泰翁访华期间,对其宣传和推介有两个重镇,一个是郑振铎主持的《小说月报》,另一个就是王统照主持的《文学旬报》。《文学旬报》对泰翁访华报道,从1923年到1925年持续不断,如对他访华事件的连续跟踪,他的作品翻译、评论和研究,他的演讲翻译与整理发表等,形成了较大的宣传阵势。这些都可以看出,王统照对文学作品爱与美的理念,与泰翁的思想观、创作观是何等契合,他也在自己的创作中构筑着这一思想体系。也许,王统照的小说成就罩盖了他的诗歌创作,诗坛对王统照的诗歌关注度显得不是太够,但这依然不妨碍,王统照定位于中国现代诗人中的先行者和佼佼者。

谒汪曾祺故居

　　故乡在我的记忆中，了无印象。记得还在读书时，替母亲给乡下外婆写信，留在头脑中的是"高邮县"、"汪家宅"等字眼。长大后爱好文学，才知道，母亲的家乡，与一位文学大师有点因缘哪！日前因家乡后辈的婚事，专门去了一次高邮。当然，汪曾祺的故居是必须要拜谒的。

　　故居在高邮城区东大街竺安巷9号，我母亲的老家在城外近郊。高邮属扬州辖下的县级市，方圆紧凑，两地相距约10多里模样。驱车当然很快，见到三间矮矮的瓦房，坐东朝西，每间面积都不大，只10多平方米。听说，20世纪80年代初，汪曾祺回到阔别已久的家乡，还在这屋里住过多日。门楣上，现在挂着市级文物铭牌"汪曾祺故居"。其实，故居远远不止这几间小屋，这只是汪家的后门，或者说，是附属用房。原来的大宅门是在朝东的科甲巷，前后有几十间房屋，还有庭院、花园，2000多亩地。汪家在臭河边，另有10多间房，是个大户人家啊！祖父汪嘉勋除了这些家产，还开有万全堂、保全堂两爿药店。住家周边是店铺林立，充满烟火气息。巷口有烧饼店，进巷是"如意楼"和"得意楼"两家茶楼，朝南是顾家豆腐店，斜对面是马家线店，紧挨着的是源昌烟店，巷尾还有一个阁楼叫"严氏阁"。可见这条小巷，当年有多繁华。

　　在故居后面，是一幢堪称气派的现代化建筑，那是醒目的"汪曾祺纪念馆"，这可是高邮的一张文化名片啊！我明白了，这一大片建筑物，是在汪曾祺原来的故居上耸立起来的，还扩展了不少面积，以展示汪曾祺一生的创作成就。而故居所留下来的几间旧屋，只是象征性地表示，这里居住过汪曾祺。留下一种念想，一个瞻仰的处所。

汪曾祺故居

汪曾祺一生积下 200 多万文字，其中一半写的是故乡的人与事。而这一半中，又大多写的是东大街上的过往。他的记忆非常好，几十年前的事，在他笔下，如在眼前，让人有如临其境之感。他的《牌坊》一文，开头写道："臭河边南岸有三座贞节牌坊。牌坊整天站着，默默无言。太阳好的时候，牌坊把影子齐齐地落在前面的大地上。下雨天，在大雨里淋着。每天黄昏，飞来很多麻雀，落在石檐下面，石枋石柱的缝隙间，叽叽喳喳，叫成一片。远远走过来，好像牌坊自己在叫"。寥寥数语，把早已不存的牌坊，写得栩栩如生。在竺家巷朝东，曾是唐家新娘子家。汪曾祺记得，母亲时常在自家花园里摘上几朵鲜花送给当时刚结婚的小新娘子。新娘子长寿，80 多岁高龄时，还经常与人谈起这美

洗耳恭听

好的昔日。

我母亲从不谈家乡的事,更不知道,同乡还出了个大作家。母亲10多岁就离开高邮,来上海投奔在沪东一带从事地下党工作的大舅,不久就嫁到了老城厢小南门了。与家乡的联系,过去是由我代笔写书信。快90岁的母亲,现在就用电话与家乡的几个姨妈聊谈。我佩服母亲,讲上海话时,毫无家乡口音,说高邮话时,绝对听不出上海味,像转换频道那样精准。

不记得我什么时候开始读汪曾祺的作品。大约50年前的1972年,我刚进中学,闲来无事,在书店买来一册上海书画出版社出版的《钢笔正楷字帖》,开始像模像样练起字来。大半年过去,字未见有多大长进,可字帖里的内容却一遍遍印在脑海里,至今不忘。那都是一段段样板戏的唱词,尤其是《沙家浜》:"朝霞映在阳澄湖上,芦花放稻谷香岸柳成行。全凭着劳动人民一双手,画出了锦绣江南鱼米乡"。10多年后才知道,这剧本是汪曾祺创作的,他那时担任北京京剧团编剧。尽管剧情留有那个时代的印痕,但作者尽量写出了唱词的文学性,非常难能可贵了。这大概是我成为汪曾祺较早的一名读者,那时他还没在文坛走红。

20世纪80年代后,读汪曾祺作品,觉得别具一格。他写得那么好,却是被老师沈从文"骂"出来的。1946年汪到上海,找不到工作,情绪低落。曾在西南联大教过汪曾祺写作课的沈从文知道后,写信骂了他一顿:"为了一时的困难,就这样哭哭啼啼的,甚至到要自杀,真是没出息!你手中有一支笔,怕什么!"骂归骂,沈从文还是很帮学生的,把汪发不出去的小说,如《复仇》《小学的钟声》等,推荐给郑振铎、李健吾刚创办的《文艺复兴》刊载。

在高邮,是不能不去汪曾祺文中提及的大运河、镇国寺、文游台的,更不会放过平中见奇的汪氏菜肴,如凉拌荠菜、朱砂(高邮咸蛋黄)豆腐、虎头鲨(一种野生鱼)氽汤的。这些被汪曾祺称之"只在寻常百姓家"的家常菜,在高邮吃起来更有味。谁不知道,汪曾祺是作家中鼎鼎有名的美食家呢!

何其芳及"何其芳现象"

何其芳（1912—1977）的诗，是不能不谈的。他的诗曾经使我着迷，就是现在读他早期的诗作，也不能不为之钦佩。那些诗清纯、情真、精致，富有青春气息。

何其芳生于四川万县，1929年到上海，入读吴淞中国公学预科。第二年考入清华大学外文系，后到北京大学读哲学系。在上枯燥的哲学课上，他的眼睛"却望着教室的窗子外的阳光，不自禁地想象着热带的树林，花草，奇异的蝴蝶和巨大的象"。大学期间，他与同学杨吉甫一起，办了一份小刊物《红砂碛》，并开始诗歌创作。虽然他觉得自己的诗"像一道小河流错了方向，不能找到大海"，但他的诗却被卞之琳看好，并收拢李广田和他自己的诗，三人合集出版了《汉园集》，在第一辑"燕泥集"中，选了何其芳的16首诗。

在写诗的同时，他写了不少散文，感到"应该像一个自知之明的手工匠人坐下来，安心地、用心地、慢慢地雕琢出一些小器皿"，用来"证明每篇散文应该是一种独立的创作，不是一首短诗的放大"，这可以看作是他诗歌写作的继续。因为《汉园集》延迟了两年出版，他的散文集《画梦录》于1934年由文化生活出版社先期出版了。

之后，在"燕泥集"的基础上，何其芳又补进了18首诗，于1945年出版了诗集《预言》，作为"文季丛书之十九"，由文化生活出版社出版。与散文集《画梦录》一样，这一文一诗两本集子，为何其芳赢得了最初的荣誉。《预言》共收诗34首，从1931年至1937年，按创作年份分为三辑。将一首《预言》的诗题作为书名，开头写道："这一个心跳的日子终于来临\呵，你夜的叹息似的渐近的足音\我听得清不是林叶和夜风的私语\麋鹿驰过苔径的细碎的蹄声\告诉我，作你银铃的歌声告诉我\你是不是预言中的年青的神？"这显然是一位19岁的少年写的一首爱情诗，写他对

《预言》封面

爱情的渴望与幻灭。集子中的一些诗,最早发表在施蛰存主编的《现代》,徐志摩主编的《新月》上,有人把他归入"现代派"的新诗流派一路。他诗中的个人淡淡的抒情色彩,确实有着《新月》《现代》的特征,有着相投与相融的某些契合。我想,一个诗人,如果一辈子就只写这么一本诗集,也可青史留名了。但这只是一种假设,而这样的假设只是一种美好愿望。

《预言》没有序言、后记之类的文字。不过,他的第二本诗集《夜歌》出版时,他在《后记》中谈道:"我的第一本诗集即《预言》,那个集子其实应该另外取个名字,叫做《云》。因为那些诗差不多都是飘在空中的东西,也因为《云》是那里面的最后一篇。在那篇诗里面,我说我曾经自以为是波特莱尔散文诗中那个说着'我爱云,我爱那飘忽的云'的远方人。但后来由于看见了农村和都市的不平,看见了农民没有土地,我却下了这样的决心:'从此我要叽叽喳喳发议论\我情愿有一个茅草的屋顶\不爱云,不爱月亮\也不爱星星'。不久抗战爆发了,我写着杂文和报告,我差不多放弃了写诗。"这其实是他第一阶段写诗的小结。

后来,何其芳写过一篇文章《写诗的经过》,收在 1956 年作家出版社出版的《关于写诗和读诗》,文中讲道:"我的第一本诗集《预言》是这样编成的:那时原稿都不在手边,全部是凭记忆把它们默写了出来,凡是不能全篇默写出来的诗都没有收入。这也可以说明我当时对于写诗是多么入迷。我这并不是想说明我那些诗已经写得不错。那些诗,既然是脱离时代,脱离当时中国的革命斗争的产物,它们的内容不可能不是贫乏的。如果说那里面也还有一点点内容的话,也不过是一个政治上落后的青年的一些幼稚的欢欣,幼稚的苦闷,即是说也不过是多少还可以从它们感到一点微弱的生命的脉搏的跳动而已。"何其芳已把他早期写诗的状况,以及后来的认识说得很清楚了。

事实果然是这样。1938 年 8 月,何其芳与卞之琳、沙汀等去了延安。那是一

个与《预言》中的感情世界完全不一样的
环境。他担任鲁迅艺术学院文学系主任，
参加了延安文艺座谈会，以后大大小小做
起了文艺官。可他依然没有放下诗笔，继
《预言》之后出版《夜歌》。也在此集的《后
记》中他谈道："这是我的第二个诗集。抗
战以来所写的短诗大部分都在这里了。
其所以还有少数未收入者，因为全部原稿
并不在手边，这是根据大后方的朋友们替
我保存的作品编起来的。"

　　其中《我为少男少女们歌唱》《生活多
么宽广》等，在当时都是脍炙人口的诗篇，
在解放区广为传诵。相对早期诗作，诗风
开阔和明朗了，这是他的一次显著的诗风
转变。因为，他走向了新的生活，走向了
广大的民众，超越了过去有点小资情调的

《关于写诗和读诗》封面

"小我"。他的《后记》中针对"认为我参加革命以后就写不出东西来了"的观点，算
是作了"一个回答"。国难当头，人民生活在水深火热之中，诗人不能漠视和旁观，
要给黑暗中的人们一丝温暖，一丝光亮。这是当年颇有影响的一本诗集。既是诗
人的一种转折，也是另一种意义上的突破。

　　在 1952 年 5 月，何其芳将《夜歌》改为《夜歌和白天的歌》。与第一本诗集那
样，以年份编排，从 1938 年至 1949 年，时间上与《预言》衔接上了。前面有作者的
《重印题记》，他写道："趁人民文学出版社在北京重印它的机会，我把它改编了一
下。在内容方面，删去了十篇诗，并对其他好几篇作了局部的删改。我是想尽量去
掉这个集子里面原有的那些消极的不健康的成分。整风运动以后，我可以说是停
止了写诗，这是因为有相当长一个时期，我觉得当务之急是从学习理论和参加实际
斗争来彻底改造自己的思想情感，写诗在我的工作日程上就被挤掉了。"他又写道：
"很想歌颂新中国的各方面的生活，并用比较新鲜一点的形式来写。但可惜我目前
的工作不允许我经常到处走动，不允许我广泛地深入地接触工农兵群众，又不愿使
自己的歌颂流于空泛，我就只有暂时还是不写诗。"

　　建国后，何其芳不仅是全国政协、人大的委员或代表，还担任中国作家协会书

记处书记,《人民文学》《文艺报》编委,中国社科院文学研究所所长等职务,诗人早期那种天真、细腻,诗的灵性与想象,情意深长的气质,几乎荡然无存,《写给寿县的诗》《悼郭小川同志》等,就是一堆口号和标语了。有人把这种在"思想的进步"之时的"艺术的衰退",称之为"何其芳现象",既然是一种现象,就不是个案了。

寂寞李君维

　　李君维(1922—2015)，笔名东方蝃蝀，土生土长的上海作家。我第一次看到这个怪怪的笔名，是他重版的《绅士淑女图》，此书与沈寂老先生的《盗马贼》列为"海派作家"同一丛书。我问沈老此人可识？沈老说这是我的老朋友，当年我办《幸福》杂志的主要作者，真名叫李君维。说着，沈老把李的北京住址抄下，嘱我有机会去看看他。

　　我就去了。一次赴京公干，顺路拐入一条小胡同，到了一幢老式公寓楼，找到楼层中的逼仄处。开门见面，我说我从上海来的，未及续报姓名，他马上说：侬好！使人瞬间感到如沐春风，亲切无比。看到上海来的小老乡，他欣欣然。在他的小卧室，我们聊天。到底是上海人，他穿一件灰色羊毛开衫，从清癯平和的面容身材，到一言一行的举手投足，都是十足的"老上海"腔调。他问起上海的老友，我一一作答。最后请他留个题词，他默写了"落霞与孤鹜齐飞，秋水与长天一色"名句，可隐见他的孤寂之心。

李君维题词

　　早年，李君维考入光华大学附中，国文老师就是大名鼎鼎的王蘧常先生。王老师教学生念古文《论语》《孟子》，李回忆说："迄今尚能默诵一二。"尤其上《梅花岭记》一文，老师声情并茂的讲课神态，深刻印在李的脑际。后来就读圣约翰大学英文系，与张爱玲的闺蜜炎樱同学。他不但爱读张的小说，还想通过炎樱，约张爱玲为自己主编的《少女》杂志写稿。炎樱爽气，立马约了两人到自己家里见面叙谈。

三人入座，李君维说明来意，张只是说自己近来忙于写《多少恨》，又闲聊了一阵，对约稿却不置可否。过了几天，张托炎樱带来一纸便条，婉言谢绝了约稿。李君维表示理解：这是"张爱玲以婉转的方式对待，以免伤了对方的面子"。过后仍由炎樱陪同，与同学董乐山一起，去赫德路（今常德路）一个公寓六楼，即张的住所作客。每次见张爱玲都是奇怪新异的服饰，李君维就问："短棉袄是您第一个翻出来穿的吧？"张谦虚地说："不，女学生骑脚踏车早穿了。"张爱玲写过《更衣记》，李君维也写有《穿衣记》。当年有人就把李君维与张爱玲相提并论，在《新民报晚刊》（《新民晚报》前身）上撰文说：张爱玲的"模仿者日众，觉得最像的是东方蝃蝀，简直像张爱玲的门生一样。"

"男版张爱玲"的说法，就此传了下来。到20世纪80年代，有《中国现代文学三十年》一书，明确地说东方蝃蝀"用一种富丽的文字写出十里洋场上旧家族的失落和新的精神家园的难以寻觅，文体雅俗融洽，逼似张爱玲，透出一股繁华中的荒凉况味"。毫无疑问，李君维的写作受到张爱玲的影响，但未必要将两人相提并论，在以上海为题材的创作中，应该说各有千秋。而我觉得，从文字语气中，李君维的骨子里更显上海味。毕竟上海土著，一切腔调都是与生俱来的。他曾说："我生长在上海，喝了半辈子黄浦江的水，在定居北京之前只会说上海话。"

1950年，李君维调到北京中央电影局，后任电影公司编剧，中断了文学创作。20世纪80年代重返文坛，创作小说《伤心碧》《名门闺秀》，率先以本名在《新民晚报》连载，其书评随笔也常在《新民晚报》和香港《大公报》发表（他早年曾任《大公报》国际版编辑）。且看他的小说《名门闺秀》开头："三十年代的月亮是陈旧的，天蒙蒙亮了，昨夜残留的月亮还挂在上海孟德兰路席公馆的屋檐旁边，苍白，虚弱，凄迷。这天席公馆里发生了一件大事：即将订婚的三小姐席与容突然失踪了。"这是独特的海派写作风格，在淡然的描写中，暗藏着吸引人的悬念。

可时过境迁，昔年的荣耀难再，关注者已然不多了。所幸，借新书出版和旧著再版，现代文学史家陈子善教授在华东师范大学主持举办了"李君维作品研讨会"。李老因身体欠佳，未能共襄盛会。但这给京城中落寞的老人几多安慰。我在翻阅老期刊时，看到他的文章，就复印寄他，便会收到致谢来信。在一次信中，他写道：

"拜托一事。大约一九四六年夏季,我与冯亦代打了一场笔墨官司,真是不打不相识,由此而相交。我在《辛报》副刊发一文,批评冯译《守望莱茵河》,一、二日后,冯在《世界晨报》副刊发一文反驳。拙文题目可能是《姐姐乎? 妹妹乎?》,署名枚屋。如能找到此二文,则不胜感谢。陈子善兄已为我复印了不少旧文,我不好意思再向他开口,只能把这麻烦抛给了你。此事不急,好在是有一搭没一搭的事。"陈教授给他找到了《张爱玲的风气》等佚文,他一直念念在兹。我记不得何时到图书馆查阅复印寄他了,另附寄几册书请他签名。他收到后回复说:"空谷足音,不禁喜悦,不胜荣幸。以文会友,忘年结交,堪称人生乐事。"

忽然想到,今年李君维已届百年诞辰,8 月份是他辞世 7 周年纪念日,谨以此文记怀,给寂寞的老人敬一炷心香。

刘以鬯在上海

　　刘以鬯被香港人称作"老香港"，有香港文坛"教父"之誉。而他自己则说："我是上海出生、长大、读书和做工的"。1918 年 12 月出生在上海的刘以鬯，是典型的"老上海"了。30 年后的 1948 年底，他从上海去了香港，定居 70 年后终老于斯，当然可称"老香港"了。

《失去的爱情》封面

　　我始料不及的是，一个香港作家离世，却在内地尤其是上海文学界，引发不小的反响，悼念之文屡见报刊，盖因刘以鬯早年与上海有着千丝万缕的关联，他的文学生涯，更离不开上海这片特殊地域的故土。

　　刘以鬯回顾自己的创作时说："我的第一篇小说就是写上海霞飞路一个白俄妓女的故事，那时我才十多岁"。他以小说创作名世，先后出版过小说集 20 余部。在浏览他的一些小说篇目时，我忽然想到，刘以鬯写过新诗呀！凭我的记忆，应该在旧刊《幸福》中见过。于是去寻，果然在民国三十六年（1947 年）出版的《幸福》第九期中找到了。他题为《诗草》的诗共 6 首，最短的才 4 行，最长的 10 来行，是名副其实的小诗。一首诗占一个版面，每一版面是整幅艺术摄影作品相衬,真正是诗情画意、相得益彰了。此刊在《编辑后记》中写道:"刘以鬯先生系战时内地《幸福》月刊的主编兼出版者,声誉极盛一时,胜利后拟返沪复刊,惟本社《幸福》捷版先出,刘先生以为尚还可读,自愿贤让。刘先生写一手好诗,经编者索取,赐'诗草'一束,配制名照,可称杰作。"

这段话包含两层意思,一是对刘以鬯的诗歌赞赏有加,评价甚高。且看第一首《银河吟》:"晚风跨着宽阔的脚步/绕群屋而舞蹈/有唧唧鹊噪如妇人闲谈/很烦也仿佛遥远/恬静在树下打盹/诗的温存则铺满天穹/是谁又撮了一把星之尘/静静的银河似乎在等明天的云"。还有《Nostalgia(怀旧)》,只有 4 行:"那喧扬的大海笑对着暗穹/傍晚的小窗上写着过分的寂寞/曾远眺朦胧的夜雾又吞去点点风帆/是多少征人的眼泪凝结成孤独"。这样的诗句,即使过了 70 多年的时光,今天读来也不失为上乘的抒情短诗。二是透露出一种"不打不相识"的隐情,即沈寂与刘以鬯交谊的缘由。主编《幸福》的沈寂,时年仅 22 岁,创刊即声誉远播,广受读者好评,首印 6000 册一销而光。此刊恰巧被从大后方重庆返沪、在《和平日报》主编文学副刊的刘以鬯看到,他便托报社主编影剧副刊的同事锺子芒转告沈寂,说他在重庆早已办有同名刊物,有出版的许可证,并打算一俟抗战胜利,就将刊物迁沪继续出版。沈寂明白了,按当时的有关规定,刊名一经批准,就如同商品有了专利权,他人不可再行使用。沈寂立即在第二期作出了改名"声明",行动之快,可以看出,当时虽然还没有《版权法》,但文化人是非常重视出版规则的,一遇重复撞车,立刻改正,绝无二话。从第一年第三期起,《幸福》改为《幸福世界》。

为什么会在最后五期中又恢复《幸福》刊名,此仍与刘以鬯有关。刘十分关注沈寂办的《幸福世界》,觉得比他在重庆办的《幸福》质量好,遂主动提出,放弃《幸福》迁沪的打算,并将这一想法很快托人转告沈寂,让沈继续大胆地把《幸福》办下去,不用改刊名了。闻此沈寂感恩不尽,即往忆定盘路(今江苏路)559 弄刘家花园洋房拜访刘以鬯。沈比刘小 6 岁,两人却一见如故,相谈甚欢,《幸福》从改为《幸福世界》,到再改回《幸福》,体现出文化人的谦谦之风,从此两人成为同好知己。沈寂诚邀刘以鬯为《幸福》撰稿,刘一口应诺。不久,《幸福》上接连刊出刘以鬯的中篇小说《失去的爱情》和《露薏莎》,更是隆重推出组诗《诗草》。本来,可能引发一场纠纷的版权之争,最终却"化干戈为玉帛"。这堪称文坛佳话。

那时,沈寂写小说《盐场》,描写的是浙东盐民受盐商和官府剥削而引起反抗的故事,每天千字连载半个月后,却被当局勒令停止连载,主编报纸副刊的汪霆因此愤而辞职。此书写完后,没有一家出版社敢承印。刘以鬯以父亲刘怀正命名的"怀正文化出版社"出版了此书,也因各书店已接到通知,《盐场》禁止销售,致使刘以鬯的出版投资血本无归,蒙受损失,只得将几百本余书送给沈寂。沈寂深表歉意,刘以鬯却宽慰他:"自家朋友,不用见外"。由于形势越发吃紧,刘以鬯只得关闭出版社,远走香港。从此,他与沈寂相隔千里,杳无音讯。

书信

本来,事情到此可画句号。可是,因《盐场》一书,使沈寂"峰回路转",改变了他此后的人生轨迹。《盐场》在上海受禁不能公开发售,却进入了香港。香港永华电影公司老板李祖永在书店发现了沈寂的《盐场》及另一部小说《红森林》,喜上眉梢,立刻聘沈寂为永华公司电影编剧。1949 年底,沈寂携新婚妻子赴港履新。

故事还在延续,此次的起因仍是《幸福》。沈寂到了香港,在为永华等电影公司编写剧本的同时,念念不忘昔日老友刘以鬯,并很快与时任《香港时报》副刊编辑的刘以鬯取得联系,力邀刘来家作客,一叙旧情。在品尝了沈太太的烹饪手艺后,刘高兴地表示以后会常来,多享受家乡的美味。由此可见,刘以鬯的桑梓情浓。交谈间,刘以鬯鼓励沈寂,把《幸福》在香港复刊。这样,依靠在港的徐訏、马国亮等上海作家的大力支持,《幸福》迅速复刊。可惜最终因资金被人卷走,刊物出版到第六期不得不停刊。

1952 年,因永华公司拖欠员工薪金,沈寂被选为代表与公司谈判,被公司开除,并被港英当局无理驱逐出境。从此,他与刘以鬯天各一方,再度失联。又过 30 多年,时间已到 1985 年,刘以鬯在港岛创办了第一份纯文学刊物《香港文学》,提倡和坚持严肃文学的创作。他主动与上海沈寂取得联系,力邀为刊物写稿,沈即在该刊发表了《红缨枪》等小说。《香港文学》在刘以鬯主政期间,不仅发掘和培养了香港不少本土作者,还广泛联系上海等内地作家,推动了内地与香港的文学交流,当功不可没。沈寂曾说:"以鬯先生对于中国文学事业的贡献,在我的老友中无人可及。"

刘以鬯还在编撰香港文学史料时,专门写信来请沈寂提供其在香港主编《幸福》的详细情况和资料，要让这一史料在香港文学发展史上留下一笔。而在上海，有出版社编辑找到沈寂，请他推荐海外华人作家的作品，沈寂毫不犹豫地将刘以鬯于 40 年代在上海《幸福》上发表的《失去的爱情》《露薏莎》等小说，汇编成小说集《过去的日子》出版。这是刘以鬯离开上海 60 年后，在故乡第一次出版文学作品集，令他兴奋之情溢于言表，在给沈寂的信中写道："我同意书名《过去的日子》，这篇小说有我的身影。此书能出版，全仗大力促成，隆情厚谊，至深感铭。"沪港两地的作家，有了更多同声相求、惺惺相惜的默契与互助。

《过去的日子》封面

可惜的是，刘以鬯那个年代的上海作家朋友如施蛰存、姚雪垠、柯灵、秦瘦鸥等，均已先他而谢世。前年，专写老上海题材的沈寂先生亦归道山。其生前对我讲述的关于他与刘以鬯交往的轶事，当是十分珍贵的文坛史料了。

想起了高士其

在全民阻击冠状病毒感染的日子里,就自然想起了著名科普作家高士其(1905—1988)。我找出藏书中的《细菌与人》,再一次细细拜读此书,读出了不少的感想和感慨。

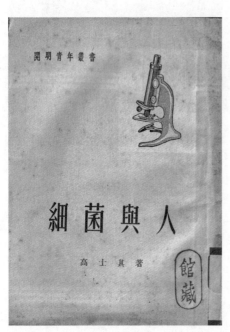

《细菌与人》封面

这是高士其创作的第一部科普作品集。1936 年 8 月,此书由开明书店在上海出版,以后又不断再版再印,印量不可胜数,成了我国科普经典作品。高士其在书前的《自序》中说:"这里是二十九篇科学小品的结集,谈的尽是些生物界细微琐屑的事,却篇篇都与人生有关。不过,我该声明一下,这集子开头第一篇,就是《大王、鸡、蚂蚁》,然而,鸡我并没有写到,因此轻轻地放走了它,单乘下大王和蚂蚁这一对冤家。我写完了,又不满意。心机一转,干脆一点儿,还是称这集子做《细菌与人》吧。大王就是指人,蚂蚁指细菌。"

高士其把本来零星写就的文章,有条有理、有先有后地分为五编。第一编是《概论》,有两篇文章,即《大王、鸡、蚂蚁》《谈细胞》。第二编是《大王的生活》,也即人的生活,这里有 9 篇文章组成,如《人身三流》《谈气味》《清洁的标准》等。第三编是《蚂蚁的生活》,也即细菌的生活,共有

7篇文章,如《细菌的衣食住行》《细菌的形态》《水里的细菌》《土里的细菌》等。第四编是《大王和蚂蚁的斗争》,即人与细菌的斗争,也有9篇文章,如《鼠疫来了》《虎烈拉(霍乱)》《毒菌战争问题》等。最后一编是《其它捣乱分子》,写到了《臭虫》《蛀虫》。

看完全书,掩卷而想。按常识而言,细菌就是病毒。一部人类成长史,就是一部人与细菌的斗争史。除了外伤或硬伤,人的肌体,无时不在与病菌做着抗争。强则胜,人就健康无恙。弱则败,人就生病或死亡。远的不说,仅从"非典"到这次"新型冠状病毒",都是细菌造的孽,都是一种侵害人体的病毒。

回到高士其的《细菌与人》,全书说的都是这个基本科学道理。我想,在20世纪30年代,我们的科学远没有今天发达,人的生活环境还很不尽如人意。然而,高士其已经想到了要普及人体科学知识。他不愧为我国科普事业的先驱者和奠基人。

高士其有着传奇人生。他22岁时,从美国芝加哥大学化学系毕业,并攻读该校医学研究院细菌学。却在一次研究脑炎病毒中,因瓶子破碎,不幸受到感染,造成终身残疾。尽管他中枢神经遭到破坏,影响行动,但大脑依然清晰。凭着坚强毅力,坚持读完博士全部课程。

1931年他回国,先在南京中央医院任检验科主任,却因当局不重视民生,连一只显微镜都不配给他,只得愤而辞职。回到上海,在李公朴创办的读书生活社帮助下,开始创作科普小品,并在《读书生活》《通俗文化》等报刊发表。由于他把科学性和文艺性融于一体,文章浅显易懂,富有情趣,广受读者好评,稿约不断,这更加坚定了他的科普写作信心。抗战中他到过香港、桂林和延安,并于1938年加入中国共产党,受到毛泽东、周恩来、朱德、叶剑英等关怀。抗战胜利后回到上海,看到民不聊生,各处疫病流行等现状,决心将余生致力于科学普及工作。虽然他握笔困难,一笔一画写字,一天只能写几百字。但从1935年起,先后写下百万字的科普作品,出版了《细菌与人》《抗战与细菌》《细菌漫话》等18部科普作品集。

一次,我与百岁文化老人欧阳文彬聊天。欧阳说高士其不容易,在抗战中她第一次见到高士其。那时中共地下党邵荃麟,是她工作的桂林文化供应社负责人,邵安排把高士其从香港接到桂林,嘱欧阳在附近给高士其找一个住处,并说在专职护士到来之前,由欧阳暂时负责照顾他。这样,欧阳就成了高士其临时秘书。他每天要阅读报刊书籍,尤其是科学方面的内容,更是聚精会神。因为他的手无法翻书,每读完一页,嘴里就发一小声,欧阳就替他翻一页。欧阳正在兼任《科学知识》杂志编辑,有不懂之处,就近随时可请教高士其,他不但解疑释惑,还会询问欧阳的工作,为《科学知识》出些点子。他要口述一篇科学小品,请欧阳笔录,他一次只能说一二个字,一句话要分几次讲完。这篇短文,他说出了一身汗,欧阳也记出了一身汗。可见,高士其的科普创作是多么不易。20世纪80年代,欧阳到北京出席文代会,会上高士其一眼认出欧阳,而且回忆起40年前在桂林相处的日子,说明高士其有着惊人的记忆力。

听后,除了敬佩高士其的敬业精神外,我想,时下科学幻想小说成了阅读热点。相对而言,科普小品的创作,却少有问津。人们需要幻想,更迫切需要的是,现实的科普。在科普创作上,期待有第二个、第三个"高士其"出现!

"九叶"诗人曹辛之

曹辛之先生的职业是书籍装帧设计，但诗歌无疑是他一生中最大的爱好，并成为我国现代诗歌重要社团"九叶诗派"的主要骨干。他曾说："在三十年代，我学习写诗，开始在报刊上发表习作。"

虽然，现在已无法查找到曹辛之是什么时候开始诗歌创作的，如果作为练笔的话，他在1936年参与编辑《平话》文艺刊物时，就写过各种文艺形式的作品，包括诗歌。两年后他到延安"鲁艺"，结识著名诗人艾青，就受到诗歌的影响。1942年，他在重庆生活书店工作，结识著名诗人臧克家，对他的影响就更直接了，他研究臧克家的诗歌，以孔休笔名，写下两万余字的长文《臧克家论》。又以曹辛的笔名，编选普希金的诗歌《恋歌》《高加索的囚徒》，由桂林现代出版社和重庆文林出版社出版。在从事这些与诗歌相关的活动中，他尝试写诗。1944年，他将自己几年来创作的诗歌，以手抄的形式，编了人生的第一部诗集，起名《木叶集》，油印装订成若干册，分赠给文友。"当时我正对商籁诗有着浓厚的兴趣，收在《木叶集》里的诗，大半是用的不完整的十四行体（没有严格的按照它的格律写）。"当年在《新华日报》工作的胡绳也收到了这册诗

《春之露》封面

集,并给作者来信说:"《木叶集》常在手边,讽诵再三,第一我将指出晦涩,这和你所用的诗体也有关吧?似乎在多样的调子下都流露着一种凄惋哀沉的声音。"可惜这本没有出版的诗集,现已找不到它的踪影了。第二年,他以曹吾的笔名,由草叶诗舍出版诗集《春之露》,交读书出版社经销,袖珍小开本,收诗17首,分成两辑。这个"草叶诗舍",估计也是杜撰的出版机构,其实就是私人印制。他又另外换了封面和书名《撷星草》,印50册编了号,只赠朋友不出售,当然也是自印本了。新诗史家刘福春在编《中国现代新诗集总书目》时,找到《春之露》,又设法找来《撷星草》,仔细一看,里面内容完全一样,询问作者本人后才弄清原委。这种同书异名现象,在中国诗坛是极少有的。

《噩梦录》

1947年10月,诗集《噩梦录》列入"创造诗丛",由星群出版公司出版,这应该是他第一本正式出版的诗集。收诗作12首,分为两辑。诗集作者为杭约赫,这是他喜欢用的一个写诗的笔名。1946年11月,他的《还乡记》首发《文艺春秋》第三卷第五期,当属第一次用"杭约赫"署名。这是劳动号子"嘿哟呵"的谐音,表示他的命运是与诗歌创作、与劳苦大众连在一起的。在上海的臧克家为诗集作《序》,《序》中说:"杭约赫是一个画家,他'厌弃了彩笔'来学'发音'和'和声'。抓住一点向深处探寻,把它凝结成晶莹的智慧,使人覃思比直感的时候更多,他的字句也是百炼而成,像一道细水从幽邃的山洞里阻涩的流出来,以自己那种节制的音响向一个深潭里去,他缺少了波澜壮阔的那份豪情,但也没有挟沙而俱下。他是饱经了人生忧患,在落潮里想望着一阵新的风暴。"毕竟接触多了,又是诗坛老将,臧克家了解曹辛之及他的诗,中肯分析了他的诗。那"他缺少了"的,也许正是他的风格所在,细腻,内蕴,委婉。

　　1948年5月,曹辛之出版了《火烧的城》,由星群出版公司列入"森林诗丛",署名杭约赫,收诗作14首。诗集以最后一首长诗《火烧的城》作为书名,可见诗人较为看重此诗,这是他用长诗来表达自己情感的最初尝试。如果说,这是他长诗创作中小试牛刀的话,那么,接着于1949年3月,由森林出版社(星群出版公司的副牌)出版的《复活的土地》,他破天荒地在长诗后面,附了43条注释。这是他颇感满意的一首长诗,他为之呕心沥血的心血之作。

直到1981年7月,江苏人民出版社出版《九叶集》,选了曹辛之诗作14首。这其实是一本九人诗歌合集,创作时间以20世纪40年代为主,后来,他们被学界共认为"九叶"诗派。

1985年10月,他的诗歌选集《最初的蜜——杭约赫诗稿》,由文化艺术出版社出版。诗集收诗作33首,分为三辑。诗集中最后补进两首以前没有编入集子的寓言诗《嫉妒的孔雀》《乌贼》,和《跨出门去的》《最初的蜜》《题照相册》三首诗,以及一首1982年新写的诗《叶老长寿》,此诗距《题照相册》,写诗整整间断了33年。因为,曹辛之和他的"九叶诗派","曾受到一些同志的指责和欠公允的对待,这种情况一直延长到建国以后。以致从五十年代起,我们不得不中断了新诗的创作,无法进一步沿着自己的艺术道路发展下去。"(曹辛之语)艾青以《曹辛之的诗》一文为之作序,较为全面地论述了曹辛之的诗歌创作,知人善论,正如曹辛之所说:"在前辈诗人中,我接触最多、受益最深的是艾青和臧克家同志。"诗集后面附了曹辛之的长文《面对严肃的时辰》,副标题为"忆《诗创作》和《中国新诗》",以及长篇《后记》,披露了许多珍贵的诗坛史料,也可以看作是曹辛之为自己一生关于诗歌写作的最后总结。

2000年1月,在长江文艺出版社出版、周良沛主编的《中国新诗库》第九集中,有《杭约赫卷》,是曹辛之的诗歌选集,选诗21首。前有编者的万字长篇《卷首》,对诗人和诗歌作了综合评述,最后写道:"对于这样一位诗人,仅仅以他某些篇章的艺术表现手法,就界定他为什么派诗人,而这派号,不论是荆冠还是花环,都显然太简单、太粗暴了,而不是历史地、全面地,以诗人的诗看诗人,却犹似在'站队划线'了。"

此外,上海人民出版社作为"出版博物馆文库"之一,于2011年5月出版了三卷本《曹辛之集》。在第一卷中刊出了四首"集外诗",即《十四行四首》中的第三首、长诗《仇恨的埋葬》(未完稿)、《装帧工作者之歌》《冬日的树》。加上他以前出版的诗集和选集,就是他的全部诗歌创作了。

钱谷融的书与信

犹记 10 多年前,我在旧书市场闲逛,一册素面朝天的小册子映入眼帘,书名叫《高尔基作品中的劳动》,这个题材过于冷僻,难提兴趣。正欲放弃的一刹那,书名的繁体字及装帧式样,让我止步于书摊前。因为,从 32 开本的老宋字体和竖排版本,便可知是民国至 50 年代初的出版物。这样想着,顺手取过书来,书名下的"钱谷融译"四字便吸引了我。咦,没听说过钱先生有这本译著,恐怕是他出版的第一本书吧。翻开版权页,标明为"泥土社",初版于 1953 年 10 月。这是一家名不见经传的私营出版机构,起初以出版鲁迅研究书籍为特色,后得胡风先生支持,因出版胡风若干著作而影响日大。但在"胡风反革命集团"运动中,自然难逃一劫。它的出版物不是很多,我在旧书店,是见一本淘一本。眼下因着译者钱先生之缘与"泥土社"的难得版本,我都没有不拿下此书的理由。

《高尔基作品中的劳动》

回家细阅,才知薄薄的 70 余页此书,为三位苏联作者写的三篇高尔基作品评论文章的翻译汇编。译者钱先生在书后有《译后记》,开端写道:"这里译出的三篇文章,指出了贯穿高尔基全部作品的三个很重要的特色,即:一,现实主义与浪漫主义的有机结合;二,对劳动的重视;三,战斗的人道主义"。

钱谷融与韦泱

已记不得,此书是如何请钱先生题签的,面持或者邮寄。在扉页上端,钱先生写了:"韦泱先生指正",并签了名。他也许觉得页面中间尚有空余处,又补写了一段话:"五十多年前的拙劣的译作,承韦泱先生购藏至今,今日相见,共庆有缘,希望韦先生以后多多赐教。"钱先生的谦逊,让我深感汗颜。他签名、钤章,并写下了日期"2005 年 5 月"。

通读此书后,我联想到钱先生在 20 世纪 50 年代中期提出的"文学是人学"的著名文学论断,以及由此遭受到的无情批判,便给钱先生驰去一函,请他释疑解惑。没过几天,钱先生就回信答复:"《高尔基作品中的劳动》一文,译自美国的《群众与主流》。这个刊物,上世纪五十年代初在我国很流行。它所谓劳动(Clabor)确如你所说,兼指脑力与体力劳动,这对我后来提出'文学是人学'的观点,可能也会有影响。但我是在读了季摩菲也夫的《文学原理》之后,才知道高尔基有把文学当做'人学'的意思的,那已是五十年代中期的事情了。至于把文学与人道主义联系起来,

钱谷融

而且把人道主义的地位提得那么高,则主要是受了当时新文艺出版社出版的《文艺理论小译丛》中的文章的影响。我的文艺思想就是我早年所受的教育,所读过的古今中外的文学作品,再加上当时占主导地位的苏联的文艺理论的影响下形成的。批判者指斥我的文艺思想为封、资、修的一套,我是无法否认的。"

从来信中,我第一次听钱先生谈及他"文学是人学"观点的形成过程。我再找来他的《论"文学是人学"》原文,读来更为亲切,体味亦更多。

可能我在信中提了不止一个问题,回信中,钱先生还回答了另两个问题。一是他谈了做教师的感想,他说:"我当了一辈子教师,而且很喜欢这个职业。教师的见解、主张,最容易为学生所接受。你在讲课时看到学生们都在那么专注地倾听着你,那一双双聚精会神的眼光,对你表现出无限的信赖,你的心头该是感到多么的欣慰呵!"钱先生对教师这一崇高职业的热爱,溢于言表,感情满满。二是他谈了对学生的要求:"首先是要懂得如何做人,而做人必须正直、诚恳。正直就要明是非、辩善恶;诚恳就要真心实意、表里如一。"可见,钱先生桃李满天下,是与他对学生的严格与挚爱分不开的。

这封写满两页不算短的信,落款时间写"11 月 9 日"(2005 年)。钱先生写完后可能又重看了一遍,觉得对第一个问题的回答意犹未尽,便在第一页的上部页眉处,又加了一段话:"上世纪末,我才从家藏的法国人泰纳(一译丹纳)所写的《英国文学史》(英文版)上读到'文学是人学'这句话,这可能是这句话的最早出处。"由此可见,钱先生回信时的仔细。也可见,他当年提出这个重要文学观点,还没有找到先例。中外文学理论家的同一观点竟然不谋而合,这足以说明,这个观点所具有的普世意义及文学价值。

10 多年过去了,往事依然清晰。钱谷融先生出生于 1919 年,江苏武进人。在华东师范大学长期从事现代文学的研究和教学,生前有四卷本《钱谷融文集》出版。我与上海本地的文化老人,一般很少通信,因见面不难。早些年每次去华师大二村,就从外至内,先后去看望徐中玉和钱谷融两位老先生。一番闲聊十分惬意,真正是"偷得浮生半日闲",令我胜读 10 年书。

因为钱先生半个多世纪前的一册旧译,并由此引起彼此书信往来,则是十分难得的一次。这一书一信,于今亦显得更珍贵且值得宝藏了。钱先生离开我们已经 6 年了,谨以此文作为对前辈的纪念。

请邵燕祥作序

4年前的2016年,想到第二年就是中国新诗诞辰百年的纪念日,即在1917年2月,以胡适在《新青年》杂志第二卷第六号,刊出《白话诗八首》为标志,开创了中国新诗的新纪元。想到自己几十年来从新诗创作,到淘购新诗旧版本,再一篇篇写作关于新诗的书话,已有一定积累,可编一本专题书话集。如此,心里颇为兴奋,书名也想好了,就叫《百年新诗点将录》。书稿编竣,又想到作序之事。因为新诗跨度百年,就想把书弄得"隆重"些,起码作序的人应该德高望重吧。在我的"忘年交"中,除北京屠岸先生外,第二人就是邵燕祥老师了。

我知道,邵师很少为别人作序。但从20世纪40年代到50年代,在中国新诗转型的关键期,他是见证者和参与者。并且,他始终对青年诗人予以真切的关怀和爱护,并对新诗理论建设抱有极大的热诚。想到这些,我就有了一股勇气。于是,把一摞书稿打印件寄往北京。果然不久后,就收到邵师的回复。先来的是电子邮件,说序已写就,请我指正云云。电子文本一阅,感觉写得甚好,实实在在,不溢美,不夸张,谈的都是关于新诗的内容和见解。更令我意外的是,不久我收到他寄来书信,拆开一看,竟然是他的序言手稿,这真使我心花怒放。心想,邵师心细如丝,想得那么周到,那么善解人意啊!我喜欢书法,喜欢手写的汉字。捧读邵师的手稿,真是暖心啊!他的硬笔书法,与他的毛笔字一样,可称秀美而遒劲,是典型的文人字哪!他给了我一份永久的珍藏,一份友情的贵重与恒久。

信中,邵师写道:"关于我的'火和灰'中,《新民报》《北平日报》二名,请改为《经世日报》《国民新报》,因前二报我是发表散文,他们没有诗的版面,后二报才是我发表新诗的园地。关于公刘一文,说诗人随军在大西北战斗,不确,他主要在云南并曾入藏。又,温州的老诗人莫洛,平居作名似为'马骅',不像是'马桦',请核查一

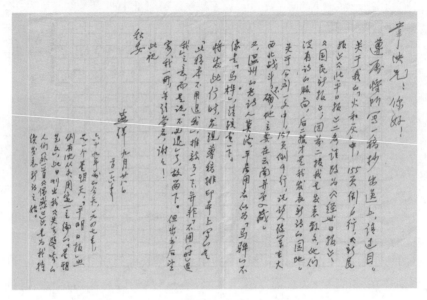

邵燕祥的信

下。"我在书中选有《邵燕祥:"我心中的火和灰"》《三叹公刘》《莫洛的〈渡运河〉》三文,邵师准确地为我指谬,令我汗颜之至。信的落款时间是"二〇一六年九月廿八日",邵师在信的空白处,又加了一段:"六十九年前的今天,一九四七年,是一个星期天,《平明日报》照例有沈从文、周定一主编的《星期艺文》,此日刊出我的《失去譬

邵燕祥

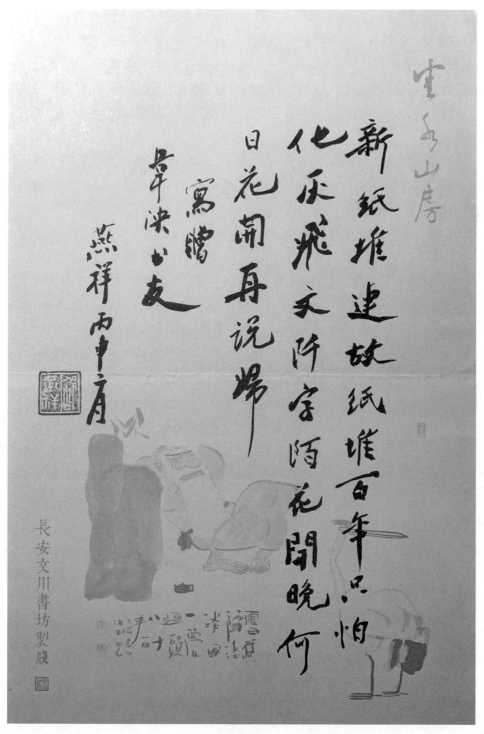

新纸堆连故纸堆百年只怕
化承飞文阶字陌花开晚何
日花开再说罢

　　写赠
　岳平涞心友
　　燕祥丙申肩

邵燕祥手迹

喻的人们（外一首〈偶感〉）》，是为我持续发表新诗之始。"邵师在这里为我的写作和研究，提供了一条极为重要的新诗史料。

他在序言中称我："首先是一位从写诗起步的文学青年，诗歌爱好者，他以他的心，去感应众多诗人的心"。这是知人善论，没有虚言。后来，序文以《新诗的知音读者的知音》为题，刊发在《文汇读书周报》上。这些都是邵师对后辈如我的关爱和鼓励。

2017 年 1 月，拙书《百年新诗点将录》在庆贺新诗百年的喜悦氛围中顺利出版，我即遵嘱寄上一册给邵师，很快收到他的回信，开头就说："首先谢谢您精美的赠书。"

邵师虽祖籍萧山，生出于北京，但我称他是"上海女婿"，其夫人谢文秀是上海人，早年可是复旦大学高材生。在上海，邵燕祥出版了平生最早的两本新诗集，第一本诗集《歌唱北京城》，由华东人民出版社（上海人民出版社前身）于 1951 年 8 月出版。第二本诗集《到远方去》，由新文艺出版社（上海文艺出版社前身）出版于 1955 年 5 月。与他联系有 20 多年，直到 2004 年，在上海市作家协会举办的"王辛笛先生创作研讨会"上，才得以识荆。诗人敦厚睿智，又低调淡泊。那年他刚 70 岁出头，挺有精神，比他实际年龄减去 10 岁。

近几年，我每次去北京，总会到他在潘家园的住处坐坐聊聊。去年与上海新闻出版博物馆的上官先生一起，到他家拍摄"文化人书房"专题，邵师挺配合，按摄影要求摆功架，邵夫人在一旁逗他"笑一下。"这应该是邵师在自家的书房中，留给世人的最后肖像。拍完后，看看时间还早，就与他聊开了。他戴上助听器，似乎灵活很多，对答清晰。记得他对我说："我没有专门研究过某一方面学问，算是一个杂家吧。"这是邵师留给我最后的一句话。在我看来，这当是他的自谦。他没有"学院派"一路的长篇宏论，但无论他的谈话，还是他的诗文，都体现出相当厚实的文史修养，充盈着学人气息。当然，杂家一词也概括了他的一生。他走上工作岗位，就是广播电台的编辑，后来做杂志编辑，一直做到退休。好编辑就是好杂家。当然，人们不会忘记他的诗人和杂文家的身份，一个一辈子业余写诗作文，出版了几十本诗文集的文化人。

缘悭一面王贵忱

王贵忱前辈走了，享年95岁。在他生前未克亲承謦欬，失去了面聆教益的机会，可谓缘悭一面。犹记他在信中曾说："如果有机会来广州，务请到家里来玩。"又记起他在信中写道："知您与老前辈王老元化同志有过从，惜我无缘与王老一面，他老人家学行高尚，惜无缘识荆矣。"如今，我只能对贵忱老说上此话，如地下有知，当理解我的遗憾之意。

王贵忱

专研古代日记的上海学者陈左高,生前常常对我言及远寓广州的好友王贵忱先生,甚多赞誉:学界有"二王"之说,"北有王世襄,南有王贵忱"。在我为左高老所编《文苑人物丛谈》专著中,收有他写的《王贵忱和钱币学》一文。这样,贵忱的大名便深深印于我的脑海,此为神交之初吧。

王贵忱,别号可居,1928 年生于辽宁铁岭,16 岁便戎装在身。曾在东北战场参加辽沈战役和平津战役,后随军入粤。1952 年 9 月,他复员转业,投入地方经济建设,曾先后任粤东交通银行经理、汕头地区建设银行行长。这样说来,我平添几分亲切感,在吃金融饭这一行,贵忱亦是我的前辈哪。然而,1957 年他却"中箭"落马,被错划为"右派"。20 余年所经坎坷艰难,自不待言。直至 1978 年才得以落实政策,被委任广东省图书馆副馆长,旋任省博物馆副馆长,以及省钱币学会副会长、中国钱币学会理事等。

记得,左高之文起首便称贵忱为"钱币学家"。那么,就从他的钱币研究谈起。由他与马飞海主编的《中国钱币文献丛书》,计划出版皇皇 31 卷,而贵忱先后为《货泉沿革》《泉志》《钱币考》等 20 多种作题记之文,所撰史料翔实,考证严谨,绍介版本渊源,藏否钱学人物,文字洗炼精到,不尚空谈,少则数百字,多则三五千言,均疏理清晰,指点迷津。以《〈钱币考〉题记》为例,贵忱先绍介版本:"《钱币考》二卷,系元马端临所撰《文献通考》之卷八和卷九两卷",接着简介作者生平,继而概括《钱币考》的主要内容,最后简要评述该书:"通篇体例谨严,引述赅洽,并以内容充实著称,以通考古钱及历代币制沿革之重要专著"。言简意赅,要言不繁,仅 300 余字,读者一目了然,堪称精到的古籍书评。为深研钱币,贵忱不惜余力,穷半个世纪之功,上下求索,旁搜博集,先后得藏钱币谱录珍籍 200 余种,编为《可居室所藏钱币书目》一册。不少学界前辈及同好,为贵忱好学不倦、孜孜以求的探索精神所感动,容庚、商承祚、启功、马国权、裘锡圭等,先后将钱币学方面的珍贵图籍、资料,或赠或借,供他研究之用。马定祥、朱活两位赠以钱币拓本及相关论著,以及已故钱币学家戴葆庭、罗伯昭、骆泽民等,生前也赠他名贵的古币拓本和书刊。这些隆情厚谊的文人善亲,令贵忱深铭于心,倍感珍视。我国历代出土的古钱币数量之多,种类丰富,在世界上是独一无二的,这也是中国 5 000 年文明薪火相续的结晶。钱币所独具的历史价值与艺术价值,吸引了历朝历代的收藏者和研究者,从而形成一门既深奥又普及的钱币学科。一枚小小的钱币,可以折射出所处时代的思想、经济乃至艺术的历史实况。而一枚好钱币的本身,即是一件铸造精良的艺术品,对研究当时的冶炼工艺、文字书法以及验证历史年号等等,有着无可替代的重要作用。在钱

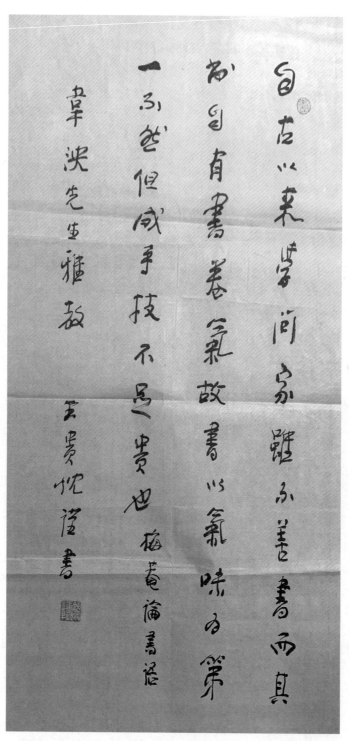

自古以来学问家虽不善书而其

书自有书卷气故书以气味为第

一不然但成手技不足贵也 梅庵论书语

韦泽先生雅教 王贵忱谨书

王贵忱手迹

币学的研究上,贵忱深入浅出,独抒已见,以乾嘉学风为准绳,既重视对实物的考证,又积极运用历史文献资料,将两者有机结合起来用于自己的研究。如此使他少走了不少弯路,扎扎实实且日益精进。由此,他撰有不少独具分量的论文,如《清末民国时期的钱币学》《洪遵〈泉志〉的学术价值》等,以其丰硕的研究成果,奠定了他在钱币学界的学术地位。

当然,除了钱币学,他还精通古文献版本、历史、金石和书法。版本学家潘景郑称其为"行军余闲不废卷帙,纶文经武兼而有之",真正自觉践行着古代文人"行万里路,读万卷书"的箴言。他的博识多学,均来自他的刻苦自研。他的足迹踏遍祖国大江南北,问业于前辈学者周叔弢、容庚、商承祚等。在他任职省图书馆副馆长期间,因工作之需,经常到上海潘景郑家请益,当潘得悉他在收集、研究龚自珍诗文版本时,将自己所藏清光绪红印本《龚礼部已亥杂诗一卷》慨然相赠。这就说到贵忱对龚自珍的研究,他先后撰写过 6 篇《龚自珍诗文集早期刊本述闻》,又写有《龚自珍集外诗文录》《〈龚定庵自写诗卷〉跋》等文,对这位我国 19 世纪前半叶开风气之先的启蒙思想家和文学家,从金石文字、诗文题咏及书法艺术等方面,进行了深入而细致的研究。因龚自珍存世诗文版本众多,不易辩识,贵忱广览细阅,选其精要加以考证详述,如没有博文深识,断断无法写出如此精到的专文。他与欧初先生主编的《屈大均全集》(八卷),1996 年由人民文学出版社出版后,荣获第一届全国古籍整理图书奖。整理、出版《屈大均全集》是国家古籍整理规划中的一个重点项目,从 1983 年开始,历时 13 年,从众多公家图书馆及私人藏家手中,征求到屈大均著作和附录等资料近 400 万字,按早期原刻本或其他善本,邀有关机构、学者通力协作,在原则上保留屈氏生前手定本原貌的前提下,进行厘定标点,终成正果。

《可居丛稿》封面

在搜集、研究古籍中,贵忱继承了中国古代版本学家的风雅余绪,喜作序跋之文,这也体现了他对古籍考证的研究成果。从 1989 年起,他按写作年份,自行刊印《可居题跋》,计5集,每集均为手工线装,铅字竖排,并请潘景郑、王世襄、谢稚柳等名家题签。贵忱与文坛、学界名宿常相往还,情谊深笃,在交游中积藏了大量信札,其中不乏珍贵史料。为保存文献,或纪念故人,他自行刊印了李可染、周叔弢、李一氓、于省吾、潘景郑、周一良、汪宗衍、刘逸生等书简集,亦手工线装,极具古朴、雅致之趣。

至于金石碑版、书画篆刻,贵忱堪称鉴赏家,所撰《记潮州古城砖及其拓本》《跋大石斋所藏宋拓夫子庙堂碑》《李可染及其艺术成就》等,足见其精湛的艺术鉴赏功力。我曾在多种拍卖图录中,读到他为字画、拓片所作题跋,一经他的寥寥数语,其拍品价值陡增,并扶摇直上,可见行家里手对他的信赖程度。

我庆幸自己的缘分,由左高老而结识贵忱前辈。左高辞世时,我将噩耗告知贵忱老,他委托我:"代贵忱送上花圈,以尽叩奠之仪。"之后,续承友情,我与贵忱老遂成忘年之交。与贵忱虽无缘一见,然同气相求。他在来信中鼓励甚多,说"承您赐下《文苑人物丛谈》《人与书渐已老》《跟韦泱淘书去》三书,经已粗加翻阅,深为钦佩。我兄在淘书方面的心得特多,对老辈学者敬礼处独多,对左高先生遗著校勘用力至深,贵忱私心敬谢之至!"在回顾了自己从军及转业的经历后,他写有"我们既是同道,又是同好,只是贵忱少时读书少"之语,这既是实话,也是自谦。而我以为,他在中年靠自学打下扎实基础,近晚已成大器,其才识并非时下多如牛毛的教授、博导所能堪比。曾获赠《可居丛稿》,皇皇一巨册,凡65万字,集贵忱在古籍、钱币、金石书画等方面的研究成果之大成,是一部真正内容丰赡的厚重之书。我日日置于案头,不时读上几篇,以汲取精神养分,鞭策自己以贵忱师为楷模,不慕虚荣,淡泊名利,潜心以学,埋首耕耘。

百岁孔柔

这几天,孔柔先生迎来期颐百岁的喜悦。在上海诗人中,高龄长寿者不少,但跨入百岁门槛的,惟有孔柔。在市作协诗歌会员大家庭中,孔柔不求闻达,低调行事,以致被忽略了他的年龄。

孔柔

近日,我去他府上拜望,他就说见过你,还记得的。我惊讶于他的记忆。20多年前,在市作协会堂举办诗歌活动,众多会员中,他总是早早到来,坐在最后面的位子上。会议结束,他就独自离场。似乎是悄悄地来去。其他几位老诗人总要找主任、副主任或我这个小干事问这问那,或托办些事情,可孔柔从不麻烦我们。后来,他渐渐来得少了，我也渐渐淡忘了他。

见面我问他，好多年不参加诗歌活动了，他答道，老了思想不敏锐，诗情也不灵动了，主要写些旧体诗，就不好意思来了。我想，一些诗人进入老境，渐渐远离新诗而重拾旧诗。辛笛先生晚年写了不少旧体诗，还对我说："新诗易学难工啊！旧体诗看看难写，入了门就不难了。"孔柔与辛笛有着同样的写作甘苦。生活所见，他兴之所至，一吐为快，积脲成裘，在20年前，印梓出版了旧体诗集《桴浮集》。这书名，是他把自己的一生，比作大海里一叶木舟，在风浪中漂浮。他写新诗写旧诗，还写评论《深入到人物心灵世界中去》，还翻译萨波托斯长篇小说《黎明》，伊拉赛克《灯笼》等多部剧本。他的经历，在上海诗人群中，是独特而丰富的。

《桴浮集》封面

1922年4月，孔柔出生在山东曲阜一户书香人家，紧邻泰山下的龙虎街。孔子故里，诗书传统深厚。他幼承庭训，每日做完功课，就要诵读一些古典诗词，除《诗经》之外，还有唐诗宋词，还有译自欧美诗人的现代派新诗，对诗歌产生无法割舍的喜爱。从摘抄名篇佳句开始，迷恋于五言七绝，也学着涂鸦。但日寇全面侵华，曲阜沦陷，学校已放不下一张平静的课桌。他与进步同学向往延安，悄悄离家，经南京、蚌埠、洛阳去西安，却因交通受阻，转而去了大后方重庆，并考入重庆民治新闻专科学校。一路上目睹国破家亡、民不聊生的一幕幕惨状，孔柔悲愤激昂，诗情满怀，一腔热血投身抗战的洪流中。

他想，在这样严酷的环境下，必须以更有力的诗歌形式来反映这个时代。他开始放弃旧体诗的写作，代之以新诗一抒胸襟，以适应快节奏的现实生活需要。他与几位爱好诗歌的同学，不怕险恶的环境和经济的贫穷，成立了"短笛诗社"，大家宁愿忍着饥饿，也要凑钱买来纸张，自费编印出版小小的《短笛》诗刊，除了他们自己写诗，还约请时在重庆的著名诗人臧克家、徐迟、王亚平等寄来诗稿。第一期刊发后，获得许多赞誉。他们再接再励，很快把第二期的稿件编排好。可是，由于诗歌内容进步，受到当局的干涉，再加上一时拿不出足够的印费，第二期终于胎死腹中，他深感惋惜，寝食难安。

抗战胜利后，孔柔来到上海，一时找不到工作。他就把时间用在写诗上，选合适的如《报童》《给范嫣》等投稿，发表在《诗创造》和《大公报》副刊上。一次，在居无定所的情况下，他把自己的一只皮箱托朋友寄放在《新民报》储藏室内。由于报纸言论有不少进步倾向，竟受到当局的查封。待风头平息，报社解封后，孔柔赶到报馆，寻找自己的皮箱，却已遍寻不见。他痛惜的不是箱内的一些衣物，而是自己辛苦购来的珍贵诗集，以及自己的诗歌手稿、诗友们的信件。记得手稿中有20多首七绝诗，其中有"狭窄蜿蜒石板道／竹篱茅舍把身安"，写出了当年的困苦现状。也有"战火纷飞另有天／蛰居此地似桃源"之句，写出了身处艰难环境下的乐观心态。

上海解放后，孔柔从邮政局调到劳动出版社任编辑组组长，又调往北京，任工人出版社理论读物编辑组组长。他记得，为了组到好稿，斗胆叩开人民文学出版社大门，受到社长王任叔（巴人）的热情接待和大力支持。20世纪50年代，他被错划"右派"，下放云南，凭着文学功底，进入《边疆文艺》编辑部，担任诗歌组组长。在新时期初，孔柔获得平反并回到睽别已久的上海，进入刚复刊的《收获》杂志社任编辑，适逢王任叔公子王克平来沪，将其父遗稿4篇交孔柔审阅，捧读之下，不禁怃然，请克平撰写《后记》，一并发表在当年《收获》杂志上。

那些年，在《收获》编辑部，是孔柔最感舒心的幸福时光。那年，他在巴金、吴强的带领下，与编辑部同仁及各地中青年作家，到莫干山参加复刊后的第一次创作笔会，谌容、张辛欣等都写出了力作。巴金写了《序跋集》跋文，落款是"一九八一年八月十日在莫干山"。笔会8天里，孔柔诗情高涨，写出一组《莫干山杂咏》(6首)。后来，他又随市作协老作家、老编辑赴杭州，在"创作之家"小住数日，与大家畅谈人生交流创作。《收获》老同事彭新琪对孔柔的人品了解甚多，评价亦高。说孔柔从上海到北京到云南，长期夫妻两地分居，却毫无怨言，是真正默默无闻、为作家做嫁衣的好编辑，曾获得全国优秀文学编辑的至高荣誉。

三毛故里行

在舟山沈家门旅居时，就想花一天时间，去定海看看三毛祖居。那天与老伴转换两次公交车，约一个半小时后，顺利到达定海小沙镇陈家村站。一下车眼前豁亮：大大的牌楼，大大的四个字"三毛故里"。

我算不上三毛"粉丝"，虽然读过她的几本书，但我很欣赏她的人生态度，她的独往独来的性格。最早知道三毛，还因中国漫画大师、上海"三毛之父"张乐平（1910—1992）的缘故。那年淘得一册民国版《三毛流浪记》，张乐平在书里把三毛当作自己的孩子，画他流浪中的辛酸与童心，惟妙惟肖，活灵活现。读后，我便写了小文《三毛与〈三毛流浪记〉》。后来知道，此书成了另一个来自台湾的三毛，3 岁时看到的第一本书，书中三毛的形象就印在了她幼小的心灵中，直到成年，她把自己的笔名唤作三毛，又给画家张乐平写信，表示她叫三毛，也是张乐平的孩子。时至 1989 年 4 月 5 日傍晚，三毛从台湾转道香港，第一次回到大陆，首站就到了上海，拜见了称作"爸爸"的张乐平。她在张家住了 5 天，到 9 日离沪，然后去周庄、苏州、武汉等地旅行，最后于 20 日从浙江宁波，乘船到达家乡舟山，祭拜祖先。

在上海期间，张乐平带三毛到龙华古寺去游览，路上三毛见到小女孩在跳橡皮筋，这是她小时喜欢存储的玩意，她好奇地看了许久，跃跃欲试，似乎想到了自己的少女时代及玩伴。后面几天她白天外出自由行，晚上陪张乐平、冯雏音夫妇聊天。现在上海五原路的张家老屋已建成"张乐平故居"，我去观瞻过，在三毛曾住过的那个小间，墙上挂着三毛与张乐平的合影。在沪期间，三毛还去了青浦"大观园"，《红楼梦》是伴她成长的一部大书，对书中描写甚为熟悉，可此行却让她颇感失望，书中美好的景观，在这里却不复再现。而且"大观园"的水面上漂着垃圾，不太干净。接着又逛了豫园商城,上海人俗称"城隍庙"。在一家小店铺里,她好奇地看到有售顶针箍,一种小小的铜圈,过去妇人在缝补衣服时,套在指间,以此顶住针头并用力推进。三毛记得,外祖母过去就常用它,这是留在她脑海里外祖母勤劳的形象。三毛拿着顶针箍爱不释手,立马取出两角钱买下一个,这是她来大陆的第一次花钱。她学着外祖母样子,把顶针箍套入手指,远看就像戴着一枚金戒子。这一刻,她一定想起了外祖母。

《万水千山走遍》封面

虽然,我无法真切感受三毛在上海的行程及细节。但是,在参观"三毛祖居"时,幕布墙上,正放映着三毛回故里的纪录片。当年舟山电视台全程跟踪,拍下了这一幕幕难得的动人场景。三毛从轮船缓步而下,走过舟山码头,在一阵阵汽笛声中,竟情不自禁地抽泣起来,疲惫的脸上,掩不住又悲又喜的万般情感。走遍异乡他国的流浪者,风尘仆仆,终于回到故乡了。她谒拜陈家祖坟,连叩9个头,在祖父早年挖的那口深井旁,她喝一口清澈的水,还装上一瓶,连同井边抓起的一把泥土,说要带回台湾留作纪念。此景动人,足见三毛对故土的依恋和钟情。

看完纪录片,我环视"三毛祖居",细细观看,这是一座大宅院啊。当年三毛祖父陈宗绪在上海经商,赚了第一桶金之后,于1921年衣锦还乡,在舟山定海小沙镇陈家村,建造了这幢住房,作为自己年老赡养之处。一共有5间正房,现已打通。老屋东边原是祠堂,当年曾用作开办振民学堂,是免费招收农家贫穷儿童读书的地方。整个"三毛祖居"现已辟为"三毛纪念馆",陈列着相关书籍、遗物和图片,分"充满传奇的一生""万水千山走遍""风靡世界的三毛作品"等专题,供人们了解三毛,缅怀三毛。

是啊，三毛的一生，是传奇的一生。她1943年3月出生在重庆南岸区黄桷垭，原名陈懋平，她儿时嫌懋字笔画太烦，索性简写为陈平。不久抗战胜利，随着做律师的父亲陈嗣庆到了南京，在鼓楼的头条巷四号，父亲与伯父两家，加上8个孩子，住进一大套房子内。三毛后来上了陈鹤琴开办的鼓楼幼稚园。到1948年，三毛随父母一家移居台湾。姐姐已到读书年龄，可三毛缠着母亲，要与姐姐一起上学，母亲缪进兰无奈，去说动了老师，把两姐妹同时送进了国民小学。其实，三毛从读

《三毛流浪记》封面

《三毛流浪记》开始，常常一个人躲进父亲的书房，以及被哥哥姐姐们称作图书馆的小房间里，不到母亲喊吃饭不会出来。由此她不但看了许多带图画的童话书，如《木偶奇遇记》《格林兄弟童话》等，还识了不少字。那时她看到不明白的地方，就问家里哥哥姐姐，这书叫什么名字？这小孩为什么哭？问来问去，便都记住了。进了学校学了拼音，她就能念报纸看故事书了。到了五年级，已把《简爱》《老人与海》《基度山恩仇记》看完，由外而中，又看了中国小说《红楼梦》《风萧萧》等。也由此，她的理化数学成绩跟不上，加上身体患病，不得不在初二时休学。正如父亲陈嗣庆后来所说："对于她几近疯狂而持续了一生的看书和写作，除了敬佩她的恒心之外，甚而想劝她不要这么用功下去，她的健康不能长期透支。她酷爱一生的是《水浒》《红楼梦》两本书，不久的将来，水到渠成，她必然走上论说《水浒》与《红楼梦》的路上去。"可以说，三毛是早慧的，聪明又勤奋。她一生爱书，曾说道："望着架上逐渐加多的书籍，一丝甜蜜流过我的全身。是多少年的书本，才化为今日这份顿悟和宁静。"她14岁开始学写作，小说、散文发表在《皇冠》《幼狮文艺》《现代文学》等报刊上。在台湾，她还跟著名国画家黄君璧等学过画。凭着毅力她重返校园，入文化学院哲学系学习。之后她离开台岛，周游列国，写作出版了第一本书《撒哈拉的故事》。再回台湾已是病体快快，可惜只活了48个年头，到1991年1月辞世前，她游历了59个国家和地区，留下500余万文字，以写作"流流文学"著称于世，大陆多家出版社出版她的专著，尤以《三毛散文全编》(16卷)受到读者欢迎。

那几日，"三毛纪念馆"显得特别热闹，听说三毛的弟弟陈杰、侄女陈天慈从海

三毛故里

外回到故乡,他们特地观摩了《纸背上的回声——追忆三毛小沙特展》,还参加"三毛散文奖"获奖作者在"作家林"种植橄榄树仪式,又在该馆前的小广场上举办三毛专题讲座等。可惜我晚到一步,与这些活动都失之交臂。据悉,陈天慈著有《我的姑姑三毛》一书,成立了"北美三毛文化旅游研究会",深耕文旅文创事业,在海外长期致力于三毛形象的宣传推广。

在《缪燧纪念馆》(舟山历史名人)的两楼,我走进正在举办的"纸背上的回声——三毛小沙特展",看到更多的三毛实物,她的手稿、书信、照片、用具等。接着又转到了"三毛书屋",那里有许多关于三毛的书,还有三毛研究会编的刊物《三毛研究》,还参观了三毛散文奖展陈馆,以及祖居后面山麓上茂密的三毛竹林公园。移步换景,细细浏览,之后潜心再读她的作品,让我重新认识作为作家的三毛,她所有作品的文学价值,那不是一般的景物游记,而是在流浪和游历的文字后面,让人仿佛触摸到她思想的温度、自由放飞的灵魂,让人叩问生命行走的终级意义。老作家姚雪垠有诗云:"一支彩笔横机趣,神州壮丽负平生。"曾敏之先生曾说:"她以质朴流畅的散文笔调,把异国情调的生活,新颖的题材,离奇的故事写得波谲云诡,变幻万千,色彩缤纷,具有艺术的独创性。"三毛的文学创作,始于 20 世纪 60 年代初的少女时期,成熟于 70 年代中后期,从豁达、洒脱,转向沉郁、洗练,富有真实且自由的思想深度。80年代末,她把目光投向了大陆,写了大陆题材的电影剧本《红尘滚滚》,以及《敦煌记》《悲欢交织录》等散文作品。她希望人们称她"中国作家",而不仅仅是"台湾作家",那是一颗多么可贵的游子之心啊!

这天,我们的午饭选在"三毛茶社"旁来自台北的"台爸王"美食屋,卤肉饭让人感受浓浓的台湾风味。从"三毛祖居"的几间旧屋,到诺大的"三毛文化村",再到方圆一大片"三毛故里",可见陈家村民众是多么敬重三毛,很用心地打造这张文化名片,让三毛精神传播得更广更远。

走出三毛故里,我的耳边似又回响着40多年前熟悉的那首歌曲,三毛所写最负盛名的经典老歌《橄榄树》:

"不要问我从哪里来
我的故乡在远方……"

一面之缘胡万春

现在年轻人大多不知胡万春了,他曾是上海家喻户晓的工人作家。我从爱好文学起,就知道了这个如雷贯耳的名字。有幸的是,我在1993年末见过他唯一的一面,至今已逾30年矣!

那一年,我从电力行业调到金融系统《上海投资》杂志社,当记者兼编辑。一天,编辑部主任马长旺对我说,杂志有一个"名人与投资"栏目,计划刊登些文艺与商业相关联的人或事。他已约定采访著名作家胡万春,要我与他一起去。我初来乍到,一切从头学起,包括与人打交道,采访编稿等等。觉得随主任外出,可以学到更多东西,自然乐此无疲。

第二天下午,我们就在新华路上碰头。马主任说胡万春家就在附近香花桥,就按门牌号找去,寻到一幢普通工房,进得屋内,倒也宽敞。寒暄一番,就进入主题,谈文人"下海"。全程都是马主任问,胡万春答。可以看出,胡对这个问题颇感兴趣。记得他说,很早就经商了。13岁时进厂当童工,苦不堪言。看到街头上有卖美国花旗蜜桔,生意很好,就心动了,到批发商那里,赊账批来两箱试试,居然很快销完了。如此"空麻袋背米"成功,就干脆扩大经营,自制一辆四轮水果车,分上下两层,可多装些蜜桔。还在货架上放面大镜子,把金灿灿的桔子照得很诱人,生意很不错。但父亲认为,男小孩应该学一门手艺,就把他送进钢铁厂学徒,以后可以吃铜匠饭。

熬到1949年上海解放,他已整20岁了。因小时在耶稣堂里读过两年免费识字班,在厂里做工时,就想多学些文化,正巧有《劳动报》记者在厂里采访,没有写过稿子的他,以口说的方法,由记者记下来,就成了他的第一篇通讯稿,其实只有三四十个字,放在综合报道中,下面署10余名通讯员名字。这也使他高兴了好多天,从此成为了《劳动报》第一批来自工厂的通讯员。此后，他不断写，不断收到退稿，先后经受了200多次退稿，1952年起正式发表作品。1956年，《劳动报》领导慧眼识金，把他从工厂调进报社做记者，还担任过文艺副刊编辑。从此，他在工作之余，把相关题材写成小说，与文学结了缘。他创作的自传体小说《骨肉》，通过一个工人家庭家破人亡、骨肉分离的悲惨故事，控诉了旧社会，受到了文艺界的好评，在1957年世界青年联欢节举办的国际文艺竞赛中，被评为"世界优秀短篇小说奖"，并被译成多国文字。他先后出版《青春》《爱情的开始》《谁是创造奇迹的人》《特殊性格的人》短篇小说集，《娃女》《情魔》等四部长篇小说，以及电影剧本《钢铁世家》《在时代的洪流中》等

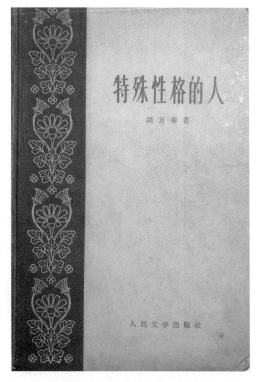

《特殊性格的人》封面

30多部作品，并出访斯里兰卡、缅甸、印度、越南等国。因创作成就斐然，成为上海市作家协会的专业作家，后成为中国作家协会理事、上海市人大代表等，曾受到党和国家领导人毛泽东、周恩来的接见。

果然，我们在胡万春的客厅墙上，看到一幅毛主席接见他和一些会议代表的大照片，其中的胡万春戴着一副眼镜，年轻英俊。在另一面书架上部的一张照片中，胡万春与周总理紧挨着坐在一起，可见这是一次小范围的会见。在中国众多作家中，有如此殊荣的，实属凤毛麟角。

在20世纪80年代改革开放中，胡万春随着"文人经商潮"而毅然"下海"。那天他谈到，现在不少作家辛苦写出一部作品，却无法出版，或自己掏钱，自我推销，很是苦恼。他就首先投资14万元，开办了作家书屋等两家书店，当时就是想为作家排忧解难，几年中，为100多位作家、学者代销包销他们难以处理的书。有一个青年作者写了一部蛮不错的长篇小说，却出版无门。他拿出几万元帮其出版，圆了作者的出书梦。他说："文化人为文化事业投资，这是我的初衷和心愿。"之后，他在

香港注册成立了文化投资公司,在广西成立了实业公司,还在越南河内设立了中国产品展销部,把生意做到国外去了。不但他自己"下海"经商,还把家中子女都推下了海,或开办书店,或做对外贸易,让他们到市场经济中去磨练。胡万春谈到自己,说也是从失败中汲取教训,在广西经商时,被骗了14万元,后经公安部门全力追查,也只退回了6万元。所以,经商首先要守法。包括他后来官司缠身,也是没有一个好的法治环境的缘故。

那次访谈结束后,马主任撰写了《文化商人胡万春》,刊发在《上海投资》杂志第二年第一期上。而我想到的是,胡万春是浙江鄞县人,宁波人有经商的传统,他能文善商,成为上海工人作家的典范。1998年胡万春病逝,至今已有26个年头了,谨以此文表示对他的缅怀。

两见流沙河

那时，我还在国企为"稻粱谋"。本城工作之外，还有出差的差事。不过，我倒很乐意为之，一来可以到祖国各地走走，领略山川美景。二来可以满足一下私心，会会各城师友。成都成了我的向往之地，居然很幸运，有过两次赴蓉公干之旅。当然，我不能错过去拜望流沙河老师的机会。

大约在 2014 年初春，我第一次到成都，为我们《建设银行报》弄一个工作报道。任务完成后，就直奔四川师大龚明德兄处。他正在装修住宅，全部藏书搬到了学校一间大教室，走进一看，俨然像个图书馆，令我叹为观止。我俩坐在门外过道上，喝着茶，嗑着瓜子，听龚兄摆"龙门阵"，谈淘书趣事，说查证文史案例，像个侦探一样。接着，跟他先去了老诗人木斧家。后来，木斧老师为我的淘书写过一首诗，记得有这样的诗句："常在故纸堆中走来走去/乐趣油然而生"。对此，一直心怀感恩之情。

接着，我们就去了流沙河老师家。龚兄与流师甚熟，似乎不用事先打招呼，就可随时随地随便去的。我第一

《农村夜曲》封面

次见沙河老师，自然有些拘谨，主要听龚兄与他用川语聊天，半懂不懂，只能听个大概的意思。

聊得差不多了，沙河师问了我的一些情况，比如，来过成都吧，在上海干啥子，近来淘得啥子好书等等。可以看出，沙河师对我略有了解。临别，我取出一册笔记本，请他题字留念。他翻至中间空白一页，提笔写下"夜来灯下晤谈，此生可谓有缘"，并签名钤章，又加写道："2014.3.28夜韦泱临楼舍"。在他书写时，我举起相机，摄下了这一难得场景。本来我想，题签和拍摄已毕，准备退出他的书房。不料，他缓缓说"来，"从抽屉里取出一小叠卡片，捻了一张出来，我一看，是藏书票吧，果然是的，还是好友藏书票艺术家崔文川兄为沙河师所制，上有一行"流沙河八十后藏书"字样，下面是崔兄的铅笔签名，以及"37/100"的编号。更出乎我意料的是，他把藏书票翻过来，在空白面写下"韦泱惠存"，然后是寓电、签名、地址、邮编，最后盖印。真让我喜出望外，沙河师把藏书票作为馈赠客人的珍贵礼物，还弄成除了不写头衔，其它一应俱全，一张干干净净的手写名片。假如崔兄知悉沙河师发明了藏书票的这个新功能，甭说有多高兴了。这样的妙用，是对艺术家智力创造的最好褒奖。

流沙河先生与韦泱

过了大约两年，机会又降临于我，有成都之行的公干。这次是内蒙古电视台资深编导张阿泉兄陪我前往流府。先去了阿泉兄在成都的工作室，还是第一次探此秘境，简直是一个大书房。然后，我们去见沙河师。一路上，阿泉兄兴味盎然地说，他真想给流老师编册书话集,一本一本写他的著作。我很感兴趣地鼓动他:应该做,值得做呀。到了沙河老师家,阿泉兄与沙河夫人吴茂华女史很熟,可以聊许多话题,沙河师在一旁也插不上嘴。这次,我除了拿几本旧著请他签名外,已记不得还谈了什么话题。也许一回生两回熟,谈的内容杂而广。

流沙河先生题"东临轩"

其实,在第一次与流沙河见面之前,与他有过几次联系,寄过拙著给他,也有请他签名的书。2010年,第八届全国民间读书年会在成都召开,我无法与会,还请龚明德兄求过流师的一幅墨宝,那是我很满意的"东临轩"斋名,是具有独特风格的文人字。第二次见面回沪后,我写了一篇小文《"孩子"的足印》,主要谈他最初的两本诗集《农村夜曲》《告别火星》,对他早期创作进行粗浅的疏理。他曾在诗集《告别火星》的《写在后面的话》中写道:"在诗苑里,我是一个初学走路的孩子,"话题就从这里写开去。记得初稿完后,寄给流师过目,可一直未得回复。我想,可能是路上寄丢了。没有得到主人的允可,那篇文章,就一直没拿出去刊发,只编入我的书话小集《书丛人影》中。我想,以后还会有机会见到流师,当面请教更方便些。可是,沙河师的遽然离世,就没有第三次见他的机会了,再也听不到他的亲切话音。否则,小文还可改得更完善些。相信九泉之下的流师,也会原谅后学的浅薄。

流沙河已辞世3年,谨以小文献上心香一炷。

叶永烈不仅仅是科普

叶永烈先生(1940—2020)离开我们3年了。他的辞世,对我来说,实在是太过突然。在我印象中,他年岁不高,身体硬朗,家境殷实,心态甚好。生命真是难料啊!

叶永烈是上海作家。一般可归纳为三个阶段,即早期的科普作家,后来的传记作家,到最后的小说作家。他出版了130多种专著,总字数在3500万以上,何止著作等身啊!科普写作当然是他的主项,从1958年出版《碳的一家》开始,到参与撰写《十万个为什么》,写出科普代表作《小灵通漫游未来》,在广大读者尤其是青少年中广为人知。真如他自己所说:"多年以来,我只是从事科学文艺创作。"因为作品社会影响大了,常常受邀到各地作科普创作讲座,并于1980年结集成《论科学文艺》一书。

当我读到他后来出版的传记文学专著时,感受到了他的分量。心中感叹道:"不容易"。而真正与他第一次见面,则是出于偶然的机会。

2016年,我的忘年交沈寂先生去世,上海电影家协会约我一起张罗举办沈寂先生追思会。在确定与会人员名单时,我忽然想到了叶永烈先生。他与沈寂生前是上海文坛好友,都是写人物传记的能手,曾同在上海电影系统工作(沈在上影厂,叶在科影厂)。而两人的居住地,又近在咫尺。我把会议请帖放进包内,准备有空登门送上。

于是,我电话联系叶老师。这是第一次与他交往,心里多少有点谨慎小心,不太踏实。我过去与文化老人打交道较多,而与中青年作家联系,心中没底。电话号码按通,传来叶老师的声音,我赶紧自报家门,他热情地说:"知道,知道"。我说明来意,他听后,很真诚地说:"我应该参加,可我现在外地有个会,无法赶回上海,真是

《小灵通漫游未来》封面

抱歉。"

事情到此应结束了。沈寂追思会开完后,我想,会上发的资料给叶老师一套吧,留个纪念。再次打通电话,他说:"好的,欢迎你来。"这样,我就第一次登门拜访叶老师。初次面对面交谈,我比较拘谨,主要听他聊天,聊二三十年中,他东奔西忙采访工作。他指着墙上挂的陈伯达条幅(可惜我没记住内容),说采访陈伯达非常之难,老人深居简出,从不接受访客。但他知道叶永烈写过《历史选择了毛泽东》《红色的起点》等。叶老师说:"老人到了晚年,其实很想讲讲心里话,讲讲历史的真相。但他要讲给信任的人听。"陈伯达刑满获释,有关方面为他举行小型仪式,恢复了工作和工资待遇。在采访结束后,陈对叶说:"我是历史的罪人,我的回忆仅供你参考。"《陈伯达传》在报上连载后结集出版,成了唯一,没有第二人能写出如此真实的人物传记。此外,叶永烈写过傅雷、马思聪、罗隆基,以及"四人帮"王张江姚等传记。他说:"我写人物传记,选择传主原则有二:第一,知名度高而透明度差;第二,无人涉足。尊重史实是传记文学的铁的原则,也是传记文学的生命线。"

临别,我把带去的沈寂追思会资料交给叶老师,还有一本沈寂著、由我编的《昨夜星辰——我眼中的影人朋友》。我想,这本沈寂写老电影人的书,或许叶老师感点兴趣。

第二次与叶老师见面,更显偶然,事先不知道,却给我留下深刻印象。或者说,很快拉近了我们的距离。那天去参加上海图书馆召开的一个会议,我准时到场,入座后看到会场是呈正方形的,排了正正方方的一圈桌椅。在我对面,看到了叶永烈老师,旁边是作家王小鹰等。

会议结束,我收拾好东西,准备起身离场。一转身,不知何时叶老师已站在身旁,正笑眯眯地与我打招呼。我不知所措地连忙说:"叶老师好。"他跟我说,上海图书馆有意收藏他的全部资料,他已在作准备,整理的工作量会非常之大。其他还谈了什么,我已记不得了。因为已散会,大家朝门口走去。后来我想想,有点惭愧,叶老师毫无架子地主动走到我的桌旁,热情与我攀谈。这首先是我该做的呀,叶老师无论是年岁还是创作资历,都是我的前辈。他是个平易的人,不端着的人。粗疏如我,这个礼数都没能尽到,内心欠疚了很久。

第三次见面,就是我主动请缨了。上海新闻出版博物馆的上官消波有个"文化人书房"拍摄项目,我提供了一些文化老人名单,上官一圈拍完后,问我还有谁可以拍的,85岁以下的有社会影响也行。我立马想到了叶永烈。上官网上一查,说行。以我对叶老师的了解,应该不会拒绝的。他理解音像档案也是积累文史资料的一个重要组成部分。

叶永烈先生与韦泱

于是,我们带上长枪短炮等摄影器材,如约来到叶老师在天钥桥路一幢不算新的寓所。上官摆弄着多种机型,各种角度一一拍摄,我在旁辅助灯光。一阵忙乱,总算完成拍摄任务。叶老师说,辛苦两位,坐下喝茶。然后,带我们看了一圈他的住房。这是多套间的带复式的居处,面积不会低于180平米。一边看,叶老师一边介绍。书房有多间,在一间小书房前,他说,这里是他全部的科普作品,各种版本都有,包括他的第一部作品《碳的一家》初版本,最新出版的《叶永烈科普全集》,有28卷之多,足足放了一大书橱。转到隔壁一间书房,叶老师说,这里存放的全是信件,成千上万不止。最早收到的一封来信,就是他11岁在家乡温州读小学时,写了一首诗寄给《浙南日报》(《温州日报》前身),副刊编辑杨奔给他的回信。叶老师从小就是一个细致的人,会建设个人档案的人。这对于主要靠史料写作的传记作家来说,是至关重要的。接着,他带我们从木扶梯走上去,真是别有洞天。上面书房旁,有一个很大的花坛,旁边还有一个小型游泳池。不过,游泳池已改建成玻璃书库,里面全堆满了书。他的藏书,全部加起来估计超过3万册。近几年,他把时间花在长篇小说的创作上,完成了"上海三部曲",即《东方华尔街》《海峡柔情》《邂逅美丽》。无奈读者先入为主,长篇小说的影响力无法超越他早期的科普和传记作品。这是作者不幸,抑或是时代不幸,是焉非焉。

那天,我带去《小灵通漫游未来》等五六本他的早期著作,请他一一签名。这是他最后留给我的手迹了。临别走到过道,他指着一排塑料储存箱说,已整理出第一批给上海图书馆的资料,仅录音带就有1000多盘,还有书信、手稿、照片等,这是它们最好的归宿。

现在,想起叶永烈说过的那句话:"我以后墓碑上可写:请到上海图书馆找我。"无私奉献,这该是多么高尚的情操啊!

诗人宫玺

　　宫玺老师走了。好多年来，我一直想写写他，现在终于可以写了。因为他在世时，低调到绝对不允别人写他的。现在写他，却成了一篇悼文，不禁悲从中来。认识宫玺快 30 年了。20 世纪 90 年代初，我加入市作协，后忝列理事。在诗歌委员会开理事会时，随着冰夫先生赴澳定居，宫玺就是资格最老的诗人了。但他从不倚老卖老，总是喜欢与我这个理事中年纪最轻的小字辈聊天，让我倍感亲切。后来，我知道，宫玺出生在山东即墨县，解放初就参军入伍，成为人民空军一员。他最早的诗《星空》写于 1948 年，刊登在学校《新生》壁报上，那时才是 16 岁的中学生。1955 年，开始在《青年报》《萌芽》杂志上发表诗作。20 世纪 60 年代初，先后出版《蓝蓝的天空》《空军诗页》等诗集。但是，他跟我谈诗并不多，大多是谈读书，谈文坛中的一些热点。我惊讶于他的信息之多、分析之透。

《蓝蓝的天空》封面

　　接触多了，他知道我的爱好，果然投我所好，悄悄地给我一本《冰心文集》第一卷，说这是他责编的第一种套书，原计划出五卷，可编选下来，冰心作品太多，还得加一卷。这第一卷出版后，冰心见之非常高

花漫长征路

宫玺

《花漫长征路》封面

兴,特寄赠他一本。后发现印刷上有点缺陷,在北京家中,又当面签赠一本,先后签名给了他两本。他就在市作协理事开会时把复本带来,题字后转赠于我,使我受宠若惊。后来,他又把其他各卷陆续带给我。到了第六卷时,他说第一卷印了 2.9 万多册,最后一卷只印 1500 册,恐怕很多人这部文集就配不齐了。我多幸运啊,那么轻而易举,就从宫玺手上得到了如此珍贵的全套《冰心文集》,第一卷且有冰心的签名真迹。

之后,我屡屡获得宫玺的赠书,不仅是他的诗集文集,还有不少是他的诗友给他的签名本。先后赠我郭风、刘湛秋、耿林莽等诗集《灯火集》《温暖的情思》《潮音集》等,还在扉页上题写道:"朋友赠书原应珍存,奈自思来日无多,子女又非道中人,不如及早转赠爱书之友韦泱先生。"话语中,是满满的情意。

除了投我爱书之好外,宫玺还很善解人意,知道我喜欢与文化老人交往,他在我去外地公干时,给当地的老友忆明珠、沙白写信,让我随身带上。于是,我从南京到南通,衣袋里揣着他的信,一路顺畅,毫无悬念地叩开了忆明珠、沙白两位文坛前辈的家门。宫玺流畅的字迹,就是我与两位初见老人交流的通行证。信誉无价,因为他们信任宫玺,才会对我敞开心灵大门。我开始与他们交往,并成了一生的忘年交。

现代文学史家丁景唐生前多次对我说,在文艺社编辑中,数宫玺最不要做官,淡泊名利,而他读书最用功,尤其是"五四"以来的新诗版本,他经眼甚多。丁老是宫玺的顶头上司,是新文学版本专家,能得他的夸奖,实属不易。当年,丁老继重印赵家璧编辑的第一辑《中国新文学大系》后,顺势而为,组织人马续编《中国新文学大系》第二辑(1927—1937),临阵点将,指名请宫玺担任《诗歌卷》责编,青年编辑、诗人徐如麒做他助手,由周天任《史料卷》责编、郝铭鉴任《理论卷》责编,排出最强编辑阵容,都是社里学者型的编辑。之后,宫玺等随丁景唐社长赴京,拜访文坛大家。因为初定《诗歌卷》请艾青先生作序,大家心中没底,不知老诗人会否给面子。于是,他们一行就先去了艾青家。艾青一见宫玺,就说认识认识,并紧紧握手。宫玺想起,1979 年 3 月,艾青任团长,带领全国诗人访问团,进行沿海城市访问,宫玺是团员之一。因为熟悉,大家随便聊天近两个小时。这样,请艾青作序之事,就顺理成章,他也不好意思推脱,最后应允下来。告别时,艾青久久握着宫玺的手说,你这个宫姓很少啊,是真姓宫吗? 宫玺笑着回答说是的,是真姓。

宫玺确实姓宫,真名宫垂玺,曾用笔名莞尔非玉,而多以笔名宫玺写诗行文,亦别具一格。毕竟在"诗歌圈"里,有时与他一起参加诗歌评选等活动,我俩也会谈到诗。他对我说,他写得很少,诗不以量胜。他一年也就写几组诗,选最满意的一组,给《人民文学》杂志。宫玺惜墨如金,自律苛求,目标高远。这些都使我钦佩,并视为楷模。

他跨进了新年门槛,以 90 高龄谢世,亦算高寿。愈近晚年,宫玺对自己的创作愈清晰。他说:"早年自然是幼稚的。后来专写空军,如今看来,徒有热情,终嫌肤浅。近 20 余年,试图自我真正地飞翔。"

一次,他把刚出版的《宫玺诗稿》签名本赠我,说:"以前的诗集都不算什么,如果没有这本集子,就没有我。"他敢于作如此自我否定,可见是经过反思的,是警醒的。记得老诗人蔡其矫曾评说过宫玺的诗:"把人生经验压缩在每一首诗里,有巧思有奇句,却又朴素易懂,文字功夫不浅。"他的诗就是这样,像吃檀香橄榄,愈嚼愈有味。

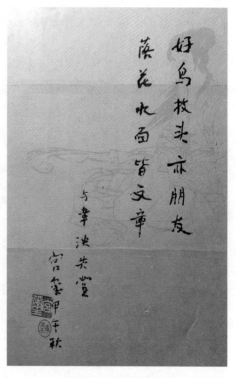

宫玺手迹

陪孙毅洗澡

98 高龄的儿童文学老作家孙毅，走了两个月。但他的音容笑貌，还常常浮在我的眼前。

《小霸王》封面

在认识孙老之前，先结识他的老伴，《收获》《上海文学》的老编辑彭新琪老师。10 多年前，彭老师 80 岁时，突发奇想：主编一本"八零后"（80 岁以上）的上海女作家文集，邀请姜金城老师和我助编。很快，由王安忆作序的《七人集》（罗洪、欧阳翠、欧阳文彬、黄屏、黄宗英、姚芳藻、彭新琪）出炉了，大获好评，一书难求。因为编校事宜，我少不了去彭家，常零距离向彭老师讨教编辑经验。工作完了就聊聊天。

这时，孙老登场了。彭老师与我接触过的其他 6 位女作家性格差不多，谦和，内敛，细腻。而孙老与彭老师是完全相反的性格互补型。孙老大嗓门，言语干脆，耿直爽快。他一开口，就没有我插嘴的间隙。喜怒全写在脸上，出在口中，毫无顾忌。初次聊谈，我的第一感觉是：这个老头有性格。

那年,他已近90高龄了。一天,他打电话给我,说有空伐? 陪我汰浴去好么? 不容我回答,他就说明天下午吧。我说我来接您,他说不用,我有自备车。于是说好,我在"青松城"门口等他。那天,我等着车来,左看右顾,不见小轿车驰来。忽然,见有人远远的朝我招手,仔细看去,咦,是孙老吧。他正骑着一辆三轮电动车,从三叉路口拐弯开来,我大惊失措,这太危险了,这么大的年龄,真让人捏一把汗哪! 只瞬间,他已把车稳稳停在我眼前,见我吃惊的样子,他倒若无其事,说做啥?大惊小怪,我习惯了,天天出门就是骑这辆自备车的。其实,家里老伴和女儿很反对他骑车外出的。劝说无效,老头依然我行我素,倔强着呢! 我跟他说,我什么自备车都没有,以后我带辆出租车进小区,接您去"青松城"就行了。这样既安全,家人也放心。他想想也是,从善如流听我的了。

这"青松城",是市里的离休老干部活动中心,有各种课程,有健身器材,有午餐理发洗澡等服务设施,总之,是敬老爱老的处所。孙老说,这里内容多,可以来白相一天的。有时,他就约我上午来,他先要听讲座,有时是形势报告。他说弄不懂什么叫"供给侧",什么叫"中产阶级消费观",可以来听听问问。有时是美术课。我知道孙老是美术科班出身,早年跟黄幻吾、申石伽学画,且一直挥毫不辍,笔墨功夫扎实。就说,孙老啊,说画图您可做他们老师。他回我,不能这么说,每个画家和老师上课,都有各自长处。课毕,正到吃饭的点,就随他到小餐厅蹭饭,两人小聚一下后,就去底楼,他说今天要剃个头,然后再去浴室。

这就说洗澡了。浴室里,孙老先要请按摩师傅拿捏几下。他说其它都好,就是腿无力,不灵活了。然后,就是泡澡。这浴池好大呀! 真是久违了,这是我儿时的记忆啊! 父亲是"老上海",我从小都是跟他去弄堂口的一家浴室洗澡,上海人叫"孵浑堂"。那时家里住房都狭小,洗澡就去浴室。即使现在,家有浴缸或冲淋房,我都觉得没大浴堂来得舒适。所以,孙老让我陪他洗澡,我是求之不得了。于他,却是醉翁之意不在酒。他主要想借洗澡找个理由,外出散散心,与人聊聊天。可见他的心态不老。泡在水池里,身心放松,四肢舒展,与我赤条条天南海北神聊,是他最感惬意之时。

他慢慢说,有个好朋友叫杜高。1948年冬天,经中共地下党安排来到上海,担任党领导的《新少年报》(现为《中国少年报》)副刊主编。孙毅、包蕾等一批爱好文学的进步青年,成了杜高的作者,彼此结下深厚友情。很快盼来了上海解放,他们按党的要求,抓紧写戏排剧,准备迎接新中国成立。10月1日这天,包蕾请杜高和孙毅到他家做客,饭桌上端放着一大盆热气腾腾大闸蟹。这玩意儿对北方人杜高来说，以前见都没见过，更不用说吃了。在兴高采烈的气氛中，杜高成了在上海"第一次吃蟹人"。酒足蟹饱后，三个年轻人，一路欢快地结伴而行，来到上海豫园九曲桥，在"湖心亭茶楼"一边喝茶，一边畅谈。他们以此独特的方式，来庆祝新中国的诞生。与杜高吃蟹喝茶的一幕，70余年过去了，孙老依然清楚地记在心头。

在上海，他说与同龄的任溶溶是老朋友。1948年，他在儿童剧团从事地下党工作。为了联络上的便利，在自家门前摆了一个小书摊，书零零落落没几本，他就想到好友任溶溶，知道他刚出版"迪士尼"童话系列第一个译本《小鹿斑比》，就对任溶溶说，弄点过来，我帮侬卖脱点。其实任的译著很好销，福州路旁的昭通路图书商，正在一拨拨批发。但任溶溶仍照办。他心照不宣，知道孙毅是以书摊为掩护，进行地下党的宣传工作，从他那里弄点新印出的书，是摆摆样子撑撑门面而已。

这许多八卦往事，就是在陪孙毅的洗澡中，断断续续听来的。这样的好时光，说走就走了。

乍浦顾国华

乍浦采风。一路走在古镇小巷，汤山海堤，看到古炮台的旧迹，小渔村的纯朴，我就感到这一切似曾相识。是的，多年前，有一位当地的老人，陪我来走过一遭。他，就是顾国华老先生。说老，只是看上去老，其实并不算老，那年他大约还不满70，我50左右。在我眼里，他已然像个老人。一口浙江乍浦乡音，一身布衣，还有点灰脱，脸上留着稀疏的胡子，一派不事修饰的样子，颇像个老农。

于是，在采风间隙，我询当地作家，顾先生如何了？作家年纪虽轻，却回说顾先生是知道的，现在大概在养老院了吧。于是，我默然。疫情当前，是不宜打扰的。

《文坛杂忆》自印本

虽这样想，顾先生的形象，在头脑里仍挥之不去。我不知道是怎么结识他的。可能是上海哪个文化老人介绍的吧，反正就糊里糊涂认识他了。那时，他自办《文坛杂忆》已好几年，说早期的已不存，出新的就不忘给我寄上一册。我看上面毛笔字是蝇头小楷，以魏碑体抄写，就说此人字不错，有弘一遗味。说者无意听者有心。没过几个月，他就寄来许士中先生的条幅。欣赏这样的墨宝，我连许先生都没见过一面，连道谢一声的机会也没搭上。

顾先生说上海是大城市，文化人多，每年都会来，看看那些老先生。一次，他打电话告我，说在上海了。我说我来见你。傍晚，我就到了福州路旁，一条叫平望街的小弄，一家不起眼的小旅馆。我沿扶梯爬上三楼，很窄小很简陋的小单间。他说，每次来上海，都住在这里，就熟悉了，交通、吃饭都方便。我说是的，除了住宿便宜，其他都好。他笑笑。我说走吧，去吃个便饭。两人就边走边聊，慢慢从平望街朝南，拐到广东路，在老字号"德兴馆"坐下，点了几样本帮菜，喝了一点啤酒。于我，也是尽地主之谊吧。他带来了新编的《人生感悟与长寿感言》，也是老人们的短文汇编。还带来了乍浦特产鱼干、虾米什么的。他说，这次去看看周退密、丰一吟、田遨等。

后来，就经常通电话。他多次讲，有空来乍浦走走，家常便饭总是有的。得空我就去了，与樊东林等文友，驱车去看他的收藏。他家不难找，到乍浦镇，找食品站即可，他家就在旁边。所以，每次寄信，他只让我寄往乍浦食品站。我说没路没门牌号，能寄到吗？他说没问题的。果然每次都安全寄达。后来我知道，这是他的单位，直到退休。他的老伴患帕金森氏病已有20多年，天天服药，常年需他照顾，子女都不在身边。两居室的居处，家里几无像样的家具。陈旧、杂乱，可见他的生活质量如此。惟见一摞摞书报杂志和大小纸袋，散放各处。临走时，他边走边指着过道上的一间储藏室，说这里也堆满了。果然全是纸板箱。他说，这些都是文稿，还有6000多封来信，很是头痛。希望能给它们找一个归宿，被集中收藏，不要打散。后来，他编了一个书画藏目寄我，大约一百五六十件，询问值多少钱？我回说，文人字画，主要看名头大小。我给了他一个参考价。此事不知后来如何。

2015年，他来电，请我去乍浦。同去的还有上海新闻界、出版界同好。因为，他的一桩心愿了却了。六卷本的《文坛杂忆》由上海书店出版社一举推出，当地政府很重视，视为地方文化大事，为此开了一个首发研讨会。与会者都得到一套《文坛杂忆》。不料，过不久我在上海又收到一套，去电询问，他说把所有稿费都买书了，再特为给我一套签名本。如此，我对此书更增加了一层感情和了解。

20世纪80年代初,顾国华在与文化老人交往中,常听到不少轶闻旧事,觉得蛮有趣,如果能形成文字,保存下来,也算积累了珍贵的文史资料。在北京周振甫等文坛前辈的帮助下,他开始给一些文化老人写约稿信,很快就积掖成裘,有了满满一大袋。1985年开始,请人毛笔誊抄,以16开线装形式,自费编印成册,取名《文坛杂忆》,第一卷甫出,寄与前辈和爱好者,顿获赞誉多多,这给了他十足的信心。以后,每年一卷,雷打不动。老人们以笔记体的回忆文字,娓娓道来,古风纯厚。上海书店出版社慧眼识金,从中选编,先行出版了《文坛杂忆》及续编,让这些怀旧掌故得以广布。钱锺书对此书有"顾书亦颇有佚事可观,足广异闻者"之评。周振甫则说:"为弘扬民族文化,顾同志钟情于近现代文献的拾阙补遗,以数十年之业余时间,花无尽之精力,加以抢救、整理和刊印,这种精神应予充分肯定。"北京大学教授陈平原在六卷本的《文坛杂忆》序中写道:"要说民间写作,没有比这更合格的了。当众多作家为争取读者和奖项而争相标榜民间姿态时,僻处小城,非官非商,而且'七老八十'的一批业余作者,竟能以如此平静的心态纵谈文史,着实让我感动。"

皇皇六大卷,200余万字,100多位作者,平均年龄80岁。是真正的一部厚实之书。像小时难得吃一颗糖一样,我每天看几页,每天享受书中的佳醇。一套书看了许多年,还将继续看下去。尤其见到扉页的签名:"韦泱兄教正,二〇一五.七"字样,心情难以平复。顾先生没有什么学历,没有显赫头衔,只是一个文化爱好者,却坚持不渝,成就了文化积累大事。正如出版家钟叔河先生赠诗所曰:"杂采成书三十卷,忆前朝事警当今。"

几年后,听说顾先生的老伴病逝,他有点失魄寡郁。与他的联系,就渐渐少了。8月中旬天还炎热,手机中见到嘉兴文友范笑我的微信,转来顾先生儿子的留言,说父亲病逝,因天热就不打扰各位好友了云云。我见之无言以对,想到的就是他与我的交往,他对我的好。顾先生生于1942年,享年80,在当今盛世年代,这不算长寿,有点可惜。如今,他去世一年了,我的头脑中却挥不去他的影子。

乍浦是江南古镇,却因港而兴,经济繁茂。我想,无论地方大小,商厦几多,如果多出几个像顾国华这样热衷文化并身体力行的人,则人文气息浓郁,涵养更广的精神世界,足可为人们创造更为宜居的幸福家园。

君子之交蔡玉洗

与蔡玉洗的交往，真可用"君子之交"来形容了。因与他不是旧故，没有深交，甚至彼此没有加过微信，常常是失联状态。但有他的得力助手董宁文兄作"连线"，就不愁找不到他。

很早就听说"蔡玉洗"的名字，整整 20 年。2003 年近年底，第一届全国民间读书年会在南京举行，上海书友陈克希早早向我和李福眠兄传递了信息，后来因故我俩都没去成，克希兄陪时任上海图书公司老总彭卫国参会。他们带去了上图公司于当年 7 月自办的《博古》创刊号，正可与全国多地同好交流。此刊由彭总任主编，另请俞子林、陈克希主要操持刊物的日常编辑。他们回沪后，第一时间与我和福眠兄沟通了南京年会的情况。我这就知道了蔡总的名字，他是这次年会的倡议者和组织者，还提议以后每年召开一次，得到与会者的积极响应。之前他从译林出版社退出，任凤凰台饭店总经理，主办凤凰读书会，还于 2000 年 4 月，创办一份读书会内刊《开卷》。这也在一定程度上，催生和推动了各地民间读书刊物的创办。

第一次见到蔡总，是在 2005 年我到北京第一次参加年会时。经克希兄介绍，与蔡总握握手，问个好，算是打个招呼见过面了。仅此而已。开幕式后，我到处乱窜，去见北京的一些老作家。蔡总只管主持各项议程和活动，放任我自由散漫。我参加年会的次数本不多，20 届中大约五六次吧，每次都是这样，蔡总总是放我一马，任我随心所欲，身影游离会场。

可 2018 年在郑州举办的第 16 届年会，却给我留下深刻印象。这年恰逢内蒙古教育出版社出版了第五辑"纸阅读文库"，其中有我一本《暂不谈书》。年会安排有相关首发活动，主办方希望作者与会，那种诚意那种盛情，都让人不好意思说个不字。况且，又与自己的新著有关。年会的第一天开幕式，是蔡总主持，他慢条斯

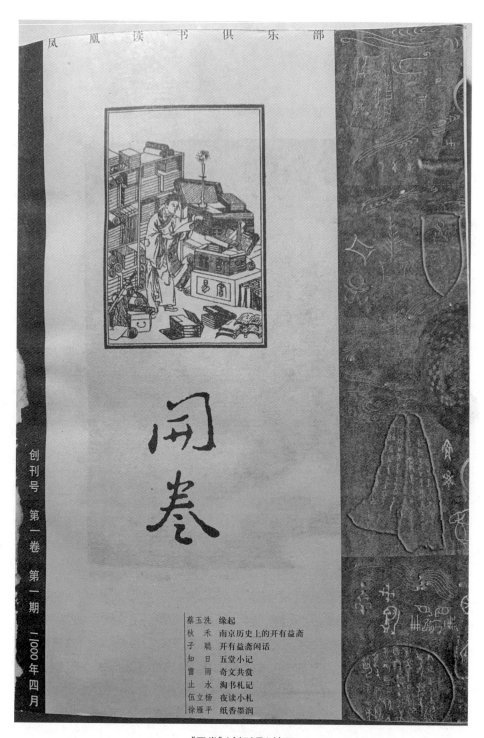

《开卷》(创刊号)封面

里,有条不紊,用一种亲切随意的串连语,让每个与会者都有发言的机会。而我最不喜欢的就是在大庭广众下,众目睽睽下,讲自己怎么怎么,怕被染上"表扬与自我表扬"的不好习气。蔡总大概看出了我的胆怯和顾虑,在轮到我发言前,他笑着说:"韦泱是读书界的老朋友了,"这一下就让我释然了。然后对我近年的写作细细评点,一点都不含糊,话语中还带着鼓励和期待。他的话不多,寥寥数句,全打消了我不想讲话的恐惧心理。有了这次"自我介绍",之后在"缘为书来"的特别活动中,我才能大胆作"自我推销",介绍《暂不谈书》一书的写作经过和种种甘苦。

之后的几次年会,我都因各种原因,未能到会,也就一直没有机会见到蔡总。但他在我心目中,却没有远离。几年前,上海新闻出版博物馆副馆长上官消波开始筹拍"文化人书房"项目,说到南京的拍摄人选,我自然想到了蔡总。前后两次驱车南京,联系董宁文兄,都不巧,说蔡总外出了。那就暂时搁下吧。今年疫情稍缓,我与上官从北京拍摄回沪,就想抽时间再去一次南京,正好我手头有书要送交南京几位书友,那就放在一起进行吧。与宁文兄联系后,回说蔡总近期身体不太好,那就再往后推迟一下吧,反正上海距南京不远,以后总会有机会的。

可是,这个机会将永远不再。也许,我与蔡总都知道,在时下纷繁的尘嚣中,"君子之交"的难得与可贵,"淡如水"的内涵与丰盈。但在"文化人书房"的系列中,终究留下了一个无法弥补的特殊遗憾。斯人已逝,说起这个遗憾,上官和我只能留下一声叹息!

生物学先驱张作人

10多年前,我曾写过《朱洗与生物科学读物》小文,不意被年逾八六高龄的版画家张嵩祖先生看到,他高兴地对我说:"朱洗与我父亲很熟啊。"他虽然没有子承父业,但说起父亲从事的自然科学,其严谨、务实的科学精神,却对他的艺术人生有着重要影响。张作人是我国原生动物细胞学及实验原生动物学的创始人与开拓者,今年恰逢他辞世30周年,回顾这位著名生物学家的一生,就是践行科学创新的一生。正如习近平总书记在全国科技大会上的讲话所说:"在实现'两个一百年'奋斗目标的紧要关头,科技创新是强国富民的关键。"

聪颖早慧,兴趣激发求知欲

张作人(1900—1991)出生在江苏泰兴城南的书香人家,自幼聪慧好学。祖父张石轩曾任县官,父亲张倚两江师范学堂毕业,精通英语和医学,中举人后赴京任官,返乡后一直从事教育工作,任徐州第十中学校长10余年。母亲在家务农,张作人从小与弟妹跟着在田头玩耍,对蔬果草虫产生浓厚兴趣。难得回家一次的父亲,在他4岁时就教他识字,读古文。一次,父亲在一杯清水里放些泥土,故意把水搅混,然后对他说:"如何让水变清呢?"让他放些明矾粉进去,很快泥土就沉淀到杯底,水就清洁了。父亲告诉他:"这是用科学方法,解决日常生活难题。"还有一次,父亲采摘一些野生花草,让他照着临摹,5岁孩子的画,居然获得邻居们的夸奖,更让他喜欢上了花草虫鸟了。后来,他在祖父的指导下,他读完了《古文观止》,又选读《史记》等史地书籍。祖父喜欢看小说,他也跟着偷看完了《三国演义》,八、九岁时,就能对小伙伴讲这些故事了。

很快,他到上学的年龄了。那时泰兴县里有一襟江书院,县里唯一的高等小学就设在书院里,而书院是秀才读书之处,到这里读书的人,年龄都在十七、八岁到20岁,大的快30岁了。而年仅10岁的张作人投考,一举上榜,轰动了全县。教作文的老师是著名地理学家何桂庵,他有一次给学生出了一道作文题《游历可增长学识》,同学大都从书上读到的古代游记中,选一些名人如何游名山大川,来加以发挥说明论题。而张作人却以记叙的文笔,写了自己出校门游览了附近的将军庙,从碑文上知道金人南下,岳飞驻军苏北,部下有一佘将军,抗金捐躯,乡人立庙以示纪念。又写了庙旁景观,以及城墙的建筑等,最后写道:"我今天只在城内玩了小小一圈,在历史上植物上建筑工程上得到许多知识,如果我能周游全国、全世界,获得的知识将是不可限量的。"老师阅后大为喜悦,十分欣赏他的作文,在卷面上批阅道:"取径独别,可造才也"。老师"取径独别"四字,深深印入他的脑中,使他从小养成独行我素的习惯,也足足影响了他的一生。

14岁小学毕业,他以优异成绩考入南京江苏第一中学后,更是培养自己独立思考的能力。当许多同学执迷数理化,不喜欢上生物课,还抱怨"生物有啥用"时,他却对生物抱有极大热情,不但在课堂上认真听生物老师上课,回到家里,就寻找蝴蝶、萤火虫等,积累了许多生物知识。每当老师在课堂上提问时,他都能对答如流,还能融进自己的想法。由此,他常常受到生物老师的表扬。有位刘云鹄老师,是朴素的辩证唯物主义者,教他们博物学。在带学生去钟山秋游时,一路上遇到花鸟草虫,都一一加以解释,并教导学生,在不同的事例上,要用不同的理论,比如拉马克学说或达尔文学说,都无法解释所有的自然现象。这让他后来即使功成名就,都不敢自立学说和门派,仍以自然界的规律,作为探索科学真谛的依据。

漫漫学涯,难忘导师教诲

由于从小生长在农村,对植物有着极大兴趣,又经刘云鹄老师的经常指导,他几乎不费力气,就通过了江苏省教育厅的选拔考试,又保送北京,轻而易举被北京高等师范学校博物部的复试录取。从此,决定了他一生的专业道路。

按一般规定,大学博物专业有动物学、植物学、矿物学等科目,而北师高校的这一专业,还设有地质学,使他幸遇地质学家翁文灏和丁文江两位名师。翁是地质学的主讲老师,他上课不用课本,也无讲义,边讲边在黑板上手绘图例,滔滔不绝如行云流水。他要学生按他的授课内容及图示,记在自己笔记本上,然后他一一检查,当看到张作人的本子时,他露出满意的神色。以后,就对这位学生特别关照,常带张作人去逛北京郊区的山水风景,边走边讲,要学生都记录下来,回来后就查看他的本子,把漏写之处要学生当即修改补充进去。这是翁师培养学生如何从大自然中汲取知识的有效方法。有一次,他带张作人去西山,走到一个低洼处,对学生说这里过去是河底。见张作人疑惑不解,老师告诉他,这里脚下的石块都是圆圆的没有了棱角,这是水流长期冲击而成的,而且旁边的山峰上,有明显的水漫痕迹,两边山上的位置也在同一高度。这让张作人感悟到,地质学与生物学一样,都要根据考察实际,加以自己的思考,才能得出正确的结论。以后,翁师每次带全班学生作地质旅行,结束考察后的总结报告,都由张作人来执笔完成。

"五四"以后,应学生要求,学校聘请丁文江来校讲学。当年,我国懂遗传学的人很少,遗传学的老师也不易找。有的学生没有想到,地质学家的丁文江,学识渊博,也是遗传学方面的专家。可丁文江上第一课就说:"大家知道,我是学地质的,怎么来讲遗传呢,我不是教一些具体的遗传知识,这些你们看书就行了。我只是来让你们懂得,如何获得遗传学知识的方法。"丁师以古人"点石成金"的例子,来教导学生,科学的方法就是"仙人"的指头,一点就灵。丁师说遗传学研究方法有三条,一是实验生物学,二是细胞生物学,三是谱牒统计学。他说:"学科学不可学别人的成果,而要学别人获取成果的方法。"他的授课,使张作人心领神会、茅塞顿开,使他明白了生命起源和生命连续、生命形态特征和生理功能发现之间,存在着微观的相互关联,从而引发他对生命科学的思考。更让他明白了,不要在别人后面亦步亦趋,科学需要务实,需要从自身实践中悟出道理,创出新见。

1921年,张作人从北师高校顺利毕业,按教育部的要求,学生所在的地方政府可出资,安排学生出国考察。这样,在泰兴县府的资助下,张作人去日本东亚高等预备学校学习日语。当年日本开始学习西方,科学界也是追随西方学者,很少有自创的理论。在日本没多时,他就感到,课堂的教材多是照搬欧洲国家的,缺乏联系实际的内容,与其这样,不如索性直接去欧洲求学呢!这样想着,几个月后他就结束了在日本的学习,提前回国。为筹措去欧洲的学费,他先后在淮安第九中学、海州第八师范学校,以及辗转到上海,在吴淞中国公学、上海中学等校任教,还到上海大学、大夏大学兼课。他教的都是生物学,结合实践,深入浅出,很受学生们欢迎。他上生物课时,学生常常挤满教室,还吸引其他专业的不少学生来旁听。如此含辛茹苦、东奔西忙,再加上几年中的省吃俭用,才积攒2000余元可以去欧洲留学的费用。

游学欧洲的第一站,他先到法国学了一年法语,然后进了比利时布鲁赛尔大学。他的指导老师叫朗尔曼(Awg Lamerre),教的是"动物系统学",这对张作人来说,是一个完全陌生的名词。这位国际著名的动物学家,非常严谨、博学,他说从生物学、生理学到解剖学等分类学,只是机械地记录科学,只有进入到哲学境界的层面,才能融会贯通,这就是"系统学"。他使张作人认识到,以前在国内学的动物学,是平面上的,而系统动物学,是时间与空间上具有相互关联的立体式动物学。

另一位指导老师叫白里安(Br ien),是生殖生理学专家。他知道张作人想研究遗传学,就告诉他,首先要选择好研究的材料,有的材料一年一代,有的材料一月一代。指导他如果用原生动物,在组织结构上是一个细胞,在生物功能上代表一个生命,而且饲料简单方便,繁殖也快,一天可传一代,可以天天做实验,这样得出的结论就较为可靠。导师的话,为张作人终身从事原生动物的研究指明了方向。

在他的辅导下,张作人采用原生动物草履虫做实验,进行遗传学的研究,在此基础上,撰写出《培养液对遗传的影响》《棘尾虫分裂期间核质关系》两篇论文,一举通过专家答辩,获得博士学位。同年夏天,张作人到法国奥司考大海洋生物学研究所工作,结识了誉满全球的原生动物学家夏东(E. Chatton)。别人说这位教授脾气古怪,可他对张作人却一见如故,亲切和气,常常带他做实验,一起下海涉水,采集原始标本作研究。后来在法国斯达斯布大学期间,张作人写出《培养液中的细菌对草履虫繁殖的影响》,再次获得博士学位。由此,张作人成为获得比利时和法国"双料博士"的中国生物学家第一人。

这位法国夏东教授,对曾在法国留学的中国另一位生物学家朱洗十分敬重和佩服。朱洗与张作人同庚,先几年到法国留学,是第一个获得法国科学博士的中国生物学家,回国后在广州中山大学任教,1937年在上海创办了中国第一家生物研究所。张作人紧随其后留学法国,在生物学领域,两人成为我国获得法国科学博士学位的"双子星座"。他们私人关系甚好,20世纪30年代初在中山大学共事,1947年,共同撰写出版了三卷本的《动物学》,成为该领域的扛鼎之作,填补了我国动物学长期缺乏教材的空白。1962年4月,在朱洗病重期间,对前去探望他的张作人说:"你的那部《原生动物学》写得怎样了?要快啊,青年人多么需要书看啊!"当年7月,朱洗病逝,张作人没有想到,这就是朱洗给他留下的最后遗言。

高龄入党,信念弥坚矢志科研

1932年,应中山大学生物系主任罗宗洛的邀请,张作人回到落后贫穷的祖国,受聘中大生物系教授,以"科学救国"为己任,一头扎进教学和实验中。因在学生中享有极高威望,遂被校方任命担任训导长。20世纪40年代后期,"反内战、反饥饿、反迫害"的学生运动波及广州。中大师生积极投入进步的爱国活动,而张作人多次站在学生一边,为之解释开脱。这样,他保护了学生,营救出教师,却得罪了国民党当局。1948年7月的一天,他被污以"阴谋暴乱、颠覆政府"的罪名,关进了黑暗牢狱,时间长达近两个月之久。经友人帮助出狱后,赶紧潜往香港避难。其间越南、新加坡、美国等纷纷伸出"橄榄枝",以高薪聘请,他均不为所动,体现了中国知识分子的骨气。

上海一解放,陈毅市长指示华东局教育部,尽快联系张作人,邀请他来沪任教。他辗转从香港经广州来到上海,担任同济大学教授兼动物系主任。1952年,全国高校院系调整,他到华东师范大学生物系并任系主任。1954年,他创建上海市动物学会,担任理事长。

20世纪50年代中期,全国开展"除四害"(老鼠、麻雀、苍蝇、蚊子)的群众性运动,作为学会理事长的张作人,经常与大家一起讨论,麻雀究竟是不是害鸟?当时全市各处出动几十上百万人,上大树,爬屋顶,面盆锅盖齐上阵,锣鼓敲得震天响,还加上助威呐喊,把小小麻雀吓得闻风丧胆,东窜西逃无处藏身,直到一只只精疲力尽,被人捉住死路一条。面对此景,张作人心里颇不平静,陷入了深沉思考:麻雀可与老鼠不一样,不能人人喊打全民围剿的。他的想法与时任中科院生物研究所所长朱洗,以及华师大生物系老教授薛德育不谋而合,三人常聚一起讨论,形成鲜明观点和充分论据。很快全国第一篇不同意"肃清一切麻雀"的文章《谈谈麻雀问题》见诸报端,虽署薛教授一人之名,其实就是三人的合作之文。接着,报上又发表了《对麻雀问题提一点参考意见》,虽署张作人名,也是三人的"集思广议"之果。此两文发表后,引起社会和学术界的热烈反响,三教授意犹未尽,再聚且论,由薛教授整理执笔,又发表第三篇文章《再谈麻雀问题》,重申对麻雀要加强实地观察,要以科学态度来审查其利害。益鸟不仅是国家的自然财富,它们的存亡,关系到大自然的生态平衡。不久,国家农业部门发文指出:"打麻雀是为了保护庄稼,在城里和林区的麻雀,可以不要消灭"。之后,相关的文件明确:"麻雀不要打了,代之以臭虫",四害就更正为"老鼠、臭虫、苍蝇、蚊子"了。一场全国性的大规模打麻雀运动,在科学的威力下,就这样偃旗息鼓了。张作人赢得了人们的称赞。1963年,他兼任上海自然博物馆学术委员会主任。

在难熬的"文革"中,他屈居不足10平方米、堆满杂物的陋室,在手头没有资料

《张作人文集》封面

的情况下,凭着几十年实验在头脑中的积累,撰写《有关原生动物学材料》。当科学的春天来临,他已写下了 10 多万字。1978 年,他的《原生动物细胞核质关系研究》实验项目,在北京召开的全国科技大会上,获得了全国重大科技成果奖。1981 年,他的生物学研究成果《细胞质流对原生动物细胞核质关系的影响》,获上海市重大科技成果一等奖。同年,他创建中国原生动物学会,担任理事长。他以人工手术方法,在棘尾虫上获得正常的"双体动物",这在国际上也处于领先地位。许多国际同行认为,他的研究为探索生物的奥秘开拓了新的途径,称赞他的研究是"有价值的贡献",先后有法国、美国、比利时、日本等 10 多个国家的专家学者来函,要求互换学术资料。

难忘 1984 年 6 月,时年已 84 岁高龄的张作人,在华东师范大学光荣加入了中国共产党,在追求真理的道路上,实现了毕生的夙愿。一个从旧社会过来饱经沧桑的知识分子,一个与贫穷中国患难与共的生物学家,对党的信念始终坚如磐石,始终秉持马克思主义的唯物史观,坚持科研一线的实验和创新,撰写出近百篇高质量论文,被评为上海市和全国科技先进工作者称号。他半个多世纪来教书育人,坚持向学生讲授《进化论》《达尔文学说》《普通动物学》《细胞学》《遗传学》《原生动物学》等十多门课,是名副其实的生物学教育家。

除了科研与教学,张作人十分关注科学普及工作。他 25 岁就写出《化石》一书,作为商务印书馆"百科小丛书"的一种。1928 年写出《人类天演史》,又与章熙林合著《古生物》。1944 年在中山大学撰写了《现代遗传学》,以及《草履虫》《变形虫》等科普读物。直到 1986 年,他撰写出版了《生物哲学》一书,从哲学角度阐述了他对生命起源、物种形成、遗和进化等生命科学基本问题的看法,这是他一生科研思想的结晶。在序中他预言道:"二十一世纪是生命之科学的时代,如果想懂得生命的意义,必须了解生物体上全部物质和功能,以及其间全部的相互关系。必须了解生物与大自然界的相互关系。大自然是变的、动的,生物体上的物质与功能——也就是生命现象,也是随着时间与空间的变化而发展进化的。"他还谆谆教导:"特别希望青年生物学工作者根据自己的思想方法、科学方法从自然界获取知识。"在20 世纪 80 年代他受聘担任我国第一届动物学专业博士站的博导。他带出的一代代研究生,都在回忆中说:张老 80 多岁年纪还经常到实验室来,指导我们如何求证课题、如何提取结果等等,堪称年轻一代科研工作者的楷模和榜样。

爱国实业家黄以霖

因写已故上海老作家赵自的文章,遂与其老伴黄以群有了多次聊谈的机会。现年99岁的黄老,早年就读上海圣玛利亚女校,因参加进步学生运动,被列入国民党大逮捕的黑名单,党组织得知后迅速将她转移到苏北解放区,之后她随军南下参与接管上海,派往团市委投入建团工作。因早年学的是畜牧兽医专业,后调任上海牛奶厂牧场场长、奶牛研究所所长等,1989年离休,现居上海颐养天年。她与我聊天,很少谈自己,谈的是赵自在解放前的工人运动中,受中共地下党委派,编辑工人报刊,为工人鼓与呼。上海解放后他先后调入《劳动报》和市作家协会,为培养工人作家奔波忙碌。而谈的最多的是她的祖父黄以霖,很多史料鲜为人知,弥足珍贵。

科举入仕,不忘家国情怀

黄以霖(1856—1932)字伯雨,江苏宿迁人,出生在三代中举、溢满书香的大户人家,在宿迁城东门外的东大街,占有10余进院落,堂号为"行恕堂",恕就是严以律己、宽以待人,这是黄氏家族世代安身立命的真实写照。门联上书:"郡传江夏、门近阳春",可见家风纯厚,多有善举懿行。黄以霖自小在"共称黄氏特周全、也将诗书数代传"的环境中长大,耳闻目染,受诗书礼教熏陶甚多。祖父黄勤修曾任镇洋县教谕,父亲黄亨业中举后,历任溧水、沭阳等地训导,后执教于钟吾书院。他延请名师,自幼对黄以霖进行严格施教,使儿子从小对四书五经熟烂于胸。

1885年,黄以霖考取乙酉科拔贡并保送入京,在国子监学习深造。6年后他35岁时,以优秀成绩考中光绪辛卯科举人,并于1892年应选内阁中书,为《大清会典》纂修一职,"于一朝政治沿革等,条晰分明"。这样,黄以霖完成了从地方学子到清府官员的身份转变，为他日后大展鸿图打好稳定基础。

1895 年，中国海军在甲午战争中惨败后，黄以霖痛定思痛，参与了"公车上书"，力陈时弊，倡导改革。3 年后，黄以霖出使日本任使馆参赞。3 年后任神户兼管大阪总领事官，开始了真正的仕途之路。此时，他与时任湖广总督张之洞结交，陈述中日在军事、经济与教育上的差距及变革之必要，深得张之洞的赞同和欣赏。不久，湖北施行新政，张之洞从教育入手，创办武备学堂，实行新军教育，即招黄以霖回国，聘其为监督。不久，又设立湖北学务处，任命梁鼎芬、黄以霖为文、武学堂提调。武备学堂即张之洞在武昌设立的陆军军官学校。黄以霖借鉴日本军事教育制度，严格要求学生，使湖北新军的军事素质很快得以改善，学业优秀者，将派赴日本继续深造。据学生后来回忆：武备学堂学生待遇优厚，学生不但衣食有保障，还每月给发零用钱四两银子。有的学生不珍惜，养成乱花钱的习惯。黄以霖认为如此"不能认真学习，遂停发"。由于管理得当，声誉日隆，他从武备学堂提调，而升为铁政洋务局提调。1905 年，继任武昌府知府后不久，受任粤汉铁路、川汉铁路总局提调，担起中国最初的建设铁路之重任。

黄以霖先生

由于政绩显著，1910 年被调任湖南提学使。第二年，湖南发生保路风潮，又命黄以霖兼湖南布政使一职，可谓临危受命。可惜的是，时代风云骤变，在此没有给他留有施展才华的瞬息时间。在他安抚学生之际，继武昌起义后，长沙起义爆发。黄以霖"誓死以战，率诸生及兵士环守三昼夜"。然而参加起义的新军，多是原武备学堂学生，师生怎能兵戎相见。在学生们的力劝下，黄以霖深明大义并顺应时势，即与新军议和，最终把湖南省财政库存及账册悉数交给新军，使新军有了稳固的经济基础推动革命。此后他大彻大悟，无意官场，拒绝了袁世凯请他出任江苏省实业司司长一职，决意回归故里，终身不仕民国。

举办实业，力促民生保障

黄以霖的实业救国之路起步甚早。时在 1903 年，他就联络张謇、李经方等实业派人士，向清府商部呈文，申述利用宿迁的矿砂资源等优势，建立我国自己的玻璃厂之必要："此项玻璃异日出口，以期畅销外洋而扩中国商业，淘以国计民生，两有裨益。"经清廷批准后，一家名为"耀徐玻璃厂"的实体企业建成投产，从开始的平板玻璃，到窗片玻璃、帘板玻璃、型板玻璃等许多品种，且日产 7 000 余块，品质精良，经南洋劝业会江苏物品展览会及巴拿马万国博览会审核，给予优等奖章。现在，为纪念中国第一家玻璃厂的诞生，在宿迁原"耀徐玻璃厂"原址，建有"世界玻璃艺术馆"。馆前有三座玻璃雕像，分别是宿迁黄以霖、南通实业家张謇、安徽烟运使徐鼎霖，他们是中国玻璃制造业的开创者。

《化石》封面

继投资玻璃厂成功后，1913 年，黄以霖联合扬州李梅隐、板浦施效庵及赵尔巽、张小松等官绅富商，集资 100 多万元，于灌河东岸开辟滩涂、创建盐场，共建圩 40 条，铺滩 300 多份，创办了济南大源制盐股份有限公司，黄以霖任公司董事长兼总经理。大源与原有的大有晋及随后建立的裕通、庆日新等四家制盐公司，撑起了淮北盐业的空前规模，带动了百业兴旺，当时陈家港人口骤增，人们从全国各地纷至沓来，安家落户，商业亦一片繁荣。盐业之外，黄以霖又着手开始垦业的发展，于 1921 年在东海创办了意成垦殖公司，次年在灌云创办了新灌垦殖公司。至此，形成了以南通大生纱厂为中心的张謇、大源、新灌作为后起之秀的黄以霖等为代表的实业家群体，他们以纱织、矿业、盐垦为产业基础，从整体上推进了苏北工业的发展进程。

在这些实业家完成初步的资本积累后，他们也不无忧虑，随着外国资本的输入及国内军阀混战,民族资本的发展步履维艰。于是,他们希望通过地方自治来革新时代。黄以霖与张謇、韩紫石等18人共同发起成立苏社,旨在通过对水利、交通等实施治理,以加快地方经济发展。他们首先成立江苏运河工程局。成立典礼那日,黄以霖作慷慨演讲:"今日以霖得与督办、会办及同志诸君子欢聚一堂,以地方人办地方事,实从前所未有。吾苏乃先天下有此伟举,此自治发展之见端也。由是而沂而淮,同人等有无穷之希望焉。"与此同时,他在扬州"湘园"召集有关人士开会,决定改"瓜清长途汽车公司"为"江办长途汽车公司",与会人员当场认购新股7.8万元,先筑清镇线瓜扬一段,然后次第推开。会上,大家推选黄以霖等三人为筹备主任。

地方水利、交通等基础设施的建设,牵涉到巨大的资金投入,黄以霖认为首要厘清江苏财政状况。于是,在无锡"梅园"召开的苏社第二届大会上,黄以霖与张謇、荣德生、韩国钧、唐文治等被选为理事,此次大会以江苏自治为主题,提出清理财政、公开信息等主张。并成立江苏省清理财政委员会,在财政亏损严重的情况下,提出发行地方债券、消减军费政费两个解决方法。黄以霖联合黄炎培、张一麟等,提交了《江苏省善后会议提议岁减本省军政各费以救破产紧急动议案》。同时,黄以霖受省长韩紫石的委托,到北洋政府疏通发行地方债之事。后因苏浙军阀之战一触即发,黄以霖不得不为苏浙和平为首要任务,于1923年成立苏浙和平会,他和黄炎培、史量才等被选为干事,力保江浙和平。此间,黄以霖决定为民请命,致电孙传芳和段祺瑞,面见督军齐燮元,力争消弭兵祸,拯救民众于水火之中。黄以霖以一介儒士,在乱世之中,固守着治安平天下的责任与担当。

寓居沪上,善举恩泽后代

1912年,辛亥革命后民国初立,上海成为晚清遗臣的聚集地。为了便于开展联络工作,黄以霖从宿迁移居上海,入住重庆北路300弄"咸益里"11号。他一方面利用上海的通讯与交通的便利,广泛联络官绅与地方商界,一方面开始实业与慈善事业。

他要做的第一桩事,是联合盛宣怀、孙宝琦、李经方、冯煦等,在上海成立广仁善堂,主要进行义赈和工赈活动。在各位董事捐献多座铁矿等协力下,奠定了筹建基础。选择与汉冶萍煤铁矿毗邻的九江、鄂城、萍乡三地,由该堂出资购置矿山,注册登记,聘选矿师,使企业成为堂中的永久产业。如此一可为中华保存优质矿业,二可使汉冶萍有持续发展潜力,三可为该堂义赈筹得钱款。一年中,广仁善堂为山东小清河工赈、江皖义赈等,共出资达 100 万两之多。更不用说,他为赈济家乡宿迁灾民,至 1926 年已达 22 万元之多。乡民对其感恩戴德,曾在宿迁兴国寺,为之撰文勒碑,以记其功。

几年后,他又与成静生等人,发起成立上海临时义赈会,广泛募款,专门救助鲁南兖州和沂州两灾区,并聘请具有赈务经验人士,分赴灾区调查研究,分别施策。同时联合沪上其他慈善团体,共同募捐,共募得近 6 万余元,直接发往灾区。

1928 年,上海临时义赈会出版《义赈汇编》,黄以霖在序中说道:"惟从来赈务经始大抵人款交筹,得款易,得人尤难。"他已意识到人才的重要性,义赈需要一大批具有高度自我牺牲精神和丰富经验的志愿者。这样,他开始联手小他 20 多岁的黄炎培,并参与到中华职业教育社的创办工作中。

早在黄炎培创建中华职业教育社之前,时任武昌知府的黄以霖就奏请张之洞,要求设立农工商小学堂,认为"振兴实业为富民强国之基,而农工商三门均先从初等实业入手,用费无多,收效甚易。"得到张之洞首肯,谓其"办事有法、可嘉之至"。黄以霖遂把通判旧署改为农业学堂。此后又创办职业中学,并为中华职业教育社输送人才。到 1926 年,在职业教育、农村教育、妇女教育等取得不少经验的情况下,中华职业教育社成立了董事会。已连续两年担任年会主席的黄以霖,在董事会第一届第一次会议上,被推选为主席,并派遣黄炎培到美国调研职业教育,代表中华职教社出席在加拿大举行的世界教育联合会大会,以学习先进教育理念,开阔教育视野,最终使我国职教事业为改变社会、发展国力而奠定长远根基。

在中华职业教育社的发展过程中,黄以霖与黄炎培、史量才、沈信卿等一起,发起成立了甲子社。该社在人文类辑《通启》中写道:"近观欧美各国图书馆,多有裒集人文,以备征询,视为社会服务之一端。同人不自量度约集同志,从事收集关于人文之记述,分类庋藏,使修学、著书、施政、行事者得有所依据。"该社后易名"人文馆",从事政治、经济、文化等学术资料的收集,并设立人文图书馆。黄以霖去世后的 1933 年,实业家叶鸿英捐款 50 万元支持图书馆发展,遂改为"鸿英图书馆",便是建国初的上海图书馆前身。1955 年,黄以霖的后代把他一生收藏的碑帖、字画、古籍共 1.2 万多件,悉数捐献给上海图书馆,体现了黄氏家族一脉相承的奉献精神。

晚年的黄以霖,把主要精力投入到教育、赈灾等方面,时国内军阀割据,民不聊生。在此社会混乱的夹缝里,他所进行的艰苦卓绝的济世事业,展现出大无畏的忘我及担当精神。

1931 年底，黄以霖在病入膏肓的情况下，仍牵挂慈善之事，并嘱黄炎培在他身后将其收藏的书画捐给甲子社。黄炎培在当年 10 月的日记中写道："偕德轩、问渔访黄以霖病榻，承问时局"。年底，黄以霖还与黄炎培、马相伯、韩国钧、唐文治、穆藕初等人，发起成立江苏省国难救济会，成立宣言气壮山河："寇深矣，祸亟矣，国民披发缨冠，剑枪屡及，以赴国难，义无可辞矣"。

1932 年 1 月，黄以霖在上海逝世。当年《申报》报道他的遗嘱："余无遗产，丧务从俭，亲友有服官者，务念守土有责"。真是积德行善、高风亮节。黄炎培获悉他的殁讯，即写挽联痛悼："一言一行皆模范，在朝在野总沧桑"，此联概括了黄以霖严谨、廉政、奉献的非凡人生。

王蒙的侧影

这回在北京见王蒙先生，真正是在他左右两侧，面对的多为他的侧影。

那天，跟着上官消波的车，去王蒙家拍摄。这是上海新闻出版博物馆"文化人书房"的一个摄制项目。此前拍摄文艺评论家陈丹晨先生，承他热情推荐，给了王蒙的联系方式。通上电话，王蒙一听是上海来的，一口应允，说"尽快安排见面。"

按约定的时间，我们早早来到京郊上庄村。第一个细节就让我们怦然心动。车抵王蒙家门前，准备揿门铃时，忽见门并没关紧，只是虚掩着。慢慢推开，在内门敲了几下，但见王蒙快步走出，连说："进进"，又说："近年耳背了，怕听不见门铃让你们久等，门就不锁了。这叫门户开放吧。"我们会心笑道："让您费心了。"上官递上名片时，我说这是出版博物馆馆长上官先生，上官纠正道："是副馆长。我们和上海'韬奋纪念馆'是一套人马两个馆。"王蒙笑笑说："都得管啊。上海很熟，每年都要去几次呢！"

这样轻松的聊谈，解除了我们的拘谨。王蒙领我们上了二楼，说："这里是我的书房。架上的这排书是近年出的。"这正中上官下怀，赶紧说："我们要的就是这样的拍摄效果，在您的书房，以您的书为背景。"王蒙的专著包括小说、散文、评论、自传等，有100多种。这不，书架上列着刚出版的45卷《王蒙文集》。临窗的右边，阳光铺洒进来，十分柔和。对摄影来说，是最佳光线。我站在王蒙左侧，帮着上官打辅助灯光。"咔嚓、咔嚓"，上官干脆利索按快门，王蒙站立的半身肖像就拍好了。

接着，转到三楼，又一个细节让我们心生感动。王蒙一边走，一边提醒我们，说："当心头，小心碰着。"我们这才抬头观看，这里已是顶层，呈三角形，几间屋子都是中间高旁边低。进了一间大屋，里面套着内屋。王蒙说："这里乱得像书库，没时间整理。"我们一看，还行，书都一排排码得蛮整齐。这应该是他的藏书了，应有尽

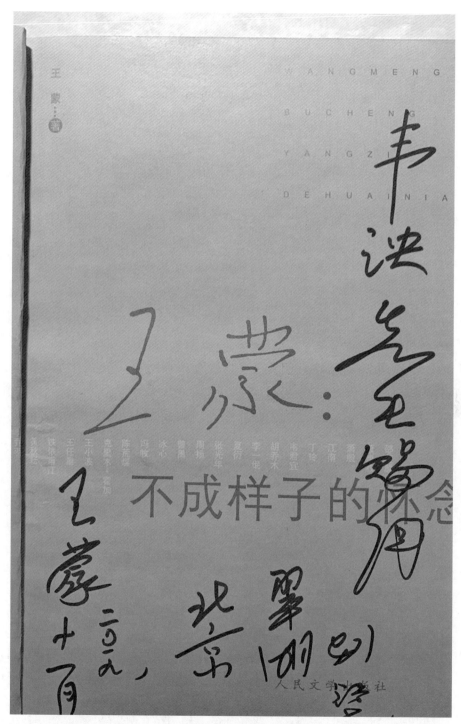

《不成样子的怀念》内封

有。大的如《新疆画册》《香江历程》，小的是《嘉兴文杰》等。王蒙指着窗台边一摞书说："这些都是我的外文版作品集（他随手拿起一本），这是韩国出版的书。"上官赶紧说："太好了。"就把这摞书全抱过来，就在门内一边放定。这些书中有英、法、德、日、俄等，如果全的话，王蒙的作品被译成过20多种文字在国外发行呢！上官请王蒙坐在两间屋子中间的木门槛上。我一看，立马领会了上官的拍摄意图。从里间往外间拍，两个屋子的书统统摄入了他的镜头。

拍了两张，王蒙忽然说："慢，我去换件衣服。"很快他就把中式布扣外套换成了无袖拉链小夹衫，他说："这件我挺喜欢的，来一张。"果然，又是一种新形象。作家的创新意识比常人强，如果限于一种款式或一种颜色，拍照就显得单调了。

看着那么多的书，我说："真是坐拥书城啊。"他说只是一小部分。说着就聊开天了。他说在青岛中国海洋大学内，有他的文学馆，大部分书都运到那里去了。还有四川绵阳艺术学院中，也有他的一个文学馆，取走不少书，否则真放不下。他说因为活动多，平时住在市内。今天特意来此摆"pose"了。

难得去一次京城，也难得见到王蒙先生，总得留个念想。之前趁着周六去了一趟潘家园。这淘书也有不少潜定律，你越想找的书，常常是"踏遍铁鞋无觅处"。无意间，却又会给人一个"柳暗花明"的惊喜。这不，在一旧书地摊上，赫然瞥见王蒙所著《不成样子的怀念》。10多年前定价20多元的书，且品相甚好，只花5元就到

王蒙先生与韦泱

手了。此书写的多是王蒙结识的文坛前辈周扬、夏衍、丁玲、冯牧，也有他的同辈文友如宗璞、张洁、冯骥才等人。

拍摄结束，我取出该书，请王蒙签名，他大笔一挥，题写道："韦泱先生赐阅，二〇一九，王蒙十一月，北京翠湖别墅"。我赶紧谢过，然后道别。看他疲惫地想站起来送我们，又连忙按住他，说："王老请留步"，他礼貌地说："那我坐着先歇歇"，并关照他的年轻司机送我们下楼。

一个曾经担任共和国文化部长的著名作家，86岁的文化老人，被我们折腾了近一个小时，确实够累的。而且，他没有一点故作清高的名人作派，谦逊、随和，在拍摄过程中，听任摆布，配合得尽善尽美。这都使我们深怀敬意，也由衷地铭感在心。

在这幢楼的上上下下，上官所拍摄的大多是王蒙先生的正面形象，他在自己的书房中，他与书亲近的瞬间。而我想，他有那么丰富的传奇经历，有立体多彩的人生，还有生活中的细枝蔓叶，细语微言，这何其真实而又生动。我写下这些零星的文字，就算是他的一个侧影吧。

诗兄小龙

我不知道该如何来谈王小龙的诗歌。照理说,我对他的诗不陌生。朋友们叫他龙兄,我觉得这听起来不太雅,会让人走神。我应该称他诗兄。在谈他的诗之前,我很想先说说我们的诗缘。

20 世纪 70 年代末吧,我从电力技校毕业,被一纸调令扔到了上海北隅的宝山。那里正在兴建举世闻名的大工程,叫宝山钢铁总厂。这从日本引进的偌大钢厂,需要匹配大功力电站,同时从日本引进两台 35 万千瓦机组。我的工作就是参与机组中的锅炉安装。因为爱好文学,涂鸦几句诗文,被调去做专职共青团干部。后来我知道,大我 4 岁的小龙,已先我做起了一家造纸机械厂的团干部了。这有点相似的经历,也许是我们日后交往的契因吧。

很快进入 80 年代。一天,我所在的电力安装公司团委收到来自上海市青年宫的一封公函,打开一看,我乐了。这是一张参加上海市青年宫"青春诗会"的入场通知。跟诗有关联的事,我一马当先。上海市青年宫过去叫"大世界"。"文革"中它改成了上海市青年宫,改革开放初期,有关方面怕一下子改回"大世界",有点难以接受,就又挂出一块牌子,叫大世界游乐中心,与上海市青年宫合署办公,门外的大招牌,仍是书法家任政书写的"上海市青年宫",隶属团市委管辖。我第一次走进这个地方,全是各种演艺节目。我直奔四楼小剧场。那晚"青春诗会"的诗歌朗诵确实不错。第二天,我提笔给上海市青年宫写了一封信,大致先表扬一番后,提了几点建议。那时年轻啊,任性啊,心里想啥就立马付诸行动。信寄出去后,也忘了此事。几天后,忽然收到与上次同样的一个上海市青年宫信封,却署了我的名字。拆开一看,一页小信纸,上面大意是:来信收到,谢谢您的建议,因初次办这样的诗会,经验不多,以后值得改进的地方甚多,请多予支持云云。落款名字是王小龙。钢笔字写得挺流畅有力,给了我好感。以后,我就一次次收到来自上海市青年宫的"青春诗会"通知。这个会真是投我所好啊。我聆听到不少好诗,有那时还是纺织厂女工的董景黎的诗,有那时还是中学生的沈宏菲的诗,说起来,不管现在爆得大名的,还是仍默默无闻的,都应是小龙的学生吧。

又过了一段时间,接到小龙来信,说想找四五个人,弄个诗歌沙龙,每一二周大家聚下,聊聊诗歌。这些人中,记得有陆新瑾、余志成等。在上海市青年宫一个空旷的教室里,小龙定时与我们聊诗,他是北岛、顾城的朋友,聊他们为首的"朦胧诗",聊北岛一个字的诗《生活》,聊唐诗宋词,聊惠特曼聂鲁达海明威。然后他看看我们的习作,点评几句。记得一次我带了一组工业题材的诗,他看后全部否定,说不能以报刊上发表的诗为好诗标准,不要以发表或获奖为写诗的要求,也不要以看得懂看不懂来认定诗歌的好与不好。要想一想,你的诗与别人的诗有什么不同,跟着流行走,你永远是三流四流的诗人。这对我不啻是一次"地震"。我一直以为,优秀的诗才能登上报刊吧,写诗不为发表那为啥呢?看不懂的诗好在哪里呀?小龙的话,我琢磨了很久。

后来,大家都忙,这个沙龙就无疾而终。大概在1983年接近年底吧,小龙召我去。我去了。小龙拉我到僻静处说,有可靠的打字印刷地方吗?我不假思索地点点头。他就交我一叠诗稿,说帮忙打印100份。说完,我俩就快速分手了。这很有点像地下党接头的意味。

我揣着这叠诗稿,像接受了一桩重要的机密任务一样,责任重于泰山。第二天白天心里盘算好,临近下班前,我故意漫不经心从团委办公室走到隔壁的文印室,轻轻对团员小张说,侬下班没事的话为团委打打字好吗?答说好。等公司里所有人都远离,我拿着诗稿交给这个团员。不一会,团员让我校对,校完我送回。又一会,16开的《实验诗辑》(三十七号)新鲜出炉,只有薄薄的8页,五位诗人的作品,古城(顾城)的《季节,保存黄昏和早晨》、南南(王小龙)的《自修课》《厦门寄往上海,致妻子》、蓝色的《吉他乐队》、野云的《因歌》《季节生活》、木木(默默,朱维国)的《谈话录:丹麦古堡外的海涛》。我用纸袋小心装上,第二天赶紧给小龙送去。这是我作为团干部,唯一一次利用职务之便,为小龙开的"后门",从不敢对外人道也。至今,我还保留着一份这期油印诗刊,它可是经我手出来的啊。可惜的是,诗人们的珍贵手稿,被我多次搬家弄丢了。再后来,听说小龙有次骑自行车,后座上扎着一摞自印的诗刊,不小心掉了,被好事者捡去交给公安部门,小龙免不了被唤去传讯一番。那时社会闭塞,弄民间诗社诗刊,如同地下工作一样。

　　20世纪80年代里，也是小龙诗歌创作较多的年份。我读了不少，《鼓浪屿》《心还是那一颗》《纪念挑战者号》等等。后来大家都经历了一些事。后来他离开了上海市青年宫，去一家录像公司任老总，可能他不善此道。90年代他调往上海电视台做纪实频道的编导。也许他想把电视纪录片玩得更得心应手，那些年他暂停了写诗。不过，他说过，诗人到哪里，都不会忘记自己是一个诗人。我的理解是，诗人的任何文字，应与众不同。我想起我读过他写的小说、剧本，以及其他非虚构文字，的确不一样。

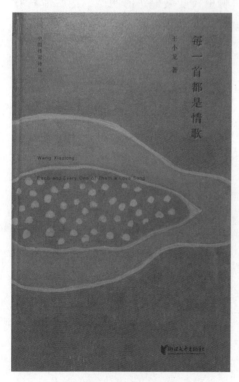

《每一首都是情歌》封面

　　其实，小龙是不怎么发表诗的诗人。30多年前，姜金城主编的《探索诗集》，选了他的《出租汽车总在绝望时开来》《纪念》。陈超主编的《中国探索诗鉴赏辞典》，选了他《美丽的雨》《一个季节过去了》《那一年》。20世纪90年代《诗刊》社编选过《中国新时期争鸣诗精选》，选了他引起争论的长诗《你以为你没被我扮演过吗》，这首诗原发表在《烟雨楼》杂志上，读过的人不多。小龙好多诗都是印数不多的自印本。只在三年前，才正式出版了他的第一本诗集《每一首都是情歌》。对于他的诗，诗人沈浩波有精到的评述。他说："王小龙早在八十年代初期，就建立了一套成熟的口语诗歌写作的内在逻辑，对具体感、现场感的追求，对叙述功能的放大，对反讽和戏谑的娴熟运用，对语感和口气的强调，都清晰可见。"又说："他是八十年代第三代诗歌运动的先驱，更被认为是汉语诗歌口语化的源头诗人。"这些我都认同。

　　我更认同的，是王小龙自己的真情告白："希望诗如其人，像我，踩着河边肮脏的烂泥地，就这么又疲惫又愤慨地走过来。诗不怎么样，但还算诚实，不美化和神化自己，别让人读着不知道是人是仙。不看谁的眼色，不猜编辑和读者口味，不仿效闪闪发亮的，不那么私利眼，就能写得自由自在如入无人之境。"这就够了，对于他的诗他的人。

记得，有一次我和张毅伟一起，走过长长的铁轨，到他在铁路新村的不算宽敞的家，他的妻子张老师在照顾幼小的女儿王小小，还抽时间给我们倒茶。家有小女，如今已初长成女律师了。

在我学习写诗的初始路上，碰到两个贵人，一个是老资格的工人诗人毛炳甫，他当年是《宝钢战报》副总编，在他分管的"吴淞口"副刊版面上，发表了我不少诗歌习作，又为我张罗出版第一本诗集《金子的分量》，还请他的两位老友，市作家协会诗歌委员会正副主任冰夫和宁宇，做我加入市作协的介绍人。我曾写过一文，刊在上海《文学报》上，题目是《毛炳甫，我的文学引路人》。那么，王小龙就是让我改变诗歌理念，教我懂得什么是好诗的第二个贵人。在我交往的诗人中，如果有海明威式的"硬汉诗人"的话，王小龙就是。他是一个真诚而有骨气的人，一个不为发表而写诗的人，这样的诗人值得我永远钦佩。

王小龙先生与韦泱

前几年吧，云南周良沛老师编选《百年新诗选》，让我联系小龙，说要选他的一首《男人也要生一次孩子》。我说我有，就复印寄去。周老师打电话给我，说当年读这首诗印象很深，现在感觉有点不一样了。不一样在哪里，他没说。感觉这诗，实在不好说。

后来,上海戏剧学院为王小龙举办了一场小型诗歌朗诵会,来的都是他的挚友,除了诗人,还有写小说的陈村,搞评论的项静,资深编辑朱耀华,以及王小龙在市青年宫和电视台的那些老同事,还有小龙的妻子和爱女。会上,小龙赠给大家自印诗集《老不正经》,都是他的新作,大家随便聊着随便读着。我翻着我的一本,见封底有"仅印 100 册,您的这本编号 007"。乖乖,厉害了,诗兄小龙。

遥想彭大胡子

彭大胡子,湖南彭国梁兄也。

书友中,数他最令人难忘。因为他最不搭,外表与性格不搭,职业与趣味也不搭。在长沙在上海,我们虽然见面次数不多,却留下深刻印象。多年不见,怪想他的呢!而在朋友圈中,常见他那蛮搞笑的画和别样的字,就越发不能不想他了。

无论是看照片,还是亲见其人,第一眼就觉得他是典型的湖南汉子,可圆圆的脸庞上,却有一对慈眉善眼。酷似张大千的胡须下,遮掩着一颗菩萨般的心。

彭国梁先生与韦决

已记不起什么时候、什么缘故认识彭大胡子的。大约 10 多年前吧,我与夫人准备赴湖南自由行,我首先就想到他了。凭感觉请他来导引,应该不会有问题。果然,他派了一辆小车接站,司机是当地一家文化公司年轻的老总,在长沙的几天,一直作为我们的专门用车。可见,大胡子在当地的人脉有多厉害。

为我们接风的当天晚宴,彭大胡子选在他亲戚开的一家饭馆内。我们跟着他曲里拐弯,走过村里的一些旧房子,就钻进一间小包房,像是私房菜的馆子。彭大胡子问我,长沙有熟悉的书友吗?我说没有,只有萧金鉴老师跟我有过联系。很快,他就把老萧请来见面并一同晚餐。也许湖南菜特别有味,那晚竟吃得多而谈得少。记忆中,老萧不是头头是道、口吐莲花的能言者,但这不妨碍老萧日后与我的频繁联系。而大胡子更不善空谈,话少却句句实在。何以见得?第二天,彭大胡子带我去见钟叔河先生,路上他就跟我说:"钟老可是这里地标式人物。"那时钟先生根本不像现在,名气还远远没这么大。彭大胡子像是预言家,就这一句话,都被现实验证了。以后,我与钟老的联系不紧不慢不咸不淡,知道他体弱事多,不敢冒昧打扰。

后面几天,我都跟着他跑东走西,先是去了"七月派"著名诗人彭燕郊老先生家里,老人与我有过联系,有一年,我为上海一家诗刊编一个栏目,就叫"七月派诗辑",约了彭老的诗稿,由此开始与彭老交往。到了长沙,就没有不见老诗人一面的理由。大胡子看出我的心事,默不作声地安排了第一次见面。彭老与我一见如故,那天话特别多。还拿出入场券,请我们去参观省博物馆,那时进馆还得买票,因彭老的夫人在馆里工作,特别开了"后门",才使我第一次看到传说中的"马王堆"。没料到,两小时后我们走出展馆,彭老竟在出口处等我们,为的是给我一盒茶叶。其情甚感,令我半晌说不出话来。以后我与彭老联系渐多,保存了一叠他的来信,谈的都是他"衰年变法"的新诗创作,老诗人如此具有创新意识,着实让人钦佩!

之后,彭大胡子又领我去了另一位"七月派"诗人朱健先生家里。原先我对朱老了解不多,只知道他是潇湘电影制片厂编剧,本名杨竹剑,学问了得。除了写诗,还研究红学,还写的一手优质随笔、杂文。他与彭燕郊是诗友,写过《水光云影话燕郊》。他也是钟叔河的好友,写过《〈书前书后〉书外》《朱纯的书》。聊了一会,时间到了饭点,见朱老一人在家,彭大胡子就把朱老扶上,一起出门找个饭馆吃饭。朱老比彭老稍小几岁,身体不及彭老硬朗,思维也不及彭老灵敏。之后我们建立联系,却互动不多,主要是我不够主动。

彭大胡子是诗人,可能也知道我喜欢诗歌,喜欢与老诗人套近乎,或正在研究"七月派"诗人。反正,他务实做出的,就是我梦中想的。两位老诗人的拜访,大大

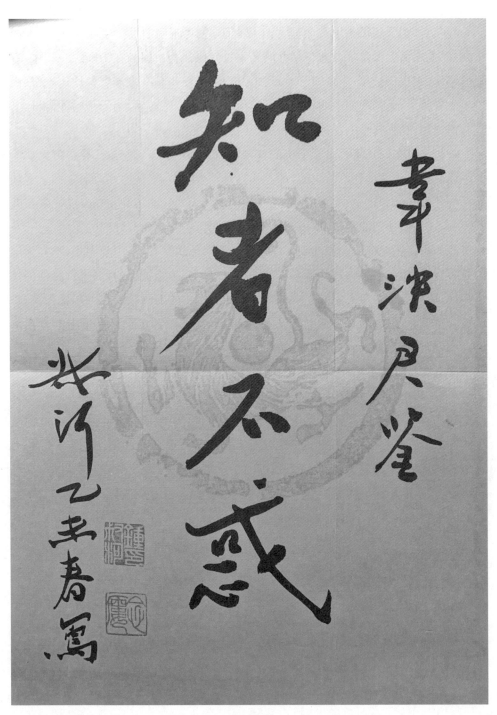

钟叔河的字

加深了我对"七月派"诗人的理解,为我的研究增添了不少珍贵的第一手素材。

几年后,彭大胡子来上海参加古旧书论坛,去文庙淘旧书。又几年后,彭大胡子来观"上海书展",参加在建行举办的新书首发座谈会。因为在"开卷文丛"中,有他的一本《书虫日记》。中午,我请一帮书友到附近福州路一家老牌餐饮店吃馄饨、烧麦。一路上,见彭大胡子明显走不过其他人,我就故意殿后,为的是陪他慢慢走。我心里暗想,彭大胡子的身体徒有表象,其实并不雄健。

一晃又过去好几年。由于手机的普及,我得以从微信"朋友圈"看看彭大胡子的举动。他本是文学刊物的主编,却弄个"近楼"来藏书,据说有几万册之多。退休后一会儿画"怪画",一会儿写"奇字",一会儿读几句"歪诗"。他的画,没一幅正儿八经的,这是他独到的漫画,据说圈了不少"彭粉",还特别受女性们的宠爱,愿意花钱买他的画。还把个人画展办到了广东和江苏。他的字,也不中规中矩,不知道学的是古代那一路,似乎临过几笔颜字,学过几日隶书,笨笨拙拙的,倒也符合他的性格特征,还挂上了许多人家的厅堂。我从不评点文友的书画,好与不好,各人喜欢,就像青菜萝卜,各有所爱。只要有人愿意买单,就是作者在自娱自乐中的自我陶醉。或者说,是一种水到渠成的成功。

又有一段时间不见彭大胡子发"朋友圈"了。心里纳闷的当儿,忽然手机响起,一看屏幕,嘿,显示"彭国梁"三字。我大喜大喊:"大胡子啊,你混到哪去啦? 美髯美女,过的神仙日子哪。"他在那头却一本正经地说:"求你办个事。"我说:"你说啥事?"原来,他要我在上海找个人,就是著名配音演员童自荣,那个演"佐罗"的人。好多年前,童自荣在会上朗诵了彭大胡子的一首诗《泥巴》,效果特好。以后,这首经典诗作,就成了演员的保留节目。也是手机惹得祸,没有加微信,两人就失联了。后来听说童演员身体不好,就多了一份牵挂,托了几个人都没打听到联系方式。我说好办,"佐罗"名头大,不难找。我立马电话上海电影家协会的朋友,帮他找到"佐罗"的手机号。第二天,彭大胡子就来微信,说联系上了,"佐罗"确实身体有恙,全靠老伴照料。

从这件小事,可看出彭大胡子的心地有多善良。我为有这样难得的书友,感到欣慰和宽心! 这样的书友,怎不令人遥想!

又见笑我

　　近期，上海召开"李济生先生追思会"，忽然见到范笑我兄，真是意外之喜。他自嘉兴乘动车，从虹桥火车站直接赶来。会场上，他坐在我右边，真正是"零距离"，可以小声聊几句闲话。轮到我发言，我把话筒移到笑我兄前，对主持人周立民兄说："笑我远道而来，先讲吧！"这样，范笑我就开讲。他讲得很缓慢，很有感情："巴金先生和他的弟弟李济生先生，他们的故乡都在嘉兴。"说到李济生与他的交往，说到李济生给他写信的真诚，竟情不自禁地哽咽起来。

　　文友们知道，前几年，笑我突发脑梗中风，虽经全力抢救，挽回了生命，却也留下后遗症，行动迟缓了，思维慢了，表达也不够利索了。他克服种种困难，逐步得以恢复。能够走出家门，访书访友，与大家相聚交流了。生命的奇迹，常常发生在日常的持久的毅力中。

　　1994 年，嘉兴图书馆开了一家 16 平方米书店，调笑我来主持店务，书店开得红红火火。我与沪上书友李福眠兄、陈克希兄到嘉兴游览，打卡地就是这家冰心题字的"秀州书局"，大家亲热地称笑我"范局"。到了中午，他就摆好饭局，与大家畅叙。那时，我出版一册小书《连环画鉴赏与收藏》，就带了几本送他，充数他的门面。

　　他不但办着一家书店，还办着一份书刊叫《秀州书局简讯》（简称《简讯》），只薄薄几页，简单油印，字密而小，却一纸风行，在国内读书界刮起一

范笑我先生

阵"范旋风"。书刊属于书店内刊,免费寄发给爱书人读书人,以及作家学者等。《简讯》向书友提供出版信息,店里每天的人来客往,言行举止,涉及诸多文化名人和地方史料。不少人看后,获知出了什么新书,就写信来要求邮购。老作家黄源年逾九旬,行动不便,来信说:"我不能跑书店了,谢谢秀州书局把我要的书送上门。"有人缺了几期,还要想办法借来复印。《简讯》受人之喜爱,已到了迫不及待的程度,已然成为地方文化的亮丽名片。

后来,我又见过笑我几次,都是匆匆一面。上海新闻出版博物馆在嘉兴召开的一次座谈会上见过他。平湖文联在乍浦举行顾国华《文坛杂忆》(五卷本)首发式上见过他。在南京先锋书店的活动中见过他。都因人多事杂,未及好好聊聊。

又过了若干年,听说书店因售卖不合时宜的书籍被叫停了,书友们为此惋惜了许久,怀念着只有一间门面的书店。

书店停了,笑我回图书馆仍做他的地方文献工作。但他没有放下《简讯》,这其实是他那些年每日记下的贩书日记,"是他的生活史、事业史,或者说是他的心灵史"。他网罗一切与家乡有关的历史、人文、嘉言、逸事等,予以弘扬传播,无不显示他对家乡风土人情挚爱的情愫。于是,他将《简讯》重作整理,按年排序,一本本以《笑我贩书》为书名,形成系列推出,在出版日益艰难的情况下,三编与四编都是自印本,印数无多,是一书难求了。为此书作序的作者,前后有萧乾、黄裳等,给予许多中肯的评说。古籍版本家沈津先生见后说:"贵在真实,实在,没有大话、空话、官话、套话。"

后来,就听说他中风了,为他多了一点牵挂。前年底,随上官消波拍摄"文化人书房",先去苏州拍了评弹理论家周良先生。后驱车嘉兴图书馆,拍摄当年笑我的顶头上司图书馆长、秀州书局法人崔泉森先生。很快车到笑我家,给他拍书房肖像。这是一排老旧的居民小区,笑我住五楼,没有电梯,我们走上去也是气喘吁吁,想到笑我每天要爬高落低,也是够他累的。记得这个老宅是一层两户,每户是两居室,笑我独占两户,将里外打通,有点曲径通幽的感觉。大大小小的房间,已是书天书地。上官兄抓紧拍摄,尤其是笑我依在书橱旁的一张肖像,是我见到的最好的一张他的照片,很帅气很精神,丝毫看不出他是患过脑梗的病人。

身体如此,又年过六旬,是应该过清闲日子了。可他每日仍不废时辰,整理着与嘉兴相关的史料。将自己收藏的名人墨迹、书信、照片、手稿等,一一编印成小册子,以积累文化。一册《范笑我珍藏名人小品》,里面有顾廷龙、黄永玉、周振甫、周退密、宋清如、黄苗子、钱仲联等,就知道笑我的人脉有多厉害。

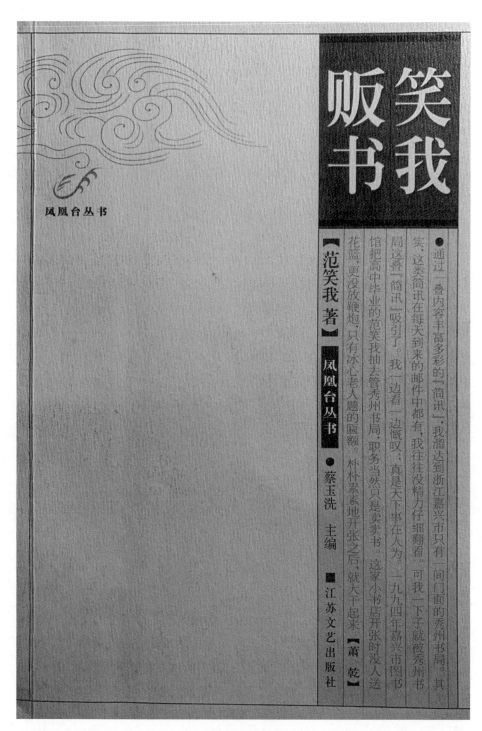

通过一叠内容丰富多彩的"简讯"，我溜达到浙江嘉兴市只有一间门面的秀州书局。其实，这类简讯在每天到来的邮件中都有，我往往没精力仔细翻看。可我一下子就被秀州书局这些"简讯"吸引了。我一边看一边慨叹……真是天下事在人为。一九九四年嘉兴市图书馆把高中毕业的范笑我抽去管秀州书局，职务当然只是卖卖书。这家小书店开张时没人送花篮，更没放鞭炮，只有冰心老人题的匾额。朴朴素素地开张之后，就大干起来。【萧乾】

范笑我 著

凤凰台丛书

蔡玉洗 主编

江苏文艺出版社

凤凰台丛书

笑我贩书

《笑我贩书》封面

　　快20年了，他还记得，陪巴金弟弟李济生和巴金女儿李小林故地重游，李济生在"烟雨楼"兴趣盎然地说："巴金每次回四川老家过年，年三十晚饭，我们家总有一道叫'烟雨楼'的菜，'烟雨楼'就是冰糖肘子。"那年，笑我邀请黄裳来嘉兴，陪着去了不少地方，王店的曝书亭，金陀里，还有勺园等，以增加文化名人对嘉兴的认同感、亲近感。

　　笑我的名字有点别样，却容易记得。后来知道，他的真名叫范晓华，那就有点大路了。他的衣着，也是简朴，像古代的布衣高士，脱俗干净，风骨尽显。我不知道，他一人独居的生活，是如何应付的，比如一日三餐、卫生打扫等等。

　　对于这样一位纯粹的读书人，对家乡有着特别贡献的人，父老乡亲和文友们，可要关心他善待他啊！

第二辑

——

话

书

珍贵的巴金签名本

20 世纪 70 年代末,大地回春,文艺复兴。我第一次买到巴金先生著作的情景,仍历历在目。这本《爝火集》,由人民文学出版社于 1979 年 12 月出版,封底印着:"定价 0.69 元",还留有当年购买时的蓝色销售章"徐家汇新华书店",现在一看便知,那是我经常光顾的一家大书店。此书是"新时期"巴金出版的第一本散文选集,40 篇文章选自 1949 年至 1979 年间,而巴金在《序言》中却说:"只有不到二十年的作品,因为从一九六七年到一九七六年整整十年中间我没有发表过一篇文章,我被剥夺了写作的权利。在那个时期,不仅是我一个,成千上万的中国知识分子同样地被迫浪费了整整十年的大好时光。"这本《爝火集》,就特别值得我珍惜。

之后,我爱上淘书,成了文庙等旧书市场的常客,与巴金早年出版的书有了更多相遇。最早是一本《灭亡》,巴金曾说:"《灭亡》是我第一次问世的作品。"此书由钱君匋先生设计封面,开明书店出版,从民国十八年(1929 年)至三十七年(1948年)的 19 年中,印了 22 次,可谓当年长销书了。其他旧书如影响甚大的《家》,以及巴金翻译高尔基的《回忆托尔斯泰》等不下几十种。依据这些千辛万苦淘来的巴金旧籍,我写下有关书话文章,编成一册《话说巴金》的小书。

更为难得的是,我收藏了若干巴金的珍贵签名本,这是文学前辈的馈赠,也是友情的印记。老作家、原上海市作家协会创联室主任唐铁海先生,与巴金交往甚早。一次去他家聊天,谈到巴金,他拉开书橱让我看,我情不自禁地一声"哇"! 这么多巴金给他的书,都是签名本呀。唐老见我喜欢,随手抽出两册,说:"给你吧。"真是喜从天降,受宠若惊。红封面的《倾吐不尽的感情》,是巴金的访日文集,百花文艺出版社出版于 1963 年 8 月,扉页上巴金题写道:"赠唐铁海同志 巴金九月卅日",此书出版后的第二个月,巴金就用毛笔签赠给唐铁海,且是竖式书写。巴金极

《倾吐不尽的感情》封面

少用毛笔签名,堪称珍贵。

　　有一年,赴北京出差,抽空去看望老作家袁鹰,适逢他将搬家,用一口上海话对我说:"侬来得正好,我在处理各种书跟杂倄龙冬物事,侬看中的随便拿。"好事全让我撞上了,可我哪敢"随便拿"这些宝贝啊,只是随便翻翻一堆书,从中看到一册巴金的《再思录》,当然是签名本,此时我的贪性就暴露无遗了,太喜欢这本书了。袁老火眼金睛,看出我的欲望,马上说:"拿去拿去。"我真是大气不敢出一声,连"谢谢"两字竟忘了说。回到上海,才想起给袁老打个电话,补上感激之情。

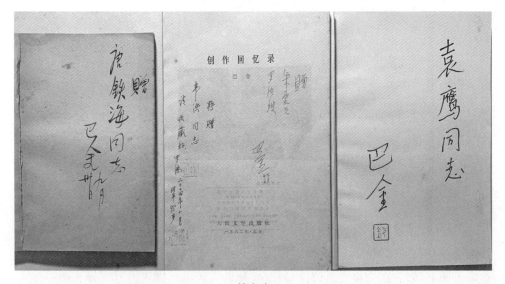

签名本

　　我与沪上女作家罗洪交往较多,为她编过作品集《百年不老》等,她与我常常谈起巴金,用松江口音说:"倷老先生(指丈夫朱雯)跟巴金认得更早,常常带我去看望巴金。"又说:"巴金给我倷不少书,可是大多捐掉了。"一边说着,一边去书橱翻看,抽出一本书说:"还剩一本,侬去看看。"当我伸手想接时,老人却把书往回收了。我心想糟了,舍不得给我啦!只见她慢慢走到桌前,坐下来又拿起笔,在"赠朱雯兄、罗洪嫂　巴金九月廿一日"左边,补写"转赠韦泱同志请收藏好。罗洪　二〇〇四年十月　时年九十五岁",还钤上"罗洪"印章,这太出乎我的意料了。这些都是我与巴金先生,与文化老人的难忘书缘啊!

百年《鲁拜集》

一个世纪这么快就过去了。郭沫若先生的译著《鲁拜集》单行本，1924 年 1 月由泰东图书局出版，至今已整整 100 年了。这本书，包括它在世界各国的译本和拥趸者，简直无以计数，热度有增无减。但就汉译而言，郭沫若先生无疑是最大的功臣。

《鲁拜集》在中国早期传播

郭译《鲁拜集》早期在中国有四次重要刊布，包括发表与出版（不含再版再印）。首次出现是在 1922 年 11 月，这一年创造社成立，《创造》(文艺季刊)创刊，在第一卷第三期上，第一次完整发表郭氏译作《波斯诗人莪默·伽亚谟》(现译为奥马尔·哈亚姆)，译作分三个部分，第一，读《鲁拜集》后之感想，第二，诗人莪默·伽亚谟，第三，《鲁拜集》之重译。这个"重译"，即是根据英国诗人费慈吉拉德(现译为爱德华·菲茨杰拉德)英译本第四版，用中文翻译的全部 101 首诗。其中 39 首诗作了"注"，大多一条注，其中五首诗作了两条注，只有第十首诗，有四条注之多。结尾处有译者《附白》："本译稿不必是全部直译，诗中难解处多凭我一人的私见意译了，谬误之处，海内外明达之士如能惠以教言，则不胜欣幸之至。"最后有个译竣的时间："1922 年 9 月 30 日完稿"，此时，郭沫若还在日本留学。虽然在郭译之前的 1919 年，有胡适译诗一首《希望》，发表在《新青年》，但全部 101 首集中刊出，《创造》季刊尚属首次。之后诗人孙毓棠全译《鲁拜集》，发表在 1941 年出版的《西洋文学》(分七、八两期连载)，后编入《孙毓堂诗集》。

《鲁拜集》封面

1924 年 1 月,由泰东图书局出版《鲁拜集》译本,48 开本,列创造社"辛夷小丛书第四种",这是《鲁拜集》中文单行本第一次与国人见面,用现在的话说,是中英文双语版,具有划时代的意义。到 1928 年 5 月,此书已印至第四版,几乎每年出版一次。扉页上有"目录",下面分"上篇"和"下篇",上篇为导言,有 26 页,分一、读了《鲁拜集》后之感想,二、诗人莪默·伽亚谟略传。下篇为《鲁拜集》,共 112 页,分一、诗 101 首(英汉对照),二、注释。这一初版本,与原在《创造》(文艺季刊)发表的译作及注释都有一些改动。郭译这个版本,以后相对较为固定,分别由新光书局、创造社出版部、光华书局、大光书局等重印。之后,出现的其他译者单行本有吴剑岚《鲁拜集》,1934 年由黎明书局出版,黄克孙《鲁拜集》,1956 年由台湾启明书局出版(七言绝句翻译)等。

1947 年 9 月,郭沫若在 1928 年第一版《沫若译诗集》基础上,增加了《雪莱八首》《莪默·伽亚谟一百 0 一首》,由上海建文书店将横式改为竖式排版,再版印刷,将原单行本《鲁拜集》,包括全部注释,首次编入这个集子,作为最后部分,前面译作还有歌德、海涅等诗。这个版本在 20 世纪 50 年代初由新文艺出版社改出新一版,是根据建文书店的"纸型重印",也就是说没有修改照印不误。到 1954 年 11 月,已是第五次印刷,印数达 2.65 万册。郭氏在《小序》中写道:"主要是受了适夷兄的督促,我把以前翻译过的一些外国诗,集合成为了这一本译诗集。这些诗并不是都经过严格的选择,有的只是在偶然的机会被翻译了,也就被保存了下来。这些译诗大抵是按着时代编纂的,虽是翻译,从这里也可看出我自己的思想的变迁和时代精神的变迁。"这说明,郭氏译诗,有着时代的影子和自己的想法。依此版本,1956 年 7 月,人民文学出版社改成横排版式,第一版第一次印刷,印数 1.5 万册,这是新中国建立后选入全部《鲁拜集》的《沫若译诗集》,以全新的精装版式与读者见面。

1958 年 12 月,由人民文学出版社出版了郭译《鲁拜集》新的单行本,初版印数 4600 册。这是距 1924 年此书初版已 34 年了。可以说,这也是郭译《鲁拜集》的第二种版本,是软精装小开本,有 125 页,书中 12 幅插图,虽是黑白印制,但可以看出,原作是彩绘,没有标示画家名字,估计是从国外同名书中移植过来的。每首诗下面的大半页空白处,都有不同的花卉作尾花,装饰点缀得富有美感。里面也有不少的变化,相比初版时的中英双语版,这可算中文插图版。没有"目录",也没有"上篇""下篇",原来的《上篇导言》,已为《小引》所替代,内容删除了原文中"读了《鲁拜集》后之感想",只保留了"诗人莪默·伽亚谟略传"的内容。在最后的"注释"后,还

鲁拜集

莪默·伽亚谟著

郭沫若譯

《鲁拜集》封面

有一篇"附录"《莪默·伽亚谟》，下面有页注，写着"本文是苏联国家文学出版社1955年出版的俄译本《鲁拜集》的序，引诗均根据俄译本译出"。这当然是苏联译者写的关于原作者的介绍，可以帮助中国读者加深对原作者的了解。

可以说说《鲁拜集》的原创者和首位英译者。作者奥马尔·哈亚姆（1048—1122），是波斯数学家兼诗人，他成功地运用"柔巴依"这种来自阿拉伯语的波斯四行诗形式，写了大量这类短诗。全面表达了他对生活、社会、宗教、哲学等方面的见解。他去世后，人们对他及"柔巴依"也逐渐淡忘。不料七、八百年之后，他的诗又重放异彩，获得世界性声誉，这在很大程度上要归功于英国学者兼诗人爱德华·菲茨杰拉德（1809—1883），他在学习波斯语的过程中，接触到奥马尔·哈亚姆的"柔巴依"，深受感染，并开始试着用英文转译，1859年出版了不署名的英译本《奥马尔·哈亚姆之柔巴依集》，初版仅75首诗，经过增订，在他生前相继出版到第四版，后两版都是101首诗，而第四版更受学界称道。因为除了牧师等神职人员，当时懂波斯语的人极少，之后，菲氏英译本又被转译成不同国家文字，这不但确立了奥马尔·哈亚姆在世界文学中的地位，也确立了菲氏《奥马尔·哈亚姆之柔巴依集》在英国文学中的地位。有学者认为，在《奥马尔·哈亚姆之柔巴依集》中，既有菲氏译作，也有他的一些创作成分，有的诗是较为忠实的意译，有的诗是将几首原作的内容融合成一首诗，还有的诗是他在原作的感染下，用自己的想象来表达与原作相吻合的见解。而且，他在整部诗集中作了精心编排，开端是旭日初升的景象，结束已是夜幕降临之时，首尾呼应，并让诗与诗之间有时间的连贯性、和谐感。所以说，菲氏作为波斯文的英译者，有不少创新之举，功不可没。可是后来许多译本都没有了转译者菲氏的名字，这对他似有不公哪！

当年《创造》（文艺季刊）发表郭译《波斯诗人莪默·伽亚谟》，闻一多先生看到后，即刻写了《莪默·伽亚谟之绝句》一文，从三个方面对郭译进行评论，即一、郭译订误，二、郭译总评，三、怎样读莪默。洋洋洒洒5 000余字，认为不妥之处，一一举例说明，还以自己的翻译来加以说明。前后共举了10多首译诗进行分析，比如指出："第九十五首两行当译为——我不懂酒家买的什么东西\能有他买的物货一半珍贵。郭译则曰——我不解卖酒之家\何故换去我高贵之物如此"。如此等等，还有一些较为笼统的批评："如三八、七七、七九诸首也是忠实的翻译，但那里只有翻译而没有诗。全篇还有一个通病，便是文言白话硬凑在一块。"

文章写毕，闻一多请梁实秋先生寄给《创造》季刊编者成仿吾先生，并关照说发表前先寄给郭沫若一看。成仿吾收到文章后，觉得郭沫若远在日本，过不多时即可返国回上海，就没有寄出，而且提笔写了一通感言，说："本来这些译诗是我催他（指郭沫若）寄了来的。他寄来时，他说很忙，要我给他校对一下，那时候因为《创造》第三期已经迟了不少的日子，要快点拿去排印，我只把译稿与原诗对看了一次，并且从头看起来，大抵不错，所以以后我只把英文念一遍，再把译诗念一遍，好就续读下，不好便给他加以修改。这些译诗是这样弄出来的。一多指出这许多误译出来，倒使我惶愧无地了。"从这段文字看来，郭的译作还有作为编辑的成仿吾一份功劳呢！不仅如此，成仿吾还为郭氏作了辩解和开脱："本来诗是最容易误解的东西，稍不注意，就会差到与原诗相反。何况又是重译。沫若既不解波斯文，所靠的又只有一种皮装小本（沫若是最喜考据的人，这回并不是他畏难，实是他案头没有参考本），这样匆促弄出，就希望他完全，实是不可能的事。侥幸据一多所说，只是解释原义的疏误，我想沫若听了，也还要引以为荣幸的。不过关于一多所举的各条，我也有点感想，不妨在此地说说。"接着成仿吾对闻一多文中的举例，谈了自己的看法，其中有赞同有说明，也有他自己的看法："第九十五首的末二句，改一下的好：可我不懂酒家买的什么东西\能有他卖的东西一半珍贵。"此后，郭沫若一回到上海，就给闻一多写信："我于四月二日返沪时，你这篇文章已经交到印刷所去了，直至今晨才送校稿来，我便亲自替你校对。我一面校对，一面对于你的感谢之念便油然而生。你所指摘的错误，处处都是我的弱点，你望我至少当有再译三译。你这恳笃的劝诱我是十分尊重的，我于改译时务要遵循你的意见加以更正。"闻一多的文章，成仿吾的感言和郭沫若的回信，都一起刊登在《创造》（文艺季刊）1923 年 8 月第二卷每一期。

根据这些意见，郭沫若在正式出版《鲁拜集》单行本时，大多作了修改。并在注释中一一作了说明，比如第 15 首注："此节后两句，初稿误译成'死后人再掘出金山\同一不归于己'，经闻一多君订误，今改正。读者请参看闻君《莪默·伽亚谟之绝句》一文。"再如第 95 首注："本节初稿有误，经闻君指出，今改正。"可以说，他们三人因为《鲁拜集》的批评交流，成为一段文坛佳话，体现了文人间真正的友情，说明当年批评的文风清纯，文人相亲亦蔚然成风。

《讲话》原版是《文艺问题》

今年5月，正值延安文艺座谈会召开80周年。这次会议，具有伟大的现实意义和深远的历史意义。毛泽东主席出席了5月2日和23日座谈会并作了重要讲话，即后来整理成文的"引言"和"结论"两部分，合起来就是《在延安文艺座谈会上的讲话》（简称《讲话》），这是此次会议的最大成果，是我党把马列主义基本原理与中国革命文艺运动具体实践相结合的划时代经典文献。而我手头这本泛黄的《文艺问题》，则是《讲话》早期版本之一，弥足珍贵。

抽印本《文艺问题》封面

这本《文艺问题》，是怎样一种版本呢？它的封面是灰色土纸，只有书名"文艺问题"四字，是竖写的毛笔行书体，里面扉页共四行，横式从右读到左，第一行"文艺问题"，第二行"毛泽东同志在延安文艺座谈会上的讲话"，下面第三行"1943.10"，第四行"延安解放社出版"，四行字的外面加了长方形的花边框。正文全部繁体字竖排，也是从右读到左。最后封底前是版权页，从右到左共分五行，有"文艺问题""著作者毛泽东""出版者解放社""售价五元""一九四三年十月出版",上下各以花边装饰。全书除封面和封底,内页共 20 页 40 个页码,扉页和版权页各占一页两个页码,正文占 36 个页码。32 开本,以土纸印刷。拿在手上,绵软轻盈,又十分朴实。从出版专业来说,它具备了书籍出版的基本标准,是一本完整并符合面世的正式出版物。

我将《文艺问题》拿在手上细看,发觉这是一册难得的抽印本,颇感惊喜。何谓抽印本?它是从一部较大著作中,选取一个篇章或一部分内容,用原书的纸型板单独印刷出版的书。这册单行本正是这样一本书,它的正文页码不是从"1"开始,而是从"317"起始,至"352"结束,共 36 个页码。

这就说到了延安整风运动和《整风文献》。从 1941 年起,延安开展了两大运动,一是大生产运动,一是整风运动。整风运动中,专门出版了《整风文献》,《讲话》是《整风文献》(订正版)的最后一篇压轴文章,从"317"页开始,至最后一页"352"结束,这与《文艺问题》的页码是吻合的。解放社在当年 10 月,正是利用这册《整风文献》的铅字纸型板,特地抽出最后一篇《讲话》,另加封面、封底和扉页、版权页,因带有试印性质,装饰设计颇为简单,并以书名《文艺问题》投入抽印本的印刷。可以说,这是一种既快又省的简便印刷方法。

有不少史料说,解放社在 1943 年利用《解放日报》排报间排好的现存版面,采用"通改报版"的方法,正式印刷出版《讲话》第一个版本,即"解放社本"。这样的说法传播较广,容易以讹传讹。从常理看,在手工作坊式的铅字年代,报纸的铅字排式与书籍的铅字排式是不一样的,尤其在印刷水平较为原始落后的延安岁月中,一个个拣出相应铅字,排成字句甚为不易。看过铅字排字房的人都知道,书籍和报纸两者版式大小和字数都不一样,是无法改动通印的。延安《解放日报》

中国灯塔出版社《文艺问题》封面

是大报,刊登一篇长文,铅字排版要分栏,短文章分两栏、三栏,整版文章可分五六栏,这样排版才显疏朗。但报纸的铅字纸型,是没法改印书籍的。这个印刷技术问题,在那个年代是难以解决的。如果放到现在的电脑排版,那就易如反掌了。所以,"解放社本"的《讲话》,是以《解放日报》发表的文章为蓝本,重新按书籍开本排字,方能上机印书。它改进了《文艺问题》的一些不足,前面多了《解放日报》编者按语,设计了套色封面等,这样更为美观。因为是重排铅字,有两处排错了,此书发行时,附有一张《勘误表》。这样,其印刷耗费的时间就更多些。虽然版权页上,两书都是 1943 年 10 月,但因《文艺问题》是抽印本,从印书籍的铅字纸型板中,直接取来印刷即可,不需重排铅字、人工校对等。虽在版本上略显粗糙简单,但时间上更迅速了。也因为是抽印本,此书印数不会太多。在湖南韶山毛泽东图书馆和北京国家图书馆,都藏有这个版本,并注明:"1943 年 10 月延安解放社版"。所以说,解放社在《解放日报》发表《讲话》后,仅用 10 余天的时间,就很快印刷出版两种内容相同、书名不同的版本,其工作效率是相当高的。

当年《讲话》正式发表后,在各解放区被广泛翻印,山东《大众日报》社、西北抗战书店率先印出单行本,以及淮中新四军《淮海报》社等先后有 37 种版本的单行本。在国统区的《新华日报》社,以《文艺问题》为书名出版此书。1946 年 2 月,香港中国灯塔出版社翻印此书时,也取了《文艺问题》为书名。这个简洁的书名,与解放社的抽印本书名完全相同,有着一脉相承的因缘呢!

邹韬奋传记版本略述

邹韬奋先生(1895—1944)一生坎坷、忙碌,只活了短短 49 岁。生前,他只有一册《经历》,和未完遗著《患难余生记》。在他去世 14 年后的 1958 年,才出版了第一部完整传记《邹韬奋》。我根据斋藏若干旧籍及相关资料,主要是韬奋的自撰和别人写他的传记,根据这两部分作品,简要梳理韬奋传记类版本的演变发展概况,以留雪泥鸿爪。

韬奋的自传类著作

从严格意义上说,韬奋在世时,没有写过完整自传,即没有以"自传"为书名出版过专著。他自 1922 年进入黄炎培的中华职业学校起,即开始从事职教类刊物的编辑和相关内容写作,于 1925 年编撰第一部专著《职业指导实验》,由上海商务印书馆出版。综观其一生,主要从事新闻记者、书刊编辑出版等工作,写作的主要形式是新闻报道与时政评论。生前先后出版《韬奋漫笔》《萍踪寄语》《大众集》等 10 多种评论、杂感、游记、译著等单行本。至 1995 年 1 月,由上海人民出版社出版 14 卷《韬奋全集》。

1936 年 11 月,国民党在上海逮捕了"上海文化界救国会"领袖沈钧儒、邹韬奋、李公朴、章乃器、王造时、沙千里、史良等七人,史称"七君子事件"。此事震惊中外,不但对抗日运动产生巨大影响,对于邹韬奋的思想和生活都带来重要变化。这一事件不但激起了全国民众的极大义愤,更是掀起了抗日爱国运动的新高潮。"七君子"从上海监狱又转押至吴县的苏州看守所。从这年年底开始,韬奋抓紧写作,前后花了两个多月时间,到 1937 年 1 月底,"写了一部本来就要写却没时间写的

《经历》封面

《经历》",全书共61篇,30多万字,前15篇先在《生活星期刊》发表,一篇附录《我的母亲》在《妇女生活》发表。他在补写的《开头的话》中说:"时间过得真快!在我提笔写这篇《开头的话》的时候,离开这本书的脱稿又有两个多月了。在这两个多月里面,我和几位朋友在羁押中的生活和以前差不多。关于我自己在这时期内的'工作',完成了两本书,除这本《经历》外,还有一本是《萍踪忆语》,随后把我从香港回上海后所发表的文章略加整理,编成一书,名叫《展望》,同时看了十几本书。我个人在这几个月羁押中所得的只是这一点点微小的收获,但是睁开眼看看中国时局的变化,却有了值得特别注意的新的形势——渐渐地走上和平统一的道路。"他不但写了自己20年的人生之路,展示一个中国现代知识分子前行的足迹,同时记录了"七君子"在狱中的真实情况,是一份珍贵的历史文献。《经历》分两部分,第一部分是"二十年来的经历",共51篇,第一篇"永不能忘的先生",从他在南洋公学遇到的几位敬重的老师写起,一直写到第51篇"前途","七君子"从狱中释放。第二部分是"在香港的经历",共9篇,最后是附录即第61篇《我的母亲》。《经历》于当年4月由生活书店出版。可以说,《经历》是韬奋先生从22岁到42岁这20年间,人生五分之二的自传,有人称为"文情并茂的报告文学",当是一部传记文学佳作。

　　1944年1月,韬奋已患病住院,期间,他想把自己一生中经历过却未及写下来的事情一一撰写出来,书名也想好了,叫《患难余生记》。他在病榻上支个木架,不知疲倦地挥笔书写。他写道:"这本书是在流亡的病苦中写的,所以我首先想略谈流亡。第一次流亡在民国二十二年(1933年),从上海做出点,有第五次流亡,第六次流亡!流亡包含流动,在实际上我很怕流动。"他把这本书看作是自己一生的回忆录,写出自己人生的主要经历、经验,切身感受,以及一次次思想转变的过程。可是,由于身体每况愈下,耳癌恶化严重,不得不停下笔来。原计划写四章,第一章"流亡",第二章"离渝前的政治形势",第三章"进步文化的遭难",结果第三章也没

《患难余生记》封面

有写完,一共才有 5 万余字。1946 年 5 月,此书由生活书店出版。此时韬奋已离世 2 年。出版该书时,编者加了一个附录"韬奋先生事略"。这部未完成的遗著,只能算半部自传。虽然,加上《经历》韬奋只写了一部半不完整的自传,却留下了弥足珍贵的史料。后来出版的韬奋自传类书籍,如《韬奋自述》(2000 年 10 月学林版)等都源自这两种自传作品。

另外,韬奋在撰写的一些文章中,对自己经历的事情,都有或详或略的叙述,虽零零星星,却给我们留下了他的生活片断和人生足迹。

相关传记类文献

在韬奋生前,同样没有一部别人写他的完整传记。1946 年 3 月,由韬奋出版社出版了杨明所著《韬奋先生的流亡生活》,同年 8 月,由上海《民主》周刊社出第二个版本。虽然这不是他一生的传记,却是第一部别人写的韬奋传记。1951 年 3 月,此书由三联书店再版。1979 年 12 月,仍由三联书店出版修订本。作者在《后记》中说:"一九四六年,我曾用'杨明'的笔名写了《韬奋先生的流亡生活》长文,在上海出版的《民主》周刊连载。我在一九三八年到一九四〇年,曾在韬奋先生身边工作。一九四一年到他逝世,也经常见到他。特别是他在上海秘密治病的时期,我是经常去看望他的少数人中间的一个。"可见作者的所叙所写,都是第一手资料。作者说杨明是笔名,那真名叫胡耐秋(1907—2003),是位女士,我曾听上海老作家欧阳文彬谈起过她,曾是上海刚解放时由彭慧、欧阳文彬等 6 位知识女性主办的《新民主妇女》的作者,江苏丹阳人,1937 年进入生活书店,在韬奋指导下编辑《抗战》三日刊、《全民抗战》等,参加过上海妇女界救国会。后任生活书店总管理处编审委员会秘书、人事委员会委员。解放后历任全国妇联宣教部、城市工作部副部长、《中国妇女》杂志副社长、全国妇联国际宣传部部长、书记处书记等职。她还著有传记《克拉拉·蔡特金》。《韬奋先生的流亡生活》可算别人写邹韬奋的第一本传记作品,虽只有区区几万字,撷取韬奋人生中的流亡岁月,却有非凡的意义。

民国时期关于韬奋的传记文献,另有 1947 年 7 月为纪念韬奋先生辞世 3 周年,韬奋出版社出版的一本专集《永在追念中的韬奋先生》,首篇就是沈钧儒的《邹韬奋先生事略》,接着是韬奋四哥邹恩润的《他的出身和苦学时代》,以及柳亚子、黄炎培、胡愈之、茅盾、郭沫若等写的回忆文章,都是来自熟悉韬奋的亲友们亲笔撰述,为以后的韬奋研究者提供了第一手资料。

到 1958 年，经有关方面批准，上海成立"邹韬奋纪念馆"并对外开放。由该馆编辑一部《韬奋的道路》，延续 1947 年《永在追念中的韬奋先生》一书编法，所选回忆文章的时间跨度更大，从 1944 年韬奋先生去世，一直到 1958 年 6 月此书出版之前的 14 年间，作者的范围也更广了，前面有毛泽东、朱德、周恩来的题词手迹，有朱德、陈毅在延安举行的邹韬奋先生追悼大会上的讲话，有吴玉章、徐特立、艾思奇、萧三、陶行知、周建人等人的回忆文章。胡愈之的文章有 4 篇之多，尤其《韬奋的死》一文，共有 24 个章节，约 2 万多字，堪称一篇人物小传。专集共收 70 余篇文章，从不同角度，或详或略，一件事或二、三事的回忆，截取一个侧面，写出韬奋人生中一个个精彩往事，合成 20 多万字的一部大书，全面反映了韬奋一生的战斗意志和精神风貌。此书由北京三联书店出版，32 开本，布面精装，初版印数 1.5 万册。这是中华人民共和国成立后出版的由众多作者撰写的第一部回忆类传记版本。相关的专著还有邹韬奋女儿邹嘉骊所编《忆韬奋》，1985 年 11 月由学林出版社出版，当是集大成的纪念文章总汇编。这类长短不一的回忆类文章，是韬奋传记的重要组成部分。古代的《史记》，民国年间的《人物杂志》，现当今的《人物》《传记文学》等杂志，所刊登的文章都属此种传记类作品。

早期两部完整传记版本

1958 年 10 月，穆欣编著的《邹韬奋》一书，由中国青年出版社出版，这是我国出版界第一部真正意义上的邹韬奋先生全传。全书约 30 万字，分 19 章 96 节，以及附录《邹韬奋生平和著作年表》。作者穆欣是我国著名新闻记者、传记作家，原名杜蓬莱，河南扶沟下坡村人，1937 年入党。第二年在吕梁山抗日根据地创办《战斗报》。曾任新华社云南分社社长、《光明日报》总编辑、《人民画报》社长等，传记作品还有《陈赓大将》《王震传》等。他在《后记》中写道："我在青年时代受到韬奋同志的影响，韬奋所主编的进步刊物，曾有力地鼓舞自己走向革命斗争的道路。所以自从听到他逝世的消息以后，我就着手搜集他的著作和有关的传记材料，想把韬奋坚强正直的伟大人格，他为真理奋斗不息的战斗精神，介绍给现代的知识青年。但因长期处在不安定的生活中，无法进行系统的研究和写作，直到一九五二年以后，才得利用每天夜晚有限的一点时间开始写作，如今要定稿的时候，已是韬奋逝世的第十三个周年了。"可见作者用了 5 年时间，到 1957 年才完成全书的写作。由于受客观形势的局限，当年正开展"反右"斗争，书中写到"七君子"在狱中的情景时，把章乃器、

《邹韬奋》封面

王造时写成了韬奋的对立面,如"韬奋主张依靠人民群众来进行抗日救国,章乃器、王造时则是立场反动的资产阶级分子,参加救国会的目的在于获取向蒋介石卖身投靠的政治资本"等。虽然此书受极"左"思潮的这些影响,仍瑕不掩瑜,不失为韬奋完整传记版本的开山之作。几乎后来的众多韬奋传记作者,都无法绕过这本1958年版《邹韬奋》。1962年9月,作者将此书改写成6万多字小册子,以《韬奋》书名,由"知识丛书"编委会编,三联书店出版。1985年6月,人民出版社以同样书名出版该书,列入"祖国丛书"。

1994年12月,天津教育出版社出版了俞润生的《邹韬奋传》,这是第二部韬奋全传,共37万多字,分15章约140节。作者俞润生,文史学者、教育工作者,曾任《南京教育学院学报》副主编、南师大《文教资料》副主编,著有《实用编辑学概要》等专著。作者在《后记》中说:"我怀着极其崇敬的心情,边学习邹韬奋同志的著作,边从事《邹韬奋传》的写作。要把邹韬奋坚韧不拔、勇往直前的精神风貌表现出来,必须对他生活和工作的条件作一番历史考察。为此,我翻阅了《邹韬奋年谱》和穆欣的《邹韬奋》,以及黄炎培、胡愈之等人的著作,我还查阅了有关原始资料,把这些著作中提供的材料加以整理加工,才能形成这本书。我还阅读了不少研究邹韬奋的论文,这些论文或就韬奋的思想发展,或就韬奋的新闻和编辑实践的某一侧面,进行了有益的探讨,对我多所启发。"可见,作者为写此书,花的功夫还真不少。我曾在写作有关《文教资料》小文时,与俞老师相识请益。承他信任,为我介绍了《邹韬奋传》一书的写作情况并签名留念。

除了上述两部早期的韬奋全传版本,近20多年来,邹韬奋传记出版工作有了较大的进展,主要有如下成果。1990年8月,花山文艺出版社出版邹华义《以笔代剑的英雄邹韬奋》;同年10月,二十一世纪出版社出版邹华义《邹韬奋的故事》。1997年9月,重庆出版社出版马仲扬、苏克尘《邹韬奋传记》。1998年4月,山东人民出版社出版沈谦芳《邹韬奋传》。2001年9月,江西人民出版社出版陈挥《韬奋传》。2012年2月,云南大学出版社出版马永春《新闻记者的旗帜邹韬奋》。2020年11月,三联书店出版黄国荣《患难之生——邹韬奋在抗战中》等。只能撷取有代表性的作品,挂一漏万,但仍可看出,关于邹韬奋传记作品的研究和撰写,正呈兴旺发展趋势。未来可期,这些传记类版本的不断问世,将有力推动韬奋先生的研究更加深入和持久。

《邹韬奋传》封面

与谭正璧的书缘

曾读施蛰存先生《闲寂日记》，1962 年 11 月 19 日记："书词话一则。晚过谭正璧小谈，并以所借丛书集成十册还之。"后读辛笛先生《旧书梦寻》一文，说他 20 世纪 40 年代在旧书店里，常"不期而遇到一些同样喜爱买书的老朋友。旧友之外，也常会因购书而结识了一些新知，像谭正璧老先生，我就是这样认识他的呢。"

如此，我对谭正璧就有了好感。这谭先生，必定是一个学问家。以后，每看到这一名字，总要让目光停留片刻。尤其在旧书肆里，见到谭正璧写的书，总想设法收入为安。闲时检视，谭先生的旧著，竟得五六册之多，这亦我与谭老先生的书缘使然。闲时一一览阅，在增长不少知识之外，亦会想像谭先生究竟是什么模样呢？

记得，最早淘得的是一册《诗词入门》，中华书局印行，民国三十年（1941 年）四月再版本。那时，我年轻气盛，立志做一个诗人，学着涂鸦新诗，然不见提高，终因旧学底子浅薄。遂想先补古典诗词知识，读读唐诗宋词。见《诗词入门》，正合我的口味。此书系谭先生所编，他在谢无量《诗学指南》《词学指南》两书基础上，加以编撰，"本书所据原著，系采葺前人成说编成，间有按语"，并谦逊地说："不敢掠美。"对古典诗词的欣赏与初习，这确是通俗的入门之书。由此，我对旧诗虽不能精，但亦略懂些皮毛。我想，当年此书甚为普及，受惠者定然不会少。在基础语文写作书籍方面，谭正璧编著尤多，花力甚勤。如《文章法则》《应用文示范》等，都是当时"中学适用"的辅导教材。

《中国文学史大纲》，光明书局印行，1931 年 9 月 1 日 9 版。一看版数，便知此为发行量颇大的专著。当初在旧书摊上见睹，就先被封面上的题签吸引，7 个毛笔行书，写得古朴遒劲，不看署名，亦知为民国元老于右任所书。就因喜欢这个封面题字，先将此书淘下。回家翻阅，才知此书为谭正璧所编，初版于民国十三年（1924

年),在后 7 年中,连续印了 9 版。写中国文学史,历来著述迭出,众说纷纭。而谭先生的专著,功在删繁就简,更有不少创见。如"清代女作家之努力于弹词"一节,便是他的研究所得,在写文学正史中,将俗文学亦不轻易放过。文学史方面的专著,谭先生还有《中国文学进化史》《中国女性的文学》《中国佚本小说述考》等。在《中国文学史大纲》一书的"改订自序"的落款中,写"正璧于黄渡"。谭正璧为上海嘉定黄渡人,在新文学运动初期,便开始创作活动。第一篇作品《农民的血泪》,刊于民国九年(1920 年)《民国日报》"觉悟"副刊上。以后主要在黄渡、南翔,及上海民立女校、震旦大学、新中国学院等任教,并潜心研究中国文学及戏曲,主编半月刊《怒潮》。解放后一度任上海棠棣出版社总编辑、华东师范大学古典小说戏曲研究生导师。20 世纪 80 年代后,谭先生不顾双目几近失明,人已垂暮,仍著述不辍。由其女儿谭寻据他口述整理成稿的有《说唱文学文献集》《弹词叙录》《评弹通考》等专著。

后来,我又在旧书店先后淘得《古代名家尺牍》《现代处世尺牍》两书,前者为谭先生的选注本,后者为他的专著。专著内容共 18 卷,作者在前面"凡例"中写到:"本书分类缜密,多经参考诸般尺牍而加以研析,凡普通应用者,俱已尽量搜集。"这些内容包括通候、婚姻、庆贺、请托等等。由此可见,谭先生对传统尺牍亦情有所钟,肯花精力加以研究。

从谭正璧的一生著述看,他至少在三个领域的研究卓有建树。首先,他在中国文学史的研究中,重点填补了俗文学史的空白。其次,他对于写作知识的普及,是作出非凡努力的,包括诗词、文章、尺牍均有涉猎,对学生提高写作水平帮助极大。第三,他专注戏曲研究,1922 年,年仅 21 岁的他,就在《晚霞》杂志上刊出弹词小说《落花梦》,并开始广泛收集戏曲资料。后结识赵景深,成为莫逆,常交流探讨。正璧后来写作出版了我国第一部《中国戏曲发达史》,及《话本与古剧》《元曲六大家传略》等重要戏曲专著。

早年谭先生从创作入手,写小说也写散文,先后在《风雨谈》《怒潮》《春秋》《茶话》等杂志上发表作品,曾结集为《正璧创作集》刊行,民智书局出版有中篇小说《芭蕉的心》,光华书局、北新书局出版短篇小说集《邂逅》《人生的悲哀》。不知何故,后来他的兴趣转到了研究上来了。我还有一巨册《中国文学家大辞典》,收编了我国自周代至辛亥革命前后计文学家近 7 000 人。百万字如砖头般厚,为上海书店影印本。原著 1934 年由光明书局印行,蔡元培为之题写书名。此书经作者修订,在香港、台湾出版了竖排本,作者署名为谭嘉定,可见谭先生对故乡的怀恋。直到现在,

《现代处世尺牍》封面

海外仍有不少学者在研究谭正璧的学术成果。相对而言,我们大陆尤其上海,对这位乡贤却缺乏重视。对于这样一个默默撰述、著述等身的大学者,人们实在不该淡忘。谭先生蜗居斗室,终日与书相伴,坐了一生的冷板凳,极少社会活动,是典型的传统学人,50岁后更是闭门写作,几与尘世隔绝,生活清贫且寂寞。在政治运动不断、传统文化日益丧失、官本位意识愈趋浓厚的状态下,中国知识分子的命运大抵如此。就谭先生的忧郁性格而言,更难摆脱潦倒穷困的结局。及至他逝世,都未能见诸报端,更不用说悼念回忆性文章了。前时读嘉定博物馆专事本土人文研究的陶继明兄文章《谭正璧与戏曲研究》,引起了我对谭正璧更多兴趣,并就手头藏有他的若干旧著,略为一谈。

余生亦晚,对谭先生的学识未能亲炙教诲。然而,我敬谭先生。

陈蝶仙与《家庭常识》

周六晨,刚下过微雨,乃去云洲地摊淘书。但见摊位寥寥,毫无人气。据说,愈是这样冷清的光景,愈能遇捡漏的机会。果然,在一中年摊主前,瞥见一叠泛黄的旧书,以我经验判断,此为民国版本无疑。弯下身子细看,是《家庭常识》,共8集。我打开第一集扉页,"天虚我生编"五个字跳入眼帘,这不是大名鼎鼎的陈蝶仙么。我赶紧合拢书,与摊主侃价。最后以不足百元收下这套旧书。我暗忖,此摊主肯定不知天虚我生为何人也。

清末年间,上海有九才子之称,如谢企石、吴眉孙、蔡眉良、奚燕子等,为一时之俊彦。陈蝶仙以多才多艺成为其中佼佼者。他生于1879年,一署栩园,别号天虚我生,浙江钱塘(今杭州)人。陈蝶仙为何叫"天虚我生"呢?他自己曾说:"我的上半生花费在学问上,下半生花费在工业上,而一无所成,天生我才必有用,我竟虚生了一世,所以叫天虚我生。"早年有《新疑雨集》问世,1895年(清光绪二十一年)在杭主编《大观报》,1898年写长篇言情小说《泪珠缘》,从用笔、结构、写情均师法曹雪芹的《红楼梦》,在文坛上初露头角。1907年在上海创办著作林社,出版以诗文为主的《著作林》月刊。后主编《游戏杂志》,又主编《女子世界》。太仓许瘦蝶常有诗作寄与他,两人时相唱和,成为莫逆。瘦蝶与《申报》副刊《自由谈》编辑王纯银甚熟,通过介绍,蝶仙成为《自由谈》特约撰稿人。纯银后因经商离职,继任者有吴觉迷、姚鹓雏,当姚离职,报社正欲物色继承者时,瘦蝶举荐蝶仙,纯银觉得合适,竭力介绍于报馆主持者,终于1916年聘陈蝶仙为《自由谈》副刊编辑,接任姚鹓雏。期间先后出版了《玉田恨史》《琼花劫》《井底鸳鸯》等描写才子佳人悲欢离合的长篇小说。

陈蝶仙知识渊博,尤具科学头脑,天文地理、声光化电等都懂一些,对与日常生

《家庭常识》封面

活有关的事物,亦倍加关注,言之成理。因此,他主持的《自由谈》中,常常刊些知识小文,颇受读者欢迎。蝶仙便与报馆商量获准,在《自由谈》副刊上,"特辟家庭常识一栏,逐日选刊切于家庭实用之件,以供社会,并设新食谱一栏,专载中西餐品烹调方法。又辟工业须知一栏,专载工业上应用各种制造方法;又辟集益录一栏,专为学术上之研究而设。此问彼答,以收集思广益之效。又辟杂录验方一栏,专刊曾经实验有效之各种治疗方药。半载以来,颇受阅者欢迎。金谓所载方法类多奇验,惟惜检查不便,翻阅为难,来函怂恿重编单行本者,日必数起,爰徇阅者之请,特将上列各栏已刊材料,悉数搜集,分类编纂,印成单本,以供家庭日用之需。"以上这段陈蝶仙写在《家庭常识》第一集前的"自叙",犹如"前言",已阐明《家庭常识》一书的编纂由来。

《家庭常识》为32开本,以申报馆名义出版,由文明书局印行,初版于民国七年(1918年)五月,到民国十九年(1930年)十月,12年中陆续印行了16版,平均10个月就印一次,数量当不会少。早期的封面设计虽为彩色花卉,但8集并不统一,至后来才用同一封面。《家庭常识》有多少集?文史作家郑逸梅在其文章中亦语焉不详地说:"刊单行本若干册。"可见他未曾见过这全套的8册原书。因第八集后有"家庭常识一至八集检查表",即索引也。我就可以肯定地说,全套8册,类似现在的家庭百科全书。所载日常生活知识性文字无以数计,从《申报》刊出至今,时光越过约90年,由于社会的进步,科技的发展,不少知识已然淘汰,成为历史。但在与世俱进的生活流中,仍有一些传统的做法,保留至今。比如关于饮食类,如何辨识乌骨鸡的质量:"乌骨鸡最补,毛黑肉黑而骨不黑者,无效。验其舌如黑,则其骨亦必黑。"这些来自民间的生活秘诀,至今仍显示出强大的生命力。

《家庭常识》的刊行,影响甚大。时值国人抵制日货,陈蝶仙想,何不用自己掌握的日常知识,做一些实业。他认为,挽救中国经济唯有提倡国货。他便于1918年7月,在其寓所沪南静修路三乐里的"惜红轩",挂出了"家庭工业社"的牌子,筹资1万元,陈自任经理,他的儿子陈小蝶与好友李常宽做他的助手。1919年"五四"运动爆发,日货更受打击,而陈蝶仙研制的"无敌牌"牙粉,乘势压倒了日本"狮子牌"和"金刚石牌",家庭工业社业务得以蓬勃发展。陈又为周瘦鹃夫人胡凤君特制紫罗兰香粉,除赠瘦鹃外,亦在市场畅销,再制"无敌牌"花露水,及白兰地、威士忌等饮料。昔日作坊式的工业社搞大了,居然登报招股,在上海成立了家庭工业社股份公司,并在无锡、宁波、杭州、太仓等地建立了制镁厂、造纸厂等,他是上海早期四大实业家之一。家庭工业社的资本已增至50万元,工人达2000余人,产品有

400 多种。陈蝶仙是著述宏富的文学家,亦能将实业办得红红火火,成了民国初年实业界的风云人物。用现今的话说,是文人"下海"的成功先例。事业有成,他的生活自然富裕,在杭州西湖建有蝶庄、蝶巢,西泠桥边的"蝶来饭店",也是他的家产。因繁忙无暇,陈果断辞去《自由谈》编职,一心经营,诗文无多。严独鹤创办的大经中学,所聘均名教授,陈蝶仙亦受聘任为诗词欣赏与写作讲席。1924 年,他将自己从 13 岁起历年所著诗词曲稿汇集为《栩园丛稿》刊行。1930 年创办并主编《机联会刊》,提倡国货,介绍日用品制造法等。抗战期间,家庭工业社向内地转移,均遭日机炸毁。因他嗜吃,以致吃坏了胃,长期未愈。1940 年 3 月 24 日,陈蝶仙在上海寓所辞世。终年 62 岁。追悼会场设在沪西玉佛寺,友好陆澹安为之撰一挽联:"公真无敌,天不虚生"。子女小蝶、小翠及友人辑有他的《文苑导游录》《栩园诗剩》《考证白香诗》等,还有《天虚我生十种小说》,合装一函,均以文言写成。内容自然离不开清末民初通俗文学作家的言情一路,现在将其归入"鸳鸯蝴蝶派",当在文学发展史上留有一席之地。

冯至《十四行集》

我对有过海外留学经历的现代诗人,总会高看一眼,多一份敬重和理解。因为他们有更宽广的创作视野,有更便捷的中西融合的创新通道。诗人冯至就是其中一位。

冯至(1905—1993)生于河北涿州,原名冯承植。在家乡小学毕业后,读北京京师公立第四中学,后考入北京大学。在校时学写新诗,在教他《文学概论》的张定璜教授帮助下,他的 27 首诗刊于《创造》季刊 1923 年第二卷第一期,开始走上诗坛。1930 年,冯至入学德国柏林大学,5 年后学成回国,到同济大学教书。时逢抗战,他与学校撤退到浙江、江西、桂林,最后到达云南昆明,在西南联大任德语教授,抗战胜利,他回到北京大学。

在参加浅草社、沉钟社活动后,他的诗集《昨日之歌》作为"沉钟丛刊"之二,于1927 年由北新书局出版。《北游及其它》作为"沉钟丛刊"之六,由沉钟社于 1929年出版。这里的诗,可看作是他写诗的第一阶段。诗是真诚的,但受风行的"小诗"影响,终究还是少年未成熟的"真",与诗人后来的作品相比,判若两人。在他的多种诗歌选本中,都没有选入这一阶段的诗,也许是"悔其少作"吧。

1942 年,他将自己的诗编为《十四行集》,寄给在桂林的陈占元,由他以明日社的名义在当年 5 月出版。初版印数 3 100 册,版权页上有一段文字:"本书初版用上等重纸印三十册,号码由一至三十,为非买品;用浏阳纸印二百册,号码由一至二百。"可是如此珍贵之书,如今是无缘一见了。目录很简单:14 行 27 首、附录杂诗 6首、附注。薄薄的一册,75 个页码,前面 27 首 14 行诗,没有标题,只有序号,附录的6 首有诗题。

7 年后,文化生活出版社在"民国三十八年一月",又将此书列入"水星丛书"出

《十四行集》封面

了初版没有大的改变，"目录"改"目次"，附录杂诗原 6 首，删去 5 首，增补 3 首，共 4 首，附注由原来的 3 条，增加至 12 条。有两处不同，一是封面书名由冯至自署，二是增加了一篇《序》。在我看来，这写于"一九四八年二月五日北平"的《序》很重要。冯至写道："一九四一年我住在昆明附近的一座山里，每星期要进城两次，十五里的路程，走去走回，是很好的散步。在一个冬天的下午，望着几架银色的飞机在蓝得像结晶体一般的天空里飞翔，想到古人的鹏鸟梦，我就随着脚步的节奏，信口说出一首有韵的诗，回来写在纸上，正巧是一首变体的十四行。这开端是偶然的，但是自己的内心里渐渐感到一个责任。有些体验，永久在我的脑里再现；有些人物，我不断地从他们那里吸收养分，有些自然现象，它们给我许多启示，我为什么不给他们留下一些感谢的纪念呢？由于这个念头，于是从历史上不朽的精神到无名的村童农户，从远方的千古的名城到山坡上的飞虫小草，从个人的一小段生活到许多人共同的遭遇，凡是和我的生命发生深切的关连的，对于每件事物我都精心写出一首诗，有时一天写出两三首，有时写出半首就搁浅了，过了一个长久的时间才能续成。这样一共写了二十七首，整理誊录时，精神上感到一种轻松，因为我完成了一个责任。"这段话，写出了冯至为什么会写十四行诗的原因。至于从形式上来说，他为什么要用十四行，他说："它正宜于表现我所要表现的事物，它不曾限制了我活动的思想，只是把我的思想接过来，给一个适当的安排。"众所周知，十四行的形式，来自英国的商籁体，如莎士比亚的十四行诗等。冯至并没有刻意模仿外国的十四行诗体形式，而是那么自然地写成了十四行，那就是中国现代诗人自创自有的新诗形式。正如李广田先生在评论冯至的诗是那么自由："由于它的层层上升而又下降，渐渐集中而又解开，以及它的错综而又整齐，它的韵法之穿来而又插去。"这样的评说，既十分中肯又非常到位。冯至的诗，整体显示出凝炼、深沉、幽婉的独特风格。十四行虽然只表明诗的行数,不是完全外来形式的移植,但内容视角及创作手法上,不能不受外国现代诗的影响。且看他的十四行诗第一首:"千年的梦像个老人\期待着最好的儿孙\如今有人飞向星辰\却忘不了人世的纷纭……"

《十四行集》是冯至停止诗歌写作 10 年(包括五年在德留学)后的一次结集。他在德国时没有写诗,并不能说他远离了诗歌。他游神于尼采的哲学世界,观赏梵高、高更的现代绘画,更以极大的兴趣,诵读里尔克的诗作。回国后受戴望舒邀请,与卞之琳、孙大雨、梁宗岱 5 人,成为新创刊的《新诗》编委,这些编委,来自于文学研究会、新月、现代、沉钟等各文学流派,都是对西方现代主义的诗歌有不同研究的学者,可见他们在以自己的方式,探寻中国现代新诗的发展之路。这是冯至第二阶段的诗歌创作,赢得鲁迅先生的兴趣,称他"是中国最为杰出的抒情诗人。"

1959 年,冯至的《十年诗钞》由人民文学出版社出版,这应该是他的第三个写诗阶段。他后来花较多精力写了《杜甫传》,出版《论歌德》《冯至学术著作精华录》,翻译了《海涅诗选》等。无疑,《十四行集》是他的诗歌艺术的代表作。然而,不能不提的是,冯至在漫长的写诗生涯中,写过 6 首长短不同的叙事诗,从早期的《吹萧人的故事》,到 50 年代的《人皮鼓》,有完整的故事,动人的情节,情景交融,寓抒情于叙事之中。有评论家说:"从几十年新诗创作看,他的叙事诗真是独具光彩,还没一个现代诗人几十年间这么写叙事诗。"作为留德诗人,冯至在古今中外多个维度,都能融汇在自己的创作高峰期,这样的诗质当是上乘的,且经得住时间的考验。

张爱玲译诗及评诗

关于张爱玲的翻译，我曾写过一文，内容是张爱玲于 1948 年在上海应沈寂先生之约，给《幸福》杂志译过毛姆的小说《红》，译稿尚未结尾，也没落款，刊物主编沈寂续完余译，因刊印在即，便代署"霜庐"，编发在当年第六期《幸福》上。张爱玲除在 22 岁有过一篇翻译习作《谑而虐》外，译她喜欢的外国作家毛姆小说，当是在小说创作之外，正式进行外国文学翻译的起端。近日，忽见家中旧籍中一册《美国诗选》，内有张爱玲的外国诗人译作及其评论，甚觉惊喜，张爱玲还译过诗歌，写过诗评，却未见报端披露，是首次知悉。

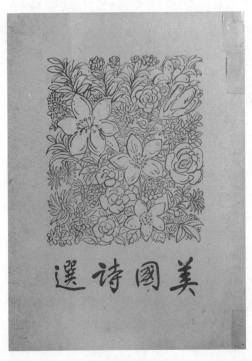

《美国诗选》封面一

《美国诗选》由林以亮编选，香港今日世界社初版于 1961 年 7 月，后来换了封面和开本，由台湾新亚出版社代理发行，至 1976 年 10 月，已印至第 11 版，可见此书在海外颇受读者欢迎。20 世纪 80 年代后期，北京三联书店将此书列入"美国文化丛书"出版。可是，彼时大陆翻译界对此关注甚少，更不知道林以亮是何许人。

林以亮在《序》中说："《美国诗选》一共选了十七位诗人，排列的方式是根据他们出生年代的先后为序。第一位是爱默森,生于一八○二年,最后一位是麦克里希,生于一八九二年,刚刚都在一千八百至一千九百这一百年之内。在每位诗人的译诗之前,总有一篇极详尽的文章,介绍这位诗人的生平和著作,也等于是一篇小传和批评。这种彻底的介绍工作也是很少见到的。读者在读了这样一篇文章之后,再去读他的作品,就可以对那位作家有相当清楚的认识。在这些文章中,对美国文学的源流和来龙去脉都有很详尽的交待,读者读完这些介绍文章之后自然会对这一时期的美国文学,尤其是美国诗,有具体的了解,所以编者就不必再另外写美国诗的发展史一

《美国诗选》封面二

类的介绍。"这 17 位诗人,除了爱默森、麦克里希,还有爱伦坡、梭罗、惠特曼、桑德堡等那个年代的美国重要诗人。

书中选 17 位诗人的作品,共有 110 首之多,每人一组,少则 3 首,如梭罗、麦克里希,多则 15 首,如佛洛斯特,分别由张爱玲、林以亮、余光中、邢光祖、梁实秋、夏菁 6 位译出。张爱玲译了爱默森的一组诗(5 首),又译了梭罗的一组诗(3 首)。

按此书的编辑格式,每位诗人的作品前,都有一篇译者撰写的诗评,即一篇对诗人和作品的评述文章,张爱玲也不例外。且看她如何评说爱默森的作品:"爱默森的诗名一向为文名所掩,但是他的诗也独创一格,造诣极高。爱默森的诗中感人最深的一首是追悼幼子的长诗《悲歌》,这一类的诗没有胜得过它,尤其是最初的两节。他对那夭折的孩子的感情,是超过了寻常的亲子之爱,由于他对于一切青年的关怀,他对于未来的信念,与无限的希望寄托在下一代身上。明白了这一层,我们可以更深地体验到他的悲恸。"

分析诗歌,张爱玲也毫不含糊。她能抓住要点,从宏观到细微处,予以评点。让我们再来看她是如何评论梭罗的诗。她写道:"我们至少应该指出梭罗的诗作中充满了意象,有一股天然的劲道和不假借人工修饰的美。就好像我们中国古时的

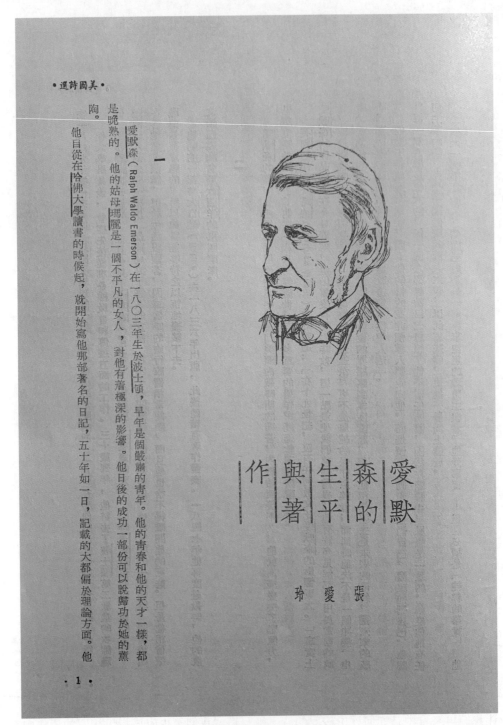

·美國詩選·

愛默森的生平與著作

張愛玲

一

愛默森（Ralph Waldo Emerson）在一八○三年生於波士頓，早年是個嚴蕭的青年。他的青春和他的天才一樣，都是晚熟的。他的姑母瑪麗是一個不平凡的女人，對他有着極深的影響。他日後的成功一部份可以說歸功於她的薰陶。

他自從在哈佛大學讀書的時候起，就開始寫他那部著名的日記，五十年如一日，記載的大都偏於理論方面。他

·1·

张爱玲《爱默森的生平与著作》

文人画家一样,梭罗并不是一个以工笔见胜的画匠,可是他胸怀中自有山水,寥寥几笔,随手画来,便有一种扫清俗气的风度。我们至少可以说梭罗的诗比当时人所想像要高明得多,如果他没有接受爱默森的劝告而继续从事诗的创作的话,他可能有很高的成就。"张爱玲是懂画懂艺术的,她信手拈来,就把梭罗的诗与中国优秀传统艺术关联上了。可以看出,行文与语气,都是一贯的张式写作风格。

虽然我们在书中看不到英语原作,但从英诗中译的诗行中,依然能感受到鲜明的美国诗歌风格,以及个人特有的创作韵味。当然,诗歌的流畅、表意的清晰、韵律的有序和朗朗上口,都是必不可少的,这中间,也有译者的一份功劳。且看她译爱默森的《海滨》:"你看这海/色彩变幻,丰产而强有力/然而像六月的玫瑰一样美艳/像七月点点滴滴的虹光一样清新。"长短句搭配,匀称而有变化,读来舒展而惬意。

张爱玲创作过小说、散文、剧本等,能以英语撰文,翻译过欧美小说、剧作,也能将她自己的小说及我国清末吴语小说《海上花列传》译成英文。但外国诗歌只译了这两位美国诗人的作品,《爱默森选集》中有 6 首诗,是她 20 世纪 50 年代初所译,《美国诗选》中留了 3 首,又补译了 2 首,共 8 首。梭罗的诗译了 3 首,共 11 首,这是她的全部译诗,却出手不凡,可见才女绝不徒有虚名。夏济安、夏志清昆仲对张爱玲的中英文互译甚为钦佩。一次,张爱玲将《五四遗事》寄到台湾《文学杂志》去发表时,该刊创办人夏济安说,完全看不出是从英文翻译过来的。可见,翻译爱默森和罗梭的诗,对张爱玲来说,并非难事。而难能可贵的是,张爱玲撰写的《爱默森的生平与著作》《罗梭生平与著作》两篇述评,前者约有 2300 字,后者约有 2800 字,都是颇具分量的诗评文章,相比译诗来说,我以为,她的评诗文章在某种程度上,都可视为个性化的论述,因而也更稀见更珍贵。因为《美国诗选》主体是诗歌,因此每位译者对诗人的介绍和评论,也只是附属其间。按常规,这样的文字,只要查些现存资料,写成一般化的介绍即可。但张爱玲没有这样轻易走过场,作一番泛泛介绍。她是认真的,写出了自己的真知灼见。却因是译诗的附属,张爱玲自己并不看重这两文,或文章没有用类似评论的标题,被她本人及学界忽略了它的独立文本价值,因而都有被疏漏的可能。总之,两文不见收入张爱玲自编的散文集《张看》《续集》《余韵》等,也不见收入研究者所编张的任何文集,连台湾皇冠出版社和大连出版社出版的 16 卷《张爱玲全集》也失收。其实,《美国诗选》无论诗歌作品的翻译,还是关于诗人的评论文字,都属于外国文学的研究范畴,当引起我国译界的重视。

此书编选者林以亮,本名宋淇,浙江吴兴人,生于上海,父亲是著名戏剧家、藏书家宋春舫。从小在私塾读四书五经,后毕业于燕京大学西语系并留校任教,是文学评论家、翻译家、红学家,曾出版《林以亮诗话》《林以亮论翻译》《文学与翻译》《更上一层楼》等,他更是香港电影界著名制片人,被誉为"港影先锋"。宋淇1949年移居香港,后任职美国驻香港总领事馆新闻处(简称美新处)、香港中文大学翻译研究中心主任等。

1952年7月,张爱玲离开大陆到香港,本想去香港大学,完成早年读过3年、因战事停课的未竟学业,忽然看到美新处有海明威《老人与海》的译员招聘启事,遂予应聘,时任美新处文化部主任的美国人麦加锡,和他的助手、时任文化部编译室主编的中国雇员宋淇,商请张爱玲来,进行一场二对一的面试,张爱玲不负所望,顺利获得通过。如此,张爱玲入职美新处,开始翻译《老人与海》,以及后来翻译了欧文《睡谷故事》《爱默森选集》等。由此,张爱玲与宋淇及夫人邝文美结识(邝系翻译家,也供职美新处),并成为一生的挚友。宋欣赏张的文学才华,将其作品推荐给1921年出生于上海的哥伦比亚大学教授夏志清先生,夏撰写发表了《张爱玲论》,并在1961年出版专著《中国现代小说史》中专列一章,遂使张在中国现代文学史上占有一席之地,之后在海外的写作与出版的境况始有转机。1955年秋,张爱玲准备移居美国,由麦加锡担保,宋淇夫妇将其送至码头。张在日本作短暂停留后,就去了美国纽约。第二年,36岁的张爱玲,认识了大她29岁的美国剧作家赖雅先生,并有了第二次婚姻。婚后,他们虽然恩爱但经济依然窘迫,为生活而不停写作。因为这些因素,宋淇在编选《美国诗选》时,物色的译者中自然包括张爱玲在内,而且排在译者第一位。在此书出版的当年,张爱玲又应宋淇之邀,赴香港为宋淇供职的国际电影懋业公司编写电影剧本《红楼梦》(上下集,未投拍),在港期间得到宋淇夫妇的许多关照,并居住在他们家里,第二年3月才返回美国华盛顿。之后,张爱玲继续为宋淇编写电影剧本,有《情场如战场》《人财两得》《六月新娘》等8部电影剧本,每次获得千余美元的稿酬。这是体弱多病的张爱玲夫妇主要收入来源,大大缓解了两人生活压力。除了电影剧本,张爱玲的文学创作并不多,只有《五四遗事》《色·戒》《浮花浪蕊》《相见欢》等。可见,一个华人作家在域外文坛,靠写作维持生活有多么艰难。

不仅张爱玲,其他几位译者都是宋淇好友,其中译诗最多的是大家熟悉的台湾诗人余光中,余光中创作的《乡愁》一诗,风靡海峡两岸。译者中还有著名作家梁实秋,他是中国翻译家中翻译莎士比亚全集的第一人。以及邢光祖和夏菁。邢光祖是江苏江阴人,早年毕业于上海光华大学,1938年在上海创办《新诗刊》,后获菲律宾远东大学文学硕士,曾任菲大《中华日报》总主笔,出版诗集《光祖的诗》《海》,传记《国父孙中山先生传》等。其弟邢鹏举也毕业于光华大学,是徐志摩的得意门生。夏菁原名盛志澄,浙江嘉兴人,早年毕业于浙江大学,赴台后曾任职"台湾农村复兴委员会",主要从事水土保护研究工作,业余从事创作与翻译,出版诗集《静静的林间》《喷水池》等。这后两位译者,大陆译界和读者对他们还较为陌生,他俩与余光中一样,主要以新诗名世。可以说,这是一本译者们通力协作的集体智慧结晶。

1995 年 9 月 8 日,人们发现张爱玲已在洛杉矶寓所谢世。在其早时立下的一份遗嘱中表示,全部遗产交由宋淇、邝文美夫妇保管及版权代理。一年后宋淇去世,其儿子宋以朗成为张爱玲遗嘱执行人。

从《美国诗选》的翻译出版可见,张爱玲在六、七十年前的译诗及评诗,是她外国诗歌翻译和评论的绝响。一直以来,译界及媒体对此鲜有论及,唯见译者之一余光中先生,在张爱玲辞世当年写下怀念文章,即《何时千里共婵娟》中提到此事:"《美国诗选》六人合译,我译得最多,张爱玲译爱默森、梭罗。宋淇是她的好友,又欣赏她的译笔,所以邀她合译,以壮阵容。"作为张爱玲的好友宋淇,因近年张爱玲成为文坛热点,宋的名字才开始逐渐浮出水面。由此也可见,张爱玲与宋淇夫妇的真诚友情及互助关照,折射出在海外的华人作家,生活和创作的不易,砥砺携手的可贵。

胡焕庸签名旧刊

在家整理旧书刊，忽然翻到一册旧杂志，封面上赫然见到两行字："钱今昔教授惠正 胡焕庸"，我心头一喜，想起了，这是钱老生前赠我的书刊之一。

这本旧刊叫《中国科技史料》，虽然我不太关心科技，有时还在心中埋怨，科学发展太快了，人们的脚步还跟不上，把许多优良传统都很快更新了。但这本以史料为主的刊物，仍一直保存着。

这是该刊 1991 年第 12 卷第 1 期（总第 50 期）。翻开目录，有"机构与社团""资料与考证"等栏目，都是可读之文，如《北平研究院动物学研究处小史》《中国古代对石棉的辨识》《浙江温州西山出土的唐代双体独木舟》等，引发我不小的阅读兴趣。但此刊更主要的栏目是"人物"，共有《谭嗣同与数学》等 4 篇文章，我欣喜地看到第三篇是胡焕庸所写《治学经历述略》，我明白了，他为何签赠此刊给钱老，同声相求，同气相通，他俩是华东师范大学地理系的老同事、老朋友了。

胡焕庸的史料不难找，除了这篇他自己谈治学经历的文章，我手头另有一本小册子，小 32 开，红封面，原华东师范大学校长刘佛年题署的《胡焕庸回忆录》，印得很简陋的 36 个页码小册子，封面题署却以烫金印制，最后落款时间是 1988 年 11 月 7 日，没有出版单位，系自印本。里面分 14 章节，从"我的故乡"到"两次结婚和子女"，每章每页旁边空白处，都有他用钢笔蓝墨水写的注释文字，小册子的内容，基本把他一生作了回顾。扉页里，夹着一张小纸片，是"日本中国工业地理研究小组 1993 年中国地理访问团名簿"，下面是从团长、副团长、4 个团员共 6 个人的简介及地址、电话。我想，这张纸片，大概是当年胡焕庸接待这个访问团时留下的。

胡焕庸出生于江苏宜兴扶风桥褚母塘，父亲是县里秀才，担任私塾先生，不幸因病早逝。胡焕庸 6 岁起读私塾，后转入新式小学鹅山小学四年级读起，再考入 90

里外的常州省立第五中学。1919 年毕业这年,席卷全国的"五四"运动,也影响到这座小城,胡焕庸与全校师生一起,参加了轰轰烈烈的大罢课。

接下来,是工作还是考大学,他颇为踌躇,想考大学,由于家贫,无钱读不起。不考大学找工作,又心有不甘,毕竟在求知欲很强的年龄。正巧,他看到了南京高等师范学校的招生通告,因这个学校免一切学杂宿膳费,吸引了许多贫困而好学的学生,竞争十分激烈。考试发榜时,他竟被录取了。南京高师主要设文史地部和数理化部,他从小学起就喜欢上历史地理课,自然就选择了文史地部。第二年获美国哈佛大学地学博士学位的竺可桢到校,任地学系主任,陶行知任教务主任,并创办附属乡村师范学校,还有陈鹤琴、杨杏佛、茅以升、吴梅、梅光迪等,担任各科教授或主任,一时人才济济。

大学毕业,胡焕庸赴法国巴黎大学地理研究所,以及英、德游学,并撰写《巴黎的地理结构》《西欧各国的地理学》等论文,寄回国内发表。又在南京钟山书局出版了《新地学》一书。1927 年底回国后,在南京东南大学(原南京高师,后改中央大学,现为南京大学)任教,并协助竺可桢筹建气象研究所。1935 年发表《中国人口之分析》,创制出中国第一张人口密度图。同时,他引进西方地理学前沿理论,提出中国人口的地域分布以黑河至腾冲为界线,划分为东南与西北两大基本差异区。这条线被学界称为"胡焕庸线"。于此同时,他提出中国农业区划方案。撰写出版了《英汉气象学名词》《黄河志·气象编》《气候学》等专著。后一直在中央大学从事地理人口研究

《两淮水利》封面

和教学。曾参与学校组织的两淮考察队,撰写出版《两淮水利》一书,指出:"淮水一日不治,即两淮人民一日不能安枕。"中华人民共和国成立后,便参加治淮委员会工作,编制河南、安徽、江苏的引淮入海、兴建水库、疏浚河道等项目。1953 年在全国

高校院系调整中,进入华东师范大学地理系任教,并担任自然地理教研室主任及人口地理研究所所长,相关课题的研究工作,一直延续到 90 高龄,是退而不休、老而弥坚的人口地理学专家。

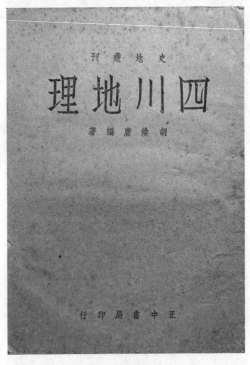

《四川地理》封面

这就说到胡焕庸签赠的上款人钱今昔先生,他生前长住华师大一村,我在其晚年常趋府拜望,相谈甚欢。20世纪 30 年代,钱今昔考入暨南大学史地系并兼修文学系,得到郑振铎、王统照和方光焘三位老师的培养,开始走上文学道路,在《万象》《文艺春秋》《小说月报》上发表,并出版了《上海风景线》《流浪汉》等文学作品集。上海解放后,因科技人才短缺,组织上希望他从事地理科学研究,将他调入华东师范大学地理系,与胡焕庸成了同事。而钱今昔主要教授人文地理和能源地理专业,虽两人同系不同专业,钱今昔视胡焕庸为前辈,常去请教,结下深厚友情。

在胡焕庸 90 寿辰时,钱今昔撰写了《地理学大师胡焕庸》一文,文中写道:"胡焕庸虚怀若谷,著作等身,一生纵横驰骋于地理学的多个领域,是我国现代人口地理学的开创者,一九八四年被国家教委批准为第一位人口地理学博士生导师。"

邵洵美《花一般的罪恶》

今年初秋，上海博古斋拍卖公司恢复线下拍卖，在新文学版本的"万象专场"上，爆出了冷门，一册民国版诗集，非郭沫若、徐志摩等名家签名本，从 1 000 元起拍，一路上扬，后以 5 000 元的加价幅度递增，拍出了 6 位数的高价，最后定格在 16 万元，加上百分之 15 的佣金，总计 18.4 万元。这让在场的众多买家眼睛一亮，大大超出了拍前预期，创出了新文学诗歌版本的拍卖记录。

这是一册什么诗集？当然不是普通版本，它是邵洵美的精装本《花一般的罪恶》。拍卖前的预展上，我将此书小心地翻阅一过，触手如新，可谓 10 品。我当日写下小文《新文学收藏正当其时》，文中说："我在研究新诗史料中，知道邵有此诗集，但这是第一次见到版本真容，很有点震撼的感觉。不禁感叹：太珍贵了！不说书的内容，就是封面装帧，就够精致的。布面精装，书名和作者，压型烫金，下面配一朵大大的金色之花。这是金屋书店 1928 年的出版物，这家书店是邵自己开的，他在自家书店印诗集，如同今天的自印本，可能只做几百本，送送小圈子内的爱诗朋友而已（此书还有平装本，那是售卖给普通读者的普及本）。邵是唯美主义诗人，他的诗集，就体现出唯美的理念。这样的装帧，过了近百年，不但不落伍，反而更亮眼更珍稀。"由于时间的消蚀，原本黄色的烫金封面已然暗淡，显出了些许旧气，色泽沉郁，略呈银白色。

第一次知道邵洵美的名字，还是听忘年交章克标老先生说起的。章老晚年定居上海，使我常有机会拜访他，听他聊天。话题天南海北，却都是文坛轶事。谈起邵洵美，他淡淡地说："很早就一起做同事了。"

章克标早年留学日本时，就与滕固、方光焘、张水淇几人，商量过成立文学社之事。1924 年，他们先后回国，章克标就跟着滕固编《狮吼》半月刊。不料这本唯美派

《花一般的罪恶》封面

的同人杂志,竟有不错的销路,还远销海外至新加坡等国家和地区,可能那里华人较多。正巧邵洵美从法国巴黎回国,途经新加坡,上岸作短暂逗留时,在码头一侧看到书报摊上的《狮吼》杂志,买了一份带到船上消遣,竟看得如痴如醉,杂志上的内容太合他的胃口了。船到上海,他就迫不及待地按刊物上的地址,找到了滕固、章克标等人,大家一见如故,气味相投。尤其是邵洵美与滕固,都出身书香门第的殷富人家,在文学趣味上又有许多共同语言,成为知己之交。邵洵美很快融入到狮吼社这样一个没有宣言、没有主义的文学社团中。这批文学青年在上海聚集,是因为他们不满社会的虚伪、强权的环境,要发泄内心的郁闷情绪,要向人们发出醒世的"狮吼之声"。他们的作品,注重内心情感的抒发,是对传统封建道德的反叛,对才子佳人般"鸳鸯蝴蝶派"的挑战。由于邵洵美的加盟,后期狮吼社有了一段辉煌的鼎盛期。《狮吼》得以恢复出刊,并出版"狮吼社丛书",如滕固小说集《壁画》等人的文集。

1929年,狮吼社活动渐少,邵洵美另办了金屋书店,并让章克标与他一起主编《金屋》月刊。地址先在南京路、福建路一带的香粉弄内,后搬入离邵家较近的静安寺路(今南京西路青海路)同和里。但这个地方不太适合开书店,邵洵美就把书店迁往四马路(今福州路)望平街。据章克标回忆,金屋书店虽只有一开间门面,邵洵美却把它设计装修得十分考究,沿马路一边是大大玻璃橱窗,可对外陈列各色精美图书。店牌也是黑底金字,看上去既金碧辉煌,又高雅大气,充分体现了邵洵美的审美情趣。

这就说到了诗集《花一般的罪恶》。既然邵洵美的书店、刊物及店招都用了金字,说明他喜欢金色。这本只有55页的诗集,就是金屋书店的出版物,在墨绿色的封底上,书名、作者名及用以装饰的一朵大金花(6瓣大叶加3瓣小叶),都用了烫金压模,呈凹凸型,有很舒适的手感及视觉感。这样的装帧设计,已非常鲜明地体现出唯美主义风格。接着,邵洵美把版权页上应有的出版机构(金屋书店)、出版时间(十七年),移到扉页的书名下,而后面的版权页上,只写"五月五日初版"、定价及"版权所有"4字。这种别出心裁的排列方式,只有邵洵美能想得出用得上。

邵洵美祖籍浙江余姚,但祖上几代已定居上海,祖父邵友濂曾任上海道台,外公是赫赫有名的盛宣怀。邵洵美就读的"南洋路矿学校"(交通大学前身)就是盛宣怀创办的,后娶盛宣怀长子的女儿盛佩玉为妻,足以显示邵洵美的富家身份。在英国剑桥大学留学时,不但结识了徐志摩、张道藩、刘海粟等文艺同好,还喜欢上了外国诗歌,如希腊女诗人莎弗、法国象征派诗人波特莱尔、魏尔兰等。一度曾到巴黎法国画院学习绘画,与徐悲鸿成为结拜兄弟。赵景深曾形容邵洵美"面白鼻高,希腊典型的美男子。"而诗评家周良沛说:"他的唯美,似乎是荣华富贵之享乐的存在所决定的。"从物质到精神,都与邵洵美唯美主义的艺术情趣,是那么契合。从他自己金屋书店印制的《花一般的罪恶》,就可以看出,他的出版社出书,不但内容要好,还要以别致的装帧、精美的设计、豪华的印制,成为书的"唯美"艺术品。

这本薄薄的诗集,共刊诗31首。因为在此之前一年,邵洵美出版过第一本诗集《天堂与五月》,列"狮吼社丛书"之一,分两编共33首诗。在编《花一般的罪恶》时,他把那本诗集中较满意的十几首诗,如《恋歌》《来吧》《情诗》《五月》《爱的叮嘱》等,直接移了过来,有的改一下诗题,也一起编入《花一般的罪恶》。书名取自诗集的最后一首诗,但读者一看就明白,这是从波特莱尔的《不吉祥的花》(即《恶之花》)移植过来的。所以说,《花一般的罪恶》中有近半作品不是新作而是重编。看《来吧》中的诗句:"啊你我的永久的爱/像是云浪暂时寄居在天海/啊来吧你来吧来吧/快像眼泪般的雨向我飞来"。再看《上海的灵魂》:"上面是不可攀登的天庭/下面是汽车,电线,跑马厅/啊,这些便是都会的精神/啊,这些便是上海的灵魂。"这些语句,这些意象,都是邵洵美特有的。

此书出版后,引发文坛不小的反响,邵洵美在《狮吼》上写了《关于〈花一般的罪恶〉的批评》,开头他就说:"真是毁誉备至了",针对有人在《苦茶》杂志上的批评文章,如关于诗的道德礼义、关于诗的看不懂,以及诗的用词等,邵洵美一一予以反驳并加以说明,称批评方是"不负责任的批评",反批评他不给对方留一点面子。

1936年,邵洵美出版了他的第三部诗集《诗二十五首》。从金屋书店开始,邵洵美对出版的兴趣与日俱增。之后因徐志摩的邀请,他入股新月书店,委以经理一职,并主编了后面4期《新月》杂志。徐志摩因飞机失事遇难,新月书店被"商务"接纳。邵洵美另办了时代图书公司,附设可印大型彩色画报的时代印刷厂,引进一台德国最先进的影写版印刷机,设照相、修片、制版、印刷等车间,印制张光宇、张正宇等主编的《时代画报》《时代漫画》等,此机解放后转到北京新华印刷厂,承印新创刊的《人民画报》。邵洵美另对四马路金屋书店的原房进行改造,作为时代书店的门面,出刊林语堂主编的《论语》,以及《十日谈》《人言》等。可以说,在邵洵美的诗人桂冠旁,还应给他一个出版家的头衔。

《诗二十五首》是邵洵美主编的"新诗库"第一集第五种,由时代图书公司出版。这是他的一部重要诗集,精选了8年中的25首诗,虽也是薄薄的一册,却有他的不少代表作,表明了他在诗艺上的不断成熟,如《洵美的梦》《天和地》《风吹来的声音》

《蛇》等。在这部诗集中,邵洵美破天荒地写了近万字的《自序》,第一次较为详尽地阐述了他的诗歌观。他说:"我写新诗已有十五年以上的历史,自信是十二分的认真。原因是我和新诗关系的密切是任何人所不知道的,我写新诗从没有受谁的启示。我也并不是没有受到过任何种类的熏陶与影响,外国诗的踪迹在我的字句里是随处可以寻得的。这是必然的现象,一天到晚和他们在一起,当然会沾染到他们的一些气息。但是我的态度不是迂腐的,我决不想介绍一个新桎梏,我是要发现一种新秩序。"同时,他对同时代诗人作了中肯评说:"孙大雨是从外国带了另一种新技巧来的人,他透彻、明显,所以效力大,《自己的写照》在《诗刊》登载出来以后,一时便来了许多青年诗人的仿制,不久戴望舒又有他的巧妙的表现,立刻成了一种风气。当然,光有新技巧也不够,我们知道孙大雨在技巧以外还有他雄朴的气质,戴望舒在技巧以外还有他深致的情绪,摹仿他们的人于是始终望尘莫及。从这里,我们可以明白,有了新技巧还要有新意。"这篇《自序》,可以看作是邵洵美关于新诗的宣言。陈梦家在编《新月诗选》时,选了邵洵美的 5 首诗,其中 4 首来自《诗二十五首》。陈梦家说:"邵洵美的诗是柔美的迷人的三月的天气,艳丽如一个应该赞美的艳丽的女人,那缠绵是十分可爱的。"夏衍在《忆达夫》一文中也写道:"达夫还和我说过,邵洵美是一位很好的诗人。"1988 年 8 月,上海书店出版社原版影印《诗二十五首》,列入"中国现代文学史参考资料丛书",这是邵洵美的诗在新中国诞生后首次介绍给读者。到 20 世纪 90 年代初,周良沛编选《中国新诗库·邵洵美卷》,共 28 首诗,3 首选自《花一般的罪恶》,其余均选自《诗二十五首》,并撰写了 1 万多字的文章作为《卷首》,第一次对邵洵美及他的诗作出全面评说。

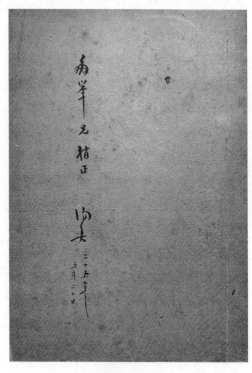

邵洵美手迹

　　当然,不能否认,《花一般的罪恶》是邵洵美喜爱的一部诗集。朱自清主编的《中国新文学大系·诗集》,选的 3 首诗《昨日的园子》《来吧》《我是只小羊》,均来自这册诗集。不仅内容,更因为它装帧的精美别致,以至直到今天,这册诗集仍被人们所津津乐道。此书收藏流转有序,是沪上老诗人任钧生前的旧藏。作为抗战时期以时代为号角的"左翼"诗人,会喜欢并几十年来保存一册"唯美派"诗集,可见诗人艺术取向的多面性。

　　说点《花一般的罪恶》一书拍卖期间的花絮。在征得原物主的同意,拍卖公司将《花一般的罪恶》做了少量的复刻本,还原了旧版初时的烫金字样,封面上的金色花卉也压制成凹凸型,这精装书封的复制,比一般的平装本影印有更大的难度,所以称复刻本,如此化一为百,让更多无缘见识原版本的读者,尤其是邵洵美诗歌的爱好者,在这"下真迹一等"中,略感原著风貌。当然,也给邵洵美及新诗研究者提供更多版本考证的便利。正如 20 世纪 50 年代丁景唐先生决定影印"五四"以来优秀文艺期刊时所说:"是一件功德无量的善事。"

范烟桥《书信写作法》

与周瘦鹃、程小青、蒋吟秋并称"苏州四杰"的范烟桥先生，写作勤勉，著作等身，在同辈者中，是数一数二的高产。若要列一著述目录，可谓长矣。择其要者，尚有《诗学入门》《吴宫花草》《齐东新语》《范烟桥小说集》《中国小说史》《烟桥日记》《孤岛三年记》《别有世界》等等。而斋藏的《书信写作法》一书，对研究和收藏范烟桥的人来说，似乎微不足道，常常失收，偶尔提及，亦为未尾。故我觉得有一说必要，以留史料的吉光片羽。

此书 32 开本，封面朴实无华，民国三十六年（1947 年）九月初版，出版者为苏州文怡书局，总发行所为上海文怡书局，即于抗战前期在上海开设的分店，地址就在四马路（今福州路）291 号的太和坊东首，只小小的一开间门面。平时以出售图书和文具为主，亦由东吴大学及几所中学的教师，利用业余时间，帮助翻译出版一些大中学数理教材。《书信写作法》一书出版时，正值抗战胜利以后，时局稍有稳定，所以此书得以在上海发行。

《书信写作法》封面

烟桥缘何编写一册关于写信的教材书呢？综观其一生，业余写作编稿，正业却是执教鞭的。烟桥系吴江同里人，生于清季光绪甲午之夏（1894年），名镛，取姜白石"回首烟波第四桥"词意，号烟桥，别署含凉、鸥夷等。早年毕业于南京东南大学，学成即归故里，任八测小学教务，后为八测乡学务委员，从事地方教育，再任县劝学员。27岁那年，即被推选为县教育会会长。后在东吴大学教授中国小说史，期间兼授省立松江中学（现属上海市）及东吴附中国文。他深感书信练习对于打实中学生写作基础的重要性，又感到时下难有一册适合中学书信写作的教科书。于是，烟桥索性自己利用教余时间，编写了《书信写作法》一书。他结合自己的教学所得，竭力使此书"适用于高级中学，如每周一小时，可授两年。"两年的基础打好了，便为日后铺平了写作之路。他力求用"最新颖之方法编写，有说明，可以融化。有词汇，可以活用。有答语练习，可以作基本实验。"书中，烟桥先生附了大量范例，这样，使学生"能以写作俱佳之书信传观，及常作实物练习，进步更易。"在此书中，他从便条、明信片写作开始，再书信写作、各种称呼的应用等，讲述得详尽而又通俗。

范烟桥交游甚广，友朋间翰墨往来为常事，由此他十分珍爱书札，每获书信，他必模仿其父锦庭公的制法，把措词隽雅、书体绢美的书札，悉心粘贴于毛边纸薄册上，供好友清赏把玩。早在1921年，烟桥随父从同里至吴中温家岸定居，与好友赵眠云、郑逸梅、姚苏凤等9人在苏州留园结成星社，为一文学团体，大家定期相会，又鸿雁往来，粘贴成册后互为赏析。此举还感染了顾明道、蒋吟秋、黄转陶、尤半狂等好友，纷纷效法，以至人手一册，以为乐事。说起此，传闻烟桥早年与同社吴县曹蓬庐女士结为文字交，互相诗词唱和，月必数次，该女士书学《灵飞经》，妙得神髓，令烟桥每每宝之，即将先后所得书札诗词，装贴成厚厚四册，留作纪念，后来烟桥刊印短篇笔记《茶烟歇》一书，遂请蓬庐作封面题签。此友情可贵，文史掌故更显珍贵，不可多得也。

烟桥好友郑逸梅受其影响最甚，以至有了"集札癖"，初有《来鸿集》，继而《尺牍丛话》问世，丛话谈及书信类书籍凡几百种，仅讲书信写作知识的就达百余种，如王小逸的《书信作法》、叶绍钧的《怎样写信》等，却遗漏了范烟桥的《书信写作法》一书，老友况且不为所知一时失收，更何况一般读者耳。

姜德明信中离不开书

与姜德明先生相识，自然是恩师丁景唐老的牵线。那年，丁老知我将去北京开会，高兴地嘱咐我：去看看姜先生吧。说着就把姜德明的住址抄写于我。时间过了近20年，姜先生也已年届九旬。闲阅他给我的10多通书信，虽纸张各异，大小不一，却载着他满满的友情，从中可见他的文心德艺。

"淘书，我们是同好"

那年，我出版第一本书话集《人与书渐已老》，承丁老作序鼓励，序中他为我树立了三大标杆：唐弢、姜德明、朱金顺。我初习书话，学习他们是必须的。

唐弢曾在上海生活与工作过，上海解放后的第一本文学期刊《文学新地》，就是他创办主编的。对唐弢先生，余生亦晚，未及亲炙。当然，读唐弢的书话作品，也是一种极好的学习。看来，与钱锺书说的相反，见过蛋而想见下蛋之鸡的人还真不少。虽曾错过了"初一"，岂能再错失"十五"，我就从与姜先生认识开始，走上书话写作之路。

每次，趁去北京出差时，就到姜先生府上拜见，总能听到他讲当年逛各色书店、淘廉价珍本的往事。他说年轻时在天津，是天祥商场旧书铺的常客等等，讲到得意处，他还会起身，从书橱内取出当时淘得的旧版本，如数家珍般娓娓道来。于我而言，如醍醐灌顶，如饮甘醇。

不但面对面地听他讲述，在通信中，他也会情不自禁与我唠起往日淘书的好心情，他还多次在信中谈到："文庙书市的确吸引人，我也去过几次"，去"文庙，同行者有（倪）墨炎、（陈）子善兄"。"天祥商场那里，当年也是杨宪益、王辛笛、黄裳、黄宗江等访书之地,我很怀念那地方。"如此等等,足显一位书人的殷殷爱书之心。

正如他在一封信中对我所言:"您也喜欢在地摊上搜寻新文学版本,可以说,淘书,我们是同好。"淘书前辈将我看作是他的同路人,令我欣喜满满,而我更是把姜先生看作是淘书路上的引路人,他的那些书话文章,那些版本书影,都为我这个后来者指清了方向。他还常常鼓励我:"祝你不断能淘到好书,多写一点书话。"他每从报刊上看到我的文章,就会在信中提及,我写丁景唐参与编辑的《时代文艺》,姜先生见之,就在信中写道:"《时代文艺》前所未闻,值得一写。您写沈寂编刊物事,我读后受益良多,以往太不重视了。"又在另一信中说:"刚读过您写邵燕祥诗集的文章,以为很好,道他人未道,又用事实说话,内容也很集中,给人印象很深。""写文宗山一篇也很好。我不一一列举篇名了。"他不仅给予鼓励,还常常直接给我提供珍贵的写作资源,那就是民国版珍本了。一次,在他家闲聊,告别时,他说等等有本书送您,就从书桌上取过一册旧书,我一看,是过去《良友画报》总编辑马国亮的民国版小说集《露露》,自喜不待言。还有一次,他寄来一册旧书,附信说:"手边有本小册子,战后在上海出版,是揭发股奸的,您或有兴趣。我当时可能考虑到有谈张善琨的事,才以三角得之,现送您保存"。姜先生知我在金融机构工作,喜好收集和写作这方面史料,可是正中下怀噢。

复信,前辈文人的礼数

我每次给姜老师写信,或请教新文学版本问题,或寄赠相关书籍给他,都能及时得到回复,让我消除不安之心。这堪称老一辈文化人礼数周到的高尚风范。

有一次,我在旧书店淘得 32 开本的小型期刊《萧萧》,包括创刊号共计 3 册,因对此刊不甚了了,就写信请教了姜老师。没过几天,就收到了他的回信,信上说:"《萧萧》小刊购存近四十年,当初承唐弢先生告诉我是金先生所编。我与金先生有过联系,是约他写稿的。便中希代致候,祝他平安健康。"这金先生即是文史大家金性尧前辈,缘此,我在拜见金老时,详细了解他当年编《萧萧》的经过,我便写了书话小文《金性尧与〈萧萧〉》。

还有一次,得姜老师来信,嘱我在上海找一本《沧海往事》,我手头正好有一册,赶紧先寄往北京,他收到后,马上给我来了回信,说"这么快收到《沧海往事》,很意外。高兴之余,知道是您的藏书,不敢掠美,我读借后即奉还如何。这样的好书,理应广为流传,书店对它太冷淡了。又,《沧海往事》收有我的三封信,我也是见了书后才知道的。总之,清阁长辈是一位值得怀念的人物,我很尊敬她。"

这本书信集,是赵清阁去世多年后,由热心人帮着编印的。一般说,出书前应征得书信作者同意,书出版后应给作者寄样书等,可姜德明在浑然不知的情况下,看到此书入选了他的三封信,丝毫没有责怪出版方的情绪,有的只是称赞这是一部好书。可见姜德明先生的宽容大度,老派文人的谦谦之态。

感恩,他总是记着别人

由于长期在媒体工作,又有机会公差,所以,姜先生对上海并不陌生,也有不少文友。比如丁景唐,姜先生总是在信中附言问候,有一次,他出版了新著,就让我转交,信中说:"随函附上拙作二册,一册赠您,一册代转丁景唐先生。知您常去丁老家,实在麻烦您了,在此深致谢意。"

在另一次信中,姜先生也谈及丁景唐,他写道:"景唐兄最近赠我上海书店出版的《百年书业》等三书,史料丰富,很有用。我已专函致谢。您常见他,甚羡。以他的经历和见闻而论,他也是一部活字典。"

我有一篇写文史收藏家瞿光熙的文章,也曾征求过姜先生意见,引起了他的愉快回忆:"关于瞿光熙先生,我到上海南昌路他的府上访问过他,他给我看他收藏的晋察冀解放区出版的《北方文化》,是成仿吾主编的,可惜不全。此刊我也不全。北归后,我给他寄去他缺的几期,是否他就收全了,我不记得了。又,初版本的《鲁迅先生纪念册》是他在上海旧书店发现了一本,为我留下,我及时从店里邮购来。总之,这是书友之间的一点情谊吧。当然,我们之间也是编者与作者的关系。"20世纪五、六十年代,姜先生在主编《人民日报》副刊时,刊发了瞿光熙等许多作家的书话作品,使这一文体在文学界和读书界渐成气候。

上海旧书店吴青云老先生是我的"忘年交",与吴老接触久了,觉得如今这样熟悉旧书业的老人已凤毛麟角,就写了一篇《旧书业的"老法师"》,想到他常与我谈起姜先生,就把此文寄给姜德明征求意见,姜先生在回信中说:"大作写吴青云先生,很好。所引事实无误。可以补充的是1953年前后,上杂出版社出版的'中国戏曲理论丛书',其中阿英编《雷峰塔传奇叙录》、孙楷弟著《傀儡戏考原》、傅惜华著《曲艺论丛》等5种,后来一起得自吴先生手中,当时每种仅印二、三千册,很是难得。吴先生值得纪念,祝你写作成功。"在另一信中,他也写道:"吴先生待人宽厚,常常帮助别人,很有品格。我在与他交往中受惠不浅,可惜不能与他经常见面。望您与他

《书业集》封面

见面时代我致候。"

对我信中提到一些上海文人，姜先生常在回信中致谢或代候。有一信中写道："我同罗飞先生有过联系，但未见过面，更不知他编过《未央诗刊》。陈梦熊先生见过多次，不知他坐了轮椅。吴青云新年寄贺卡来，他是我最尊敬的贩书人。惜我无寄贺卡的习惯，便中望代我问候这几位先生。谢谢!"前辈文人总有那份知恩图报、相互关切的温暖情怀。

文风，在磨砺中成熟

我曾在《书话园地的耕耘者》一文中，写过姜先生的书话作品风格，这里不妨再噜嗦几句。

几年前，曾听人议论过姜先生的书话作品，大意说他的写作似乎简单，有点过时了。我却不以为然。

中华人民共和国成立以来，姜先生追随和承继唐弢等前辈书话作家的优秀传统，是书话写作成就最大的当代作家(没有后缀"之一")。并且，他影响和团聚了一大批书话界顶级作家，如已故的倪墨炎，以及朱金顺、陈子善等。姜先生的书话写作，是最具典范的史料性风格，有一份材料说一份话，严格按版本实物来说事。所以，他的书话最得中国古典散文的精华，几乎都是短小精悍、耐读实在的范文。

姜先生写作书话不入窠臼，独树一帜，不重复别人和自己，也常常这样鼓励我。记得有次来信中说："常在报刊上读您的大作，如最近介绍文宗山的《生活》，即无人写过的题目，我虽存有此刊，却一向未加注意。"没有独到发现，姜先生不轻易下笔。

写到这里，我想起唐弢先生在 40 年前说过的一句话："现在望文生义、指鹿为马的东西实在太多了。"唐弢所指出的书话写作现象，直到今天，不是减少了，而是变本加厉了。

写书话文章，写的是关乎书的历史，是书的出版、书的作者、书的经历等等，实事求是是书话写作唯一的法则。不伪造、不夸大、不断章取义、不胡乱猜测。而实际情况是，研究不深入、下笔不严谨。这样的书话文章，怎能经得起读者和时间的考验。由此，我想到了姜先生，打开他的任何一本书话集，我们都可看出作者扎实的考据功力，以及简明扼要的精练文风。

今年 5 月，我借北京公干之机，仍欣欣然去往姜德明先生寓所，听他谈书话写作的甘苦及若干趣闻。姜先生刚从医院回家不久，人还很虚弱，胡子也已长出一大

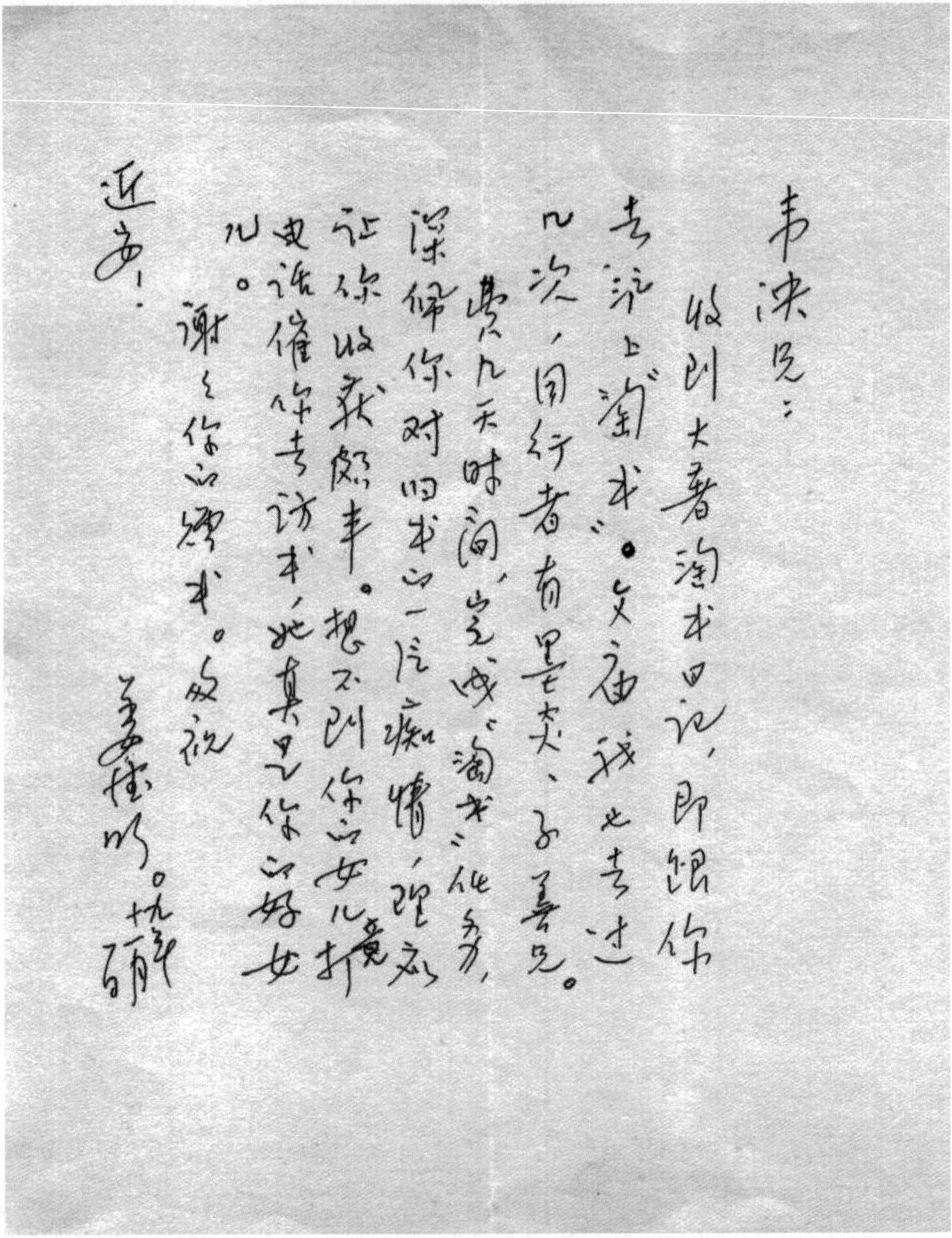
韦泱兄：
收到大著淘书日记，即跟你去沪上淘书。文庙我也去过几次，同行者有黑犬、子善兄。费几天时间，完成淘书任务，深佩你对旧书的一片痴情，理应让你收获颇丰。想不到你的女儿竟也能陪你去访书，她真是你的好女儿。
谢谢你的赠书。顺祝
近安！
姜德明。九月[illegible]日

姜德明先生书信

截,显得苍老许多。因是心中惦记着家中的老伴,他提前出院。他说:"老伴是我最放心不下的。"可见感情至深。姜先生在体力不支的情况下,仍与我叙谈旧时淘书乐趣,可见爱书爱到了骨子里。因患帕金森病,姜先生以抖抖索索的手,在新出的《常读鲁迅》一书上为我签名钤章。这都是对后辈无言的关爱。我深感,书话之路漫漫,姜先生永远是我学习写作的标杆。

《艺海拾贝》一甲子

　　手头这本已显陈旧的《艺海拾贝》，出版于 1962 年 12 月，至今整整 60 年光景。20 世纪 60 年代的读者，当不会忘记这本书带给他们的阅读快乐。我是 70 年代前期在中学图书馆里，于文化禁锢的年代，悄悄读完它的，可以说，这是我学习文艺的"第一口奶"，是最初的艺术启蒙。

《艺海拾贝》封面

　　此书作者秦牧，他在书后有一《跋》文，写道："本书收集的六十篇稿子，虽然题目林林总总，方式像是谈天说地，实际上探索的却都是文学艺术上的问题。"为什么取这一书名？秦牧说："我好像是来到艺术的大海边缘捡拾贝壳的弄潮儿似的，在茫茫的海滩上俯身拾起一枚枚小小的贝壳。在浪涛拍岸声中，蓝天丽日之下，比较它们的形状，端详它们的色泽，自有一番情趣。就在这一意义上，我采用了'艺海拾贝'四个字，冠题全书。"

　　秦牧是我国著名作家，祖籍广东，1919 年生于香港。他写小说、散文、儿童文学，1938 年出版第一本散文随笔集《秦牧杂文》，晚年出版 12 卷本《秦牧文集》。尤其在散文创作上，影响甚大，有"南秦北杨"（杨朔）之称。作为作家，他常常听到读者提出各类文艺问题,有工人、农民和战士,也有机关干部和青年学生,还有的要他推荐文艺理论书藉。可他觉得文艺理论读物大多较为枯燥,不用说文学青年,既使专业人员,读起来也兴趣不浓。他看到,当时有《趣味物理学》《趣味天文学》出版,何不结合自己所掌握的文艺知识,通过漫谈随笔的方式,由入深,写成一本比较有趣的文艺理论通俗读物,给初涉文艺领域的读者,以新的借鉴和启迪。这样,他就尝试着写了几篇,首先在《上海文学》上发表,不料受到编辑的鼓励和读者的欢迎。这样,他一篇篇写下去,就写成了这样一本书。

书中文章,多是从小处落笔,以形象说理。例如,从鲜花百态,各有妙处,谈到艺术风格多种多样的可贵。从齐白石画虾只只姿态不一,谈到朴素和深厚的关系。在《独创一格》一文中,作者讲了两个故事,一个是"扬州八怪"之一郑板桥的故事,说他善于继承优秀传统,对明代画家徐渭(号青藤)崇拜得五体投地,刻章自称"青藤门下走狗",但具体到笔下,他绝不一味摹仿,而是勇于创新,赢得诗、书、画"三绝"称号,并以画兰竹的方法渗入书法笔意中,形成独具一格的"板桥体"。还有一个故事说的是清代书法家翁方纲与刘石庵。翁写字讲究"笔笔有来历",处处以唐朝虞世南、欧阳询为楷模。刘石庵广师各家,博采众长,又能发展个性,形成自己独有的书体。两人还要互怼,一说:"你哪一笔是自己的呢?"一说:"你哪一笔是古人的呢?"文章最后谈到,在继承中要有创新精神,这才是艺术贵有的独创。

秦牧共出版了10多部散文专集,《艺海拾贝》体现了他鲜明的写作风格,即在细致观察生活中,作深入挖掘,善于在平凡中发现具有生活哲理的事物,见微知著,加以阐发,寓哲思于闲话趣谈中。

当年,此书一出版,就洛阳纸贵,一书难求,多次印刷,印数很快突破10万册。1978年,由上海文艺出版社再版重印,作者对文字作了些删改,增加了4篇新写的文章。在《新版前记》中,秦牧开头写道:经历了特殊年代,如今《艺海拾贝》与其他许多书籍一样,重见天日了。为此,作者感到欣喜无比。此书一印再印,依然受到读者青睐。据此,作者于1983年,又撰写出版了此书的姐妹篇《语林采英》,也是从具体形象的故事入手,趣谈文学语言的收集、积累和运用。

上海老作家赵自去世后,老伴黄以群多次对我说,家里的存书有需要的,尽管拿去用。我见到久违的《艺海拾贝》,摩挲在手,心生感慨。一甲子的光阴不算短,好书历久弥新,百读不厌。忽见书的封底,印有一行字"钱君匋装帧",有"钱封面"之誉的钱先生,当年是该社的美术编辑,难怪封面设计简洁、雅致,富有文气。又翻到扉页,上钤一方阳文篆字方形红印:"上海文艺出版社赠",这细细的犹如蛇行的刀法和线条,不就是钱老的篆刻风格么!那是当年出版社赠送给赵自等青年作家的礼物哪!秦牧于 1992 年在广州病逝,今年恰值辞世 30 周年。一册旧书的背后,有如此多的纪念意义,这样的书,当宝之爱之!

黎汝清《海岛女民兵》

军旅作家黎汝清大名如雷贯耳,其第一部长篇小说《海岛女民兵》也是耳熟能详。日前,有机会前往该小说的故事发生地浙江温州洞头岛海霞村采风,在参观"女子民兵连纪念馆"时,一册《海岛女民兵》的小说倏然展现眼前,勾起了我少儿时的阅读记忆,并就此书的版本流变及相关作者,作一番钩沉与考证。

《海岛女民兵》一书初版于 1966 年 4 月,由人民文学出版社出版,19 万字,32 开本,分两种版式印行,平装本印了 10 万册,每册售价七角九分。精装本印了 1 000 册,每册售价一元五角。因为印数和售价不同,所以两书的版权页也略有不同,平装本把其印数放在前面,把精装本印数放后面,反之亦然。更大的不同是,封面不一样。平装本的封面,是一幅彩色版画,画面是一个女民兵在警惕地观察前方,后面跟着她的是几位女民兵们,将书名置于顶端,十分醒目。封底上部印一行小字:"封面设计:溪水",即书籍装帧设计家王荣宪先生所作,他是辽宁沈阳人,曾就读北平艺专、华北大学,长居北京,时任人民文学出版社美术编辑,中国美术家协会会员,他设计的《新文学史料》曾获全国期刊封面设计奖。而精装本的封面只是把平装本的封面画缩成一小块,呈剪影效果,在图下列出小而淡的书名,稍远看就不够清晰。尽管如此,时过近 60 年,初版精装本已是一书难求,平装本的售价也是好几百,令人"望价兴叹"。

也许,《海岛女民兵》当年拥有读者甚多,供不应求。于是,人民文学出版社在 1972 年 2 月印出了第二版,行话称"再版本",定价六角,封二依然是《内容说明》,文字不长,照录如下:"这部小说,写的是一支女民兵队伍在毛泽东思想的哺育下成长的故事。小说描写了解放初期,在海防前线的一个小岛上,这支女民兵队伍在党的关怀、教育、培养下,在毛主席人民战争思想的光辉照耀下,以英勇坚强的革命精神,克服了种种困难和障碍,粉碎了美蒋匪特、渔霸以及暗藏的阶级敌人的侵扰和破坏,胜利地成长壮大了起来。小说是以主人公女民兵连长海霞讲故事的方式写的,所以读来亲切感人。"这样的文字,现在读来,当然有隔世之感。此外,再版本在这段文字下,增加了一句话:"这次再版,曾由作者进行了一些修改",无论改了多少,这就是修改定稿的第二个版本。下面还印了6个字"封面画:寇洪烈"。这封面依然是彩色版画,却换成了3个女民兵在朝霞初升时,巡逻海边执行任务的画面。作画者寇洪烈,1931年生于天津,早年在北平艺专学习绘画。1949年8月入伍,在"一野"战斗剧社任美工,后调八一电影厂任美术师,担任过影片《战斗里成长》《柳堡的故事》《大决战》等美术工作。为中国美术家协会会员、中国电影美术学会副会长。

这个再版本的版权页上没标印数,我保守估计不会少于20万册,而且全国各地不少出版机构,南到广西北至哈尔滨,都以此书为蓝本,大量进行翻印,当年没有盗版侵权、知识产权之说,总印数至少在100万册以上。所以,现在这个版本铺天盖地,在旧书店、旧书网上非常容易找到。1973年3月,此书被日本汉学家菅治久美译成日文,在日本出版。1975年由北京外文出版社译成英文,对外发行。据说当时的西德及叙利亚,也翻译出版了此书。

再说另外一种版本,即连环画《海岛女民兵》。此书封面也是彩色版画,一前一后两艘木船,载着全副武装的女民兵们,正迎着风浪前行。版权页上印:"原作者黎汝清,改编者吴兆修,绘者赵瑞椿,出版者人民美术出版社,1976年3月第1版第1次印刷,定价:0.18元,印数10 000 000"。第一次就印了整整100万册,可见当年连环画的读者量巨多。同时,上海等全国各地多家出版社据此翻印,总印数已无法统计,或成天文数字了。将小说改编成连环画脚本的是女编辑吴兆修,她生于1931年,浙江杭州人,早年毕业于复旦大学中文系,后任上海人民美术出版社连环画编辑室组长、《连环画报》副主编等,编写连环画脚本达200余部,《风暴》《草原上小路》曾获全国连环画脚本一等奖。赵瑞椿为版画家,生于1935年,浙江温州人,毕业于中央美术学院,先后任教于广州美术学院、中央美术学院,出版《木刻技法》等专著。当年由温州籍版画家来创作温州海岛题材的连环画作品,是最合适的人选,作品呈现出木刻线条坚韧的艺术风格。

40多年中,此书曾作为"一看就懂的红色故事连环画"(上下),由中国连环画出版社印行出版,版权页标示"2011年6月第1版第1次印刷,定价10元",其他什么也没变,完全成了一本新的出版物。接着,又以"百种红色经典连环画"名义,由

《海岛女民兵》封面

该社印了一版,也标示"2012 年 6 月第 1 版第 1 次印刷,定价 10 元",同样没有标明印数,只在封二《内容说明》下,多了一行文字:"启事:因事隔久远,很遗憾与部分作者失去联系,望此部分作者与我社联系,社址、电话见封底"。这说明,社会各界已有了版权意识。据查中国连环画出版社前身即人民美术出版社连环画编辑室,于 1985 年成立。之后,由浙江人民美术出版社列为"温州籍著名画家连环画作品选集"出版此书,于"2019 年 11 月第 1 版第 1 次印刷,定价 42 元"。同年 12 月,作为"小人书系列"印行该书,初版印数 8 000 册,定价 30 元。两年后,又重印此书,仍在版权页上标示:"2021 年 6 月第 1 版,2021 年 6 月第 1 次印刷,定价 15 元",除了年份和定价,其他什么也没有变化。这里还不计各种版本在一版一印后的多次印刷。可以说,这一连环画版本情况,比起小说来更为复杂。

以上是关于《海岛女民兵》的两种主要出版物的版本变化史实。至于全国各地根据小说拍成电影、广播剧,或改编成各种地方戏搬上舞台的,已不胜枚举,包括《海霞》电影连环画,因它是电影的衍生品,均不在本文关于版本的研究范围内。

最后说说作家黎汝清,他出生于山东博兴县黎家寨一农户家。小时候在祖母旁听了不少关于义和团、白莲教的故事。7 岁上学,只读了 4 年书,因日寇入侵而中辍。就凭这些文化底子,在农闲时他读了《西游记》《水浒传》等大量文学作品,后经抗日组织的培训担任渤海行署会计,1945 年参军,到渤海军区、华东野战军从事宣传工作,参加过济南战役、淮海战役和渡江战役。上海解放后任上海警备区宣传股长、华东公安医院副政委等,他有 8 年多时间在上海工作和生活,可说与上海颇有因缘。他的第一篇文艺随笔《读〈屈原九章今译〉》,1954 年发表在上海《文艺月报》上,同年,他的第一首诗《朝霞从东方升起》,发表在《解放日报》上。1958 年 5 月,他的第一部诗集《战斗集》,由上海文化出版社出版。可以说,他的文学创作是从上海起步的。这一年,他奉调到南京军区,后在军区创作室从事专业创作。1963 年初,黎汝清奉命到温州洞头岛驻军六连担任指导员,他深入生活,与北沙女子民兵连建立联系,经常访谈,创作了诗歌《海岛女民兵赞》,落款时间是"1963. 3. 浙江洞头岛"。这是一首小叙事诗,是作者第一次涉足这一题材,收入江苏人民出版社 1973 年 9 月出版的作者诗选集《战马奔驰》。1964 年 5 月,他又写出了报告文学《碧海红霞——记海防某岛女民兵连长汪月霞同志》,发表在《雨花》第八期上。以汪月霞为原型,以同心岛(即洞头岛)为地名,他在 1965 年 10 月完成《海岛女民兵》的创作。而出版并不一帆风顺,妻子邓德云将小说认真誊抄一份,送到一家出版社,却过了很长时间才被退稿。黎汝清心有不甘,又将小说寄给上海《收获》杂志,很快以《女民兵的故事》为题，先行在《收获》1966 年第一期作了选载。如此，才有了他的第一部长篇小说《海岛女民兵》的出版。当年有称此为"中篇小说"，其实从字数上来看，现在可定为长篇小说。以此为发轫，此后他创作出《万山红遍》《叶秋红》《雨雪霏霏》《冬蕾》《湘江之战》《碧血黄沙》《皖南事变》《故园夜雨》等长篇小说，可以看出，这是一位创作潜力巨大的部队作家。

《海岛女民兵》出版后，被文学界称为是"黎汝清创作道路上的新起点。作品用第一人称的写法，叙述了渔家姑娘海霞及其女民兵连的成长过程。文笔清新流畅，亲切自然，受到广大读者的欢迎和文艺界的重视，中央电台和二十多家省市电台进行了全文广播。"可见当年这部作品的影响之大。在写作出版《海岛女民兵》前后，黎汝清在深入海岛的基础上，还写了相关题材的诗歌、散文，如《巾帼英雄赞》（诗），刊在《人民文学》上，《海岛民兵纪事》（散文），发表在《解放军文艺》上。

1978 年，黎汝清应人民文学出版社之邀，写了《从生活到创作》一文，第一次较为详细地回顾了《海岛女民兵》的写作经历。他说："我记得那是一九六四年，一个烈日炎炎的夏天，我参加了同心岛女民兵连的一次战斗演习，它比我在采访时听故事的感受要深刻得多，我产生了一种强烈的冲动，我要歌颂她们的高尚品格，写出这些英雄人物的成长过程，使人们在赞美那些万紫千红的鲜花时，更要赞美培植这些鲜花的园丁和催开这些鲜花的春风。"

黎汝清是一位创作成果丰硕且有较大影响的军旅作家，艰苦卓绝的战争情景，丰富深广的军旅经历，给他的创作提供了坚实的生活基础，正如有关专家所言："黎汝清同志是一位以反映革命历史题材而深受读者欢迎的作家。"在今年黎汝清辞世10 周年之际，谨以此文表示纪念和敬意。

张禹《文艺的任务及其他》

作者张禹对我来说，本来颇陌生。早年淘得此书，知道他在中华人民共和国成立初曾待过上海，任职泥土社，后因"胡风反革命集团"案的牵连，沉寂了20多年。

张禹原名王思翔，浙江温州苍南人，在家乡小学毕业，入读省立温州中学，后考进"第三战区战时工作干训团"，派到郭沫若任厅长的军事委员会政治部第三厅所属的青年书店当会计，阅读到大量进步书刊。因同学邀约赴江西赣州，编辑《文化服务》，又为《江西青年报》编副刊，由于版面内容的进步倾向，被以"共党嫌疑"的罪名拘捕入狱。经保释回到温州，在瑞安《阵中日报》任编辑。开始以笔名张禹、于人、凤兮等撰写杂文，发表在《东南日报》上。后因文惹祸，遭遇军警捕令，不得不出逃，在上海短暂停留后，与表兄周梦江随作家尹庚到台湾，任《和平日报》主笔，却目睹了台湾"二·二八"事变全过程，在报上撰文为正义斗争鼓动。之后因形势危急逃离台湾，回到家乡，先后在《浙瓯日报》《浙南日报》及杭州《当代日报》任编辑。

中华人民共和国成立后，台湾民主自治同盟（简称台盟）总部迁到上

《文艺的任务及其他》封面

海,台盟主席谢雪红将他调到总部工作。其间,尹庚在上海主办泥土社,任总编辑,许史华任经理。不久尹庚离开上海,所有编辑书稿之事,全由张禹一人担任,成了不挂名的主编,前后出版了几百种书籍。他的《文艺的任务及其他》即其中的一种。

此书由泥土社初版于1953年6月,印5000册。社址是"上海溧阳路一一五六弄一一号"。书前有简短的《内容介绍》,当出自作者本人之手:"这本批评论文集中十几篇文字,均系针对当时文学艺术运动中的具体问题而发。其中主要的几篇,从各方面讨论了文学艺术的特点、典型问题、文学艺术如何为政治服务等问题,提出了自己的见解。"全书11篇文章,加3篇附录。开头2篇《论"赶任务"》《再论"赶任务"》,谈的都是文艺与政治的关系。《论"赶任务"》刊发在《文汇报》副刊,文章既肯定了文艺为正确的政治服务的原则,又批评了当时流行的粗制滥造以图解政策口号来赶任务的作品,指出后者在损坏艺术的同时也歪曲了政治。文章引起文学界的争论。他又写了《再论"赶任务"》却无法发表出来了。集中还有《略论新人物》《关于研究鲁迅先生小说的一点意见》《略论艺术和历史问题》《向奥斯特洛夫斯基学习》等,都有时代特征和作者的真知灼见。

从文题上看,这些文章大多根据形势而写,及时配合了文艺政策的实施,却也提出了作者自己的看法,包括与人磋商的观点。并且文笔流畅,言之有据有理,足见作者的思考之深,文字功夫之好。

在《后记》中作者写道:"明年——一九五三年将要开始国家大规模建设。我想,对我这样的文艺学徒,迫切地需要在参加国家大规模建设中同时建设自己,首先是建设无产阶级的思想作风,其次,还要建设文艺科学的知识和技能。而在迎接新任务之前,就该整理一下过去——这就是我编集这些文字的动机。"这可以看出作者的虚怀若谷,一种良好的文学姿态。

这是张禹第一本文论集,但我在此书中除了这些论文和泥土社的版权信息,没有更多关于作者的回忆或过往经历。这对一个以写作旧书掌故的人来说,显然是不够的。我的困惑很快得到缓解。与浙江苍南文史学者陈以周相识多年,日前寄赠"苍南记忆系列"第二部,正是中国文学艺术出版社出版的张禹《从心随笔》,从中获悉不少珍贵史料。在出版《文艺的任务及其他》一书的前三年和后两年中,他分别出版了两种台湾题材的专著,即《台湾二月革命记》《我们的台湾》。因为,张禹是台湾1947年"二·二八"事变的亲历者。在起义失败,在混上小木船逃离台湾时,他除了几件破衣,就是千方百计搜集而来的一包"二·二八"事变资料。

回到家乡,张禹花了三个多月时间,写成《台变目击记》。这是大陆第一次以报告文学的记实文字,客观叙述当年台湾数百万民众以无比热情欢度回归祖国开始,经过一年多后终于爆发震惊世界的"二·二八"的全过程。此书出版也是一波三折。书稿写成后,出版无门。张禹托人重抄一份,秘密送到上海,请好友耿庸设法找地方出版。耿在走投无路之下,想到胡风先生,就辗转送给时在香港避居的胡风。胡几经尝试,亦未有结果。直至上海解放,改书名为《台湾二月革命记》,由尹庚负责出版。

此后,张禹就有了在上海居住和工作五年时间的经历。之后,他调往安徽工作,次年因"胡风反革命集团"案被捕送上海审查,办案方调阅了他的所有作品,结论是"这些作品基本倾向进步的",免于刑事处分。回到省文联工作。不料在"反右"运动中以言惹祸,被打成"右派",不久戴上"反革命分子"帽子。1979年得以平反,回安徽任职《清明》杂志,直到离休。80岁后撰写出版了杂谈文集《从心随笔》。从《文艺的任务及其他》到《从心随笔》,两本文论专著,时隔逾一个甲子,此间可谓世事沧桑,令人感慨无限!

难忘《雁荡》

　　名胜之地雁荡山，虽多次走马观花式的到此一游，但亦留下了对大龙湫、小龙湫等景点的美好印象。后读温州藉诗人赵瑞蕻先生的诗《梅雨潭的新绿》，亦勾起对这片景色的清晰回忆。近日，在居家附近的丽园路上，忽见新开了一家"犀牛书店"，遂踅入一观，咦，书架上还有不少旧书出售呢，这可是我的最爱。随手翻阅，倏见一册书名为《雁荡》的旧书映入眼帘，汉隶风格的书名遒劲有力，下印"马公愚题"。马在"文革"早期已去世，这册《雁荡》应是 20 世纪五六十年代间的产物。头脑中这么一闪念，赶紧把书抓在手，生怕被人抢去似的。

《雁荡》封面

　　《雁荡》淘下携归，仔细捧读，却发现此书没出版单位、印数和定价。全书最后一页的下端，有类似版权页的信息，书名下印着"浙江省乐清县雁荡管理委员会编辑"，下面分 3 行印着："公私合营上海市综艺照相制版厂制版，公私合营上海市邑庙区第一印刷厂印刷，1959 年 9 月上海第一版"。这说明，此书的诞生地在上海呢。而邑庙区后来并入南市区，南市区近年又并入黄浦区。时移世易,昨是而今非了。在上海印制的《雁荡》,请沪上温州藉著名书法家马公愚先生题写书名,亦在情理之中。书的"目次"后面,首先是"雁荡概说",以 1500 余字,简要介绍雁荡的地理位置、历史沿革、风景名胜、珍稀特产等。当然,也没忘记晒晒革命内容:"不但风景优美,并且在人民革命史占着光辉灿烂的一页。早在 1929 年大革命时期,党开始引导广大群众走向了无产阶级革命的道路。1938 年 3 月间乐清县党的中心支部就在雁荡附近的朴村诞生。1944 年抗日战争期间成为我浙南游击纵队第三支队的革命重要根据地之一,发动人民,坚持对敌斗争。广泛地开展游击战,击溃敌人的猖狂进攻,成千上万党的优秀儿女在火热的革命斗争中表现了英勇的、崇高的革命英雄主义,这给名山增添了无限的光辉!"最后是前景展望:"为了进一步美化雁荡,锦上添花,我们本着发展生产和建设雁荡相结合的精神,目前正在积极进行规划中,未来的雁荡山将成为一个'四季花香、绿荫夹道、果木成林、五谷丰登'的人间仙境。"《雁荡》一书共 70 页,除了五六页手绘风景区游览路线,大多是图片加简洁的文字说明,把它看作一本画册亦未尚不可。封面是彩照"大龙湫",为雁荡第一胜瀑,清代袁枚曾有"龙湫之势高绝天"的诗句赞美之。打开首页,上部是明代画家唐寅所作《雁荡图》,下部是现代画家贺天健的诗词手迹与国画《雁荡显胜门》。后面景点照片的文字,配得或富诗意,如梅花椿:"梅花椿在净名谷内,兀然而立,亦曲亦倚,意态万千"。或蕴掌故,如仙姑洞:"又名穹明洞,为雁荡山北境尽处。洞分二门,结构奇特。相传清同治年间,有少女李贞莲为了抗拒地霸强娶,在此投岩殉身,后人尊为仙姑,因而得名"。书中选刊了景区的碑石,如明朝天启年间陈仁锡的草书"花村鸟山"碑刻,清咸丰年间江弢叔的七联诗碑等。书中间有不少风景艺术照,如《雪景》《悬崖采药》《西池晚霞》等。我在书中还看到两幅老建筑图片,一幅是山脚下一幢两层楼的办公房,正门顶端嵌有大大的五角星,文字为"浙江省乐清县雁荡山管理委员会",另一幅是山区响岭头村的雁荡中学。时光漫过半个多世纪,这些当年古朴而敦实的建筑,不知今日还遗存乎?

《雁荡》最后也以书画作品压轴,作者是温州地区的永嘉人、现已九旬高龄的上海老画家林曦明先生,他的国画题为《小龙湫雨后》,旁边是他的书法"江山多娇"条幅。《雁荡》的主事者把此书放在上海印制,又以温州藉的两位上海书画家题签封面、绘画作书,为《雁荡》增辉,可见对上海情有独钟,抑或是两地的渊源深焉!书后还有短短的《附言》,如同后记,照录如下:"《雁荡》一书终于出版了,作为我们向伟大的国庆节十周年献礼。因时间短促,以及编者政治艺术水平的限制,可能有很多方面令人不够满意,缺点和错误亦是难免,欢迎读者批评指正。这些照片绝大部分来自摄影业余爱好者之手,同时由于雁荡风景晨夕阴暗,倏忽万变,这些照片仅能表现名山之万一。望请各地摄影名家、旅行爱好者多赐佳作,以便再版时,能更好地介绍祖国锦绣河山。让我们这本书的出版起一个'抛砖引玉'的作用吧."我迟至今日才得见小我 1 岁的《雁荡》,如说有"不够满意"之处,我的想法也权作"马后炮"。当年如此图文并茂的好书,为何不经由正规出版社正式出版呢,以扩大雁荡名胜在国内外的影响力。也许由于当时印刷条件所限,图片印制的效果还差强人意。不过,半个多世纪过去,模糊点的图片影像,让人觉出它的旧气,亦显出时间的沧桑。

那年《问津》创刊

2013 年元月,新年伊始,忽得北方信件,不知何物,拆开一看,惊喜地看到《问津》刊物。小 32 开的正方形,此种版式当年可称新颖别致。玫瑰色封面,右上方是

《问津》封面

粗壮有力的书法体"问津"刊名,一看便知,这题署出自来新夏老先生之手。左边一行"天津问津书院编"的下方,印一帧蛇形藏书票。这富有文气的创意,怎不令人欣喜!

打开扉页,就见"第一卷第一期,创刊号,2013 年 1 月 23 日",分列三行,置于刊首,还有"顾问来新夏、编辑王振良"的字样。这都类似于一本书的版权页,提供了时间、地点、人物等诸多重要信息。

杜鱼(王振良)的《开篇絮语》,写于 2003 年 1 月 11 日,从设想到创刊,漫漫 10 年路,走来不轻松。正如振良兄在絮语的结尾处所说:"走过了不惑之年,残存的青春热情已经消磨殆尽,编辑《问津》和组织'问津讲坛',很可能是我心甘情愿倾注心血做的最后一件事了。展望未来是没有用的,现实总是残酷无情。不过既然已经开了头,仍然希望'问津'走得远些。"办刊人坦陈心迹,令人感慨!

这创刊号的题目,叫《原住民口中的西沽》,作者张建在刊前有《令我留恋的西沽》,文中写道:"2010 年在修建快速路时,一批西沽的四合院被拆除。所以,我在做完铃铛阁的访谈后,就迫不及待地转战到西沽来了,我既怕西沽三下五除二给拆了,又担心'百人口述老天津'的计划落空。于是,开始了老西沽的走访。我的第一个访谈对象便是原国民党中央组织部专门委员李墨元的弟弟李干元,访谈时他已 94 岁高龄,然而他对西沽的了解,对自己人生经历的回顾,讲得非常坦诚、具体,他陈述的大量史实十分完整、珍贵"。刊中共载 26 人的口述采访,年龄从 1917 年到 1961 年出生的,时间跨度达四五十年。每文配口述者的肖像照,以及居室及周边的环境照,有人有景有实物,堪称文图并茂,史料价值甚为丰富。说起这个地方,振良兄对作者鼓动道:"西沽有东西",不但给作者布置课题,还要适时"抽查"进度,保质保量。正是由于振良兄一次次的公开"刁难"作者,才催生出《问津》创刊号的精彩内容。

我最感兴趣的是,关于城市改造更新中的古迹遗址保护,这是各个城市中都存在的现象。这种实人、实地的口述和拍摄,是文物遗产及史料保护的有效措施,也是一种抢救性的历史与文化传承的主要方式。作者以这样一种方式,来呈现过往的历史,也是我所心仪的。在此刊的封二,有作者的介绍文字:"张建,1957 年生,天津人,《今晚报》社摄影记者,中国摄影家协会会员,近年站在历史和现实两端,将图片与文字结合起来,抢救了大量即将消失和已经消失的珍贵城市记忆。"是啊,一个记者的情怀和担当,让人感佩!

要插说的是,《问津》创刊号这种文字加图片的口述历史方法,一直给我留下深刻印象。我在上海银行系统长期从事企业文化工作,临到退休前,就想为供职的单位干点事吧，这就想到了口述这种方式，并在正式退休赋闲前，由上海文艺出版社出版了《"老建行"口述历史》一书，遂了我的一桩心愿。

再说《问津》。其创刊两年后的 2015 年，我有幸参加由天津问津书院主办的第十三届全国民间读书年会。研讨座谈，参观访问，对这家书院和《问津》，以及此前的《天津记忆》等，才有了更多了解。那年年会的全称挺有意思，叫"第十三届全国民间读书年会暨藏书票艺术论坛"，一个"暨"字，把读书与藏书票并列了，可见主事者也是一位藏书票爱好者。会议正式日程中的第一天内容，就是上午参观藏书票名家"书"主题设计展，记得是在花团绵簇的北宁公园大雅堂内，那天人头攒动，观者如云。下午举行陈子善老师主持的"藏书票艺术论坛"。会上，我还唠叨几句关于藏书票的好，与会者人手一册《方寸芸香：藏书票里的书故事》，皆大欢喜。为这届年会，版画家倪建明、崔文川分别设计制作了专题书票，这两款藏书票，为年会增添书香气氛和艺术气息。第二年，一本厚实的年会文集《问津书韵》由津入沪，赫然入目。我以小文《津门淘书"众乐乐"》《作家与藏书票》忝列集中，前后左右都是爱书的兄弟姐妹，可谓其乐融融。

时光飞梭。今天已是 2023 年，问津书院将梅开二度，举办第二十届全国民间读书年会。而在 20 年前起意筹办《问津》，到 10 年前正式创刊，如今年届花甲的振良兄，20 年后仍是一条好汉！

无论如何，于我而言，这点点滴滴都是延续对《问津》创刊时美好而温馨的阅读回忆，也是留下片羽鸿爪的难忘且难得的记忆。

写在《开卷》三百期

　　记得范用先生有《我爱穆源》，一个"爱"字，倒也确切地表达了我与《开卷》的情缘。记得，《开卷》在庆祝创办 10 周年、15 周年之际，都举行过相关活动。我曾写过一文，题为《渐入佳境说〈开卷〉》，文中谈的都是心里话。

　　知晓《开卷》，已经在全国民间读书年会之后了。2000 年新年伊始，在南京凤凰台饭店成立了"凤凰读书俱乐部"，附设"开有益斋"书房，第一位造访的，就是著名相声演员马季先生，并挥笔题词："书香人生"。当年 4 月，创办了俱乐部会刊《开卷》。三年后的一天，从沪上书友陈克希兄处，获悉南京将举办"首届自办读书报刊讨论会"（即后来的全国民间读书年会），事先已有赴会的动议，却阴差阳错没能去成，失去了俗称全国民间读书年会的"一大"代表资格。中间去过几次，至第二十届全国民间读书年会在天津举办之前，又因故未能与会，终没有把握住最后的机会。有的书友全程参会 20 次，实属顶级。也允许我量力而行，习性散蛮，算是无始无终吧。早时听《文学报》编辑李福眠兄讲起，《开卷》办得如何好，说得我心里痒痒，就拐弯抹角找到主办者的联系方式，不怕难为情地索要此刊，这就有了每月如约而至的《开卷》，始为它的读者，说"开粉"也不为过。

　　仅做读者是不够的。对一个喜欢舞文弄墨的人来说，一定会大着胆子给它投稿，这就很快走进了《开卷》作者行列。现在，翻阅最初几册《开卷》合订本，就有了几分怀旧的意味，更多了世事沧桑的变迁。创刊号扉页上，有执行主编董宁文兄在今年初写于上海的一行题词："韦泱兄：往事如在眼前"。是啊，至今整整 24 年的时光，就这样倏然而过。可贵的是，留下了这薄薄的一册册小刊。虽然每期没有几个页码，10 来篇千字文，印制亦简单，显得有点寒碜。却是素面朝天、内容丰赡、干干净净的样子。读书人本来就不喜欢花里胡哨，正配了安静、闲适的阅读胃口。

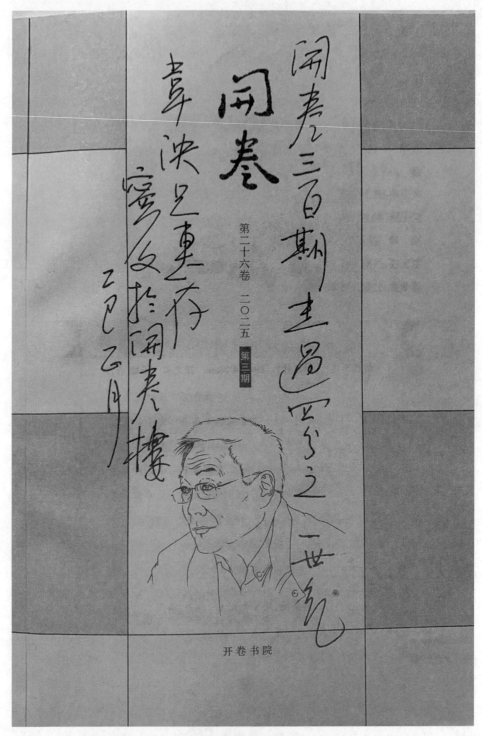

《开卷》三百期签名本

　　《开卷》之所以值得读书人喜爱,因为它的民间立场和开放姿态。一份内部读书小刊,好坏得失,都可以大胆放言,任人评骘,不必吞吞吐吐,更不必全是表扬与自我表扬。比如,有读者会经常联系《开卷》,指谬勘错,洋洋洒洒,编者照登不误。我倒有点为刊物揪把心,这不是自我揭短么,可见主持者的心胸与气度。记得上海忘年交陈以鸿先生,年届百岁,还担任《咬文嚼字》审读,又对多种报刊寄去校读记,不时询我,他们怎么不登出来,也不予回复,让我去问问熟悉的主编。得到的回复是,人家并不欢迎这样的指谬。主编也有苦衷,编辑部人手有限,没法做到不出错,在出版总署规定的差错百分比之内,已很不容易了。我不敢把刊物主编的话告诉老人,怕打击了他的积极性。由此可见,在无错不成书的时下,就显得《开卷》敢于直面自身的可爱之处。

　　前时,有书友告诉我,说《开卷》登了批评我的文章,我说这很难得,虽然还没收到这期刊物,但很欢迎批评,有批评才有进步啊!待看到《开卷》这段文字,别人说得不错呀,我的以文献为主的文史小文,或者叫书话文章,从许多旧书旧刊包括网络中找寻资料,确实是抄东抄西的"百纳衣"啊。我发明不了文史,只能做些发掘、归纳和整理工作。至于说这是"抄袭",可能别人用词不够准确吧,那有什么关系呢?之后又承书友转告,针对我的另一文,说新闻媒体是电视、广播和报刊,有人说出版社也是。这当然属一家之言,更没有必要去较这个劲。也许以后什么都没了,全是自媒体了,也未必没有这个可能。针对前后两种批评,有书友建议我,可以写篇文章反驳,至少可澄清和说明一下。我想何必呢?《开卷》是读书人交流、学习的平台,不是谁对谁错、互相争执的擂台。对任何批评,无论对错,我都抱"有则改之、无则加勉"的态度。不争不辩,用《繁花》的常用词是:"不响"。

　　而要说的是,在不敢批评他人,或不能接受他人批评的不正常言论生态下,《开卷》确是一个让人说话的地方,倡导了一种自由宽松的读书环境。只有心底无私、有弥勒佛般的大肚量,才能如此做到。

　　这,就是我爱《开卷》的理由。

诗意的外滩

外滩,令人魂牵梦萦。

孩提时,从学会走路起,就随着父亲来外滩。那是 60 年前的外滩,江畔绿荫满目,江景开阔清朗,一个安静的、秀美的外滩,一个富有诗意的外滩。在上海人的传统看法中,外滩并不大,大约从外白渡桥算起,由黄浦公园朝南沿黄浦滨江,至昔日的金陵东路客轮站。另一侧从南苏州河路起,即今天的"外滩源"一带开始,朝南主要有北京东路、南京东路、九江路、汉口路、福州路、广东路、延安东路至金陵东路等,以及与江堤隔路相峙的"万国建筑群"。这些位于中山东一路两侧的区域,就是我心目中正宗的外滩,一个上海人的外滩印象。

古代诗人在滩涂上觅诗意

都说,古代在没有上海之前,外滩只是一片滩涂,渐渐成为一个小渔村。那滩涂也有滩涂的诗意,渔村也有渔村的景观。

在明朝诗人王穉登的笔下,黄浦又是另一番景象。他的《黄浦夜泊》:"黄浦滩头水拍天/寒城如雾柳如烟/月沉未沉鱼触网/潮来欲来人放船"。这首七言古诗,像现代人写的大白话,通俗易懂,词浅意深。诗人也是站在黄浦滩头上观江景,水天一色。在深夜已过,月亮即将隐退的黎明,乘潮水还没袭来之际,渔船开始张网捕鱼,一片繁忙景色。诗人王穉登系明朝文学家,江苏江阴人,后移居苏州,执词坛之牛耳。又受文徵明影响,擅书能画,所以诗中尽显画意之美。

到清朝,诗人唐苏华写有《过黄浦》,其中写道:"月影倒看天上镜/波光平似水中杯/衰年羁客非吾事/早晚乘潮放桨回"。风平浪静,鱼虾满网,看到此景,已至暮年的诗人虽只能待在家里，却壮心不已，想有朝一日，也能从浦江口到吴淞海，去搏击一番风浪。唐苏华是明末清初的诗人，江苏太仓人，清康熙进士，入翰林院，任浙江乡试考官，诗文名重江南。

"五四"新诗先驱者的心弦

1843 年(清道光二十三年)上海开埠，外滩筑起第一条马路，西方人将此称为 Bund，中文译为外滩或黄浦滩(即中山东一路)。此后的一个多世纪，外滩就进入了近现代文学作品。那时的社会小说、言情小说，经常会有片言只语描写到外滩及周边地区。还有渐已盛行的上海洋场竹枝词、民间歌谣等，如《码头》："浦滩一带码头多/突出如桥半卧波/各泊轮船无杂乱/行人似蚁几番过"。这些诗文皆成海派文学的起源。到"五四"运动开始，提倡白话文，新诗的创立，外滩一带的名词和景物，就更多地成为新诗的直接描写对象。

阅读记忆中，写上海的第一首新诗，是诗人康白情所作《送客黄浦》，此诗写于 1919 年 7 月 18 日。康白情是北大学生，"新潮社"成员，"五四"新文化运动的干将。"五四"爆发后的一个多月，他就南下，把新文化运动的旋风刮到了上海。在上海，陈毅还听了康白情的演讲，关于白话诗的新立和创作，还开出青年阅读书目。会后，陈毅就去书店找这些书刊，尤其是《新青年》杂志，时时捧读。还跟同学约定，不能总作旧诗，写信也不能总是"之乎者也"，要做时代的新青年。他说："五四运动强调思想解放和文化革新，使我在思想上起着大的变化。"在上海，陈毅第一次受到了"五四"运动的思想洗礼，对新文学的书刊产生极大的阅读兴趣。不能不说，陈毅受到诗人康白情的文学影响。

在上海除了演讲，康白情还送初次相见的好友田汉去九江，从码头回来，他写下了这首《送客黄浦》的诗，40 多行共分三段，这样的诗不算短了。他写道："送客黄浦/我们都攀着缆/风吹着我们的衣裳/站在没遮栏的船楼边上"。此诗编入 1922 年 3 月由亚东图书馆出版的诗集《草儿》，这是他的第一部新诗集。

那一年，郭沫若刚从日本留学回国，归途中写了一组诗，共五首，前两首写路中见闻，如《新生》《海舟中望日出》，轮船到达上海码头后，写了两首上海的诗，即《黄浦江边》《上海印象》，第五首是写杭州的《西湖纪游》。《黄浦江边》写于 1921 年 4 月 3 日，刊于 4 月 24 日上海《时事新报·学灯》副刊上，后改诗题为《黄浦江口》，编入 1921 年 8 月由泰东图书局出版的《女神》，这是郭沫若的第一本诗集。当年，郭

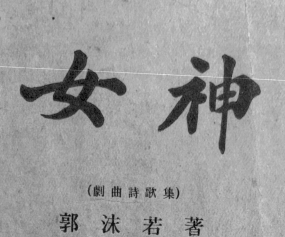

《女神》封面

沫若第一次到上海,一切都是那么新鲜,连有点泛黄的黄浦江水,在他的笔下,如刚出窝的鸡蛋"这般嫩黄"。可见诗人的心情,是那么欣喜而愉悦。

民国年间,写外滩的诗,印象较深的有刘延陵的《黄浦滩边的和平神像》。他是老资格的诗人,与朱自清、叶圣陶一起,在上海主编过中国第一本诗刊《诗》。还有女诗人陈敬容写外白渡桥的《冬日在黄昏桥上》,她是"九叶派"一员,此诗编入她的诗集《交响集》中,一部她在上海创作并出版的诗集,内容多与上海相关,可称上海的"交响"。

新中国诗人们的歌吟

新中国诞生,外滩回到了人民的怀抱。经过一次次的改建,面貌焕然一新,这也引得无数诗人为之引吭高歌,吟颂赞美。

20世纪50年代的上海诗人石方禹,写下了《外白渡桥》:"那时候,那是多么长久以前的事儿啊/那时候我还是母亲襁褓中的婴儿呢/我父亲给武装起义者驾驶着卡车/就是从这座桥上冲过去的吗?"石方禹早年从事新闻工作,任香港《文汇报》及《长江日报》《英文日报》《上海新闻》等记者编辑。1952年转到上海电影制片厂任电影编剧、文学部主任,后调北京任文化部电影局局长,曾出版过诗集《和平的最强音》。毛炳甫写了《在外白渡桥上》:"这一年/秋风横飞枯叶飘/沉重的脚步/走上外白渡桥/只为不肯低头/不愿脱帽/刺刀对胸口/皮鞋踢在腰/今天,我又踏上大桥/江边秋风舞芭蕉/电车当当,行人满面笑/江上白帆穿来穿去/汽笛声声响得好"。毛炳甫是苦大仇深的工人诗人,对新旧社会的外滩有着鲜明对比。不曾想到,若干年后,诗人张烨写出另一种同题诗《外白渡桥》:"月光潺潺流淌在外白渡桥/'我永远爱你/除非你哪天不再爱我'/这情感我必须深藏/只有岁月才能证明/但我不愿这样的一天降临在/夜深人寂的外白渡桥"。这是一首爱情诗,以桥为隐喻,在没有爱的年代,寻找着爱的真谛。这是我读到过的最好的一首写外白渡桥的诗。

1956年秋天,著名诗人公刘继参与整理民间长篇叙事诗《阿诗玛》后,因上海电影制片厂准备摄制同名电影,为电影剧本的编写,有过短暂的上海之行,剧本写作之外,却有意外收获。他在上海有感而发,写下了《上海夜歌》两首,其中写道:"上海关。钟楼。时针和分针/像一把巨剪/一圈又一圈/铰碎了白天。/夜色从二十四层高楼上挂下来/如同一幅垂帘/上海立刻打开她的百宝箱/到处珠光闪闪"。有多少诗人写过上海,唯公刘高人一筹,把上海写活写绝了,成为脍炙人口的名诗,此两诗首发《诗刊》，后编入 1957 年 9 月出版的公刘诗集《在北方》。

之后，于之、仇学宝、毛炳甫、王森、宁宇、冰夫、李根宝、陈晏、郑成义、谢其规等 10 位上海知名诗人，将他们在中华人民共和国成立后写的新诗，出版了诗歌选《啊，黄浦江》，其中许多是外滩及上海的题材，如《春到海港》《上海抒情》等组诗，这是新中国培养出来的上海诗人第一部诗歌合集。

城市的诗魂在外滩凝聚

时至"新时期"，上海诗坛迎来百花齐放的繁荣期。1980 年，黄浦区文化馆在一位爱诗的年轻女干事王玉意的张罗下，成立了诗歌组，由青年诗人赵丽宏担任组长，他后来在一篇文章中回忆道："一个仲春之夜，地处大上海中心的黄浦区文化馆里，集聚着一群热衷于写诗的年轻人。他们有着各种各样不同的职业，他们来自大上海的四面八方，怀着虔诚热切的心情，也怀揣着以无数个不眠之夜作为代价写成的诗篇，穿过南京路缤纷喧嚣的人海，他们在南京路的楼房里找到了一个宁静的世界"。到 20 世纪 90 年代初，在老诗人王辛笛、宁宇等关心下，黄浦区文化馆诗歌组更名城市诗人社，诗人作家赵丽宏、曾元沧、郭在精、姚村为诗社顾问，缪国庆为社长，赵国平、梁志伟为副社长，成员 40 余人。那时，在南京东路浙江路口的黄浦区文化馆顶楼，我多次参加诗社活动，结识了缪克构、程林等青年诗友。30 多年来，诗社开展过许多与外滩相关的诗歌活动，在外滩的黄浦公园，他们举办诗歌朗诵会，出刊《城市诗人》，编印《浦江魂》《花的长街》《广场鸽》《都市虹》等诗歌专集，创作了许多外滩题材的诗作，刘国萍、董景黎、陈柏森、谢聪、史益华、沈晓等，在诗坛崭露头角。正如缪国庆在《都市虹》的序中所说："一个大都市的一个最繁华商业区内有着一个诗社，这是一个奇迹。"

进入新世纪的 2002 年 8 月，在巨鹿路上的上海市作家协会大厅，上海诗人济济一堂，为一张即将诞生的诗报取什么名字，争论得面红耳赤。老诗人宫玺说："外滩是上海这座现代大都市最具象征意义的地方，而且也有诗意，建议用'外滩'作诗报的名字"。时任诗歌委员会主任的季振邦听后觉得好，用手在桌面上轻轻打着拍子说："就叫《外滩》诗报吧。"于是，在老诗人姜金城和杨明、米福松的主编下，创刊了《外滩》诗报，这是上海开埠 150 多年来，第一张以"外滩"命名的诗报。诗报的"同题诗"颇有特色，如《外滩》《步行街》《苏州河》《上海的早晨》等，以此全方位反映外滩地区的风貌。

都市虹

DU SHI HONG

上海市黄浦区文化馆
上海市城市诗人社 编

《都市虹》

《城市诗人》

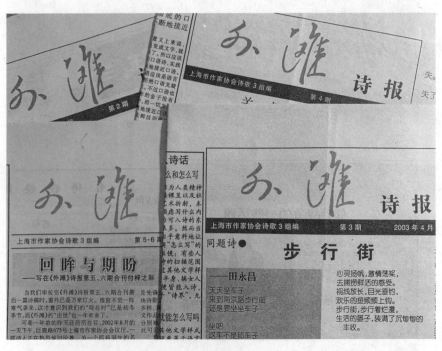

《外滩》

　　同时,在外滩北京东路 2 号,原上海人民广播电台里,每晚有一档诗歌节目《午夜星河》,通过电波为"夜上海"频传诗意。朗诵的许多诗歌是外滩和上海的题材,吸引了无数诗歌爱好者彻夜倾听。主持人陆澄和编辑范曼丽为这档诗歌节目,奉献了无数个不眠之夜。是啊,诗与外滩,相互交融,没有时空的阻隔。诗歌因外滩而飞扬,外滩因诗歌而温润。外滩的诗,从外滩走向上海,走向全国乃至世界。

　　20 世纪 90 年代,我曾在外滩的滇池路一家银行工作过多年,经常漫步在外滩及周边街区,对外滩的前世今生,有真切的感悟,并写下一些关于外滩的诗文,其中一首《外滩》的诗,首刊《萌芽》杂志,后载入多种诗歌选集。今不悔少作,以其中的诗行结束此文:"某一天的清晨/我仰面倾听着/被江水浸泡的海关钟声/遥想十九世纪的风呵/真是凛冽无比/我凭栏而伫/看见楼宇缓缓浮出水面"。

　　充满诗意的外滩,抒写不尽的外滩呵!

我与上海旧书店

去年，上海图书公司在苏州河畔，举办了疫情后的第一次"樱花市集"旧书展销，期间主办方举行了一系列的专题讲座，邀我谈谈淘书的话题。我的"开场白"即说，我与上海图书公司，也就是上海旧书店有着50年的旧书因缘。我在中学生时，就爱上了美术书法，常去福州路文化街买文房四宝。大约1974年吧，我在这条路上，无意间看到了"上海书店"（后改为"上海旧书店"）的招牌，进去瞧瞧，是琳琅满目的旧书，才知道是一家旧书店，走到两楼，看到玻璃柜里有我喜欢的几本书，心有所动。而旁边有一块小牌子，上写"内部供应，凭介绍信购买"，又使我望洋兴叹。我就到学校向宣传组老师说明来意，居然开出了介绍信。兴冲冲去旧书店，购回了《连环画活页选辑》、民国旧帖《枯树赋》等，真是喜不自禁。

50年匆匆而过。从福州路上的上海旧书店，到上图公司属下的南京西路、淮海中路、四川北路这四家门店，是我早期淘书的主战场。那时不但旧书品种多，而且价格还很便宜，便宜得令时下的淘书客不敢相信。一册品相不错的民国版文学书，只要五分、一角，现在听来，简直是天方夜谭。

后来由于商业格局的调整，其它三条路上的旧书店先后关闭了，只保留了福州路上的旧书店。之后，民间旧书市场崛起，先后开出了文庙书市、云洲地下一层书市和福德商厦四楼旧书市场。虽然这些旧书集市成为我新的去向，但上图公司又开出了长乐路"新文化服务社"和福建南路两家门店，这依然是我经常光顾的旧书店。

上图公司最让我难忘的是，把福州路旧书店的四楼，打造成集中经营的旧书中心，引进几十家个体旧书从业者，通过招租的形式，把旧书个体户汇聚在一起，抱团取暖，重振昔日的辉煌。同时举办旧书刊展销会、古旧书业研讨会，请业界专家来

新文化服务社旧址

开专题讲座,还创办《博古》杂志,引导古旧书的收藏投资。用公司掌门人、时任总经理的彭卫国先生的话说:"本着积累资料、宣扬文化的宗旨,公司继承传统,开拓创新,致力于上海古旧书业的振兴。"实际上,从 20 世纪 90 年代到"新时期"发轫,上图公司发挥国有企业主力军的优势,引领和推动了上海古旧书业的发展。作为旧书爱好者,或者说淘书客,我是从中受益多多,淘到许多可供写作的文献类旧书刊。

记得,有一次我路过福州路旁的福建南路旧书店门口,看到殷小定经理上上下下忙碌着,我问他在忙啥? 他说在整理老期刊,准备明天拿到展销会上架。我一眼看到一堆《论语》旧刊,上面一本是创刊号,就冒失地说:"这个可以卖给我吧?"他不响,双手麻利地把这摞旧刊包好,把标价牌贴上,用手指指门口的账台。我明白了,立马提着旧刊去付款,喜不自禁地乐滋滋回家。

说起新文化服务社,也是故事多多。这是上图公司退休员工发挥余热,自发组织、公司扶持的一家大型旧书店。主持店务的是吴青云老先生,他在上海解放前就是摆摊卖西文旧书的个体经营者,1954 年公私合营,第一批进了上海图书发行公司(上图公司前身)。一直到退休也闲不下来,请陆续退休的老同事出山,开了这家叫"新文化服务社"的旧书店。后因延中绿地的建设而动迁,我就从长乐路跟到了瑞金二路新址,可说不离不弃。每次去新文化服务社,总会淘得中意之书。而我每次把书放到吴青云先生手中准备付款时,他就会一本一本翻到封底,用橡皮擦去原来的铅笔标价,重新写一个定价。一本郭沫若、钱君匋合译的史托姆小说《茵梦湖》,原先标价是 20 元,他改成 10 元。一边改一边说:"旧书是买给学者、作家等派用场的人,就怕书贩子买去赚铜钿。"这样的理念,放在今天都属先进啊! 吴青云先生去世后,我写了《旧书业的"老法师"》一文,悼念并怀念他。此外,我还结识了宣稼生、俞子林两位老先生,从中更多了解了上图公司的发展历史,以及许多轶事旧闻,先后写了《文化"拾荒人"的传奇生涯》和《书的记忆也是文化的记忆》两篇人物专稿。

还有因为在旧书店工作业务突出,术有专工,被调到上海社科院文学所的孔海珠老师和陈玉堂老先生。前者成为鲁迅和"左联"的研究专家,出版了《痛别鲁迅》《左翼·上海》等专著。后者成为我国研究近现代名人笔名、化名、别名的"笔名大王",那年一部厚如砖头般的大书《中国近现代人物名号大辞典》出版,他刚拿到样书,正巧我去拜访,他提笔写上我的上款,说"这第一本书就送你了",很让我受宠若惊,连声说"谢谢陈老师"。

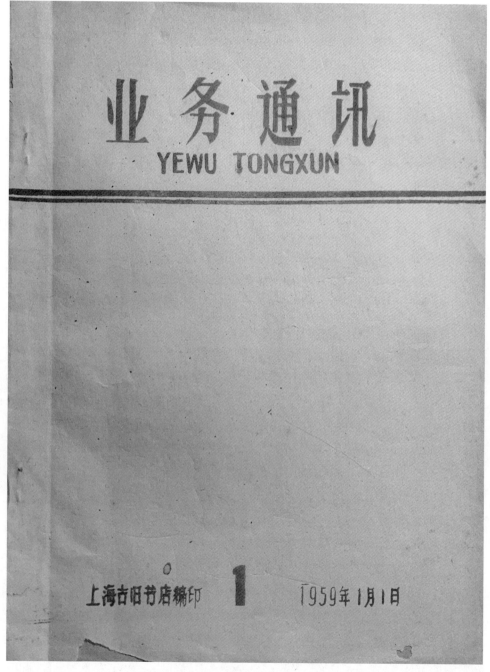

《业务通讯》(1959 年 1 月 1 日)

上海书店编印

古旧书讯

1979.1

《古旧书讯》(1979.1)

　　说不尽道不完的上图公司旧书店。从淘书到请教淘书经验,旧书业前辈对我帮助颇大。半个世纪来,不但成就了我的淘书梦,也助我坚守旧书写作的寂寞园地,先后出版了《跟韦泱淘书去》《淘书路上》《在家淘书》的"淘书三部曲"。

　　上图公司旧书店惠我甚多,何其幸焉,感恩无任!

在香港办"上海书展"

　　40年前的1984年,以"上海书展"为会标的图书展览,举办地却不在上海,而是中国香港大会堂。展览期间,上海派出以宋原放、巢峰为正副团长的出版代表团访问香港,可谓盛况空前。

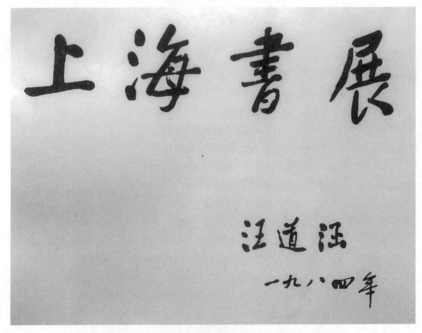

《上海书展》(汪道涵题)

　　这次上海书展,由上海市出版工作者协会和三联书店香港分店共同策划主办。

6月2日开幕当天,香港《文汇报》发表社论说:"上海书展所介绍的文化,对传播健康的精神文明,当起着积极的作用,由此而推动两地的文化交流。香港需要稳定与繁荣,把维持繁荣从经济引伸至文化领域,在发展香港的制造业、出口业、地产业、金融业的同时,还应该繁荣文化。"

由时任上海市长汪道涵题写的"上海书展"四字,悬挂在香港大会堂展厅正方。书展共进行了8天,上海派出阵容强大的参展单位,共有20家出版社带去6000多种图书精品,供香港读者选购,其中不但有当年新书,还有历年优秀图书,同时赶印了一批常销书、畅销书。为了满足香港读者的需要,专为书展印梓了不少繁体字读物,盲文读物,以及学校教科书、宗教和艺术类图书。三联书店香港分店从书展中精选部分图书,专门印制了大型书目纪念集《上海书展1984》,图文并茂,厚实精致,成了读者购书的指南,阅读的珍藏品。

《上海书展1984》封面

主办双方为这次书展铆足了劲,作了充分准备。香港方面选择市中心最黄金地段上的场所作为展厅,开动电视、广播、报刊等所有媒体跟踪采访,还事前安排记者到上海踩点进行预热报道,并印制海报等宣传推广品2万多份,通过工联会、教协会,发放到工商业和大专院校。上海方面则在图书方面做足文章,特意带去了22种珍贵的作家签名本。为此,时任上海文艺出版社副总编的郝铭鉴专程北上,叩开一家家老作家的门。当叶圣陶知道这是办到香港去的上海书展用书时,一边签《叶圣陶论创作》,一边高兴地用苏州话说:"格桩事体要做好格!"冰心更是一口气,签下了30本《冰心文集》等。朱光潜不但用上毛笔,还取出一盒印章,选一方他的笔名"孟实"钤在三卷本《朱光潜美学文集》上,他说印章中的"实",就是做学问要踏实,愿此与香港读者共勉。上海的巴金刚从医院回家,遵医嘱静养,却克服体弱力衰的困难,破例签了《寒夜》《巴金论创作》专著。签名作者还有柯灵的《长相思》、俞振飞的《振飞曲谱》、施蛰存的《陈子龚诗集》,

以及画家王个簃、朱屺瞻、张乐平的画集。这些签名本在书展上一露面，可用现在时尚说法"秒杀"。老作家陈伯吹、教育学家曹余章还亲临书展，在签名本专区中，为香港读者热情签售。说不定，这次书展上的签名热潮，一直延续至今的各种书展现场呢！

书展过程中，香港大会堂内常常"爆棚"，读者在烈日当空或倾盆大雨的马路上，排起了长龙。香港画家方召麟本来计划外出办事，听说上海书展即将开幕，毅然推迟了行期，展览第一天，就购买了《齐白石册页》40本，说要分赠各地画友。香港大学中文系教授饶宗颐参加了开幕式后，意犹未尽，又两次到书展购书。不少小学生在父母的带领下，尽兴选购。青年人更是不顾路途多远，在下班后或周末赶来选购，他们逛在书展乐不思蜀。

上海出版代表团在书展期间，开展了一系列活动，如举办向香港市政局图书馆、香港8家大专院校和10家爱国中学的赠书仪式。举办了4场专题讲座，即陈伯吹的《儿童读物与儿童文学》、曹余章的《上海中小学教育的现状与改革》、杨涵的《鲁迅与版画出版事业》、茅子良的《中国木版水印艺术》，广受香港读者欢迎，讲座会场挤得水泄不通。

著名版画家、上海版画会会长杨可扬先生因香港主办方的邀请，特地为书展创作了一枚"鱼读月"藏书票，作为赠品而使香港读者爱不释手。后来他对我说，这是他平生第一次刻印藏书票，觉得很受爱书人喜欢，就一直刻下去，先后刻了300多枚藏书票。藏书票是微型版画，年岁大了刻不动大作品了，就刻刻藏书票。杨老以自己的创作实践，推动了上海藏书票活动的发展和繁荣。

在香港举办的上海书展，开创了沪港两地文化交流的先河，赢得了香港各级政府和市民的好评，香港《文汇报》《大公报》《新晚报》《晶报》等各家媒体给予充分报道，时任《明报》社长金庸先生更是盛赞："书展极为成功，使读者能够获得满意的享受和服务。"

也许是这次上海书展的溢出效应，第二年中国出版工作者协会联合三联·中华·商务香港总管理处，在香港举办了更大规模的"中国书展"。而从1990年起，香港开始举办首届"香港书展"，并持续至今。2004年，上海每年一次的图书展销，正式以"上海书展"命名，至今年将达到20届，以往每届都盛况空前，成了上海大都市一张亮丽的文化名片。

杨可扬制《鱼读月》藏书票

谈新文学版本收藏

在今年春拍前夕，与陈克希兄有幸观看了"博古斋"的一些新文学版本旧籍，感触良多。克希兄是沪上旧书行业的前辈，长期从事旧书旧刊收购和经营，经验甚为丰富。他一边看，一边对我说，这些版本很难得，时下已不易见到。并对工作人员说，可注明毛边本、土纸本、道林纸本等，让大家对版本有个清晰的了解。我非常赞同。

这些新文学版本，从年份来说，是 20 世纪二三十年代的，这是"五四"以后新文学的起始阶段，留存至今，十分难得且珍贵。这是从时间的概念上看。百年无废纸，但物留人去，这些书籍的作者、出版者大多谢世。经过百年的风风雨雨，能够留存至今，是这些书的幸运，也是这些人的幸运。因为，他们把历史留了下来。

从作者来说，都是值得说说的重要作家、诗人和翻译家，如鲁迅、郭沫若、茅盾、臧克家、赵景深、辛笛、蒲风、刘白羽等，还有长期受到主流文学屏蔽，却在新文学历史上作过贡献的邵洵美、王独清等人。因此说，这些新文学版本得以存世，本身就是一种奇迹。

从收藏的角度来说，版本的品相、装帧、纸张、印数等，也是至关重要的因素。现在大家热衷毛边本、签名本等，不是没有道理的，因为这些都是一种版本书珍贵的附加值。而这些即将上拍的新文学版本，大多具备其中的某些条件，或是签名本、钤章本，或是土纸本、毛边本、道林纸本，有的还多种优势叠加，被称为毛边签名本等，这就具有更大的价值空间。

以茅盾的《霜叶红于二月天》为例，如是一般的普通版本，不算稀罕。但这是土纸本，就很难得了。况且，版权页上有一方长形红印章，刻有"茅盾先生五秩华庆纪念　华华书店志赠"，这是出版社的馈赠本，那这样的版本数量不会过多，显得稀有了。我又在版权页左边，见到两行钢笔字："一九四五、六、廿四，参加茅盾氏五十寿辰庆祝会时蒙惠赠"。虽然没有落款，但这应该是受赠者任钧先生的手笔。这就成了独一无二的唯一了。

再说邵洵美的《花一般的罪恶》。我在研究新诗史料中，知道邵有此诗集，但这是第一次见到版本真容，很有点震撼的感觉。不禁感叹：太珍贵了！不说书的内容，就是封面装帧，就够精致的。布面精装，书名和作者，压型烫银，下面配一朵白色的花。这是金屋书店1928年的出版物，这家书店是邵自己开的，他在自家书店印诗集，如同今天的自印本，可能只做几百本，送送小圈子内的爱诗朋友而已（据说此书还有平装本，那是售卖给普通读者的普及本）。邵是唯美主义诗人，他的诗集，就体现出唯美的理念。这样的装帧，过了近百年，不但不落伍，反而更亮眼更珍稀。

其他一些版本，也各显珍贵。蒲风的《摇篮歌》，寒斋虽有藏，可品相不如它，更不用说此为签名本。辛笛的《手掌集》，寒斋也有藏，虽然都是签名本，但它品相更好，且是毛边签名本，当十分稀见。还有鲁迅《小说旧闻钞》、郭沫若的尼采译本、王独清《零乱章》、臧克家《宝贝儿》、刘白羽《太阳》等，都是第一次见睹，都各有版本特色。

这批新文学版本书的珍贵，还因为不少是题有上款的签名本，写着同一人："任钧先生"。这就使我觉得异常亲切了。任钧早年参加太阳社，中国诗歌会最早的发起人，是上海老资格的诗人，"左联"老盟员。我不敢攀名人，但任老确是我的忘年交，在他生前，常有机会去老人院探望他，听他聊天。他的儿子是我单位的部门老总，也成了我无话不说的好兄长。老人辞世后，这些旧版本理应有一个好的归宿，让喜欢它的人藏阅，这叫版本流传有序。

总之，这是一批十分难得的新文学珍本。时下，市场对这些版本的认识还没到位，或者说，是低估了它的预期。那我说，新文学收藏正当其时！

新文学版本再认识

　　20 世纪 90 年代后期,随着古籍版本拍卖的兴起,也给喜欢新文学版本的旧书爱好者和收藏家带来福音,他们常以唐弢先生的《书话》、姜德明先生的《书衣百影》等书中提到的版本为指南,去找寻这些新文学珍贵版本。这当然没错。随着时间的推移,文化语境的变化,人们的收藏眼光有了新的拓展,出现了不少新的动向。民国旧书不再囿于新文学,大凡文史哲等,甚至 20 世纪年代初的出版物,都可以旧平装来概称,并逐渐走上拍卖坛。这些新的变化,我们当与时俱进,择善而从。

一是经典更求别致

　　民国时期出版的名家名作,虽然仍是藏家追捧的目标,如鲁迅、周作人等作品集。但是,这类书印量都不少,人们更要找品相好的初版本、毛边本,甚至错版本。如鲁迅的《野草》,此书虽由北新书局初版于 1927 年 7 月,封面是孙福熙设计,鲁迅自题书名。但从第二年始,封面只是"鲁迅著",漏了先生两字,鲁迅对此甚感不满,在给友人的信中说:"《野草》初版,面题'鲁迅先生著',我已令其改正,所以须改正本出,才以赠人。"这样看来,这本《野草》还是毛边错版本啊!另外,鲁迅的译著《一个青年的梦》,也是一种毛边稀见本。钱杏邨(阿英)虽然很有影响,但他的《力的文艺》,却是不太为人所注意的特别版本。还有如废名的《桃园》,也显得不同一般。

二是残本亦受青睐

过去,古籍残本大都不在藏家眼中,何谈旧平装的残本。此一时彼一时也。时下古籍中的宋版书,真有"一页宋版一两金"的说法。那么,旧平装的残本,只要是稀缺版本,有上册无下册,或全集中缺失的,依然可以收下,以后慢慢配。有不少收藏者,就是靠耐心,将残本一一配齐。比如《达夫全集》,此次我见到的是第六卷,郁达夫和冰心,是民国时期较早出版个人全集的现代作家,《达夫全集》共七卷,前五卷分别有三家出版社印行,后交北新书局重新排印,1929 年印了前五卷,1930 年 12 月单独印了第六卷,即《薇蕨集》,过了三年印了第七卷,这与前六卷已不一样了,开本为小 32 开光边本,封面也换了,外观大不如前。所以说,第六卷是印次少且品相又好的一种。而且,全集的内容,每一卷都是独立的,与单行本差不多,不影响阅读与使用。当然,有机会配齐,更臻完美。过去常有先找到下册,过不久上册赫然入目、喜悦收下的案例。这都成了爱书者津津乐道的奇遇。背后的故事,颇可寻味。

三是生货更为得宠

何谓生货? 这是拍卖界的一种行话,即难得露面的物品。有的作者不是主流作家,由于历史原因,或个人的种种因素,一直籍籍无名。一册邹枋的诗集《香吻》,就显得特别亮眼,估计是第一次现身。作者是浙江鄞县人,毕业于上海复旦大学,曾任教上海劳动大学、复旦大学等,他学的是经济,后任《中国经济年鉴》编辑、全国经济委员会兼土地委员会专员等,但年轻时爱好文学,这册诗集,可能就是他唯一出版的文学作品专著。书前有傅东华、赵景深两位文学前辈的序言,足见他们对于这位青年诗人所给予的肯定与希望。难能可贵的是,此书有珍贵的题签,是作者送给为他这册诗集配画的好友:"呈为我作画底知友世瑄"。因书中有六幅插图,亦可称插图本诗集。世瑄即王世瑄,又名王少游,系浙江奉化人,与邹枋算是宁波老乡吧。早年毕业于上海美专,后一直在家乡从事教育工作。除了作者题签,书中还有受赠者的题词。王世瑄收到赠书后写道:"书中的词句,全是诗的意味。只恨我不能为我的诗友作些更精美的插画,其实,这些插画十足的把本书的地位降了许多!少游阅后记。"又有好事者在其后附言道:"何必客气! 代邹枋说。"这就很有趣了。

还有白特的诗集《还乡集》，也是名不见经传，他原名杜兴顺，是任钧、蒲风等创建中国诗歌社的发起人之一，曾任会刊《新诗歌》编辑。建国后一直从事电影编剧工作。至今没有见过他有第二种作品集问世。

我曾就沪上"博古斋"的拍品，写过《新文学收藏正当其时》，文中写到邵洵美的《花一般的罪恶》，最终创下旧平装诗集的拍卖记录。这次，除了上述种种，还有不少亮处，可圈可点，如作者签名本等，都是难得的旧平装佳品，不一一评说了，相信识者慧眼独具，见仁见智，各取所爱吧。

新文学版本专场拍卖亮点多

　　曾先后两次写过关于新文学版本的小文，即《谈新文学版本收藏》《新文学版本再认识》。日前，爱好新文学版本的文友们都在津津乐道，北京中国书店拍卖会传出喜讯，鲁迅的签名本拍出 120 万元（含佣金）的高价。我说，好的新文学版本，一定会拍出好价。正巧有机会先睹即将举槌的"博古斋"春拍中相关新文学版本，不妨谈谈体会和感想。

一是名家签名本依然吃香

　　其实，我已懒得谈签名本这个话题了，时下签名本满天飞，已成滥觞。但是新文学好版本的名人签名本，仍是市场宠儿，可遇不可求。鲁迅当然是大热门，自他 1936 年去世，对他的宣传长达 90 余年，几乎人人皆知。所以，鲁翁的签名本自然是重量级的，受到市场追捧。但是，另有一些名家，他们虽是"五四"新文学的主要骨干，有令人瞩目的文学成就，却因各种原因，长期淹没不被重视，如周作人、胡适、傅斯年、徐志摩、邵洵美等。这次见到多种周作人的签名本，甚感惊喜。周作人是不用多介绍的，老编辑钟叔河先生说过，人归人文归文。他有失节之处，但作为一个文人，自有他对文化的贡献，由此解放后政府允许他著译和出版。此次上拍的《药堂语录》《秉烛后谈》《陀螺》等，确是难得一见的签名本，且前两种均用毛笔所写，其文人字风格可见一斑。周作人在《药堂语录序》中写出了此书的含义："我不懂玄学，对于佛法与道学都不想容喙，语还只是平常说话，虽然上下四旁的乱谈，却没有一个宗派，假如必须分类，那也只好归到杂家里去吧。至于药草堂名本无甚意义，不过要说有也可以说得，数年前作药草堂记，曾说明未敢妄拟神农，其意也只是摊数种草药于案上,如草头郎中之所为,可是摆列点药就是了,针砭却是不来的,这也值得说明。"从中可以看出,周作人与鲁迅不同的行文风格。说签名本,另一位文坛大咖也不容小视,那就是胡适先生。这次看到他的《四十自述》等三种签名本,也是难得一见。我不明白,胡适何以在不算大的年龄,想到写自传,他在《自序》中说道,本想请林长民、梁启超写自传,却都因英年早逝未能如愿,给他留下遗憾。"但这几年之中,国内出版了好几部很可读的壮年作家自传。自传的风气似乎已开了。我很盼望我们这几个三四十岁的人的自传的出世,可以引起一班老年朋友的兴趣,可以使我们的文学里添出无数的可读而又可信的传记来。"可以看出,胡适先生很早就提倡传记的写作并身体力行。如果说,《四十自述》的版本不算稀少,那么大开本精装精印的《中国抗战也是要保卫一种文化方式》,就显得难能可贵了,胡适用英文题写上款,中文签名,十分少见。其它如李金发签名本《意大利及其艺术》等,都可圈可点。

二是稀见版本集中登场

一般来说,藏家多喜欢未曾见过的珍稀版本,第一次进入市场,第一次亮相在藏家眼中,这俗称"新货"。说起这次上拍的旧平装,不但品种丰富,且有不少"新货"。一册薄薄的诗集《绿光》,不用说看见,是闻所未闻。作者张慧名不经传,却是给林语堂的签名本,可见作者不是一般之人,只是我们不明就里。作者在《自序》中写道:收在这集子里作品,是她十五岁至十九岁所作。"在这五年中我写诗最多,损失最多,这是唯一的剩余了。虽然这里只剩有二十几首短歌,但因为时代的先后,在内容、情绪、技巧、形式各方面,一切都显得不调和。差堪慰的是这里没有'公式',没有矫情,而是生活在这个世界中的一个人的痛切呼声。"这就可见,这是不一般的诗集,不一般的诗人。顾颉刚编辑的《吴歌甲集》,亦不可多见,仅作序者就有胡适、俞平伯、刘半农、沈兼士等诸位,可见此书在研究歌谣、研究我国民间文艺上的重要地位。鲁迅编辑的《海上述林》,虽有不少后期印本,然原版实属珍本无疑,虽只存上卷。其它毛边本"新货"甚多,如钟敬文《荔枝小品》、王任叔《殉》、冯乃超《红纱灯》、徐蔚南《奔波》等,恕不一一细说了。

三是老期刊依然风头不减

最后想说的是老期刊。记得 20 世纪 70 年代中期,上海旧书店恢复营业,就有期刊门市部，我的忘年交吴青云先生，曾一度掌管这个部门。所以，老期刊是上海图书公司所属旧书店的一个品牌，当然也是"博古斋"长期经营的一个强项了。这次欣喜地看到，不少老期刊悉数登场，一一展现在藏家眼中，用一句广告词：必有一款属于你！不用说名刊《小说月报》《东方杂志》，由中共地下党暗中操作的《杂志》，是女作家张爱玲发表作品的主战场。也不用说，由范泉先生主编的《文艺春秋》、林语堂先生主编的《宇宙风》、简又文、谢兴尧主编的《逸经》。即便稀见旧刊，也历历可数。我曾在拙著《旧刊长短录》中写过一文，题目是《老派文人办〈青鹤〉》，谈的就是陈灏一先生以一人之力，主编《青鹤》的经历。这次大体量的集中推出老期刊，似不多见。以上所言仅供藏家和文友参考，但愿慧眼多多，机不可失，各有所获。

在淘书中读书

我常自嘲：不在旧书店，就在通往旧书店的路上。我的许多读书辰光，大多耗在各色旧书摊上，我谓之"动态阅读法"。书友询我：最近读何书？我无以相告，说自己读书是"三无"主义（无计划、无方向、无目标）。说得好听点，叫博览群书，其实是东一榔头西一锤的胡乱翻书。

每次外出淘书，面对几十个旧书摊或地摊，每个摊位几十本乃至几百本书籍，如何沙里淘金，在短时间内找到自己心仪之书，这就需用采用一种别样的阅读法，进行快速搜寻。我的想法是找些有年份的有用之书，这就叫淘书。每次我首先看书的封面，上面有图案装帧，有书名和作者等，这样的海量阅读，考验的是淘书人的眼力。当瞄准其中的一本书后，就迅速取到手。第二步是赶紧翻到书的版权页，那上面有重要的信息，比如出版机构、版次、年份和印数，这都与一本书珍贵与否有极大关联。如是民国年间出版的书，且是第一版第一次印刷的书，印数又很少的书，现在看来，当属稀有之书了。第三步是抓紧阅读书前书后的前言或后记，它会告诉我，这书的主要内容是什么，作者写书的经历，以及出版过程中的曲折故事。我马上要判断出，此书有何价值，是史料价值、版本价值还是经济价值，于我又有何种用处，如决定淘下，大概在多少价格之内。这一切，都不容我花费过多的时间，大概也就一二分钟左右。因为所有友好的淘友，在旧书市场都是我的竞争对手啊。20 余年的淘书历练，这样的本领是必须的。这就是我的"动态阅读法"。然后是与摊主一番讨价还价的谈判过程，这是下一环节，不说亦罢。

在旧书摊，一次看到书名叫《水风砂》的书，不知说的什么内容。但封面上有"华东人民出版社"和"文艺创作丛书"的字样，20 世纪 50 年代初全国还实行大行政区，而这家出版社即是上海解放后第一家国营出版社，这套丛书也是上海解放后出版最有影响的第一种文艺丛书。书的旧气很直观地告诉我,此书至少有五六十年时间了。打开第一页"内容提要",才知"大江的出海口上有一个小岛,名叫'水风砂',岛上驻着一个重炮连队,防水堤上蹲着四门大炮,张着黑口,监视着江面,他们的任务是保卫着海口。"这是韩希梁出版于1951年3月的一部中篇小说。更有让我疑惑不解、一头雾水的事,一次看到封面上大大的书名《Лéнин》,我弄不懂这是哪国的文字,但此书是大16开的亚麻封面精装本,内有60多幅单面印刷的列宁照片,纸张精良,印刷清晰。我猜想,这封面上大概是俄文《列宁》两字吧,书友、翻译家黄福海说是的。版权页上除了外文,可见"1957"阿拉伯数字,这就说明了此书出版年份。以我国当年的纸张与印刷水平来看,很难出品如此精美的画册,大概都是那时苏联专家带到中国来的。直到中苏交恶,专家撤走,画册嫌重,就留在了中国。时下出现在我的手中,是我的书运啊!

淘友眼热我常能淘得好书。殊不知,天不亮我就会出现在"鬼市"一样的旧书摊,打着手电找书。高温天38度会淘得一身汗水,零下五六度会把自己裹得严严实实出没在旧书摊中。每次淘书,寓目过内容提要的书,不下百多本,而最终淘回的也就一二十本。长期半蹲在地,不断弯腰,由此搞坏了眼睛,也把腰椎弄凸出了。当然,在快速阅读及淘书之后,我回到家,是会慢慢细读的,会研究书的版本变迁、作者掌故等,然后写下一篇篇淘书札记。我出版的若干书话专著,就是在淘书中读书所带来的愉悦收获。

疫情之年说淘书

这一年，是新冠肆虐的一年，就不多说了。

这一年，对读书人来说，也许可以读些书。

而我，一个沉湎淘书30余年的"淘书族"，已至少三年未淘书了。不仅仅因为"新冠"，比如文庙书市的停业、腰病的干扰、书房容量的局限等等。于是，歪打正着，弄出一个"在家淘书"的法儿，在家淘出50本觉得还算珍视之书，一篇篇写成书话，在2022年以《在家淘书》为书名，由文汇出版社出版了。这是在家淘书的第一回合，小有战果。

这一年，突遇封控，足不出户。那就不得不继续在家淘书。这回淘书干嘛？散书，让书给更需要的人阅读使用，这是在家淘书的第二回合，也已有所斩获。书分三类逐步处理，一是送给书友，二是委托拍卖，三是妥善捐赠。一年下来，万余册旧书刊，散去七成，只留自己特喜欢的，或还需使用的资料类书。这叫"断舍离"，我称之为做减法，自己给自己减负。

这一年，在家淘书，就是自个儿看自个儿淘书。家里有限的旧书，很快淘腻了。独乐乐不如众乐乐。正好小区解封，可以外出走走了。我这淘书的瘾，又隐隐地犯上了。不淘书了，还不能去看看别人淘书么！于是，乘早晨醒早了睡不着，又想活动活动腿脚，就笃悠悠地去旧书市场，那是从文庙关闭后，书商们撤退到福佑路上福佑商厦，也算淘旧书的新据点。旧年在文庙，我是一个个书摊逛过来，没少在他们的摊前流连，也没少淘他们的旧书。

这一年，我去不了几回福佑路旧书市场，不是去淘书，而是去看淘书，享受别人淘书的乐趣，感受一种与书亲近的氛围。一拨旧书经营者，都是老相识，把我看作老主顾。虽然叫不出许多人的名甚姓谁，但早就彼此混了个脸熟，一见就是老熟人,打个招呼也挺热乎的。我依然一个个摊位看过来,看看他们如今卖些什么旧书,生意如何,哪些书比较好销,如此等等。见到许波兄,他也是从文庙过来的旧书摊主,一个在企业工作的爱书者。他把多余的书,设摊出售,让书流转,发挥更大的效用。陈梦熊老师的最后一批旧藏,约几千册吧,师母征求我的意见,我同意全部转让给他,很快就成交了。在此摆摊,他的心态也好,卖多卖少都无所谓,每周日算有个精神寄托。在其他一些书摊前,就与摊主聊上几句,怀怀旧,说说文庙淘书旧事。买或卖,已经不那么重要了。

有句俗语,叫"贼不走空"。那意思是去也去了,总不能空手回吧。有时,见到需派用场的旧书,也会买上一二。一次,在一个老摊位前,见一册旧书,书名用的是书写体,得仔细看,才知是《民元前的鲁迅先生》,作者王冶秋,太熟悉的名字,曾任教北方大学,中华人民共和国成立后任国家文物局长,出版过《辛亥革命前的鲁迅先生》《琉璃厂史话》等。再看此书版权页,1948 年 10 月峨嵋出版社出版,很少见的一家东北出版机构,那时东北已解放,可以公开出版鲁迅等进步书刊。品相尚可,就决定花百元拿下,果然如愿以偿。还有一次,见一摊位有几本旧杂志,其中有1957 年出版的《中国摄影》创刊号,大四方型的版式,很惹人喜爱。我立马想到好友上官消波兄,他近年热衷于拍摄"文化人书房",说余生就弄弄相机了。我建议他收集一些旧的摄影书刊画册,留作参考之用。他刚从新闻出版博物馆调任陈云纪念馆副馆长,没有时间逛旧书市场,我就顺手给他淘下,60 多年前的旧刊,亦是难得见到,下次见面就能给他一个小惊喜。有时,在旧书市场,会遇到一些昔日淘友,如董国新、姚一鸣等,他们都是文庙老客,也是淘书界的行家里手,淘书经历和眼光,都不在我之下。见面的第一句话,就是"淘得什么好书?"于是,绝不藏着掖着,翻开书袋,大家欣赏一番,聊几句今天的行情,有什么捡漏之意外。淘友的交流,也是我看淘书的乐趣。当然,旧书市场还有一些文房四宝之类的旧货,我看到旧宣纸、旧笺纸等,也会选一些淘下,作休闲涂鸦之用。

自个不淘书了,看淘书还得进行下去。这是怀旧之情,也是对旧书不离不弃的一种依恋吧!

是淘书更是怀旧

甲辰将去,检点自己在淘书一隅的收获,乏善可陈。因为,自上海几处大型旧书市场关闭,自忖"奔七"之人,对旧书之贪已淡了许多。但有时还往旧书摊跑,那只能说痴心不改,或者说,仅仅是为了过把瘾,更多的是为了一点怀旧的情绪罢。

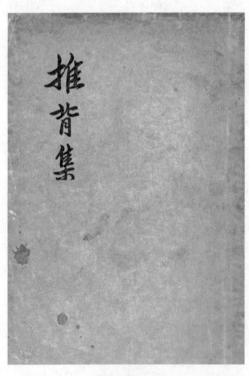

《推背集》封面

元月下旬,到福佑路"新藏宝楼"四层,这里已然成为继文庙后的旧书新集市。闲逛中淘得八、九种书刊,如1976年的《学习与批判》第十期"毛泽东逝世专辑"(终刊号),当年上海还有一份文学刊物《朝霞》,时为中学生的我,是这两个刊物的读者,人生阅读中的"第一口奶",竟是"四人帮"的"帮刊",这样的影响,以后用了很长时间才有所校枉过正。更为难得的是一册诗集《从一九四九年算起》,作者是诗人绿原,由新文艺出版社出版于1953年7月,初版印1.2万册。绿原是我国"七月派"诗人,我曾先后淘到他的《童话》《又一个起点》和《集合》。20世纪90年代,有缘与他相识。那年他在张家港开完诗会,转道上海逗留几天。上海老诗人宁宇嘱我去机场接机，第一次见到了绿原和同机到达的曾卓先生，我叫了一辆出租车，在等车的时段中，我与绿原聊了一阵，车来后安排他俩上去，我的任务算完成了。他俩去往住在天钥桥路上的何满子先生家了。过后，我写了小文《邂逅绿原》，发表在《新民晚报》"文学角"副刊。后来，我多次到北京，去看望绿原先生，与他访谈，带去他早年旧著请他签名。有一次，请他题词，他写道："诗的生命是无穷的"，还给他拍了照。在旧书店淘得《集合》后，就寄到北京请他签名，他写道："韦泱先生：谢谢你保存了我的这本旧作。"如今，见到《从一九四九年算起》，绿原先生亲切、和善的面容就浮现在我眼前，想起他的话音，那是多么温馨啊。这册诗集共收有诗人 13 首诗作，初读一过，再看《后记》，他写道："上面几首诗，都在是在一九四九年以后写的。大部分是为了及时地响应一定的政治号召，或者说，是为了赶任务，但每一首也原有一种幼稚的情绪作基础的。"读此我无语，不知这是诗人的幸还是不幸。

很快进入龙年新春，记不得是大年初几了，过年的气氛还很浓哪。我得闲来到福佑路另一家旧书市场，坐落在福佑商厦地下两层，首先在一家摊位上见到《鲁滨孙历险记》，赶紧淘下。这本 20 世纪 90 年代后期出版的书不能算旧书，但它是上海翻译前辈黄杲炘老师的译著，就没有不淘下的理由。因为我多次听年逾八旬的黄老谈起，英国作家笛福的这部名著，曾有多种汉译本，大多译为《鲁滨孙漂流记》，鲁滨孙没有"漂流"过呀。他在这部书的《译者前言》中说："作为本书的一个译者，我感到，把鲁滨孙的名字同'漂流'挂钩未必妥当，而且易于造成误会，因为在笛福的笔下，鲁滨孙一生之中从来都不曾'漂流'过。"黄杲炘老

《从一九四九年算起》封面

师的翻译，一直以精准、真实赢得译界和读者好评。1982 年，在郭沫若翻译《鲁拜集》发表整 60 年之际，黄杲炘出版了这部译著的新译本，取名为《柔巴依集》，他从

这种来自阿拉伯语形式，以及波斯、我国新疆维吾尔语等中亚突厥文化中的绝句中，推论出这是一种"柔巴依"四行诗体，并给了它一个更准确的译名。这本《鲁滨孙历险记》让我想到了他和他的翻译，以及与他的交往。他与老伴已入住养老院，下次去看望他时，带去请他签名留念呢！接着，来到原文庙摆旧书摊的许波兄摊位前，老友相见，总要聊几句，说着就看到桌上有两册《终研集》，我说我买下吧，他说好，却执意不肯收钱。也许我曾将不用的书送过他一些，所以以此回报我吧。这《终研集》是文史学者陈梦熊先生的最后一部专著，是我在他病中为其编印的，排入上海市作家协会"老作家文丛"系列。此书出版前，陈老师在口述《后记》中说："近年来身体每况愈下，两度突发脑梗，股骨手术后，双脚无法站立。这部书能顺利出版，得助于忘年交韦泱先生，从搜集编目到校对联络，都是他为我操办的，在此由衷地表示深深谢意"。陈老师在生前欣慰地看到此书出版。12 年后，我见到此书，引出一番感慨。

《在水一方》封面

时间真快，转眼已到 12 月年底了。旧书市场依然得去，每月一、二次总少不了。在旧书摊忽然看到《在水一方》，这是琼瑶的小说哎，1985 年 7 月江苏人民出版社出版，首印 11 万册之多。月初，琼瑶在台北去世，引得大陆作家和读者唏嘘不已。我虽不是琼迷，但 20 世纪八、九十年代，她的作品在大陆走红时，却是亲身经历的，女儿是看她的书长大的。翻到版权页一看，此书还是南京好友著名编辑张昌华老师责编的，赶快拍下封面传他看看，他回复说："琼瑶的书我编了七本，一本也没有了。我只留签名本，家里无处存放。"想想也是，我也是书多无处放，才不得已处理掉一大批。在书市一角，看到一叠编《中华活页文选》，打开一看，有 10 多本，由中华书局上海

《正行草三体字典》封面

编辑所（上海古籍出版社前身）编辑，每本薄薄的七、八页，定价仅售二、三分钱。后来知道，这一小册子，却是大名鼎鼎的文史大家金性尧先生主编。《出版说明》开头写道："为了继承和发扬我国优秀的文化传统，从 1960 年开始，我们把历代文学家、史学家、哲学家、政治家和科学家等的各类文章，选辑精华，详加解释，（或附今译），有系统、有重点地供给具有高中文化水平的干部、中学教师、大学学生及一般古典作品爱好者阅读，定名为《中华活页文选》。"人们大多知道金先生的《唐诗三百首新注》，累计发行逾百万。在他晚年，我与他多有交往，面聆教益。他是舟山定海人，最近舟山图书馆正在筹建金性尧先生专馆，我想，把我收藏的这些他生前编著的书籍捐给该馆，是对金先生最好的缅怀和纪念。忽然，一册疑似民国版的书跳入眼帘，书名《正行草三体字典》，上海大众书局印行，一家上海老牌书店，翻到后面版权页，果然是"中华民国二十七年六月出版"。作者朱心如，以为名不见经传，却是从小熟读四书五经，入学北京大学中文系，毕业后留校任教，擅长金石篆刻，尤精中西绘画，是林琴南弟子。他在此书的开端就写道："现代人事日烦，书写文字贵求迅速，以省时间。本书之编辑趣旨，即在提倡行草书法，以期普及写字效率之增进。"真是开宗明义。想起我中学时初学书法，购得黄若舟硬笔书法字帖《汉字快写法》，现在能识得一些草体字，得益于此。没想到，年底最后一次淘书，竟能得一民国版旧籍，也是书缘也。

时下淘书，已今非昔比。20 世纪八、九十年代，去一次旧书市场，准能淘得一大堆民国旧书刊，花费也就十几块钱。淘旧书的好日子算是走到尽头了。因为眼力弱了，淘书不仅为读，更多的是沉浸在往日时光中，怀怀旧，说明我渐渐老了。

从藏书楼谈起

我对藏书楼情有独钟，凡遇相关资料，必欲先睹为快。对一些著名藏书楼，套用一句古语，虽不能至，而心向往之。近闻常熟铁琴铜剑楼修缮一新，将对外开放。欣喜之余，油然忆起很早就知悉的千古佳话，关于这座藏书楼五代收藏善本，终归国家所有的隽永故事。

常熟自古文风淳厚，私家藏书冠称海内。在国内知名的藏书楼就有赵用贤脉望馆、钱谦益绛云楼、毛晋汲古阁、钱曾述古堂等。而铁琴铜剑楼在这些藏书楼中，无疑是最为著名和出色的一家。其创始人瞿绍基，是前清不得志的小官，后辞归做了乡绅。他嗜书如命，广购善本，10 年聚书 10 多万卷，遂专为筑室庋藏，书楼初名"恬裕斋"。到了儿子瞿镛时代，喜好乃似其父，可谓子承父业，他不惜重金购藏别家书楼散出之精本，仅宋元版本就达 300 余种，使更名后的铁琴铜剑楼与山东海源楼、浙江八千卷楼、皕宋楼一起，并列晚清四大藏书楼。瞿氏到第三代瞿秉清、瞿秉渊昆仲时，战乱频乃，私家藏书楼屡屡毁于一旦。兄弟俩千辛万苦将藏书迁徙多处，分而藏之，得于幸存十之七八，可谓功不可没。瞿氏第四代传人瞿启甲，一改秘籍不示于人的传统陋习，广为刊刻和影印古籍，使之家弦户诵，服务社会。他还留下遗嘱："书勿散，不能守，则归之公"。寥寥数语，彰显了古代藏书家化私为公的文化情操。遵循他的遗愿，其儿子瞿济苍、瞿旭初、瞿凤起在中华人民共和国成立之初，悉数将宋元明清各代古籍善本捐献国家藏于北京图书馆（今国家图书馆）。时任文化部副部长的郑振铎先生为之感慨道："铁琴铜剑楼藏书，保存五世，历年逾百，实为海内私家藏书中最完整的宝库。"

由这一典型的藏书故事，我想到京城韦力先生。他是国内巡访、研究藏书楼下力最勤、成果最大的一位藏书家。从 20 世纪 90 年代后期，历 20 余年，遍访国内大

藏书楼一瞥

小藏书楼不下百余座。披星戴月,殚精竭虑,奔走于大江南北,"其中之甘苦难于尽述,然却保留下下大量资料及照片。"从10多年前出版的《书楼寻踪》,到正在撰述的皇皇三大卷本记述中国私家藏书楼寻访的专著《落日楼头》,细分缕析藏书楼的渊源历史,积累下珍贵的藏书文化。不少藏书楼,真的藏在穷乡僻壤间,经韦力先生的发掘,遂引起当地政府的重视,得以妥善保护。每获此类信息,是韦力最感欣慰之时。可见功不负人,功德无量。他践行着自己所言:"用行动来做实证,提醒人们注意到藏书楼在文化传承中的重要价值。"

星移斗转,世事更替。时代列车无情地飞速疾驰,尤其是城市化进程的步伐加快,藏书楼已与现代人们的生活渐行渐远。年轻一代读者,对藏书楼已无多少形象感觉,只是从字面上获得些许肤浅认知。那么,对于存世几百年的藏书楼,以及绵延几千年的中国书文化,如何在当下得到传承和弘扬,将带给人们更多的思考。

首先,藏书楼是中国文化遗产,是应该保护的不可移动文物。近年来,经过有识之士的大力呼吁,已成为各级主管部门的共识。大家逐渐明白,这是我们老祖宗留给后人的宝贝,是文化前贤苦心经营的传播书文化的主要场所,不但要禁止任何野蛮无知的拆除、损毁,而且应列入保护名录,竖碑明示,加以妥善保护。有的作为县、市级文物保护单位,有的列入省级甚至国家级的文物保护单位。这等于说,从法律层面上,给藏书楼增加了一道"保护神"。有的地方,如宁波天一阁、南浔嘉业堂等藏书楼,不仅得到善护,还扩大地盘,配置绿化,加固围墙,形成一个对公众开放参观的重要人文景观。

其次,作为传统意义上的藏书楼,在当下文化语境中,当更好发挥对于书文化的承继、传导的重要作用。过去的藏书楼,顾名思义是藏书处所,这些藏书楼确实为子孙后代保存了大批珍贵的文献典籍,如果没有民间藏书家的大批私人珍藏,古籍善本就难以留存到今日。所以说,藏书是藏书楼的主要功能。但是,它还有另一个重要功能,就是作为藏书家及文人学者校勘书籍、读书研究的主要场所。为了使藏书内容准确,没有舛误,他们将多种刊本进行比对,通过勘订,改正原书中的错处,以免以讹传讹。不少藏书家也是功力深厚的校勘家,目录版本学家。对于一些珍稀孤本,还进行刊刻影印,化一为百为千,让天下更多人得益于此。由收藏保护,到研究流布,这就体现出古代藏书楼的两大主要功能。

然而,从晚清到民国,由于西学东渐,公共图书馆的兴办,加上连年战火不断,私家藏书楼已日见式微,走完了它的历史步履。更因为中华人民共和国成立后公共图书馆的一统天下,进行图书资源的集中管控,几乎压尽了藏书楼的生存空间。

稍大规模的藏书楼,多是"人去楼空书散",无甚名气的藏书楼,则随意一拆了之,夷为平地而不复再现也。

随着近年国家对文化事业支持力度的加强,以及旅游市场的兴旺,一些保存相对完好的藏书楼,经地方政府的扶植,打造成当地的旅游景点。这当然也发挥了现有藏书楼的宣传作用,让人们在亲眼感受藏书楼建筑之美的同时,了解其历史演变和曾经的沧桑。但是,作为文化底蕴丰厚的藏书楼,总不应满足于如此走马观花式的"到此一游"吧。借助藏书楼这一重要载体,多管齐下,可以有很多措施来加强书文化的传播。在服务读者方面,形成与图书馆、博物馆等错位、互补的格局。比如,可以利用藏书楼的建筑特色,举办书院式的读书分享会。在文创产品的设计上,可以利用古籍碑版的特定内涵,为有特殊需求的读者群,定制古色古香的书籍。也可以充分运用园内的空间,以及周边的廊房,开展古旧书的交易、品鉴等活动。对此,上海的文庙,是一个值得借鉴的案例。

文庙在上海,过去是祭祀孔子的场所,也是供莘莘学子读书的地方。现在,利用其建筑特色和功能,已成为一个园林式的旅游景点。它的内景池沼流水、花木扶疏,有大成殿、崇圣祠、明伦堂、尊经阁等。20 世纪 80 年代中期,地方政府为续接文庙书香,开创性地举办"周日旧书交易集市",30 余年来,持续强化管理,不但游客兴趣盎然,全国各地的爱书人,都近悦远来,不亦乐乎。这大大提升了文庙的知名度和影响力。就如同巴黎的塞纳河畔,一个挨着一个的绿色大箱子,组成一长串的旧书摊,不失为城市的一道文化风景线。

由此稍作展开,当"全民阅读"成为国家层面的一种战略时,关于传统书文化的建设,会更多地引起相关方面的关注与思考。近年来,一些实体书店的关张或转型,都视作一种文化现象被屡屡提起并引发热议。这里有着深层次的问题与症结。建设书香社会,其实质就是打造一条完善的"阅读链"。它关联到书的源头,即编辑、出版、印刷等生产单位,包括书的存量(古旧书)与增量(新版书);书的流通及贸易(网售和拍卖也是值得探讨的另一问题)过程,以及书的阅读、交流及成果分享等等,任何一个环节出现"梗阻",都会牵一发而动全身。书店的书卖不出去了,一种表象的后面,却有多种内在因素,它会连累上端,也会影响下端。于是,书店为吸引顾客,增加销量,使尽浑身解数,软硬兼施,软的方面如组织会员制的读者群,举办讲座、签名售书。硬的方面如豪华装修,增加咖啡饮料、水果点心,加上文化用品的销售、儿童玩耍的园地等等。说好听一点,是创新转型,其实已远离书店的本义。有位店老板倒出一肚子的苦衷:这是逼上梁山,无法之法。如果有足够的图书销量,我的店面何苦只留三分之一放书呢!

书店姓书,天经地义。它是把读者吸引到纸质书阅读上来的载体,而书店式微,成了当前不是问题的问题。倡导全民阅读,建设书香社会,就是要让卖书人的需求、买书人的需求、读书人以及用书人的需求,都各得其所,然后才能谈及提高中华民族的文化素质和文明程度。

沪上有家老牌旧书店"新文化服务社",早期掌门人吴青云老先生有一个"生意经",谓曰:"为书找读者,为读者找书"。我很赞同这种辩证而实用的经营理念。我更希望,这应成为书籍主管部门工作的出发点和落脚点。而现实状况是,书与读者,成了一对矛盾,一种脱节。卖方市场叫屈,连出版社普通编辑都在抱怨:不是不愿增加品种与印量,实在是卖不动。买方市场也在喊冤:不是不愿买书,书价不断上涨,好书不知何处去寻。可见,供需双方,存在信息上的不对称。

于是,每年一次的"上海书展",成了供需见面的赶集日子。以至书展人满为患,不堪重负。一次书展,不能全部解决"为书找读书,为读者找书"的问题。各级政府要搭建多种平台,举办类似"文庙旧书交易日"、"思南周六图书展"等等古旧书、新版书的集市。或如同国外的"跳蚤市场",使地摊文化成为一种特色街景,定路段、定时间段,在确保交通、环卫的前提下,允许经营。一味取缔其实很容易,但书摊毕竟不能等同于马路菜市。关键是要变堵为疏,管理到位。

在第21个"世界读书日"到来之际,各方努力,营造浓浓的阅读氛围,中国传统的书文化一定会薪火相承,渊远流长。

两家"小不点"图书馆

从 8 岁上小学到离开中学校门,短短 10 年中,我幸遇两家很小的图书馆。半个多世纪过去,依然记忆尤深。

因父亲工作调动并分得工房,那年全家便离开市区蜗居,搬入吴泾新村。正是"文革"开始,我就近读吴泾小学,新生报到第二天,便被告知,学校暂不上课,何时到校听通知。于是,我和同学们成了"野小人",小学六年时间大多在外面疯玩。

一天,到我家 7 号楼西侧的 9 号三楼,一对李姓双胞胎同学家玩。下楼时发觉,一楼顶头那间房,不是通常的住户,而是一家图书馆。我好奇地走近,再大胆地进入,沿门朝里,是一长排书架,接着是一个矮柜,上面一块木板可翻上翻下,以便进出。这是我人生第一次,看到并进入的图书馆。新鲜且惊叹!透过书架的玻璃,各种书都整齐地码放着,很多我识不出书名。忽然,在一个夹层里,我看到一摞熟悉的书,那是学龄前,在嵩山路旧居的弄堂口书摊上,常看的"小人书"啊!花花绿绿的封面,勾我魂哪!我试探着看看矮柜里侧,有一胖一瘦两位 40 岁模样的妇女,心想,她俩是管图书的吧。于是,怯生生地问:"我可以看吗?"胖胖的上海阿姨答:"小朋友侬要看啥?"我指指那个放"小人书"架子。她利索地抽出两本说:"到隔壁看吧,看完来调。"我就取了书,转到隔壁,见是小套房,里间作办公用,外面有几张长桌和长凳,是开会和阅读的地方。我安静地看完,又去调换再看。因为已识得一些常用字,"小人书"图画下的一段文字,也能读懂,理解力可比儿时大大提升了。这样,我就常常去这家图书馆看"小人书",去得次数比去学校还多。知道胖阿姨姓许,瘦阿姨姓顾,带一口周边农村口音,待我都是热情周到,始终笑眯眯的。我对"小人书"的一知半解,就从这里开始积累。后来,我才知道,近视得脸与书快贴到一起的胖阿姨,其女儿与我哥是同学,后来成了我的阿嫂。再后来,我长大了爱好

图书馆一瞥

文艺，就写了几篇关于"小人书"的文章。有朋友主编一套丛书，缺人写连环画，找到我商量，第二天我把提纲交他，他乐了说："就你了！"一年后，我的第一本谈艺术的书《连环画鉴赏与收藏》出版了。这都是缘啊！我到现在都没弄明白，这间只有10多平方米的图书馆，是街道办的还是里委办的。反正，我后来再也没见过如此微型的图书馆。

很快我进入吴泾中学，可"文革"仍在继续，学校课堂上一片混乱。老师课也讲不下去，常常停摆。不到下课铃响，学生已冲出教室玩耍去了。一次，我与同学在楼道上追逐戏闹。在楼的东头，发现了"新大陆"：一扇门开着，咦，这里既不是教室，也不像办公室，里面全是顶天立地的书架，塞得满满的书。我灵感乍现：是图书馆吧。第二天，我一人悄悄靠近这间小屋。可能天气闷热，门还是开着，但见一位头发微秃的中年男子，上上下下不停地搬弄着书。等他停息时，我不知哪来的豹子胆，直楞楞地问道："老师，我好来看书伐？"对方竟然笑脸相迎："好呀，侬自家进来看。"我就毫无顾忌地进入了这个神秘领地。一眼看到架上有本《把一切献给党》，书在我头顶上方，还够不着。这位老师见了，赶紧过来帮我取下。我就一屁股坐下，开始像模像样看书了。快放学了，书没看完，我交还老师说明天再来。他说好的。第二天课后又去，又没看完。另一位男老师看我有点不舍此书，说你带回去看吧，不要弄丢了噢。我谢过。赶快把书放入书包，兴冲冲地回家了。就这样，在这家图书馆，我看完了《艾青诗选》《青春之歌》《敌后武工队》等，都是中华人民共和国成立后出版的优秀文学作品，现在可称"十七年红色读物"。我后来知道，这家仅20平方米的图书馆，只供学校教师借阅。在那个年月，却对一个学生敞开门扉，想想不可思议。而我一直不知道的是，图书馆里这两位老师的尊姓大名。我会默默记着他们，心存感谢。

鲁家峙书屋

　　我不知鲁家峙在哪里。书友何新民先生说,他在那里有一所读书之处,名曰"鲁家峙书屋",我立马来了精神。何先生说去看看吧。这就去了,全当度夏。

　　何先生近期新出关于紫砂茶壶收藏的专著,书名叫《壶见》,我一听便喜欢。这天,何先生把几十册新书装上车,说把它放到书屋去,供"亲民共享学社"的书友们阅读共享。作为这个读书会的创始人,何先生为书友们精心打造了一个理想的读书胜地。

　　车出上海,一路朝南,进入浙江海盐,进入跨海大桥,进入舟山群岛,历时近5个小时。忽然一拐弯,就驰过沈家门的鲁家峙大桥。方向感很差如我,大半天才缓过神来,这里是一个岛哎!

　　是的,这确实是一个岛,一个美丽的小岛。它在舟山群岛的最东端,与百年渔港沈家门隔海相望。除了大桥,还有隧道,可以通往沈家门。中间,隔了一条沈家门海峡。夏季正是休渔期,这条狭长的海峡,正停满了大大小小的渔船,整齐亮眼,蔚为壮观。当然,还可把它看作一个避风港,一旦海上台风骤起,这里就是渔船避险的天然良港。犹记20世纪80年代初,曾有普陀山之旅,就在沈家门落的脚,印象中就是一个破旧的小渔村,如今已是繁华的世界级海鲜交易城。鲁家峙与沈家门,打个形象比喻,如同上海的浦东与黄浦江对岸的浦西,当然有面积大小的不同,鲁家峙比浦东小很多。但小有小的优势,它很安静,适宜人居。

　　这就说到鲁家峙的历史。如果说,沈家门历来以海鲜交易为主,那鲁家峙就是加工基地,把鲜货制成干货,销往国内外。这里曾有颇具规模的海鲜加工场等。鲁家峙有一个景点叫肚脐山,山上有一座西式风格的圆塔,塔上有一盏灯。每到夜幕降临,灯塔就熠熠放光,给来往的船只照亮航程。白天登塔,可以一览沈家门海峡

肚脐山上的圆塔

的两岸风光。山不在高,有塔则灵噢!

"鲁家峙书屋"建在岛上的欧式小区内,一幢精致的两层小别墅,分书房阅览与起居休息两个功能区。在这里,我开始了为期一周的避暑游学生活。也就是说,白天外出旅游,晚上阅读学习。做到劳逸结合,身心两舒。

从鲁家峙过人行隧道,花10来分钟就到沈家门,搭乘公交可以到达舟山本岛的任何一处。于是,我来到舟山市政府所在地临城新区,这里的高楼大厦与大城市相比,毫不逊色。新建的"舟山博物馆"造型新颖,我仔细地盘桓半日,一个个展馆看下来,真是一饱眼福,关于舟山群岛的历史沿革,关于鸦片战争中舟山军民的英勇抗敌,关于海岛的特色与观景,我仿佛上了一堂岛屿文化的专题课。下午回到沈家门,时间宽裕,就在老街闲走,误打误撞看到"普陀博物馆",原来这是舟山市普陀区的一个区级展览馆,坐落在城区中的一座百年大宅内。上下两层的展室,却很有海岛民俗特色,尤其是渔民们的海上作业工具,以及日常家用器物,别有风致。它是舟山博物馆的一个有益补充,从更细微之处,让人感受岛屿文化的韵味。

那天,我乘车到定海区,因为这是一座古城,是舟山市的老城区。在"定海名人馆",我一一详观了图片和实物相组合的展区,从古至今,这里涌现出各类英杰百多位。近代有商界巨擘朱葆三、刘鸿生、董浩云等,在文化界名人介绍中,我看到了忘年交金性尧的名字,他是定海籍文史大家。出了馆,在工作人员的指点下,我来到位于人民北路181弄2号"金性尧故居"瞻仰,这是一座清末建筑,人称"金家大院",虽未及修葺,颓成危房,但可想象,金老年轻时在这里用功读书的身影。

朱家尖是舟山群岛中的一个大岛,国家级风景名胜区。从沈家门到朱家尖,已有跨海大桥连通,舟山市的机场就建在朱家尖。岛上除了观音圣坛、佛学院等,我更向往的是海边景观。那就去了东沙和南沙景区,又去了大小乌石塘。我与老伴舍去一切交通工具,背着双肩包,徒步行走在沿海山路上,居高临下,一路观景,真是难得的享受。一天下来,我们手机"健步运动"显示,都是超过3万步,什么概念?应该走了10多公里的路程。"朋友圈"的朋友好奇地问:"你在环游上海呀?"我答:"在舟山群岛狂走啊",回复说:"好厉害!"

游学嘛,说了那么多的游,学也在其间了,正如古人所言:"行万里路,读万卷书"。当然,每天晚上在凉风下,是安静学习的好时光。"鲁家峙书屋"拥有万册藏书,文史哲俱备,书屋主人前时正好有一批文学书从上海运来,我就顺手一边阅读,一边发挥我的特长,帮着归归类,整理上架。如此,读了不少书。有的书,与白天的游历所见还能挂上钩,从书本上找到解疑释惑的文字,让阅读与行走相融合,让人生在游学中不断充实和丰富。

我想,相比旅行,游学更自由舒适,更具文化魄力。

书与书

　　按《辞海》的权威解释,"书"字主要有两层含义,一是装订成册的书籍,二是书写或书体,也就是书法。所以,我心目中的书与书,就是书籍与书法。这是与我形影相随、爱之弥深的两个不同维度的兴趣爱好。

　　年届六十挂零,有文友相询,退休生活如何安排? 我不假思索地回答六个字:看看书,写写字。这就是书与书,看似简单,却如同我大半辈子的"情人",我为之神魂颠倒,神经分分,为之寝食不安,在所不惜。

　　先说书籍。我 1966 年开始上小学一年级,到 1976 年中学毕业。这是一个人求知欲最强的 10 年,却碰巧撞上了"文革"运动,可谓"生不逢时"。那是一个书荒的年代,一个没有书读的年代。《红楼梦》等四大古籍经典,成了封建主义的"余孽",《简·爱》等外国文学名著,被指为资产阶级的"砒霜",就是当代优秀作品《青春之歌》,也批成了修正主义的"毒草"。这"封资修"的东西,都扫进了历史"垃圾箱",是万万不能让学生们阅读的。除了学校的教科书,书店里只有"红宝书"。

　　那时我读四年制的中学,学校已无正常的教育秩序,倒是三日两头组织学生去学工学农。记得有一次,到上海县的一个生产大队,参加"三夏"劳动锻炼。队里有一个男"知青",工余时与我很谈得拢,邀我晚上去他的宿舍坐坐。我就去坐了,进门一眼看到的是他凌乱的床头,却散放着几本 50 年代《萌芽》杂志,我两眼放光,好生羡慕啊! 当时,真有"私心一闪念"的感觉,很想偷几本回去看看。可是,终因年小胆怯而作罢。后来 80 年代《萌芽》复刊,我一期期读啊读,读成了《萌芽》的诗歌作者。我想,这与我当年觊觎《萌芽》,想做一名"窃书不能算偷"的"孔乙己"式小贼,有着隐隐的关联。当年,从同学的家里,他们的哥哥姐姐看过的书中,借到了现在称之为"十七年红色读物"的那些小说,如《红日》《铁道游击队》《野火春风斗古城》等。那也是偷偷摸摸才看完的。那时的阅读真叫快速啊,是真正的囫囵吞枣般"闪读",一晚上可看完一部长篇小说。好好的视力,很快跌进三百度。

"文革"后期,学校图书馆可借到浩然写的《金光大道》《艳阳天》,也是一口气读完"厚砖"般的一本书,还欲罢不能。虽然他写的是农村题材,却有很强的故事性,纯正的京派语言,饶有风趣。以及他在《少年报》副刊上发表的不少儿童短篇小说,也是充满童心童趣。浩然是第一个给我留下深刻印象的当代作家。

不久,新华书店可以买到上海出的《朝霞》文学月刊了,我是见一本买一本,里面有不少诗歌,当作自己初学写作的范本。后来我参加宝钢工程建设,遇到工人诗人毛炳甫,他说他就是"四人帮"时期,在"帮刊"《朝霞》工作的诗歌编辑。"四人帮"倒台后,编辑部"一锅端",全部停职审查。毛炳甫是从小失去双亲的孤儿,是苦大仇深、根正苗壮的工人作家,历史不仅清白,而且有着"老党员"的红色履历。如此,他很快就恢复自由,落实工作,被派往兴建中的宝钢工地,创办《宝钢战报》。不久,我们成了编辑与作者关系,他又一步步领我走进了文学的殿堂。

《钢笔正楷字帖》封面

当然,"文革"后拨乱反正,我清醒意识到,我吃的第一口文学之"奶",是浩然的小说,是《朝霞》的诗歌。我以后花更多时间和精力,来努力反思及纠偏,走出那层阴影的束缚。时下,好书真多,我得多花时间多阅读,这叫"先天不足后天补"。我后来痴迷于淘书 30 年,也算"恶补"吧。

有人说,上帝关闭一扇门,便会开启一扇窗。在无书可读的年代,书法这一活计,竟先于书籍而投入我的怀抱。学校课堂上乱作一团,老师无奈地兀立讲坛,课也讲不下去。我却找来一本《钢笔正楷字帖》,天天照着临写。又买来黄若舟先生的《汉字快写法》,"照着葫芦画瓢"。字渐渐写得像模像样了,还帮着学校出黑板报哪。

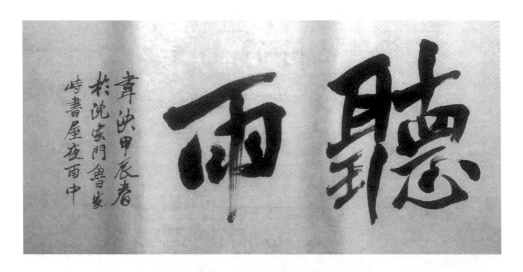

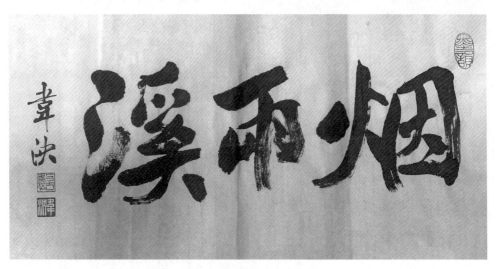

韦泱书法《听雨》、《烟雨溪》

记得,有过一次与著名书法家任政先生失之交臂的经历。

那是 20 世纪 70 年代中期,任政先生经常应邀到学校去讲授书法,我听过他两次课,一次在徐汇区的一所老牌中学,一次在天钥桥路上的区教师红专学院(后改为教师进修学院)。任先生课中讲到:毛笔写字,笔画要圆润,比如一点,要写得像"蒜头"那样饱满。他的课十分形象,我听得津津有味。

第二天,我对学校一位女教师说起,任先生的课上得如何好,女教师满脸兴奋地说:"侬介喜欢书法,我明早带侬去任政屋里厢,我跟他的女儿是师院同学,很要好的。"这一句话,让我心花怒放。这一晚上,我翻来覆去无法入眠。第二天,早早取出自己的练字习作,跟女老师去成都路拜访书法家了。可惜的是,任先生家"铁将军把门"。因为,那时没有如今普及的通讯工具,无法提前告知对方。我想,此事任先生与他的女儿应该一点也不知道吧。之后,我也不好意思再麻烦这位女教师了。但任先生的书法,确实给初学者如我,上了入门的启蒙一课。

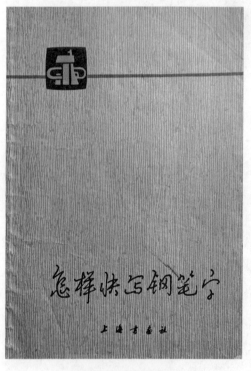

《怎样快写钢笔字》封面

同时,我一个人单枪匹马去闯荡福州路,在旧书店里淘到几本书法旧帖,回家开始临写欧阳询的《九成宫醴泉铭》、诸遂良的《阴符经》等。中学毕业后住读电力技校。晚上无事,就到教室里练练字,有同学好奇,取出折扇,我心领神会,提笔挥洒一番,扇面上就有了我龙飞凤舞的书法,着实"臭美"一番。以后在简陋的工棚、在共青团、局办秘书、杂志编辑和银行文职等岗位,书法就须臾不曾离我而去,一直成为我头等业余爱好,为我消弭了不少烦恼,给我创造了许多宁静的休闲时光,愉悦的精神享受。让书法这一中国古老艺术,伴我终老且老有所乐吧。

从写诗到收藏诗集

常言说，人无嗜好不可交。一个人有点个人爱好，包括各种收藏，可享用一辈子。对我而言，说爱好，无非就是看看书，涂鸦诗文。而后衍生出淘淘文学旧书，尤其是早年的新诗集，也是人生一乐。有人称我诗人或藏书家，我从不予认可。我只自称为爱诗家或爱书家。应了苏轼的那句"胸有诗书气自华"呢！

从写诗到阅读新诗集

1972 年我进入吴泾中学，"文革"中没有正常的教学秩序，但学校有个音乐教师陈大鹏，组织了一个学生写作兴趣小组，我就开始参加小组文学活动，包括请来附近吴泾焦化厂的工人诗人洪善鼎等，来校给我们讲课。读中学三年级时（当时不分初高中，是四年制中学），我开始学写诗歌，主要是配合学校赛诗会之用，大多是四句形式的民歌体，当年也是较为流行的一种诗歌形式。我可能写过诸如"东风浩荡红旗扬"之类的诗吧，具体已无印象。还从新华书店买来《上海新民歌》活页专辑和《朝霞》月刊，作为自己诗歌写作的范本。很快进入 1976 年，"文革"结束。此时我中学毕业，延至第二年进入上海电力建设局技工学校读两年制的电力专业，就顾不上文学爱好了。技校毕业赴上海宝钢，参加正在兴建中的宝钢电站建设。每天系上安全带，戴上安全帽，爬上 80 多米高的钢结构上的作业面，从事钢梁的对接安装。

有人说"无聊才写诗"。白天的工作异常辛苦。到了晚上，看到别人在宿舍里就是抽烟喝酒打牌闲聊，我觉无聊，就看看书，就重拾写诗的爱好。看到《宝钢战报》

有个副刊《吴淞口》，编辑叫毛炳甫，就冒昧将自己的诗歌习作寄去。不久，我的诗《吴淞口畔》《F型码头》登上了副刊版面。以后，我常常寄诗，常常发表。我与毛炳甫，就成了作者与编辑的关系。一天，毛炳甫找到工地，把一张"通知单"送到我手中，这是上海市作家协会办的"诗歌沙龙"，用了一个当时非常时髦的名称。这是一个系列活动，一周一次还是两周一次，我已记不得了。反正是晚上，在上海市作家协会的驻地巨鹿路上。到了这一天，我一下班就换下工装，穿得干净整洁，像朝圣一样，换乘几部公交车赶往市区，去参加"诗歌沙龙"。

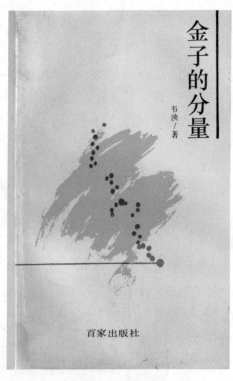

《金子的分量》封面

写诗改变了我的命运，很快脱离每天劳作的"苦海"，调到公司团委担任专职团干部。过了10余年，毛炳甫对我说，已写了不少，准备出个诗歌集子吧，以后申请加入市作家协会是必需的条件。他请老友时任市作协诗歌委员会主任的冰夫先生，为我的诗集作序，题目是《闪烁其金 厚重其情—序韦泱〈金子的分量〉》。此文由诗人季振邦刊登在他主编的《解放日报》副刊上。诗集于1994年3月由百家出版社出版。印数1 500册，28年过去，现在要找一册大概不容易了。

因爱诗，就去买诗集来阅读。那时，新华书店独此一家，是全国最大的图书连锁店。我买来《朝霞》《上海新民歌》，以及一些工农兵诗集，都如获至宝，并存放到了今天。现在看来，这些诗歌书刊虽无艺术性可言，却是难得的诗歌史料，留有鲜明的时代烙印。

搜集新诗集其乐无穷

爱乌及屋，因为爱诗，就要买诗集，还要买珍贵的诗集。这样，就去旧书店淘来。因此，从20世纪80年代后期到新世纪，我成了上海文庙和各家旧书店的常客。淘旧书 30 余年,总有几千册之多,其中大多为文学书,而诗集占的比例是最大的,有上千册吧。有人说,喜欢收藏宝物,总要有"镇斋之宝",可我实在拿不出像样的藏品。因为,我的理念是,淘书不为藏,更不是投资,只是淘以为用。一般的情况,总是觉得此书对我写作有用,就会把它淘回家。就是在这种想法的驱动下,我收藏到一些自感较好的诗集。机缘巧合,中国新诗史上前三种诗集,都先后收入囊中。

先说胡适的《尝试集》,1917 年 2 月,胡适在《新青年》第二卷第六号刊出《白话诗八首》,标志着中国新诗的开始之旅。1920 年 3 月,胡适的《尝试集》作为中国的第一部新诗集,由亚东图书馆初版,当年 9 月作了小改后印了第二版。1922 年 10 月,胡适对诗集作了较大增删,出了增订四版。以后,就以这个版本一印再印,到 1933 年已印至 14 版,可见此书受读者之欢迎,影响之巨大。我手头的《尝试集》,已是出版于 1927 年 10 月的第九版,既使这个版本现在也弥作珍贵。

记得那一年,我与同事到广州出差,闲时两人就外出逛逛,我建议去古玩市场转转,就一起去了。在一个小摊位的橱窗里,我一眼看到一本灰脱脱的旧书,定睛细看,咦,是胡适的《尝

《尝试集》封面

试集》啊。我心跳立马加快。我强抑住内心的冲动,低声询价,店主说 400 元。那时可是天价呀,是我半个月的工资。我摇摇头,故意冷淡。看同事心不在焉的样子,我知道他有洁癖,不喜欢旧书之类的脏东西。我们就回宾馆休息。可是我的头脑中,《尝试集》却挥之不去。不多久,我一人悄悄去了这个旧书店,再询价,对方坚持原价,谈判无果,我只得投降,乖乖地银货两讫。

再说郭沫若的《女神》。在中国新诗发轫时期,郭沫若是无法绕过的一座"大山"。他的新诗一出现,让所有关心诗坛的人感到震惊与欣喜,连胡适也不得不承

认："他的新诗颇有才气。"说郭沫若的诗，不能不说《女神》，这是出版于 1921 年 8 月的郭氏第一本诗集。这就说到我的书友陈克希兄，他是福州路上海旧书店的老法师，熟悉民国旧书旧刊。他年逾七十，眼睛欠佳，把手边的旧书，送人的送人，拍卖的拍卖。我曾在电视专访节目中，看到他在显摆藏品，其中就有《尝试集》。知他开始散书，我随口询问："《尝试集》还在吧？"他听后说："在的，你要给你。"这样的爽气，让我受宠若惊，真不愧为 30 年亦师亦兄的书友。此书虽是 1923 年的第四版，但也难得一见。我当然也不能白要这本诗集，用微信转上我的一点心意，聊表谢忱。

《三叶集》封面

再说说俞平伯的《忆》。在北京看望袁鹰老师时，他知我喜欢淘书，又喜欢写写关于诗的书话文章，说快搬家了，正在处理旧书。就把一些我可用的书送我，其中就有这本初版的《忆》。我过去一直不知俞平伯是一位诗人，也不知他出版过诗集，只知道他是受到批判的"红学家"。后来知道，他是中国新诗史上第一种诗歌刊物《诗》月刊的创办人之一，又知道他不止出版过一种诗集，之前结集的还有《冬夜》《西还》。虽然听说《冬夜》影响最大，是继《尝试集》《女神》之后中国出版的第三部个人新诗集，但我无缘一睹它的芳容。所幸的是，我却得到了这册我异常欢喜的《忆》。此书小小的 64 开、古籍式的线装本，由朴社初版于民国十四年（1925 年）十二月。全书以小楷行书影印在考究的白绵纸上。前有作者《自叙》，有莹环的《题词》，后面刊诗 36 首，均无标题，从"第一"至"第三十六"。而"第三十六"首，是作者作为《忆》的跋尾放在最后的。又有《忆之附录》，是 10 首旧体诗。《忆》的最后，以朱自清（朱佩弦）的《跋》压轴。在《自叙》中俞平伯说："写定此目录既竟，谨致谢于朋友们——作画的丰子恺君，作封面画的孙春台君，作跋词的朱佩弦君。他们都爱这小玩意儿，给她糖吃,新衣服穿。彳亍于忆之路上的我,不敢轻易地把他们撇掉的。十四年国庆日记"。丰子恺配画的 18 幅彩色或黑白的插图,成了诗集的一个亮点。

淘书多年,竟积累了不少民国版新诗集,以及中华人民共和国成立后第一本《工人诗选》,上海第一种诗刊《人民诗歌》等。

因收藏诗集与老诗人交游

辛笛先生是我交往较早且多的上海老诗人。大约 20 多年前,那时辛笛先生年届 80 高龄,身体已显衰老,走路缓慢,后来腰间挂个尿袋,再后来装了心脏起搏器。如此,与他见面少了,亦不好意思多打扰他。归纳起来,话题大致有谈诗歌,谈淘书,还有就是谈他的银行经历。关于诗歌的谈话,我记得印象最深的一句是:"新诗易学难工,旧诗难学易工"。在老一辈诗人中,辛笛既写新诗,也写旧诗。晚年他更多写的是旧体诗。旧诗有几千年历史,新诗也就百年。对两者,辛笛都有创作实践与体验。他的话,语简意赅,堪称名言。淘书也是我们的一个有趣话题。我知道,早期辛笛出版过诗集《手掌集》,1949 年 1 月,出版过《夜读书记》,其中谈的多是他的买书与阅读心得,内容大多是欧美名著,也有对何其芳等诗人的评说。那时,他在银行工作之余,就去四马路(今福州路)上一些旧书店,一会儿与巴金不期而遇,一会儿与谭正璧交谈淘书心得等等。所以,辛笛知道我有淘书的爱好,每次去,他第一句话就是问我:"最近淘到什么好书吗?"我知道,虽然他年老体衰,已无力去淘旧书了,但仍要分享别人淘书的乐趣。常常与辛笛聊起他解放前的经历,这就谈到了他的银行生涯,他很少对外谈起这些鲜为人知的往事。辛笛虽是我们诗歌爱好者的老前辈,然而,他有过 8 年时间的银行工作经历。这样说来,在银行这一行当中,辛笛也是老银行,是我的前辈啊。

在相识的前辈诗人中,我心底最为钦佩的,当数北京老诗人牛汉。我是读着他的诗,渐渐走近他的。在上海在北京,曾多次与他相晤。在我印象中,牛汉的名字是与胡风、绿原、阿垅、鲁藜、孙钿、化铁等"七月派"诗人连在一起的。那年牛汉来上海南鹰饭店,出席一个诗歌研讨会。在他的房间里,我们有了第一次面对面的交谈。那年,他 80 岁。从 1940 年在《现代评坛》杂志上发表诗作《北中国歌》,他的创作生涯已走过 60 多个年头。1980 年,他复出后第一次在《诗刊》上发表《诗三首》,又先后出版诗集《温泉》《海上蝴蝶》《沉默的悬崖》等。交谈中,我特别注意到牛汉那双瘦骨嶙峋、青筋突暴的手。牛汉感慨说,几十年来,由于劳役,手心有不少硬

《人民诗歌》封面

《祖国》封面

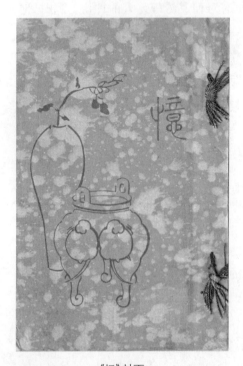

《忆》封面

《新诗话》封面

茧,手上留有深深浅浅的疤痕。这些诗,就是忍着隐隐作痛的这双手,一行一行写成的。难怪牛汉的诗里,总有渗血的痛楚。与牛汉常有书信、电话往来,每有新著,他不忘签名赠我。还赠我书法条幅,写的是"有容乃大无欲则刚"八字。

我还时常怀念老诗人臧克家,他于病榻上为我收藏的《臧克家诗选》签名;以及曾经因搜集他们的诗集,并开始交往的绿原、吕剑、屠岸、彭燕郊、蔡其矫等诗坛前辈。他们虽已谢世,却永远铭记在我的心中。

谈 艺

张嵩祖寄情刻刀

新中国第一代版画家张嵩祖先生已年届八旬。此刻,坐在他的书房内,在咖啡的缕缕清香中,听他带有广东口音的洪亮普通话,充满激情的神态,怎么也不会把他与80岁的老人关联在一起。他的爽朗精神,比他实际年龄要年轻一二十岁哪。这里有什么奥秘吗? 忽然想起版画前辈杨可扬先生,在他生前90高龄时的一次访谈中,回答我关于长寿之道提问时说:"弄木刻的人,与其他画家还不一样,是脑力劳动与体力劳动并用的一种艺术创作。"我释然了。对啊,这个问题我还用重复问张嵩祖吗?! 1955 年,20 岁的他意气风发,踌躇满志,跨进了位于浙江杭州的中央美术学院华东分院(现中国美术学院)版画系,开始正式学习版画理论与技法。60年,可谓弹指一挥间。张嵩祖如今成为上海版画界的领军人物,其间有多少版画创作的甘苦,都应验了版画前辈张漾兮先生早期对张嵩祖的一句嘱咐:"版画创作,贵在坚持。"

家学渊源得熏陶

1935 年 9 月,张嵩祖出生在广州。父亲原籍江苏泰兴,是当地的一家望族。早年父亲留学法国,学成归来后,任教广东中山大学生物系,解放后调入华东师范大学。母亲系广东人,毕业于中山大学经济系,其祖上是旅居越南的华侨。嵩祖 3 岁时,抗日战争全面爆发,在广州城即将沦陷之前的危急时刻,父母亲紧急商议,决定把小嵩祖送往位于越南西贡的外婆家,以此来暂时躲避一下战乱时局,给幼小的他有个安静的养育环境。在西贡,他进入了当地的华侨小学。父亲学的是生物,却爱好中国传统文化,唐诗宋词不离口。渊源的家学,熏陶着嵩祖幼小的心灵。尽管童年在外婆家长大,与父母亲离多聚少,但每次见面后,父亲总是给他读唐诗背古文。家里的书橱中,至今还藏有父亲留给他的一叠叠古籍善本,如《资治通鉴》《杜工部别集》等珍贵的明清刻本。

张嵩祖人生的第一课,就是学唱抗战歌曲《大刀向鬼子们的头上砍去!》。一边唱,一边思念起远在祖国广州的父母。同时,也在他幼小的心灵中,燃起了对日本侵略者的家仇国恨。一次,在放学回来的路上,同学们结伴而行,因为他姓张,小伙伴好奇地对他张口唱道:"张老三,我问你,你的家乡在哪里?"这一问,倒使他一时答不上来。回到家,嵩祖就赶紧问外婆,外婆答道:"你的家乡在唐山哪!"他不知唐山在何处,他迷迷惑惑不知何意。其实,唐山在外婆的眼里,可不是东北的唐山市,那指的是"大唐江山"的意思啊,是老一辈的华侨对祖国的尊称。

课堂上的抗战歌声,有力、豪迈而抒情的旋律,播进了嵩祖幼小的心田。可以说,这也是他接受艺术教育的最早启蒙。

1946年,外婆高兴地对小嵩祖说:"好咧,要送你回唐山喽。"这样,在阔别了9年后,他又回到了祖国,回到了父母身边。他进了在广州的国立中山大学附小,继续读完小学最后一年的课程。然后顺利考入省立广雅中学。1949年10月,广州解放。解放军进驻这所中学,部队文工团带来了一台文艺演出,在演唱《黄河大合唱》中的对唱歌曲时,张嵩祖才知道,"张老三,我问你你的家乡在哪里?"的曲调,就出自冼星海的这部著名作品中。熟悉的对唱,引发了他对童年的回忆,对人民军队的向往。正巧部队在学校开展征兵活动,动员中学生积极报名参军。张嵩祖兴奋至极,高兴地报考了广东军政大学(简称"军大"),一所人民子弟兵的高等军事院校。那年,他穿上崭新军装,正好15岁。

在"军大"里,行军操练、射击掷弹,每天跌打爬滚苦练杀敌本领。他还积极参加学校组织的各种文艺活动,成了会唱能弹的文艺骨干。很快,"军大"毕业,张嵩祖和几个具有文艺特长的同学,被作为舞蹈演员首先选入中国人民解放军第十五兵团所属文工团。从此,他成为一名光荣的解放军文艺战士。不久,朝鲜战争爆发,党中央一声令下"抗美援朝,保家卫国",张嵩祖"雄纠纠,气昂昂,跨过鸭绿江",随大部队编入中国人民志愿军文工团行列。他入朝参战,深入坑道第一线,冒着枪林弹雨的危险,为战士们表演歌舞,激励士气。之后,他还参加了开城和平停战后的遣返战俘等工作。

在文工团的几年中,有专业老师的悉心指导,有不间断的艺术实践,张嵩祖的艺术才干得到全面提高,除跳舞外,钢琴、手风琴演奏、文艺节目编导,他样样拿得起,事事干得好,受到部队首长和战士们的夸奖,他的舞蹈表演还荣立了三等功。

对此,他并不满足。他羡慕文工团里专事美术工作的战友,看他们在硝烟纷飞的战场上,只需刷刷几笔速写,就把志愿军的身姿给鲜活地表现出来了。他们的木刻刀像有魔力一样,几下子就刻出了棱角分明的战士形象。这些生动的美术作品,真实地记录了志愿军艰苦卓绝的战斗生活。在激发嵩祖爱国热情的同时,也在他的心底萌发了学习绘画的强烈愿望。他的内心多么渴望美术,亲近美术啊!

名师高徒一脉连

1955年,对张嵩祖来说,是难以忘怀的一年。这一年,他从部队复员了。此刻,他想到了文工团中几个搞木刻的战友,那些黑白画面像刀刻一样,深深印入了他的脑际。最终,他决定报考中央美术学院华东分院刚刚成立的版画系。花了两个多月进行突击备考,他如愿以偿。这是他人生的重大转折,也是他踏上梦寐以求的美术之旅开端。

更使他感到幸运的是,在美院版画系,他首先遇上了我国著名版画家、版画系创办人兼第一任系主任张漾兮先生。张漾兮早于20世纪30年代,在鲁迅倡导的新兴版画运动感召下,从事艰苦的版画创作。1954年,他创办了美院版画系,张嵩祖成了他带的第一届版画系本科生。在学院里,张嵩祖除了学业有成,还收获了爱情,小他两届的版画系本科生贾夏荔与他情投意合,结为伉俪。谈起妻子,张嵩祖是一脸愧疚。他说这辈子欠妻子的太多了,来生都还不了。版画科班出身的贾夏荔,本来可以有自己的创作天地。可是,为了丈夫的事业,她甘愿相夫教子做绿叶。她对版画的热爱,全部倾注在对张嵩祖创作的评论上,可以说,她是他的第一位读者,她以专业的眼光,评点总是那么到位,使张嵩祖获益无尽。厚厚的《张嵩祖版画选集》,有她的一半功劳啊!张嵩祖记得,那天,他俩双双向张漾兮老师道别。老师对他们的结合,很是赞赏,还高兴地问起张嵩祖毕业后去山东艺专任教情况,并语重心长地说:"教学与创作都重要,如把每个星期天都利用上,一年刻出两张作品的话,十年也有二十张啊。"临别,老师嘱咐他说:"版画创作,贵在坚持。"这句话,张嵩祖一直记到现在。1957年,著名版画家赵延年从上海调入杭州美术学院,接带版画系学生。他曾加入中华全国木刻界抗敌协会,是我国美术界以版画形式诠释鲁迅作品的第一人。在赵延年生前,我每年去杭州看望,深敬他的为人艺品。几年前,在上海图书馆《张嵩祖版画展》的大厅里,我第一次见到张嵩祖,交谈中得知他是赵延年学生,有了更多谈兴。他欣然说:"早年在赵延年老师的严格要求下,创作版画才不敢有丝毫马虎。学生在创作一幅正式作品前,必须根据生活素材的积累,先画出多种设计草图,他根据草图的构思,一张张进行讲解指导。如果谁草图画少了,而滔滔不绝谈不着边际的想法,就会受到他的批评。有时在众多草图中他发现一张生动的画面,会欣喜地大加赞赏,说'这比用多少话来解释都能说明问题'。"赵老师不尚空谈,注重实效。1960年,当张嵩祖创作出《通向幸福》的木刻组画时,深得老师称赞,师生俩高兴地在此作品前合影留念。此后,无论到哪里,张嵩祖都记住老师的教诲:一是从生活中积累充分的创作素材;二是不厌其烦地构画大量的草图;三是反复比较,选优重组;四是在重组中提升作品造型与意境。赵延年几十年积累下的木刻创作经验,深深融入张嵩祖的实践之中。老师的精神与艺品,堪称学生的楷模。在市场经济大潮下,版画创作一度受商业化影响,尤其是在国画、油画市场价值突起时,影响了版画家的创作心态。传说赵老师的个别学生走商品画之路时,赵延年会很着急很生气,他说:"要我画些符合某些人口味的东西,这事我绝对不会做的,虽然时下版画创作处于低谷,但更需要我们沉下心来,努力创作出更好地反映时代的好作品。"虽然事后证实只是一种误传,却也说明赵延年对版画弟子的关心与爱护。

几年前,上海刘海粟美术馆举办《相约五十年——版画四人展》。这四人就是赵延年的高徒陆放、俞启慧、张嵩祖、陈聿强。画册的首页,就是赵延年与这四位学生的合影,他们都是在赵老师当年任教学院版画系时,亲手带的学生,且都是"鲁迅版画奖"获得者。据赵老的女儿赵巧介绍,她爸爸在医院弥留之际,仍要家人把合影拿给他看看,并露出欣慰的笑容。

说起这些,张嵩祖的声音哽咽了,说不下去。师情重如山。这样德艺双馨的版画前辈,这样育才有方的画坛严师,已日渐稀少,难以复见。张嵩祖记得赵老师对他语重心长地说:"你是学院出来的,更要坚持下去。"意为经过严格、科学训练出来的科班出身,决不能半途而废。赵延年的"坚持下去",与张漾兮的"版画创作,贵在坚持",一脉相承的教诲,体现出两位导师对他的殷殷厚望。

守正出新蕴深意

进入美院的第二年,张嵩祖创作出第一幅木刻作品《牧归》,虽尚显稚嫩,但不乏浓郁的生活气息与活力,此作品很快发表在校刊上。他再接再厉,1957年完成了《江边牧景》,刊登于《漓江月刊》的封面。越两年,他的版画《英雄玉门人》,荣获上海青年美术作品展二等奖。1960年,他以优异的毕业作品《拖拉机手》和《夜》等木刻组画,顺利跨出学院大门。

这五年的学院生活,他打实了版画理论基础,创作上也小有成就。对一个版画学子来说,这已很不错了,也引得同学们钦佩的目光。但他总觉得不满意。在那个年代,文艺从属于政治没得商量。纵有种种想法,凭一己之力,是难以改变现状,实现艺术突破的抱负的。直到"文革"结束,改革开放的春风吹进了美术界,才给了张嵩祖艺术追求与创新的可能。一个久久盘旋在他头脑中的主题,一个充满艺术气息的人物,在他头脑中渐渐成熟。1978年,他完成了第一幅木刻人物肖像作品《人民音乐家冼星海》。他是在抗战中听《黄河大合唱》长大的,进而成为革命队伍中的一兵。他对冼星海一直怀有崇敬之情。他觉得,艺术的生命来自生活,来自生命的体验,来自人性的深处。画面上的冼星海,炯炯有神的两眼,却是饱含忧虑、疑惑与沉思。背景是狂风暴雨的大海,波涛汹涌的大海。在风雨飘摇的年月,冼星海思考着人民的命运,祖国的前途。一个忧国忧民的音乐家形象鲜明而深刻。这幅作品参加了第六届全国版画展,又入选上海人民美术出版社出版的《中国新兴版画五十年选集》。这就说到了上海版画前辈杨可扬先生。杨老是当年出版《中国新兴版画五十年选集》的主持者与编委,作品全部选定付印后,杨老对张嵩祖只说了一句很朴实的话:"你的人物肖像,可以搞下去。"这简单的话,就是对他肖像木刻作品最大的肯定啊。以后,他继续刻了不少肖像作品,很想请杨老来看看,给予指点。想到毕竟八六高龄的老人,他不敢开这个口。可是,杨老知道后,二话不说,很快就拄着拐杖,到他的画室来了,一一仔细观看,加以点评,使他如沐春风。杨老当年担任上海版画会会长,张嵩祖是执行副会长,是杨老的得力助手。杨老曾提笔赠言:"版画生命力来自生活"。他充分理解杨老此话的寓意:这不就是要他从生活中吸取创作力量,要他坚持下去吗!

谈起木刻《宝钢焊神曾乐》创作过程时,张嵩祖不禁回忆起上海另一位版画前辈邵克萍来。20世纪70年代后期,邵老负责美协版画创作工作,带领画家深入生活,其中张嵩祖记忆犹新的是"四下宝钢"。邵老言传身教,要求大家见物又见人,要多画速写,多积累创作素材。张嵩祖每去一次宝钢,对宝钢人创业精神有了深一层的了解。尤其是参观了劳模曾乐纪念馆,感触良多。在几易画稿的基础上,最后创作出曾乐的肖像作品,并在第十四届全国版画展上获得银奖。邵老是立足现实、传统功力深厚的版画家,他一次次指导张嵩祖创作肖像版画,就是用行动支持他的创作。他曾题词给予充分肯定："坚持肖像艺术的实践,值得奋发努力一辈子。"

从早年学院的张漾兮、赵延年,到上海的杨可扬、邵克萍,这一路的薪火相传,这些版画大家给予张嵩祖最珍贵的精神财富,其实就是斩钉截铁的两个字:坚持!他就是在前辈版画家的激励下,从 1955 年跨进版画殿堂起,一直坚持了一个甲子啊!

木刻《作家巴金》

谈起作品,张嵩祖不能忘怀的是《作家巴金》木刻肖像的创作。20 世纪 50 年代初,他在朝鲜战场上第一次见到心中尊敬的巴金。他们文工团在坑道里为志愿军演出。有人告诉他,彭德怀总司令左边戴着眼镜的斯文中年人,就是作家巴金。是的,那时 50 多岁的巴金,显得多么年轻,多么风华正茂啊!"文革"结束后,直到八九十年代,巴金在电视中的形象,已完全是一个白发苍苍老人。张嵩祖每每见之,感慨万端。他想,岁月催人老,磨难更使人过早衰弱。人生有限,而带给人们的思索是无限的。画面上,白发的巴金已垂垂老矣,他在画面左角,似乎生命即将走到尽头。而右边大块黑色的空间,是代表许许多多黑发的年轻人,他们在巴金的身后,他们会像巴金那样,说真话,更真实地活着。同样,在一次文工团的老战友相聚时,大家唱起了 20 世纪 40 年代的老歌《游击队员之歌》。这是贺绿汀作曲的歌曲,那熟悉而轻快的曲调,时时回荡在他的心中。联想到"文革"中,他见到贺老受到粗暴的批斗,在上海杂技场,贺老始终不肯低下倔强的头颅。这无声的一幕,一直烙在张嵩祖心中。他为老人不屈不挠的精神所折服,他要用刻刀,表现出老人内心的坚强。在《贺绿汀》画面的上端，五条白线犹如五线谱那样有力。历史谁主宰？历史又将谱出什么旋律？这足以引起人们深深的思考。当张嵩祖把此画敬献给贺老时，他惊喜地感叹画家逼真地画出了他的神态。

之后，在版画艺术的创作之路上，他重点以木刻人物肖像作为一个切入口，大胆进行实践与探索。他创作了一系列人物肖像，如《周小燕》《孙道临》等。以及以藏书票形式创作了《王元化》《黄永玉》《王安忆》等。美术史学家黄可先生评论道："他刻作刀法沉着稳健，线条缜密，讲求塑造人物形象的完整性，有力表现人物形象不同的个性、精神和气质。"

为拓宽版画创作的品种，除传统木刻版画外，他努力探索一种叫作纸版画的创新。他用多种不同质地的纸张，通过搓、揉、捏、撕、刻、剪、刮、烧等各种手段，以改变纸张的原貌，形成多种具有视觉效果的拼贴组合，使版画苑圃里多了一种丰富而新鲜的奇葩。他创作的纸版画《江南水乡老桥系列》，就是这一创新成果的结晶。他创作的大型纸版《长城随想系列》，用纸的自然纹理和印痕，来表现长城墙体及蔓草枯藤的质感。他时任华师大艺术教育系主任，结合教学改革，在课堂上传授这一创作技法。一次，正巧赵延年到上海，提出要看看张嵩祖的近作。他担心纸版画的创新，会否受到老师的批评，心中忐忑不安。没想到，赵老师对纸版画表现出极大兴趣，给予了许多鼓励，临走时对他说："人会老，版画艺术创新是不会老的。"由此，张嵩祖心中有了底气，结合创新实践，撰写出版了《纸版画材料应用技法》一书，以普及这一新的版画形式。

张嵩祖以赵延年老师画鲁迅作品为效仿的楷模，近年来在阅读白桦先生的诗歌中，深受感染，决定用连续木刻的形式，来诠释白桦丰富的诗意。他说，当年赵老师为鲁迅作品配图刻木刻，只能靠反复阅读原著，靠自己的琢磨。而现在他为白桦诗歌配画，可以与白桦面对面沟通交流。画家与诗人的默契和互动，会更精准更细腻地表达出诗作的意境。这是版画创作的新尝试，也是诗画相融的再创造。

聚焦梅兰芳的摄影家尹福康

　　年逾 86 高龄的老摄影家尹福康，与老伴在上海沪西一隅安享晚年，十分惬意。他热情、健谈，与之相晤，甚感轻松、愉快，还觉得亲切。为什么呢？听他的口音，猜想他大概是江苏藉人，因为我母亲也有这样的口音，他说是的，我是 1927 年出生在南京哎。

南京城里的照相馆学徒

　　值得福康老自豪的是，他有一个艺术素养深厚的父亲，并且是他走上摄影之路的引路人。父亲尹钱庵，当年是南京城颇负盛名的金石篆刻家。1932 年，父亲以他的一技之长，在南京瞻园路开设一家"松月轩"刻印社，专营金石印章及字画。那时南京名人雅士咸集，包括国民政府的不少文职人员、文化界的知名人士，都找他刻印章。20 世纪 30 年代，父亲还曾带领弟子，专门为中山陵无梁殿刻过不少石碑呢！在这样一个充满艺术气氛的家庭中，尹福康自小耳濡目染，潜移默化受到艺术熏陶。他记得父亲操刀累了，就练练书法，这时，幼小的福康似乎有了"用武之地"，赶紧帮着父亲磨墨、提纸。父亲看他对金石书画有兴趣，自然喜在心头。但联想到自己艰难的从艺之路，觉得专业弄金石书画，难以挑起养家糊口的重担。于是，在 1942 年福康 15 岁时，为了减轻家庭负担，父亲托友人把他送到离家不远的东牌楼口"美丰照相馆"当学徒。这家照相馆在南京名闻遐迩，如同上海的"王开照相馆"。从此，尹福康经受严格的专业训练，从最基础的照片洗印做起。当"三年老（萝）卜干饭"的学徒满师时，他已是照相馆里众多小伙伴中的佼佼者，连难度颇高的肖像摄影也能独当一面。从此，他一辈子没离开过"摄影"两字。

1949年4月,南京解放。那天,尹福康和小伙计们站在照相馆门口,喜洋洋迎接解放军进城。为了庆贺胜利,照相馆当天在玻璃橱窗上贴着一张告示,上写"欢迎人民解放军",下面还有"照相半价"四字,他们就是以这种形式,来表达欢庆解放的喜悦心情。

亦是巧事。一天,有个调往南京《新华日报》工作的师弟小吴,来到照相馆找福康,说上海来人,要报社物色推荐一个能拍照、能冲印照片的年轻人,去上海《华东画报》工作。师弟就想到了尹福康,师弟说全南京照相业再也找不出第二个像尹福康那样技术全面的照相师了,而且尹福康为人正派,不染恶习,完全符合要求。这么一说,尹福康真给说动了心,不假思索地说行啊。经过一番考试、审核,这一年,22岁的尹福康告别父母,告别家乡,从南京只身来到上海,走进了正在筹备复刊的《华东画报》社。临行之时,父亲依依不舍,给儿子刻了一方名章作为留念,边款上刻着"康儿就业沪滨,呼刀立成,以壮其行"。刻刀下,流露出慈父的殷殷之情。

《华东画报》的摄影记者

1949年,前身为《山东画报》的《华东画报》社全班人马,随军南下进入刚解放的上海,并改由上海市军管会主管。因为军管,编辑部工作人员都穿上统一的解放军军服,这种没有领章的军服,称为"干部服"。这说明,尹福康不仅走上了摄影艺术之路,亦同时走上了革命之路。在这里,他结识了姜维朴、杨可扬、黎鲁、赵延年等一批志同道合的年轻文友。

刚刚获得解放的上海,在尹福康眼里,一切都是新鲜的。他以年轻人的一腔热血,与千千万万上海人民一起,投入到建设新生活的洪流中。他整天挎着个相机,下工厂,去码头,奔农村,用自己的独特方式,记录着上海日新月异的新气象。他拍摄的《江南农民大翻身》《抗美援朝的力量不断增长》等专题摄影,在《华东画报》连载后,引起热烈反响。他还参与了《上海》《中国》等大型画册的拍摄工作。仅《江山如此多娇》的画册,在很长时间内,一直为党和国家领导人馈赠外宾的珍贵礼品。

在上海摄影界,尹福康创下了多个"第一":第一个使用"锡纸闪光灯",第一个使用彩色反转片拍摄照片;第一个拍摄人体模特儿照片。

当时,军管会从美国新闻处接收到这种"锡纸闪光灯",大家都不敢用,尹福康偏要试试。在一次拍摄中,不小心炸伤了手。几经摸索,他终于驾驭了这种舶来技术。当时上海的报社、杂志社的记者中,还没有人会用这种"锡纸闪光灯"。当然,随着摄影科技水平的快速发展,这些老掉牙的摄影设备早已进了博物馆。

1954 年,尹福康拍摄庐山风光画册时,便成为上海摄影界第一个使用彩色反转片的摄影师。那时,每逢国庆节,上海的人民广场成为"欢乐的海洋",这也是尹福康展现摄影艺术的最佳时机。他在 120 大型照相机内装上柯达彩色反转片,登上上海市工人文化宫的最高层,拍下了人民广场集会的全景,又赶紧下楼,到载歌载舞的人群中去拍近景。不知不觉,已拍完两卷胶卷,当想换第三卷胶卷时,他猛然醒悟:得省着点拍,这不是普通胶卷,是限量使用的彩色反转片,国家花巨额外汇进口,冲洗印放都不大容易呢!

尽管,刘海粟先生在解放前创办"上海美专"时,就开创了模特儿写生的先例,但中华人民共和国成立后仍没有打破意识形态中的保守思想。1953 年,上海人民美术出版社策划编印美术教科书,为给颜文梁《人体解剖学》配图,尹福唐随社领导专程到"无锡艺专"拍摄人体女模特儿。这是尹福康第一次有人体摄影的"触电"感受。当年,一切准备工作都在保密状态下悄然进行。临拍时,他也是绷紧了心,那时他还没谈过恋爱啊,从没接触过女孩。拍完后,经领导当场审核,留下需用的,余下都当着模特儿的面立马处理掉。可惜,保留下的照片与底片,"文革"中被销毁殆尽,全不见了踪影。

人美社的专职摄影师

从 1952 年起,《华东画报》就并入上海人民美术出版社(简称人美社)。尹福康随即进入该社,任专职摄影师。

几十年来,尹福康的摄影作品《烟笼峰岩》《向荒山要宝》《工人新村》等,不断刊登在《中国摄影》《大众摄影》杂志的封面上。更有《牧归》《太空曲》等入选全国影展和国际影展。《上工》获得了 1961 年全国摄影优秀作品奖,《太空曲》获得 1979 年上海市影展一等奖! 1980 年,尹福康受邀在上海人民广播电台主讲《风光摄影的奥妙》。20 世纪 90 代初,他结合自己的创作经验,撰写出版了摄影专著《自然光摄影》。早期他还拍摄出版了《豫园》《金鱼》等多种明信片、挂历。

不仅是风光摄影,在人像摄影上,尹福康也是匠心独运。1957 年 9 月,苏联芭蕾舞团来到中国,先后在上海、北京、杭州等地演出。尹福康为之拍摄了一组《芭蕾舞集锦》,记录了《天鹅舞》《唐·吉诃德》《吉赛尔》等 12 个优美画面。在那个文化生活十分贫乏的年代,不知"人体美学"一词为何物的现实社会里,尹福康的芭蕾舞摄影画面,无疑是一把开启人们爱美心灵的金钥匙。

当年,尹福康在赵家璧的亲自安排下,还先后为巴金、靳以、张充仁、丰子恺、张乐平、苏步青、赵丹等文化名人拍摄了大量优秀的人物肖像照。

1954 年,他出版了第一部摄影连环画《蜻蜓姑娘》。以后,共有《文成公主》《无事生非》等 50 多部摄影连环画问世。这些电影连环画,都成了时下众多连环画收藏者追寻的宝物。

梅兰芳大师的知音

最让尹福康难忘的是,为京剧大师梅兰芳拍摄演出剧照。

1955 年初,著名出版家赵家璧任人美社副总编辑,分管摄影。他筹划出版了一套人物画传丛书,在很短的时间内,先后推出《伏契克》《蔡元培》《王孝和》等名人画传。

梅兰芳与尹福康

1956 年 2 月,梅兰芳亲自率领剧团,到江南巡演,首站即在南京市人民会堂公演。获得这一消息,赵家璧立刻让尹福康与一位编辑赶到南京,与梅兰芳取得联系,商谈为其拍摄一本画传的事宜,即刻获得梅大师的认可与支持,令他俩心花怒放。对于南京,每条路每座戏院,尹福康是熟门熟路,再熟悉不过了。而此次奔赴南京,使命特殊,他深感肩头的分量是沉甸甸的。虽然,当时他使用的是最好的德国莱卡相机,但只有一个 50 mm 标准镜头,没有如今的长焦、变焦,以及自动测光、测距等拍摄设备,一切都得靠手动控制。胶卷是 135 低感光度的黑白负片,当时的舞台灯光也不尽如人意,加上梅兰芳的演出动感强烈,幅度较大,要抓拍精彩瞬间,难度不言而喻。然而,凭着 15 岁起练就的过硬摄影技术,尹福康在半个月时间中,每晚泡在剧场,占据第一排的一个“特权”位子,既可近距离地欣赏梅大师的精湛表演,更可方便地把梅大师千姿百态的舞台形象拍摄下来。这样,他前后为梅兰芳演出的《贵妃醉酒》《穆柯寨》等八个著名剧目,拍摄了 2 000 余张黑白照片。这样全过程的独家舞台拍摄,对京剧大师梅兰芳和摄影师尹福康来说,都是第一次,然而却是一次难得的成功合作。在南京拍摄梅兰芳剧团半个月的公演,令尹福康记忆犹新:“每逢演出时间,南京必定万人空巷,在刺骨寒风中人们排着长龙一样的队伍,购票或者等候退票。人们以一睹国粹艺术表演为荣幸。演出前半小时,剧场内已座无虚席了,人们无不以能欣赏到梅大师的表演为荣。”

那时,梅兰芳已 63 岁了,但在演《霸王别姬》中的“虞姬”出场时,全场鸦雀无声,观众的眼球被牢牢地吸引,为“虞姬”的端庄美丽所惊叹,更为梅大师的杰出表演所折服。

尹福康努力把梅兰芳在戏中的每一个眼神、每一个转身,都传神、逼真地抓拍下来。《贵妃醉酒》这出戏,尹福康拍了不下几十个镜头,其中就有 20 多张是“杨玉环”的全身照。梅兰芳舞姿翩翩,神态安然,再现了“杨玉环”既美丽妖艳,又端庄高贵的气质,充分显示出“梅派”表演艺术的神韵。在《霸王别姬》中,光“虞姬”举剑的动作,尹福康就拍摄了 30 张。在他的镜头下,梅兰芳的表演就像一幅工笔写意画,有一种难以言传的庄严和宁静。

梅兰芳的一生,演过大大小小三四百出戏,但到了晚年,剧目就相对集中了。经梅派传人的薪火相传,梅派观众所津津乐道的演出剧目,也就 10 来个,而又以“梅八出”来概括梅氏八大经典剧目。

在那段难忘的日子里,尹福康与剧团同住在南京 AB 大楼宾馆(即现在的华东饭店),进出餐厅,时与梅兰芳见面,相互微笑致意,梅兰芳不但没有名角大腕的架子,而且还常常主动询问拍摄情况,不止一次表示,如有不理想的镜头,可以在演出

尹福康先生与韦泱

结束后再补拍。全部拍摄工作完成后,尹福康提出与梅兰芳合影的要求,当即获允,说"那就到大院里照相吧。"照片上,梅兰芳身穿大衣,脖戴围巾,那满面笑容、神采奕奕的形象,一直珍藏在尹福康的心底。

后来,由于政治形势的风云变幻,"反右"运动突然降临,赵家璧被迫调离人美社,出版《梅兰芳画传》之事一搁就是几十年。但梅兰芳先生待人接物的谦和平易,给尹福康留下了深刻印象。尤其在"文革"中,红卫兵、造反派在出版大楼里闹了个天翻地覆。而存放梅兰芳剧照底片的柜子就在走廊上,每每想到梅大师的为人为戏,尹福康更是焦急万分,寝食不安。担心哪一天这些底片会遭殃。一天,趁无人之机,他悄悄地把这些底片转移到自己的办公室抽屉里,免遭灭顶之灾。之后,这些底片跟随尹福康享受"离休待遇",安然藏于家中。但他家住底楼,潮气重,亦不利于存放,每到梅雨季节,他不得不把底片拿出来吹吹清风,照照阳光。当发现有的出现霉斑时,他十分心痛,寻思着为底片找一个更好的归宿。

随着梅兰芳大剧院、梅兰芳铜像的落成,电影《梅兰芳》的热播,以及"梅兰芳故居"的修缮迎客等等一连串"梅兰芳热"的信息传来,常常触动了尹福康对梅大师的思念之情。

及至到了新世纪初,经友人的牵线,为了表达对梅大师的敬重,尹福康将躲过"文革"劫难的这批珍贵底片,无偿捐献给上海市历史博物馆,以永久保存梅派京剧的精湛艺术。2009 年 9 月,上海美术馆举办了《戏影留芳——尹福康摄梅兰芳五十年代剧照展》。同年,尹福康从馆藏底片中精选了 300 余张,由戏曲专家谢柏梁先生主编,上海古籍出版社出版了大型画册《梅韵兰芳——梅兰芳八大经典剧目写真》,了却了尹福康半个多世纪的夙愿。

尹福康曾任上海市摄影家协会副主席。他从事摄影工作已逾 70 年之久。在当今中国摄影界,无论是从影时间与拍摄资历上,几乎没有人能超过他了。他的摄影之路,聚焦了他人生的精彩历程。进入晚年,尹福康常常回忆往事。他说爱好摄影,是在老家南京开始起步的。对南京,他有着无限的眷恋之情,感恩之心。

画坛红学家戴敦邦

　　人们知道,戴敦邦先生是位画家。但是,却未必知晓,他是一位不事张扬的红学家。当然,几十年来,他画过各种题材的作品,但画得最多的是《红楼梦》,著名画家的身份,大大遮蔽了他钻研《红楼梦》的学问。

结缘"红楼"自少年

　　30多年前,画坛前辈蔡若虹先生观看戴敦邦《红楼梦》人物画后,曾撰文说:"戴敦邦是一位以认真思考来指导绘画劳作的画家"。这就概括了戴敦邦的创作精神,说明他是善于开动脑筋、懂得分析比较的学者型画家。蔡先生又谈道:"达·芬奇说过,优秀的画家应该主要描写人与他的心灵。我特别欣赏敦邦创造的柳湘莲,这个于唱戏而漂泊风尘的优伶式人物,我想象不出她到底是什么样子,可敦邦有办法,他给了柳湘莲一副男性的身材和女性的面目,还给了她一副即使在鞭打恶霸的时候,也还带有行动在舞台上的架式,真是妙极了。敦邦通过柳湘莲的肢体姿态和动作,表现了她的身世、她的职业和内心的堂奥。"如此说来,没有对《红楼梦》的深度熟悉和理解,是画不出这等绝妙效果的。

　　戴敦邦画《红楼梦》,始于1977年。那时国家外文局敦请翻译家杨宪益、戴乃迭把《红楼梦》译成英文,出版第一部由中国人翻译的外文全译本。为了使版本装帧更为优雅美观,北京外文出版社辗转找到上海画家戴敦邦,力邀他为这一译本绘制36幅插图。这是机缘巧合,也是戴敦邦的幸运。因当时大多数画家在"文革"中打入"冷宫",尚未平反。《红楼梦》英文版配上精美的插图,于1978年出版第一卷,至1980年三卷本出全,行销国内外,填补了我国现代出版史上的一项空白。

《红楼梦》插图

而真正结缘《红楼梦》，则是在 20 世纪初期。戴敦邦出身贫寒，是从镇江逃难来沪的皮匠后代，家中子女多，住在狭小的石库门旧里。这给了他熟悉市井百姓的有利条件。对于绘画，他是无师自通，从小打下扎实基础。他是从画连环画（俗称"小人书"）起步的画家，14 岁就把中国古代历史故事画成连环画，从私人出版商手中，换几个小钱以贴补家用或支付学费。如此，他对传统古典文学并不陌生。记得，读初中时，他对语文课方老师留有深刻印象，方老师不死抠课本，而是启发学生多看课外读物。有一次，方老师对学生说，中国有部伟大的小说叫《红楼梦》，很值得一读。戴敦邦就找来刚出版的启功注释《红楼梦》1953 年版本，虽读得似懂非懂，却由此结下了与《红楼梦》不解缘分。他对同学说："我喜欢画画，总有一天，我会把《红楼梦》画出来的。"少年立志，其言可嘉。

红学前辈传真经

直到多少年后，真正开始画《红楼梦》时，他感到《红楼梦》并不易画。为其配插图，不能只是原著文字的图解与附庸，而应视为一种艺术的再创造，这是每一个优秀画家应该追求的至臻境界。他给自己划出一道基本底线：忠于原著，乃至每一个细节。从那时起，一部《红楼梦》他不知阅读了多少遍，可谓手不释卷，念念在兹。他日夜都在琢磨，如何在人物的衣饰、环境、道具等描绘上，与原著更为吻合，更符合那个特定的时代特征。后人评说《红楼梦》，是我国优秀古典文学典范，是反映封建社会的百科全书。但是，原著为逃避清代的"文字狱"，明文写着此事不发生在清朝。故事背景的朝代是模糊的，作为小说，书中年号等等，均是虚构的。如以秦可卿卧室的描写为例,室内有不同朝代的物件,远至汉、唐文物,近至明、清字画。再如贾宝玉的雀金裘与挂表,以及西洋止痛膏等,又是清朝引进的"舶来品"。如果因为此书是清朝年间的出版物,就把所有背景、摆设全画成清式的,恐怕连作者曹雪芹也不会答应。戴敦邦寻思着:画《红楼梦》究竟以哪个朝代为参照物呢?

戴敦邦先生

作为中国古典名著《红楼梦》,已成为一门专业研究的显学,涌现出不少卓有成果、声名显赫的红学家。当年,在北京第一次画《红楼梦》插图期间,戴敦邦有幸结识了一大批还健在的顶级红学家,如周汝昌、吴恩裕、启功、端木蕻良、胡文彬等,他一一登门拜访,受到热诚指导。因着一部《红楼梦》,前辈红学家与他心心相印,坦诚相待,指点迷津,不乏真知灼见,使他获益匪浅。他最早拜访的是"研究红学资格最老"的文史大家阿英(钱杏邨)。1977年春,他由阿英女婿、时任《文艺报》副总编的吴泰昌陪同,走近病榻上的阿英,提出了久悬心头的疑问,病中阿英已虚弱无力、语音含浑,但却为戴敦邦解答道:"画《红楼梦》插图以明为主,不排斥其他"。不出三个月,传来阿英病逝噩耗。阿英病中艰难答问一幕,深深烙在戴敦邦的脑中,闻之他难抑感恩之情。红学家吴恩裕专门带戴敦邦到北京郊区,去探访芹圃踪迹,辨识"曹雪芹故居"之真伪,也让戴敦邦感受到老学者对红学的顶真与执著。满族出身的红学家启功,是雍正皇帝第九代孙,戴敦邦每有疑惑,总在启功处能得到满意答案。如古代一个茶壶如何倒水,再如摘下的帽子如何摆放等细节,都听启功一一道来,使他豁然开朗。那时故宫正有《雍正十二美人》画展,启功建议戴敦邦前去观摩,果然使他从这些皇家贵族为原型的清人画作中,获得不少启迪。周汝昌先生在戴敦邦眼中,是带他走进红学的"引路人"。在北京第一次配画《红楼梦》期间,周汝昌常常去看望他。一次,周汝昌踏进金碧辉煌的友谊宾馆,在戴的画室对他说:"你在这里画不好画的,应该到西郊找个破庙去住。"当初戴敦邦以为这是玩笑之言。后来想想,此言有理焉。在如此舒适的环境中,难以体味曹雪芹"满纸荒唐言,一把辛酸泪"的心境。

与上海,戴敦邦与红学家的交流就更多了。1992 年,他曾与孙逊、孙菊园、魏绍昌、吴新雷等红学家结伴访台,与台湾同行切磋红学。与国内一流红学家交往,戴敦邦如鱼得水,沉浸于《红楼梦》的精深博大之中而废寝忘食。不久,他成为我国权威的《红楼梦》学会首批会员。一位画家跻身门槛颇高的红学圣殿,这是绝无仅有的第一人。之后,他参加各种高规格的红学讨论会,如 1986 年的国际《红楼梦》研讨会等,不断拓宽了他在红学研究上的视野。他的《英文版〈红楼梦〉插图创作谈》一文,首发在 1980 年创刊不久的《红楼梦》学刊上。

细读精研笔有神

阿英生前明确指点的"以明为主"这句话,给戴敦邦吃了一颗"定心丸"。在绘画中,他把大多数场景、物事等,设计成明代式样,但在画"元春省亲"中元春的长袍,则以清初满族王室的女性装束为参照,而其头上戴的凤冠,则应是明代的遗物。此外,画"宝玉识金锁"中的宝玉和宝钗的服饰,画"黛玉进府"众多人物的衣饰,都力求忠于原著的描写。可以说,他"功夫在画外",花了大量时间研读原著,从人物到静物,都做到逼真细腻,无懈可击。任何艺术形式都有其长处和不足,《红楼梦》是语言文字的艺术,这就是它的长处。而插图是另一种表现形式,可以根据原著进行合理推测和想象,进行拾遗补缺式的形象表达,以补文字的局限。

40 年前为英文版《红楼梦》配插图,使戴敦邦赢得了画《红楼梦》的最初声誉。几年后,他画《红楼梦故事》连环画等,20 世纪 90 年代开始画全本 240 幅黑白线描《红楼梦》,再到 2000 年出版彩色国画《戴敦邦新绘全本红楼梦》,通过"画红",他一步步攀上"红学"高峰。在这部大型画册策划前,出版方明确提出,这考验出画家的三个"力",即画家精湛的绘画能力,旺盛的创作精力,还有更重要的是,对《红楼梦》

的深刻理解力。最后得出一句话结论:"能担此重任者,非敦邦莫属也。"

当年画 36 幅《红楼梦》插图,"文革"刚结束,内容上受制于"以阶级斗争为纲"的时代局限,极"左"思想的影响下,每画一图,首先考虑的是画面思想倾向。上面怎么说,画家怎么画,体现的多是长官意志。同时,也受到篇幅所限,宏大的故事背景,区区 36 幅如何表现,可见捉襟见肘,很不尽兴。到了可以画全本时,戴敦邦视为难得一展身手的机会,以了却夙愿。整个故事上至皇妃国公,下至贩夫走卒,统统画了出来。他一改画坛历来"脸谱化"的旧习,画得大俗大雅,充满人间烟火气。每一次画《红楼梦》,都是戴敦邦一遍遍精读原著,一遍遍修正着原来失之偏颇之处,更真实、完善地刻画人物,如熙凤、宝钗、袭人等,更符合作者曹氏的本意,体现出有血有肉的人物个性。甚至在细节上,也更臻完美。如画古代的门窗,他本以为有了铰链,画面更加完整了,其实是画蛇添足,多此一举。幸亏多读原作,加深领会,才避免出现这一细小错误。

他珍视自己的这些呕心沥血之作,看着日积月累的彩色画稿,他常会出现幻觉,生怕哪天会突遇火灾而使全部画稿遭灭顶之灾。为不至前功尽弃,他每晚把一卷卷画放在枕边,如此才能安然入睡。

谈起《红楼梦》,戴敦邦如数家珍、滔滔不绝,他对《红楼梦》太熟悉了,是名副其实、真才实学的红学家。只是,他把对"红学"的研究及理解,全部融入到其绘画的构图与造型、线条与色彩之中了,他是以形象的笔墨来解析他心中的《红楼梦》,让读者看到在原著文字中看不到的真实历史画面。也许,他的画名太大了,别人就忽略了他的红学家身份。他自己低调淡泊,更不会计较这个名分。其实,红学家不是自封的,是积沙成塔,由一点一滴"红学"知识积累起来的。

历来的红学家,其实也各有所长,史学家研究《红楼梦》,剖析的是从封建大家庭的盛衰,看社会的变迁,文学家是从语言文字上,来评说这部古典巨著的文学意义,甚至美食家会从珍稀菜肴上,来分析那个时代的经济状况与风土人情。而作为画家的戴敦邦,为了使自己的画笔更真切、客观地再现历史细节,潜心研读原著,包括故事情节、细微言行、家庭摆设、庭院布置、人物服饰等等。画《红楼梦》题材的作品,画坛不乏代人,早期的有改琦、费丹旭、任伯年、钱慧安等,同辈中有程十发、刘旦宅,但画得最多、最全、且最有影响的,当数戴敦邦先生。

1982 年全国召开大型《红楼梦》学术讨论会期间,正值中央电视台首度筹拍电视连续剧《红楼梦》之时,剧组获悉戴敦邦先生与会,便派出一支采访团队,连续采访戴敦邦,听取他对《红楼梦》剧组如何根据角色需求,挑选合适演员等建议和意见。关于林黛玉这个人物,戴敦邦一口气讲了八方面的相关内容,比如入选演员年龄上要小一点,容易表达原著中所描写的纯正无邪的感情;黛玉生于苏州,长在扬州,体弱多病,进贾府时像一个发育不良的小姑娘,演员就要选得稍瘦些;演员更要有内在美,要选山口百惠型的演员来演林黛玉;演员要有性格,《红楼梦》中上百个重要人物,表面上看都是"美人胚子",但都有不同的性格,在曹雪芹笔下,对宝玉、宝钗等都有较详尽的描写,唯独对黛玉的描写很少,却有着很含蓄的意境美,这要求演员十分熟悉《红楼梦》,对黛玉的命运有深切的理解,使80年代的少女美与明清时代的仕女美相互交映,能被观众所接受,为专家所认可,达到预期的艺术效果。戴敦邦意味深长地说:"林黛玉是那么美,那么具有艺术魅力,要挑选这样的演员真如大海捞针。"其他如贾宝玉、薛宝钗、史湘云等,戴敦邦都能根据原著的描写,谈出许多独到见解,供剧组参考。这一组采访稿在《大众电视》杂志上,从1983年连载到1984年,给了剧组不少有益启发和切实帮助。以后,在《红楼梦》剧组第二次拍摄连续剧时,特请戴敦邦担任人物造型总设计师。

这是画家高超技艺使然,更表现出一个红学家的扎实功底。

了却夙愿传薪火

前些年,有关邮政单位计划发行《红楼梦》特种邮票,邀请戴敦邦担纲绘制设计,他按要求如期交稿。但过了不久,对方提出一些不切实际的修改意见,有的简直是"林冠薛戴",既不符合当年的时代特征,也无美感可言。他当即提出自己的看法,不能为"博眼球"而不顾历史的真实。双方合作不甚愉快。最后对方负责人表示,戴先生是熟悉《红楼梦》的权威画家,一切照原作印梓。

从这件事可以看出,戴敦邦为此生气,并不为一己的丝毫名利。他为了维护《红楼梦》的真实性,为了维护中国古典名著的声誉,坚守了一个学者的真诚与良知。

在绘制《红楼梦》人物画的那些岁月里,戴敦邦思考、归纳、提炼、总结,用时尚的话说,是不断补"短板"。一旦有所感悟或收获,就发而为文。他先后写了不少关于《红楼梦》的艺术笔记,结集为《缘画红楼录》出版。在一篇《画人难、画女人更难、画美人尤难》文章中,他感叹:古往今来的仕女画,总有"千人一面"的弊病。《红楼梦》中描写了上百女性,虽年龄大多相仿,但性格各各不同。曹雪芹为后来的画家出了一道千古难题,也让戴敦邦费尽思量,如何在画中把人物的个性区别开来,他作了最大努力,将《红楼梦》人物画得有别于前人,有异于传统的仕女画,把小说中的人物画成活生生的凡人,不管水做的妹妹或泥捏的哥哥,都画成俗骨凡胎,画出了有自己绘画风格的"戴家样"。

2017 年上海书展上,上海书店出版社策划新版《戴敦邦圆梦红楼画汇本》,再度引起读者先睹为快的热潮。这部大型画册的出版,算是为戴敦邦画《红楼梦》画上圆满句号,可谓"尘埃落定"。

即使这样,他仍感到这是"做了吃力不讨好的事情"。感叹读了一辈子《红楼梦》,也画了一辈子《红楼梦》,越画越怕,这也许是曹雪芹不可企及的伟大之处。他说:"大半生过去,我对《红楼梦》原来还只是一知半解。"

有一种精神叫学无止境,这就是啊。

戴敦邦先生与韦泱

戴敦邦自称"民间艺人",把自己的身段放得很低,低到不易被人察觉。我觉得他还是一位"草根"学者,两者互通互动,更显示出他接地气、有活力的艺术底蕴。这就是说,他的成功,走的不是学院派路数。他是温文尔雅的谦谦君子,透着画家兼学者的高雅气质。多年来,他有一种嗜好,坚持研习昆曲,是顶级的票友。每周与一帮同好雅集,专事昆曲的唱念做打,有板有眼的唱腔,博得满堂喝彩。

因为他的真才实学,很早就从杂志社的美术编辑,调任上海交通大学人文学院教授。一个没有学历的画家,走上高等学府的人文讲坛,也是破天荒的新鲜事。这当然凭的是学问实力。他讲绘画,讲艺术,当然也讲包括《红楼梦》《水浒》等在内的中国古典文学。由于几十年研读绘制《红楼梦》等,他一眼已然失明,另一眼视力差到只有零点几了,他用上海话笑说:"眼火(助)推板了"。尽管如此,年届八旬的戴敦邦小画不能细作,就画三、五米大的巨幅《道德经》。他计划用10年时间,完成这些凝聚中华传统文化精髓的画作,留给国家,留给人类。他有一种紧迫的使命感,誓愿把前辈学者、画家传下的薪火,再传递下去,奉献自己一生的心血而无私无悔。

吴钧陶的文人字

20世纪90年代,在上海市作家协会举办的诗歌活动中,我认识了吴钧陶老师。知道他的诗好,也知道他的字好。起先,我当然看的是他写的钢笔字,笔笔遒劲,又灵动飘逸,真有力透纸背的感觉。我想,钢笔字写到这个份上,毛笔字大概也不差的吧。果然,有一次,看到他给上海市翻译家协会的题词,让我深为折服。

以后,我就较为关注吴老师的字、他的书信、他的诗文及翻译手稿,以及他的各种形态的毛笔字,过目无数。更喜欢零距离看他写字,无论钢笔还是毛笔,他一笔不苟,一气呵成,却又显得非常随意,毫不费力。

后来,我知道了他的一些情况,或是人生故事吧。因患病初中也没有毕业,在病榻上躺平六年,他戏称自己"病历比学历多",却一直坚持自学,终成奇才。他说,在学生时期,是学过毛笔字的,主要是按老师要求,临写字帖,这是学校的作业。他后来自学外语,自学文学,却没有自学书法。他想在文学创作和文学翻译上有所成就,却从没有想过要天天练字,更没有遍

《吹竽集》封面

临汉隶魏碑,想去当一名书法家。

但是,他全身心投入文学的创作与翻译,一直用笔书写,笔耕不辍,所谓奋笔直书是也。对于文人换笔之类,他从不趋附,也不亲近高科技,一生没有碰过电脑键盘。他就这样,日复一日地书写,怀着一颗虔诚的心,既有内在激情,也有超然睿智,在把诗文和译作打理得得心应手时,字也写得得心应手了。

我想,鲁迅、郭沫若、茅盾等文人,他们一手好字,也不是靠练出来的。他们笔不离手,几乎天天写字作文,日长时久中,悟出了写字的门道。而更重要的是,他们具有深厚的文化涵养,这是文人写出好字的关键所在。

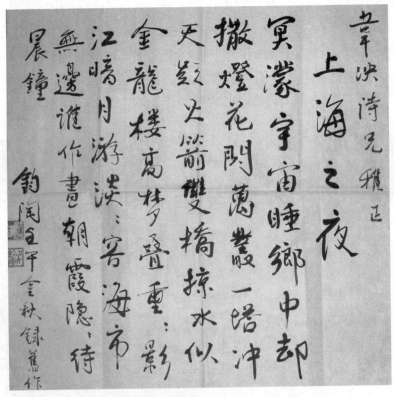

吴钧陶手迹

吴老师是诗人,旧体诗和新诗都堪称优质,翻译上的成绩更为令人瞩目。他能英译中,把西方优秀作品译介给中国读者,也能把杜甫、鲁迅的诗,译成英文出版。一部《杜甫诗新译》,一部《爱丽丝奇镜历险记》,成了一版再版的中西两种语言的名译。

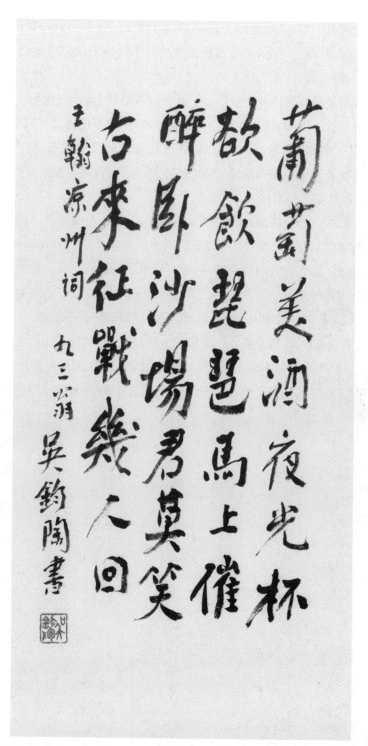

葡萄美酒夜光杯
欲饮琵琶马上催
醉卧沙场君莫笑
古来征战几人回

王翰凉州词

九三岁翁 吴钧陶书

吴钧陶书法

　　可是,他的骨子里,又是老派文人,充满着传统因子,从小识得繁体字,到老了一点也没忘却。写起毛笔字,全是古色古香的一手繁体。这完全显出了文人的本色。他的字,就是地道的文人字了。

　　所以,我很早就有这样的想法,在适当的时候,给吴老师编一本小册子,不叫书法集,而称手迹选。因为,他从来只是写他的字,我从来不把他当书法家。

　　在我眼中,写字如蜀道,欲登之难。因此我曾经仰慕书法家,觉得高不可攀。但是,时下真正让我敬佩的书法家,却少之又少。正如何满子先生曾经对我所言:"好的字,都是文人写的。"

　　从吴老师的字中,我悟出,文人写字,与书法家写字,是两码事。因为他没有想做书法家,所以他只写自己的字,写规规矩矩的正楷,一笔一划,端端正正,钢笔这样,毛笔亦如此。靠着曾经的童子功,日后写得多了,就熟能生巧,他的笔势就连贯了,就如同行书那样藕断丝连,字就有了气韵,有了灵性,也就有了生命。到了九旬之后,他的字,更是汪洋肆意,炉火纯青,也更显枯湿随性,人字俱老。

　　这次选了吴老师 95 幅字迹,从 20 世纪 40 年代后期文稿,至五、六十年代的诗稿开始,一直到 95 岁题写本册书名等,时间跨度 70 多年,大体可窥一个文人的书写情怀与功力。在《吴钧陶手迹选》刊印之际,我衷心祝贺他 95 岁生日,并且健康快乐!

冯春书画情

　　最初看到冯春老师的字画，大概有 20 余年了。那天随沪上几位翻译前辈，如钱春琦、吴钧陶、王智量、黄杲炘、张秋红等，登上天山新村五楼，进入冯春不大的两居室里，我就被他满屋挂的字画惊到了，脱口而出："没想到冯老师还有这一手。"他笑笑说："学画才一年多时间。"这可称一次小型家庭书画展，大家一一细观，感叹冯师起点甚高哎！那天，我也是第一次看到传说中的冯师母亲许素贤，老人年逾九旬，仍精神矍铄，耳目清晰，真是福相之人。常听冯师说起母亲，从小就给了他文艺的启蒙，教他诵读唐宋古诗，还时常手捧古典绣像小说，不但自己阅读，还给冯春看

冯春与夫人张蕙

《她在丛中笑》(冯春作)

书前的人物绣像，看多了冯春就找来纸笔，临摹起这些画来。这就是母亲给儿子最初的艺术细胞。那天，还见到冯春的妻子张蕙老师，她帮着在厨房张罗午餐。其实，她是俄语科班出身，任职中国大百科全书出版社，是冯春译作的第一位编辑，更是冯春书画的第一位欣赏者。

之后，与冯师有了更多接触。主要是读他的翻译作品，听他谈一些与翻译相关的往事，比如，他的翻译之路，他参与草婴主持的"上海编译所"，以及翻译外国名著如普希金的种种甘苦。但我俩从不谈字画，尽管我知道他在译笔之余，没有停歇过毛笔。每年新春来临前，我尽后学之谊，寄上一枚贺卡，聊表贺岁心情，可常常令我惊喜的是，会收到他一幅题着不少字的国画，当是书画合璧的佳作。我都藏着这些大小不一、题材各异的画，这可是冯师的一片心意哪！暇时看看，赏心悦目，神清气爽，不能不说是一种艺术享受。

他的画，大多是墨色相融的大写意，尺幅无论大小，都见水墨淋漓，或牡丹或梅花，那虬劲的树干，点缀着细密的花蕊，那茂盛的梅枝间，亭立着鸣啭小鸟，都浓淡相宜，浑然一体。是啊，一枝一叶总关情，他的笔墨中饱含对所画对象的挚爱，对笔墨所投入的无限痴情。可见，这一幅幅画，是寓意高远的典型文人画。但是，除了参加出版系统的一些展览，他自己并不怎么在意。有一次，经人介绍，他拿出 10 来幅比较满意的画作，参加一个展览，展后主办方没把画退还他，催要一二次无果，他说算了。可见冯师的和善和宽容。

他的字，隽秀中见规正，飘逸中显遒劲。隶书清挺厚实，干湿互映，行书流畅灵动，笔力内敛，均不失文人气韵。20 世纪 70 年代末，外国文学开禁，他所在的上海译文出版社率先推出世界名著新印本，第一种就是冯春执编的、李俍民所译《斯巴达克思》，写下万字《前言》，其实是一篇颇具分量

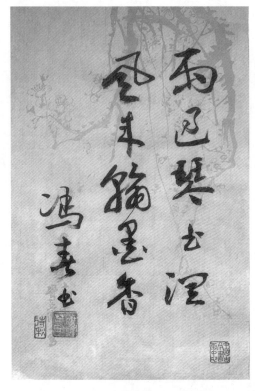

冯春书法

的学术论文。写毕后,他想到,适时幸逢文艺春天的到来,他不假思索地第一次起用笔名"冯春",后以白居易《长恨歌》中的诗句"春风桃李花开日",来表明自己愉悦的心情。此外,书封上五个字的书名,题写得舒展大气,锋芒不露,这也出自冯师手笔。他不怎么写字,但凡一出手,就不同凡响,令人刮目相看。

以后,他以冯春的笔名,译莱蒙托夫,译屠格涅夫,译的最多的是普希金。先后花了 20 多年时间,翻译出版《普希金文集》10 卷本和 12 卷本,以及近 30 余种单行本,声名远播,成为国内以一人之力,翻译普希金文学作品最多最全的译者和研究者,荣获俄罗斯政府授予的"普希金奖章"。但为人低调的他,书画的落款,常常是本名。许多人就不知道他的书画才能,也因此给朋友们带来意想不到的惊喜。我想,他的笔墨下,是难得的文人字画,如果能编成一本书画集子,让更多朋友阅读欣赏,该有多好啊!

因为,文学艺术有着特殊的规律。爱好者之众,而有成就者甚少。这不但要有天性,也要有悟性。天性即与生俱来的兴趣,有一种自然而默契的缘分。而悟性则是后来的勤奋加思考了,长期浸润于文艺氛围中,汲取中外文化的养分。况且,冯师退休后系统学过书画,他能广采博收,扬长避短,又能在实践中不断总结和提高。而天性与悟性,正是成就文人字画的重要因子,也是冯师的独特之处。所谓文心,也正是这样日积月累,一点点凝聚而成。

听黄可谈藏书票

如果说，作家叶灵凤1933年在《现代》杂志上发表的《藏书票之话》一文，是第一次向国人介绍源自西方的藏书票艺术的话，那么"新时期"初韧，上海美术史论家黄可1980年在《读书》杂志上发表的《藏书票》一文，使沉寂了近半个世纪的藏书票艺术，重新进入了我国读者视野。

与年届九旬的黄可先生聊天，总少不了藏书票的话题。在我心目中，无论从个人经历，还是在史料研究上，他都是最有资格谈论藏书票的专家。上海解放不久，黄可奉命从市委文艺工作处调到刚成立的华东美术家协会，专门从事美术史料和理论研究。他的顶头上司就是美协党组书记、著名版画家赖少其先生。朝夕相处，赖少其平易近人的工作作风，给他留下深刻印象。更因为在鲁迅先生倡导新兴木刻运动中，在版画老师李桦的带领下，赖先生1934年在广州创办"现代版画研究会"，出版《现代版画》丛刊，刊出"藏书票特辑"，还每期寄赠鲁迅先生。这些都使黄可深受感染，由此对藏书票产生了极大兴趣。他一边主编《上海美术通讯》，一边开始研究藏书票。他专程到山阴路大陆新村9号鲁迅故居，根据鲁迅日记所载："收《现代版画》(九)一本"，查阅鲁迅藏书中的《现代版画》第九集，用照相机把"藏书票专辑"中的11幅作品一一拍摄下来。黄可又到上海市作家协会资料室，查阅施蛰存先生当年主编的《现代》文学杂志，摘抄叶灵凤先生的文章《藏书票之话》。如此，他为研究藏书票作了精心准备。可是，由于历史原因，在极"左"思潮影响下，提倡和推广这种纯艺术的小型作品，还不合时宜，不到时机。

直到"文革"结束进入"新时期"，文艺拨乱反正，迎来复苏的春天。黄可心中的藏书票情结又开始萌动，他把相关史料一一找出，开始作阅读笔记。在1979年纪念鲁迅先生诞辰98周年之际，他写出了《藏书票》一文，并发表在第二年《读书》杂

《上海美术散步》封面

中国
新民主主义革命
美术活动史话

BOOK ON THE HISTORY OF CHINESE
NEW DEMOCRACY REVOLUTION FINE ARTS

黄 可 著

上 海 书 画 出 版 社

《中国新民主主义革命美术活动史话》封面

志上。读书界和美术界人士认为，这是"新时期""我国最早对藏书票作品进行艺术评论的第一篇重要文章"。一石激起千层浪，读者纷纷给《读书》编辑部写信，老读者盛赞昔日藏书票的回归，新读者认为结识了一种新的艺术样式。从此，黄可一发而不可收，利用自己手头积累的丰富资料，相继发表了《外国藏书票》《藏书票艺札》等专文。同时，他与沪上版画界老友杨可扬、邵克萍等经常交流切磋，以推动更多画家创作出读者喜闻乐见的优秀藏书票。

黄可说："藏书票就是在一市寸左右大小的木块、石块上，以方形、圆形、书卷形等各种形状的构图，刻出带有装饰趣味、包括藏书者姓名在内的各种图案，再用黑色或彩色油墨拓印在纸上，剪下来贴在书的封里，既作为书籍的一种装饰，又作为书籍收藏者的一种标记。"这是我面聆教益、最早获得的关于藏书票讲解。

1984年，在版画前辈李桦、李平凡等积极推动下，北京成立了"中国藏书票研究会"，上海黄可和版画家邵黎阳被推选为首届理事。1988年，黄可在《文汇报》刊文《独特的藏书票橱窗》，评述了上海最大的新华书店"南东书店"开设的《中国版画藏书票原作展》。他不但向读者介绍、传播藏书票知识，为方兴未艾的全民读书活动推波助澜，还积极推介评述卓有成就的创作藏书票的版画家，如杨可扬、莫测、张嵩祖、蔡兵等，使藏书票的创作与读书热潮相辅相成，互为促进。

作为资深美术史家，担任市美协理论研究室主任的黄可，其主攻方向是上海现代美术史，参与主编了沪上第一部《上海美术志》，出版了《中国新民主主义革命美术活动史话》《上海美术散步》《上海美术史札记》等，他不愧是一部上海美术历史的"活字典"。在他10多种关于美术史的专著中，他没有忘记给藏书票留一席之地。他认为，藏书票是书籍装帧艺术的组成部分，是爱书人的喜欢之物，有着"书间蝴蝶"美誉。它小而精，美而雅，既是贴在书上的读书纪念作品，又是可以收藏的艺术珍品。

如今，经过整整40年的发展，与全国一样，上海的藏书票事业渐渐步入繁荣发展期，呈现出蓬勃兴旺的良好势头，出人才出作品，展览活动一波连一波。我将这些好消息告诉年岁已大足不出户的黄老，他欣慰之至。我还告诉他，今年1月新年伊始，经上海市收藏协会批准，成立了上海藏书票专业委员会，这是沪上第一个藏书票社会团体，使爱书人和藏书票爱好者"有了自己的家"。他听后笑着说，藏书票是一朵艺术之花，在繁花盛开的百花园中，也会越开越好看！

转益多师林仲兴

　　年逾八旬的书法家林仲兴先生，回首自己的从艺之道，不胜感慨地说："学习书法的技能固然重要，但是做人的品格修行更为重要。我在与前辈老师的交往过程中，学到他们更多的是道德品质，使我一生受益无穷。"

　　俗话说，喝水不忘挖井人。林仲兴是个性情中人，他不忘师恩，不忘友情。在2010年10月，他专门举办了自己从艺60年的"感恩展"，将当年在世的老师一一请到，当面谢恩。他的这个举止，感动了无数观众。

引门蒋凤仪

　　说起蒋凤仪，林仲兴不无感情地说，这是我的第一个写字老师，是把我引进书法大门的领路人。

　　林仲兴出身贫寒。4岁就由姑母带大，寄人篱下，在姑父办的糕饼作坊做童工。拖煤球、生炉子、雪天里沿街叫卖，什么都干。看到邻家小孩背着书包上学的情景，他好生羡慕。他卖糕饼走街串巷在城隍庙一带，看到几个老先生在摆"测字摊"，不测阴阳八卦，专替别人写信写字，让林仲兴看得入神。冥冥中，他觉得自己是应该读书写字的，可他连学校的门都进不了。所幸很快上海解放了，他进了夜校文化班。国文课的老师慧眼独具，在课堂上高声表扬林仲兴，说他语文作业的字全班写得最好。这给林仲兴鼓励不小，似乎他天生就为写字而生。可惜迫于生计，读了不满4年的夜校，也不得不中辍。他没有作业的机会，无法让老师继续看到他写的字了。可他心有不甘，内心里有着强烈的愿望："我要写字"。

　　也是天意。一个偶然的机会，谈起写字，有个与林仲兴从小就在一起玩耍的

"发小",对他说认得一个写字的老先生,可以带他去看看。这就把林仲兴的心说动了,立马饭也顾不得吃完,丢下碗就拉着伙伴的手说,快走快走。那猴急的样子,由不得别人多说一句话。

原来,那位写字的老先生,就是沪上著名书法家蒋风仪先生,当年也只有50来岁。蒋先生家学渊源,父亲是晚清秀才,母亲也是大家闺秀。他幼承庭训,饱读史书,尤擅书法。是中国书法家协会会员、上海市书法家协会理事、上海市文史馆馆员,长期在上海电影制片厂担任书法工作,为电影《家》《祥林嫂》等50多部影片题写片名,又为城隍庙的豫园商场、湖心亭、松云楼等题写匾额。可是蒋风仪自己过的是清贫生活,连平日每天练字用的,也是粗糙的马粪纸,书写不易还有一股难闻的气味。他的生活状况可见一斑。其实,那时的老一辈艺术家,大都成了落难分子。

他了解了林仲兴的身世,觉得寒门子弟如此好学,实属难得。第一次见面,他就对林仲兴说:"人穷不怕,就怕志穷。只要认定自己的目标,立志把字写好,功夫才会不负有心人。要做到郑板桥的诗中所讲:咬定青山不放松。"蒋老师的一番话,给了林仲兴极大的信心。他按照老师的传授,先学邓石如的篆书字帖。经过一个阶段的练习,已有了初步的写字基础。他觉得,习字只能是一个循序渐进的过程,走不了捷径,也无法速成。有了一定篆字练习基础,再进一步深入学习,就更加扎实了。他又按蒋老师的要求,转学隶书《史晨碑》。通过临写《史晨碑》,林仲兴感到,这一路的风格,更符合自己的个性。就是这样一本普普通通的字帖,林仲兴一写就是9年,可谓"一本帖主义"。这一则说明他的专心和用功,二则说明当年生活如此窘迫,买不起更多的字帖。从小习字,林仲兴也是与众不同。在糕饼作坊里有一只长长的木板台,他白天在板上捏面团,接近傍晚后,就在上面练书法,晚上天黑夜深,放一条破被,就把这里当床铺睡觉。他戏称,这叫"一日三板"。

找寻马公愚

早在解放初期,马公愚在上海书法界就声名鹊起。林仲兴闻其名而心生仰慕。他想,如果能再有马先生这样的老师来辅导,那该有多好啊!他听说马先生家住襄阳公园附近。一有空闲,林仲兴就去那里走走,一条条大小马路兜下来,可不是无所事事瞎白相。他相信这样一句俗语,叫心诚则灵。

有一次,林仲兴走在襄阳北路上,想想已经找寻了许多天了,还是一无所获,是否马先生搬家不住这里啦。正想着，无意间他一抬头，看到前面两楼的阳台里，有一位老人站着，手里居然握着一支大大的毛笔。此刻他一阵激动，心脏"怦怦"加速跳动，这是马先生吧。他这样想着，赶紧奔到那幢楼下，大声喊着："您是马老师吗？"老人闻听后，朝他使劲地点点头，又示意他上楼坐坐。这可让林仲兴喜出望外，赶紧三步并作两步，登登登奔上了楼，他握着马老师的手，一吐为快，说自己慕名找寻马老师很长时间了，在这条路上来来回回也不下 10 多次啊。林仲兴求师心切的诚意，也让马公愚深受感动。他俩促膝而谈，林仲兴叙述自己 9 年来的习字心得和困惑，马老师静静地听着，不时发出感慨之声。显然，他被眼前这位年轻人的好学精神，以及朴实真诚的话语所感染。马公愚以一口浙江普通话对林仲兴说："今天我们两人在这里相遇，这就是一种缘分，

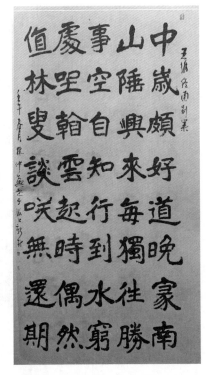

林仲兴书法

或者说是一种难得的墨缘。"说着，马公愚把林仲兴领进自己的书房，一边走一连问他学过什么字帖，林仲兴说主要是篆隶。马公愚顺手取出一本《石门颂》，一边临写一边讲解说："这是一种隶书的经典范本，临帖时要用心。因为，用笔之道，主要是在临帖实践中慢慢来感悟的，通过多看多练，才能做到心手一致。而且，写字是抒发一个人内心的情感活动，要做到心正则字正，做一个文明、高尚、有教养的人，比什么都重要。"马公愚的一番颇有哲理的话，让林仲兴茅塞顿开。

就是这样，从这第一天开始，马公愚既教林仲兴学书法，也在教学过程中贯穿着怎样做人的道理。使林仲兴如沐春风，受益匪浅。日复一日，师生之情越益深厚。相处久了，就亲热得如同一家人。林仲兴看到马老师年纪渐大，家中事杂，就经常帮着做些家务，如打扫卫生啊、整理花圃等等。勤劳刻苦中走出来的林仲兴，这些都不在话下，却赢得了马公愚的喜爱和称赞。有时，林仲兴三四天没去马家了，马公愚就会写信来问候。老人心中想念学生啊！

有一次，林仲兴在马公愚家聆听书法教诲后，聊着家常。正巧书法家任政先生来看望马公愚，他们是很多年的老朋友了。宾客莅临，大家谈得更为舒心愉快。临

《书翰拾萃》封面

别，马公愚取出两套马毫毛笔，说一套给仲兴，一套给任政先生。林仲兴深知，马毫笔可是马老师的心爱之物，把这样贵重的宝物，赠给他的老友可以理解，但林仲兴得之，他在马公愚的眼中，有着何等重要的分量啊！这是老师的一片爱生之心，对学生寄予了多么深切的厚望啊！正当他们的友情日深，林仲兴书艺渐进的时刻，"文革"爆发了。马公愚没有幸免，于1969年含冤去世。这对林仲兴是多么大的打击，可又无处申诉啊。那套马毫笔，林仲兴一直珍藏至今，睹物思人，常常想起与马老师相处的日子。直到改革开放后的新时期来临，林仲兴才能提笔，为恩师写上一篇情深意长的悼文《论马公愚先生》，发表在《书法》杂志上。文章的最后写道："先生坚贞的爱国精神和勤奋的治学态度，他所留下的书法艺术作品，越来越为广大群众所热爱。"这确是林仲兴的肺腑之言。

拜师来楚生

马公愚去世后，林仲兴好感寂寞啊。路在何方？谁来指点迷津？他的头脑中，常常这样思来想去。友人知他心里孤独苦闷，没多时，就给他介绍了一位书画篆刻大家来楚生。从1971年起，林仲兴跟来老习字。来先生看了林仲兴临的《史晨碑》及《石门颂》，对他说："从史晨到石门，已经有了一定基础。现在让你临《礼器碑》，是从以前法度严谨向逸趣横生转化后，现在再让快速的奔马收敛一下，这从收到放再到收的过程，不是重复自己，而是在进退中螺旋形上升，跃上到一个更高的艺术境界。"林仲兴顿然醒悟。此后，他就在来先生指导下，开始临写《礼器碑》。半年后，果然书艺大进。他还学来先生的做法，把古诗词作为自己书写的内容，以此提高自己的文学修养，深得来先生的赞赏。他也从中深悟，来先生对他书法辅导有着怎样的良苦用心啊!

一次,来楚生患病开刀住院。他担心,自己年老体弱,病中没有人来照料。正在愁苦中,病房的门被推进了,林仲兴大步迈进来,给来老带来一阵惊喜。此后,林仲兴像服侍父辈那样,连连陪夜,照顾病中老人。很快,来老康复出院。他对林仲兴已刮目相看,从内心建立起深厚的感情。

回到家里,来楚生在身体还很虚弱的情况下,执意为林仲兴绘制了一幅《双鸭图》,表示感激的诚意。这画,林仲兴就一直挂在家中的正墙上,时时不忘恩师的鼓励。

1973年,《人民中国》(日文版)发表了林仲兴的隶书作品,这在上海书法界中,可是难得的喜讯啊!林仲兴高兴地把刊物拿给来老先生过目,算是向老师汇报学习成绩。来老一看就喜上眉梢,学生学出成果,是做老师的最大宽慰和喜悦。来老说:"你平时用印有几种?"林仲兴一时答不上来。其实,他根本没有什么像样的印章。来老接着说:"写字用印,一般10多个是需要的。"然而,林仲兴没有想到的是,过了不长的一段时间,有一次在来老家里,听课结束准备回家时,来老取出19方印章,对他说:"这是我最近专门为你刻出的,你先用起来吧。"接过这些珍贵的印章,林仲兴的眼睛湿润了,一时喉咙像塞了棉花一样,激动得说不出话来。不善言辞的他,说不出更多感谢的话,心中只有暗暗下决心,用更勤奋更优异的成绩,来报答老师的期望。

在中国篆刻界,素有"北齐南来"之说,也就是说,北方有齐白石,南方有来楚生,印章与齐白石齐名,那是怎样的一种高水平啊!林仲兴把这19方印章看作是老师对自己的褒奖,也视为自己生命一样重要,一直要找个妥善的地方收藏保管,让更多的人可以欣赏到老一辈艺术家的珍品。

问道胡问遂

早在20世纪60年代初,上海书法篆刻会在市青年宫办过书法学习班。林仲兴闻讯前往报名,进入胡问遂先生带的书法学习班。胡先生见这位学员求知若渴,又有不错的基础,心中就把他列为自己重点培养的对象,平时课上课下,都给予悉心指导。每看到他有进步,就主动肯定和表扬。有不足的地方,就提出来两人探讨。还不厌其烦地多次推荐他的书法作品给报刊发表,以及推荐他的作品入藏李白纪念馆、宁波阿育王寺等多家名胜古迹处。照理说,胡先生走的是唐楷一路,林仲兴是从篆隶入手,看上去两人分属不同的流派,对书法艺术的观点也不尽相同。但是,这一点也无妨他们的相互交流和师生情谊。

林仲兴每次举办个人书法展,胡先生无论有多忙,无论身在何处,总是排出时间出席,到场祝贺,这是对弟子最大的鼓励。在林仲兴举办从艺 40 周年的汇报展前夕,胡先生亲笔撰文,为他的书法展和书法集热情写序。

一次,林仲兴在上海文史馆办个展时,胡先生不顾身患中风,坚持坐轮椅到现场,为林仲兴的展览开幕式剪彩,在场的观众无不为之动容。大家称赞说,这样好的师生关系,时下真是千金难买啊!有一次,胡先生闻悉林仲兴的展览办在外省,他也是记挂于心,虽不能至,却书写"天道酬勤"四字表示祝贺。想不到,这竟然成了胡先生的绝笔之作,令林仲兴伤感不已。

反哺见精神

当然,林仲兴结识的前辈书家还有不少,如王个簃、钱君匋、朱复戡、刘海粟、赵冷月等。当年他去拜他们为师,因为贫困,买不起任何礼品。手里提的,就是一卷书法习作,加一本字帖。为了买纸习字,林仲兴献过 10 多次血,他的妻子王荄芳,比他献血还要多。那时 100CC 的血,是几块钱的代价。就是靠着这点血汗钱,林仲兴买纸买笔,一步步跟着老师走到今天,成为著名书法家。可以说,他取得的成就,是转益多师的结果。他有"师心不师迹"一句话,不以学像他们的字为荣,而是融汇贯通,为自己所用,最终形成自己的书写风格。在学习前辈书法家的书法理念时,更注重学习他们为人处世的高尚品格。

在那次由上海市文史馆、上海市书法家协会主办,在上海图书馆举办的"求索回眸——林仲兴从艺六十周年感恩展"上,一个"谢"字,成了这次展览会的鲜明特色。在大红请帖上,他将结识并讨教过的 16 位前辈老师的肖像一一印上,以示尊敬和感恩。人知感恩,在现实社会,是最为难能可贵的品德。因为有了这些老师的帮助和提携,林仲兴才能顺利从艺 70 年,举办过 30 余次个人书法展,展览一直办到中国美术馆,其规格之高,次数之多,在上海书法界可称第一了。

林仲兴常说,这许多年,我学老先生,主要学他们的精神,传承他们优良传统。他也像当年老师们无私教他书法一样,几十年来,带教学生赶过 1 万位,不但从不收费,还常常资助他们笔纸砚墨。学习期满,还每人赠送他们一幅作品。平时教学生之前,他就先示范一遍,结束后就让学员把示范纸带回去。他从不把自己的字看作私有之物,藏着掖着,或与金钱划等号。在他的学生中,先后有10多位加入了中国书法家协会,有30多位加入了上海市书法家协会。获得各级奖项的更是不胜枚举。同时,他把自己满意的作品,捐赠各地美术馆、博物馆等。他家近七宝教寺,会经常散步过去,捋袖挥毫,帮着做些慈善公益之事。他以极大的热情,传播中国优秀的书法艺术。今年,他计划将自己100幅精品捐给闵行博物馆,并由馆方为他举办个人捐赠作品展。

七宝古镇,一方宝地。林仲兴在此已居住许多年了。他除了书法创作与教学之外,还有"水陆空"的爱好,家中养鱼养狗养鸟,过着与世无争的闲雅生活。一是继续教授学生,二是热心慈善公益,这是林仲兴晚年最乐意做的两件事。他形象地将此称之为"反哺",即把过去老先生传给他的一切,回馈给社会,回馈给民众。这是他最大的心愿,也是他对书法前辈们的最好报答。

怀旧画家张寿椿

常常读到张寿椿的水彩画,篇幅虽小,却展大千世界,万般风情。尤其是那些表现城市街景的画面,独具引人无限遐想的诗意与缕缕怀旧心绪。

一幅《嵩山路电影院》,那圆圆尖顶的西班牙风格建筑,原是建于 1921 年的恩派亚影戏院。它坐南朝北,大半个世纪盘踞在淮海路龙门路口。它让我回想起 20世纪 60 年代中期,我六七岁时在这里观看过故事片《霓虹灯下的哨兵》。这是我平生第一次走进电影院。我家原住龙门路近桃源路口,与影院隔路相望,仅咫尺之遥。如今,童年记忆中的这幢漂亮影院,包括淮海路至桃源路这一段的龙门路,都永远在城市版图上消失了。

《文庙书市》所展现的,是我非常熟悉的淘书胜地,它坐落在文庙路学前街上。20 多年来,每逢周日,文庙开设旧书市场交易,就是我注定的"朝圣"之日。我来到这座千年书香不断的庙宇殿堂,度过了一个又一个惬意而快乐的时刻。而且,常常是满载而归。文庙待我真是不薄啊!20 世纪 80 年代,这里的旧书品种既多,价格亦廉,我先后淘得民国年间出版的《三毛流浪记》初版本、黄裳旧著《锦帆集外》、臧克家签名本、周而复信札,以及陈逸飞夹在《人物画参考资料》中的几幅速写。如此等等,能不忆昔日的文庙。

城市密布一条条马路、弄堂,当人们的脚步追着匆匆的时光,常常会忽略那些美轮美奂的街景。而张寿椿用他的水彩画笔,把怡静多姿的街景,一一"定格"在人们的视线中,让欣赏者为之赞叹和思索。他说过:"一天里,我最喜欢早晨和傍晚。早晨是玫瑰色的,而傍晚又转成橘红了。"记得,他曾画过泰康路傍晚的雨景,远处是朦胧的石库门楼房,近处是斑斑驳驳的梧桐树影,影影绰绰打着花伞的人流,点缀其间,湿漉漉的路面上,泛着霓虹灯的彩色光影……

张椿寿的水彩画

是的,水彩画最适合表现此时此刻的上海街景,清新,恬淡,隽永。在绍兴路、永嘉路、思南路等,这样的街景常常让张寿椿着迷,让他情不自禁地拿起画笔。自然,更多人们熟悉的街景,随着城市的改造已渐渐消失。当他听说某条道路因拓宽而动迁的信息,他会不顾一切地赶过去,用他的画笔,留下街景最后的容貌。这样的故事其实很多。10多年前,他听说靠近老城厢的复兴东路将拓宽,便冒着腊月寒风,坐在弄堂的风口上,足足3个多小时全神贯注地画啊画。这个隆冬严寒的早晨,令他刻骨铭心,无法忘却。然而,他的心却是暖暖的。多少年后,人们从他的水彩画中,当能回味那些已然消亡的温馨街景。

听说张寿椿曾做过图书管理工作,这对同样爱书如我者,似乎有着更多的共同语言。因患小儿麻痹症,张寿椿不得不在轮椅上应对生活的艰辛。从比乐中学毕业后,他被照顾进了居家附近的一家菜场,考虑他的实际困难,单位特地开设职工图书室,让他成为图书室唯一的管理员。这对在校读书就喜欢看书的张寿椿来说,无疑是"老鼠掉进了米缸"。他终日与书为伴,在书中明白了做人的许多道理,他的精神世界日益丰富。他想到,他得到了社会的关心,也要尽力回报社会。从1983年开始,一个偶然的机会,他进了区政协举办的绘画进修班。从此,他与水彩画结下不解之缘。光阴如梭,整整30年啊。从最早的拄着双拐,到手摇轮椅车,再到目前的电动残疾车,他的身影出现在上海多少条大街小巷,绘下了几千幅风格鲜明的街景水彩画。

在美术种类上,与油画、国画相比而言,水彩画可称小众画种,尤其在艺术品市场风起云涌,油画、国画的价位在拍卖会上屡创新高时,张寿椿不为所动,矢志不移,坚持走自己的艺术探求之路。这样说来,他有点"不食人间烟火"的意味。其实,他需要供养因照顾自己而无法外出工作的妻子,还有正在读高中的儿子。他利用自己家一间街面小房,开设了水彩画廊,他不奢望每月能售出几张画,却因而有了一个展示自己画作的空间,让水彩画的同行有个交流的园地,让水彩画爱好者在这里观赏到他更多的街景画作。仅此,他已十分满足了。早年,他的第一幅水彩画被人看中,他只收了20元的画价,说来令人难以置信。他说别人喜欢,又是经济不宽裕的普通爱好者,我的画就找到了知音。又有一次,他在乌鲁木齐南路的领事馆门口写生,吸引了一位老外的目光,并提出购画的意愿。可是此画他自己也非常喜欢,僵持之际,张寿椿说,感谢您喜欢我的画,但我可以另送一幅给您,钱就不收了。

　　这就是一个画家对画的经济价值所持的态度。

　　我曾见过张寿椿画过一幅《外滩》,一边欣赏,一边轻轻吟出一首小诗:我仿佛听见/被江水浸泡的海关钟声/只能远远默视/让眼睛放些亮泽出来/金融之光总在水波之上/总荡逸在城市的空间……

杨以磊在似与不似间

　　20年前了吧。我第一次见到杨以磊先生,是在西康路半岛花园他父亲的家中。当时乍一见,不用在场的父亲和姐姐杨以平的介绍,我知道他就是可扬老的儿子。我们互相点头微笑,算是打了招呼。以磊的长相,上海人讲的"面架子",酷似乃父,宽宽的前额,天庭饱满,只是没有父亲谢顶得那么多。圆圆的面庞,连眼神都很相似,只是没有父亲那么深沉。是啊,父与子两代人,其长相总在似与不似之间。以后,我仍常去杨老家,面承謦欬,更不用说拜读杨老的作品,请他为我专制藏书票,为我题写书房名等。

杨以磊先生

　　所幸一面之缘。以后,以磊就远渡重洋,定居旧金山10多年了。再以后,我所见到的,就是以磊的木版藏书票作品了。20世纪80年代中期,顺应我国藏书票艺术的风生水起之势,他的起步就不算迟。随着时间的推移,作品见多了,就自然会联想到杨老先生。一册《杨可扬、杨以磊父子藏书票集》,把他们两人的作品融合在一起,我对比着欣赏,看看哪些似,哪些不似,在似与不似之间,找出一些别样趣味,悠悠然陶醉其间。有的作品,以磊以粗线条勾勒,以大色块铺陈,作品给人的印象,就是简洁大气,粗犷有力。这就很像杨老作品的厚重风格。或者说,以磊在有意模仿父亲，让人看出，这是艺术基因在父子间的潜移默化。换了别人，可能连皮毛也学不像样。比如《水乡》《阅读》《南通博物苑》等，一眼就看到了杨老作品的影子，既形似又神似。

但是，以磊的作品是不会仅仅满足于像父亲。他知道，艺术的生命贵在独创。在似的过程中，他又故意与父亲拉开距离，尽量不似，或者说，更多地不似。这就要用他自己的眼光，来观察生活，并艺术地表现生活。他倾注最多的、最早的作品，就是以自己的女儿为主角，不断地从儿童的视角，儿童的心理，来看待外面的大千世界。从 1983 年起，他的第一幅作品《之之的书》开始，前后为女儿杨明之创作的书票有 20 幅之多，题材、构图、刀法各各不同，甚至背景也从本土乡村到异域风情，切换得自然妥帖。有专家说："他创作的《之之的书》，那是多么温馨的瞬间，真是如童话般美好。"

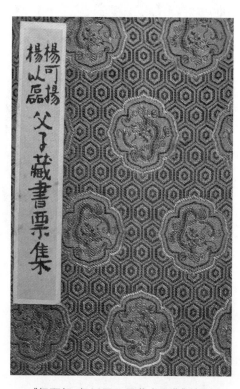

《杨可扬 杨以磊父子藏书票集》封面

是的，以磊的心中，以父爱来体现人类的大爱，他把爱凝聚在彩笔下，镌刻在岁月中，那是人世间最沉最甜的责任啊！这种父爱的力量，驱使他用浑厚的，或轻盈的线条，来畅快地表达心中累积的情愫。在这种爱的催化下，以磊逐渐明晰了艺术创作的真谛，那就是为女儿，也为普天下儿童，创造一个如梦如幻的童话世界。这更需要依靠画家的想像力，去营造一种童心的氛围，去展示一片崭新的世界，去激发更多儿童探秘未知领域。如《新世纪》《纽约合影》《科技奥运》等，在充满童趣的画面中，展现人类探求宇宙奥秘的好奇、坚韧的毅力。他有时用漫画式的白描，勾几朵线条流畅的《荷花》，有时用几种清淡色块，画出父女间的《慈爱》。他始终记着父亲的话："你要保持淡淡的童趣，形成自己的一种特色。所谓淡淡的，就是自然而然的流露"。在艺术上，杨老要求儿子不要重复父亲的路。

这一切，都在似与不似之间。父子两代，在艺术之路上，有传承更有创新，彼此

《南通博物苑》藏书票

走出不同的路径，留下不同的印痕。这是艺术之幸，也是读者之幸。父子同在版画藏书票领域耕耘，并闻名于读书界，这在父子画家中是绝无仅有的。

小小藏书票，是书中蝴蝶，是书间精灵。它是一条亲情、友情和爱情的纽带，传递着爱书人的情感。时光匆匆，1948 年出生的以磊先生，这么快就步入了古稀之年。他的《碎金明珠》《私密花园》等木版藏书票专集，成为爱书人的最爱。作为旅美版画艺术家，期待他以独特的艺术语言，更宽的世界视野，为中美两国人民的友情，增添新的色彩，提升新的意境！

我读弘四的画

弘四的画,我一遍遍过目,琢磨再三,却未能读懂。或者说,读得云里雾里似懂非懂。既然读不懂,何以写下这些文字,因为我要说一说,究竟为何读不懂,读不懂的难点堵点在哪里。

弘四的画,第一次入眼,便觉混沌之气扑面而来,让我猝不及防,让我顿感茫然无措。那是一种怎样的画面啊,仿佛向我展开了恢宏而无解的大千宇宙。不用说丈二巨幅,即便盈尺小画,都是一片无法言说的苍茫世界。组成画面的全是淋漓尽致的浑然墨色,深深浅浅,淡淡浓浓。如果有色彩,那就是一个或数个小红点,是袈裟的影子,那么渺小,那么遥远,在冥想在叩问在求索。再就是落款处一、二枚红印章了。画面告诉我什么呢?我沉默良久,无言以对。

再观弘四的画,似乎有了点滋味,那不就是汹涌的海水么,不就是飘忽不定的云絮么,不就是隐隐约约的山峦么。是,似乎又不是。我看不到明晰的线条,一切都漫无边际,没有中国画的“六法”,没有点苔、勾勒、皴擦等传统手法,也忽略了笔墨,甚至不见了细节。这一切,只能说超越了绘画艺术的技术层面。但是,所有的答案都在氤氲之间,氲氤之际。诚如《心经》所言:“五蕴皆空”。我想起不久前在浙江美院观看的赵无极画展,我看不懂画的含意,但见色彩奔放展示出生命的旋转和律动。我观台湾林怀民的龙门舞蹈,融合了太极等婀娜多姿的肢体语言,表达了一种顿悟和觉醒。是啊,我怎能以传统的眼光来衡量当代艺术,纠结于具象或抽象,看得懂或看不懂呢?

三读弘四的画,我是有所感悟,渐入佳境。他画的,不是他眼中山水花鸟的写真。大自然的一切,已融化在他的胸廓,已变形已幻化已重组,已成为他的个性画语。那么安静,那么干净。有人说他的画是当代水墨画,有人说他的画是现代抽象

弘四的画

画。总之,他的画,不是我们通常所见的传统意义上的写实主义,也不是从西方移植过来的形而上的现代派。如《知见》《自在三昧》,以及《圆顿系列》《生命序曲系列》等,确切地说,他在画他心中的环宇,一种想象,一种感受,一种心声。

弘四法师

可是,弘四的画,我依然没有读懂。看来,要读懂弘四的画,先要读懂他这个人。这太难了吧。

倏然想起作家张爱玲的一句话："到底是上海人！"弘四本名毛姓，出生于上海，属六零后，曾有 20 余年的从政从商经历。在国家重要机关任过要职，做过新华社资深记者，还在风云叱咤的商海打拼过。我的眼前，闪过一个电影画面，仿佛就是他：一骑绝尘，瞬间消失在茫茫人海。

他出家了。于他而言，这更需要勇气和胆量。他的人生，从此彻底改换。他遁入佛门，成了弘四法师，开始真正的修炼。他将早年追随赵廉、田桓、方去疾等海派艺坛名家的基本功，一一拾起，参入佛学哲理，重组心中的艺术境象。如此，他的画，就是禅画了，或者说是水墨禅画。更确切地说，弘四在画他自己，在书写他的自由心灵，包括他的艺术，他的襟怀，他的思想。他以自己虔诚的方式，表达着对佛法的尊敬，渗透出人生的真谛。正如当代海派代表画家程十发先生所说："海派无派"。弘四的画，有南宋米云山一脉的气韵，更多的是不囿于传统套路。画出他通透的情怀，他清净的智慧。可以说，他的禅画，是无门无派、难以企及的独特画种。出家后，他曾任浙江龙潭禅寺住持，受联合国派遣前往非洲，开展国际公益艺术教育活动。后主持澳大利亚无量精舍。2020 年接受澳门佛教总会邀请，担任佛教书画会常务副会长兼秘书长。同时，他的画 10 年前首次亮相上海国际艺术博览会，即受到多家来自国际顶级艺术机构追捧。他的画先后被联合国教科文组织、美国、法国、澳大利亚，以及港澳台等国家和地区的艺术机构和个人收藏。

夏末初秋的一天，我应邀随沪上亲民共享学社同仁，驱车前往他的府上，位于浙西江山市清漾村的"无量精舍"，山青水秀的古镇，是千年毛氏祖居地。当地政府在建设美丽乡村中，十分关注作为毛氏第 58 代后裔的他，正在设计建造"弘四作品捐赠馆"。而毗临的"无量精舍"，则是他的居处，更是他的画室，一个以画来弘法修道的绝佳之地。在长条画案前，在庭院月光下，我们聊着天。他略瘦的个头，敦厚的笑脸，却不乏上海人的精明和机灵。不过，他那仁慈的笑意和悟性，大都融汇于他的绘画，一切尽付谈笑中。

如实写下在弘四的画幅前，我的迷惘和困顿。我想，读不懂他的画，原由当然在我。一个芸芸众生中的凡夫俗子，能读懂一个画僧的禅画么？我反复问自己，我应花更多的时间，去寻找开启通往他艺术秘境的钥匙。看来，我是无法从纸面上读懂他的画了。我要像《西游记》中西天取经那样，有机会再去浙西清漾"无量精舍"，听他聊天，期待渐渐地，走近他并读懂他。

大羊壶拓古且雅

　　吾友大羊(本名朱忠民),系沪上书画才俊,又于陶瓷、紫砂壶绘事一途别开新径。近日其出示与宜兴制壶高手合作之精品多款,堪称珠联璧合,夺人眼球。未几,大羊将紫砂壶上的图式及款印,以纸墨精心打成拓片10多纸,并题跋数语或小诗,观之眼前如同闪现一抹旧时月色,古雅之气弥漫而开。

　　对拓片一道,我本无所知。拍卖会上,见旧拓片,或由拓片装订成册的旧拓本,屡以高价拍出,始知其已属珍贵。嘉德公司在1996年秋拍中,一件《天玺纪功碑》明代拓片,上有吴昌硕、张大千等跋语、题字等,拍出7.7万元。此碑早在清代已毁,而拓片成了珍稀之物。遂想起昔年观瞻"西安碑林",于展厅外的售品部,有《颜氏家庙碑》《玄秘塔碑》《唐皇甫诞碑》等拓片,供游人购藏,这些均是世人公认的颜真卿、柳公权、欧阳修诸体之范本。据介绍,碑林建于北宋年间,系全国旅游重镇,观览者众多,而拓片购者踊跃,仍不敷所需,为更好保护碑石,只得采取限量拓印等等。盖因碑刻年代久远,已不复过度拓印,使原物受损愈甚。所以,早期拓片或成孤本,已十分难得。

　　远古时期,没有拓片一说。东汉末年,蔡邕刻成《石经》,太学生都去抄写,以校定自己读本。后魏时,郦道元作《水经注》,记录他见到的200多块古碑,或于碑前一一抄录,或凭记忆默写。这样的录入,只能称抄本,而非拓本。唐代起始有"打本"一词,即碑拓的意思。以后有"椎拓"一词继之,即用木椎打印。后有人把"拓"亦作"蜕",意为把碑文遗脱在纸上,好比秋蝉的遗蜕,可谓形象之说。到宋代,不少文人士大夫搜罗、研究碑刻与青铜器的拓片,形成了传统艺术的重要门类金石学。至元明清,学界盛行研究汉代文献,尤以汉代碑刻为重,由此形成清代书坛的新潮流碑学。

大羊壶拓一

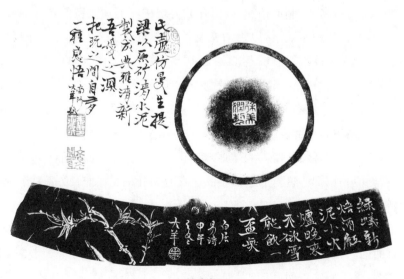

大羊壶拓二

拓片作为我国一项传统艺术,将先后出土的甲骨、青铜等,一一磨拓下来,延绵千年。而明清以前的拓片,可称旧拓,不复多见,于今成了古董。幸赖这些拓片存世,给后人研究商周的甲骨文、金文,秦汉的竹简、碑石等,提供了真实的原始史料。我想,这是拓片从考古、考证的角度,对探寻中华民族绵长历史的一大贡献。此外,通过对原件如碑刻、器皿、雕像等进行椎打,将图形或文字从坚硬的载体上"蝉蜕"下来,化一成十成百,以广流布,在更宽范围内,传颂了文明古国的灿烂文化。此可视为拓片的又一功绩。

可见,喜欢拓片者,当是好古雅士,更是热衷中国传统文化的有识之士。这让我忆怀已故文学前辈施蛰存先生,他曾自谓一生开了"四窗",其中北窗即金石碑版的研究。20 世纪 30 年代,他在云南大学任教期间,即对西南地区的古碑产生极大兴趣,并开始收藏碑石拓片。一直到中华人民共和国成立后,生活相对稳定,他常去"朵云轩"寻淘旧拓片。经年累积,等量齐观,已不复统计,仅收集唐刻碑志拓片就达 1500 余种。他于古典文学研究、创作、翻译之余暇,把玩拓片,题写释文,先后有《唐碑百选》《北山谈艺录》两集等专著行世。其题跋之文多有拓片相配,图文互见,相映成趣。现世风日下,古意渐去,已鲜有如施老先生那样醉心于拓片的痴嗜者,又何处去寻觅可供闲赏的拓片艺术。每所念及,不胜怅然。

然而,大羊在壶艺创意中,发挥其善书能绘的特长,将书画的笔墨技巧与风姿,移情于紫砂形具的圆弧面上,本属平面的字画,借助器物的造型,有了三维展现,这不啻是艺术的二度创作,其难度非亲历者难以体味。不特如此,作者阐发心机,运思以传统手工打拓之法,制成拓片,以留存并再现中国书画独特韵味。原壶留世成艺术的唯一,而拓片精制数页,以供诸文友赏玩。如有一壶上刻写:"绿蚁新焙酒,红泥小火炉,晚来飞欲雪,能饮一盏无。白居易诗,甲午之冬大羊(款印)"。左边以几许翠竹横逸,生机盎然。又将底盘及制壶款印,置于拓影之上,文图并茂,已成可赏佳件。而布局上稍置右侧,留出左边空间,以一手清丽隽永的小楷行书,很文人地在拓片上尽情挥洒:"此壶仿曼生提梁,以原矿清水泥制成,典雅清新,吾爱之深,把玩之间,自有一种感悟。南沙大羊跋(款印)"。手书真迹简述壶之形制,亦流露作者心境,更似一幅赏心悦目的书法小品。这是文化的传承,亦或视为作者匠心独运的创新。

对于拓片,有人不以为然,认为是印刷品而不屑一顾。此识差矣。拓印与机印不可同日而语。拓片是手工所制,我曾亲睹印制步骤,极其缜密繁琐。简言之,先将宣纸濡湿,敷于石碑表面,以专用棕刷一遍遍拍击宣纸,让宣纸入石且字口清晰而纸不破,在干湿之间用专用拓包沾墨拍打数遍而成,有乌金拓、蝉翼拓之分,如以朱砂拓之,则为朱拓。拓片的艺术水准与拓者息息相关,此中韵味,识者自知。其拓印之原理,与版画创作极其相似。不能说版画即是印刷品,更不能小视其艺术价值。手工——拓印,与一次性印几千上万张的机器印刷,艺术品位是截然不同的。而在立体的紫砂壶上作拓片,较之平面石碑上作拓片难度倍增,实为不易。加上大羊精心布局构图,挖裱制成镜片或册页,可谓再度创作,更显珍贵!

书画乃艺术品之主打,立轴横幅,悬挂于厅堂,以显屋宇气派。而小尺幅的扇面、册页、花笺等,携带方便,与三五好友共赏众乐,更添雅趣。如装裱镜框,尽显金石气息,以使蓬荜增辉。大羊的拓片,就具有如此功效,以小巧窥艺术世界,以玲珑展宽广襟怀。

赵超构爱摄影

赵超构先生是《新民晚报》的老报人,也是一位风格鲜明而独特的著名杂文家。但他作为一个摄影迷,一位摄影爱好者,甚至是一位摄影家,这就不为人所知了。20 世纪 60 年代初,上海筹备成立摄影家协会,赵老是筹委会主任,刘旭沧、金石声等为副主任,赵老堪称上海市摄影家协会的创建人和奠基人。

《新民晚报》在公私合营中由私营转制为公办,赵超构被任命为新中国第一任《新民晚报》社长兼总编辑,老报纸焕发出新活力,进入了一个新的发展期。那时报社上下气氛活跃,员工心情舒畅,赵老与大家打成一片,不但跟记者、编辑商量文章,还常常与大家谈论摄影,结果报社青年人受其影响,不少人爱上了摄影,并且蔚然成风,要组成一个报社摄影协会也不是一桩难事。这一切,都与赵老的个人爱好所分不开。

在每家报社,都有文字记者,也有摄影记者,这两拨人各有分工,又互相配合。版面需要照片的时候,就得请摄影记者出场,拍摄精彩照片,与文字配合,形成文图并茂、相得益彰的视觉效果,增加对读者的吸引力。如果是画报的话,摄影更是占据主导地位,用现在时髦的话说,是"抓眼球"。办报经验丰富的赵老,早就意识到摄影图片对于报纸的重要性。可是,报社的摄影记者毕竟有限,遇到重要新闻多的时候,就显得捉襟见肘,摄影记者不够用了。或者文字记者遇到突发事件,就没有办法拍下客观场景,对报道来说,没有图片,就是美中不足了。

对此,赵老常常跟记者说,你们记者能学会摄影,每人一机,该有多好啊!这也体现出赵老的办报理念,就是新闻要快,场景要真,版面要活。赵老不但提倡记者学摄影拍照片,还身体力行,带头拍照。一架小型相机不离他的身,虽然工作繁忙,还是忙中偷闲,东拍拍西拍拍,自得其乐。当年年轻人买架照相机,可不是轻而易举之事,可说是昂贵的奢侈品,一般记者编辑买不起。赵老就利用休息日难得空暇,带领大家到旧货市场去淘二手货,如果不是搞专业艺术摄影,一般二手相机还是有便宜货可淘。赵老是懂行的"发烧友",拍照和选相机,都是一把好手,是一选一个准,让大家佩服得五体投地了。

那时,公私合营后,为加强《新民晚报》党的领导,在市委宣传部报刊处工作的欧阳文彬,被任命为《新民晚报》第一任党支部书记(还没有党委建制)兼分管副刊的副总编辑。她与赵老搭档,两人珠联璧合,同甘共苦,把处于低谷的报纸发行量硬生生地拉了上来。但那时欧阳对摄影一窍不通。一天,赵老对她说,我们带头拍照片吧。说着就带她去了一条老街,在琳琅满目的旧货中,他们寻寻觅觅淘相机。在旧货摊上,赵老是慧眼识金,一眼见到一架灵巧的半旧相机,而且还是进口货,可拍64张半英时照片的那种迷你型。当时用的多是方形照相机,可拍稍大的120底片16张,小相机可拍135底片36张(一英时)。而可拍64张照片的相机,更适合记者使用。相机买下后,赵老对她说,这种相机体小易带,放在身边随时可使用,如同你身上备了一支自来水笔,随时随地可取出,把人物和场景拍下来,这跟画家平时拿支笔,几笔画成速写是一个道理。赵老说话言简意赅,通俗而富有哲理。

后来,欧阳在写作人物传记《刘连仁》时,去天津和山东高密,采访当事者刘连仁本人时,这架相机派了大用场。她长途跋涉,一人单枪匹马深入现场,时间半月或一月自己都说不定,就不可能给她配备一名专业摄影记者。一切只能靠自己动手,除了快速记文字,还要抢镜头拍照片,居然没有输给现场一拨男摄影记者。欧阳真的是按赵老所说,把相机作为钢笔用,取出来就拍,拍了好多好多,留下可贵的史料。回到上海报社,马上开始拼版连载,报社美编、著名漫画家乐小英一边设计版式,一边赞不绝口,连连说:"真有身临其境的感觉啊!"

在欧阳记忆中,在报社里,赵老不仅对照片的新闻作用和史料价值很重视,还十分强调照片的艺术审美与表达。他经常与青年记者、编辑切磋摄影艺术,比如照片如何取景,要把次要的、噜苏的部分切割掉,画面就删繁就简了。这跟绘画也是一样的道理,画家叫构图,摄影家叫取景。如果取景不够理想,还有补救的一招。就是在照片已拍成后,再用小纸条进行一次裁切,遮去不要的地方,留下的画面请照明馆进行印放,这样经过后期制作后,弄出来的照片就美观了。欧阳多次照此实践,拍摄水平也大为提高了。

有了相机,有的青年记者抱怨说,买得起可用不起呀,冲印放大可是个无底洞。赵老循循善诱,说首先要对底片进行严格筛选,尽量选满意的印放,减少浪费。有人提出,看底片选择难以辨别,看起来也很吃力。赵老又教大家一个窍门,拿一张白纸垫在胶片下面,底片上的画面就要清晰许多,就便于选片了。大家试后,觉得这个方法不错,效果十分显著。

有一年,报社组织到郊外集体采风,赵老不失时机地对大家说,多拍些照片噢,回去后社里要搞一次摄影比赛的。欧阳与大家一样,拍了许多风景照,冲印出来请赵老一张张过目,最后一张《一线天》的照片选了出来,又进行后期加工,获得了优胜奖,奖品是一本照相簿。至今欧阳还记忆犹新,仍保存着这本册子,这是赵老留给她的唯一纪念。

对待照片,赵老如同自己写杂文那样,一字一句反复斟酌,一丝不苟。他说,要拍好照片,平时要经常观摩美术作品,多琢磨多研究,提高自己的审美水平和艺术趣味,否则是拍不出好照片的。赵老自己就经常拍摄,欧阳在《新民晚报》与赵老一起工作了10年,那些工作照,包括外出采访等照片,都是赵老拍摄的。有一张在野外的抓拍照片,欧阳端着相机正在寻找拍摄角度,自己却成了赵老的镜中人,画面构图非常巧妙,具有艺术情趣,如今却成了欧阳难得的个人珍藏。那一年,赵老家添了幼女,他视如掌上明珠,常常以小女为模特,拍下那些既充满童趣,又不乏艺术情调的照片,更留下了深深的父爱之情。

今年正值赵超构先生(1910—1992)诞辰110周年,而生于1920年的欧阳文彬先生,也步入人生100岁的期颐之年,写上这些轶闻旧事,聊表对两位老报人的敬意和钦佩。

沈寂在香港电影界

从 1949 年 12 月，沈寂先生（1924—2016）应聘赴港，入职永华影业公司，到 1952 年 1 月，被港英政府无理驱逐出境，前后约有两年多时间，沈寂在香港从事电影编剧工作。这一不算长的经历，却改变了沈寂的人生轨迹，并深刻影响了他的创作取向。

赴港履新

1949 年上海解放之前，沈寂主编的《幸福》《春秋》等刊物，被国民政府勒令停办，所办人间书屋也冷冷清清面临关门。5 月，沈寂打算申请复刊这些刊物，并填写了申请表格，交给好友市军管会文艺处的李之华，等待回音。忽然有一天，沈寂收到一封来信，是香港永华影业公司上海办事处经理王耀堂写来的，信中请沈寂到办事处去一下，有事相谈。

第二天，沈寂找到南京东路江西路口的永业大楼永华公司办事处。王耀堂热情迎接沈寂，说沈先生与永华公司真是有缘，出版的两部小说《盐场》《红森林》，在香港大公书店被我们老板李祖永看中，他买下后回家翻阅，认为写得不错，可以拍成电影，就马上通知上海办事处，尽快找到作者，商量把两本书的版权买下来。今天请沈先生来，就是告诉你这个好消息，你看好吗？沈寂当即表示同意并感谢永业公司李老板。当年，在香港写一部电影剧本，稿酬是港币 3 000 元，提供小说原作，版权转让费是 1000 元。沈寂当场拿到 2 000 元港币，兑换成人民币，就是一笔巨款啊。

更让沈寂没想到的是，过了不到一月，他收到办事处转来的永华影业公司一纸聘书,聘请沈寂为永华公司编剧,还附有一封热情而恳切的信,信中感谢沈寂把小说改编权转让给"永华",并欢迎他到香港担任永华影业公司编剧,信后署名是李祖永。这让沈寂喜忧参半,喜的是,当时沈寂工作无着落,这无疑为他开启了一扇生存之门。忧的是,妻子前后因难产及孩儿早夭,离不开他的照顾,加之老母亲身体欠佳,如此都使沈寂举棋不定。他去请教李之华,李竭力赞同沈寂赴港,说家里有困难的话,可以带妻子随行。这样,沈寂向办事处表示可以应聘,王耀堂听后满面笑容,马上给了他一笔路费。

这李祖永是富家子弟,毕业于清华大学,后留学美国亚姆乎斯大学,回国后任印刷厂分厂长,却专印农民银行发行的钞票,大大赚了一把。他与"电影大王"张善琨在香港偶遇,却一拍即合,联合投资创办永华影业公司。

突遇停业

这样,沈寂带着妻子到了香港,安排好住处,就去永华影业公司报到。该公司地处香港九龙塘,有两个硕大的摄影棚,一排豪华办公楼,全套进口电影拍摄器材,气派非凡。听说李祖永到香港创办永华影业公司,把它办成了亚洲最大的电影公司,从内地招去编导演名家,仅编剧就有欧阳予倩、吴祖光、柯灵、顾仲彝、姚克等,拍摄了不少进步电影,如《国魂》(吴祖光编剧)、《清宫秘史》(姚克编剧)等。那天,李祖永不在公司制片厂,他的弟弟李祖莱接待了沈寂,并如实地告诉他,来得正不巧,这几天厂里进行改组整顿,何时恢复生产还说不准,请沈寂静等回音。

这一消息,如同一盆冷水泼在沈寂脸上,顿时觉得从头凉到脚。无奈之后,听说《盐场》已由白沉改编成电影剧本,由舒适导演拍竣。第二天,他就去见了舒适。舒适告诉沈寂,"永华"一停产,不少导演和演员都转到长城影业公司去了。《盐场》虽已拍好,但还没配音。并对沈寂说:"你可以继续写剧本,我推荐给长城公司。"沈寂就把自己的另一篇小说《古屋》的故事梗概简单说了,舒适说这个题材不错。几天后,沈寂就写出剧本并交给舒适。后来沈寂知道,是导演岳枫需要剧本。这是沈寂第一次在香港写的剧本,却是为长城公司所写。沈寂的《红森林》先后由严俊和李翰祥导演,均未成片。后在 1958 年,由新加坡人办的香港国际影片公司改名《红娃》,由岳枫导演拍成,却已没有原作者沈寂的名字了。

峰回路转

一天,巧遇李永莱,李说:"沈先生啊,我哥哥请你明天去公司上班。"真是阴转多云,沈寂自然心情开朗。

第二天,沈寂到"永华"公司,总算见到李祖永了。李倒是爽快人,对沈寂说:"沈先生愿意来'永华'当编剧,月薪500港币,写出一个剧本另给3000港币,一年写两个剧本,这样你在香港的生活就没问题了。"沈寂欣然点点头,表示谢意。他回到九龙城飞机库的租房内,高兴地把工作之事告诉妻子,妻子也悄悄告诉他:又怀上了。真可谓双喜临门。

此后,沈寂就到公司制片厂的"编纂室"上班。他自感原是写小说、编刊物的,对电影了解甚少。即然当了"永华"编剧,就要学习电影的相关知识。他第一个请教的人,是导演程步高。"永华"整顿后,只留他一个导演了。从交谈中悉知,导演与编剧的合作,对电影的成功至关重要,好的导演可以把影片拍得比剧本更精彩。

1950年春天,沈寂的剧本《古屋》改名为《狂风之夜》,长城公司导演岳枫找了陈娟娟、龚秋霞、牛犇等出演。在样片审看会上,沈寂认识了长城艺委会主任、编剧马国亮先生,以及副导演卢珏、齐闻韶等,大家观后对影片热烈鼓掌,称赞《狂风之夜》是香港拍摄的第一部农村片。对沈寂来说,通过第一次写电影剧本,看导演对剧本的创造性处理,如场景、对话、节奏的处理,开始领悟电影艺术的奥秘。

接着,李萍倩也把沈寂写的剧本《白日梦》电影拍好了。当时,在港进步影人创建了一家合作社制的影片公司,名叫"五十年代影业公司",大家合作拍片,利润以编导演打分来分配,拍的第一部电影是《火凤凰》,司马文森编剧,王为一导演,刘琼、李丽华主演。影片在香港和内地放映,赚了些钱,也提升了大家的拍片积极性。那第二部片子如何拍? 没有剧本啊,舒适找到沈寂要剧本,沈寂想起过去自己在主编的《春秋》杂志上小说《红灯笼》,故事说的是有个巫婆,装神弄鬼,专骗病人钱,结果被流氓威胁,害死了自己儿子。舒适听后,说这个破除迷信的题材好,并督促他赶快写出剧本。没几天,剧本完成,由齐闻韶、马国亮、刘琼、舒适一起讨论并当即通过。刘琼自告奋勇说:"由我来导,"又请孙景璐、陶金主演。过后,舒适对沈寂说:"我们五十年代影业公司从来没有一下子通过剧本的,你写的故事好,戏剧性强,就立马通过了。"

之后,马国亮写了剧本《鬼》,舒适的夫人慕容婉儿写了短剧《人》,由白沉导演,陈娟娟、韩非主演。沈寂的片子叫《神》。最后，三部短片合成一部《神·鬼·人》，片长一个半小时，影片导得好，演得也好。

因母亲病重，1951 年 1 月沈寂回过一次上海，一个月后即返回香港。在 3 月份，突然听说费穆病逝，沈寂心中非常难受。他想，费穆在香港不得志，得了心脏病猝死。追悼会由司马文森主持，沈寂和副导演杨华去送别。第二天，李祖永找到沈寂说："给你一个题材，可以写写《林冲》。"因为有了小孩，雇了一个佣人，家中开支日趋紧张，只能靠多写剧本来维持生活。新成立的凤凰影业公司导演朱石麟找到沈寂，说可以合作拍一部关于阮玲玉的电影，请他提供剧本，沈寂爽快答应下来，并很快把剧本赶写出来，朱石麟很快改好。可惜种种原因，最终影片没有拍成。到 20 世纪 80 年代，沈寂根据这个剧本故事，改写成长篇人物传记《一代影星阮玲玉》，又改编成电视连续剧放映，香港据此拍成电影《阮玲玉》。早时，邵逸夫在香港办了南洋影业公司，实力雄厚，人才也多。有个导演叫王引，在招人筹拍片子。一天，他叫妻子袁美云的弟弟来约沈寂吃饭。席间，王引说看过沈寂写的小说，能不能帮他写一个剧本，就按中篇小说《大草原》改编即可，沈寂当即表示可以。

欠薪怠工

然而，"永华"公司因拍摄电影《爱的俘虏》卖不出去，亏本较大，连续三个月发不出员工薪水，员工的生活遇到很大困难。沈寂紧赶慢赶，抓紧写完《林冲》剧本交给李祖永，他看后说写得不错，可把高俅写得深刻些、含蓄些，改好了就投拍。"永华"此刻正在筹拍姚克改编于英国小说《呼啸山庄》的影片，由严俊导演，李丽华主演。李祖永说，此片一开拍，就付清员工欠薪。可是，《呼啸山庄》开拍后，李祖永一再言而无信，故意拖欠员工薪水。员工推选副导演杨华和沈寂，与李祖永谈判，结果李答应等此片拍完后付薪。香港进步影人白沉等组织的读书会是支持"永华"员工罢工的，他们请沈寂写一份员工困难情况的公开信，并有 8 人具名，沈寂是第一个。他不明真情，以为可以依此解决欠薪问题，结果被人修改后捅到报上去了，"永华"公司员工以怠工威胁老板的新闻传遍全港，并对李祖永用了"无耻""残忍"等字眼，李祖永见后气急败坏，指责沈寂不守信用，沈寂有口难辩。其实凭心而论，沈寂也觉得自担任"永华"编剧后，李祖永待他不薄，请他去家里做客，带他去看望杜月笙，同意他回上海探望病母等。这次，李祖永对沈寂是彻底失望了，他下令将沈寂和杨华从"永华"除名。沈寂就去了五十年代影业公司，他写的电影剧本就可以投拍了。他开始把施济美的小说《莫愁巷》改编为《水红菱》的电影剧本,连夜在油灯下奋笔疾书。

时间已到 1952 年 1 月 9 日,沈寂用了 9 天时间,写完《水红菱》,将剧本送到朱石麟家,朱导建议补充些内容,主要是把两条线改为水红菱一条线,并约好明天派人去沈寂家取稿。沈寂回家后,当晚改毕,时已超过深夜 12 点钟了。

驱逐出境

1 月 10 日,沈寂还未起床,门外突然来了三个彪形大汉,说是香港警局的,请沈寂跟他们走一趟。沈寂对惊恐的妻子说:"没问题的。如果我晚回来,有人来取剧本,就把桌上的稿本交给来人。"车到警署,一名警察向沈寂宣读道:"根据有关法规,沈寂不受港督欢迎,终身驱逐出境。"接着车子一直朝北开,开到罗湖口岸停下,警察让沈寂下车笔直走。他走过铁丝网后,就是深圳了,见岗楼里走出一个军人,他说"我叫沈寂",军人拿出一张照片看看,连连说:"欢迎欢迎",热情握住沈寂的双手。到了军管会,一位主任告诉沈寂,刘琼夫妇、舒适、司马文森、齐闻韶、杨华六人已在昨晚回来,坐今天上午的火车去了广州,因下午没有火车班次了,明天送你到广州,今天在此暂住一晚。这晚,沈寂饭后就在招待所住下。临睡前他朝窗外一看,见到一个人影,啊,是马国亮。他赶紧叫他:"老马,你怎么在这里?""我被他们赶出来了,刚吃了饭到招待所。"第二天,他们两人乘火车到广州,与刘琼等会合了。过了一天,有个军人找到沈寂,说家里有事请你打电话回去。电话拨通,大姐在那头告诉他一个不幸消息:"上海报纸登出你被赶出香港的消息,母亲看到后突然发病去世。"闻此,沈寂双脚一软,欲哭无泪。

一周后,港方送回了沈寂等人在港家属,广州派人送沈寂去深圳接亲人。妻子告诉沈寂,他走后,知道是被赶出香港。没几天,"永华"公司派人送来 1 500 元港币,说是沈寂三个月工资。听后,沈寂感到李祖永还是讲信用的,心里有点对不起他。

不是尾声

至此可以说,沈寂结束了与香港电影界的关联,实际并不尽然。在广州,他们主要是学习,时间更充裕了。一天,齐闻韶对沈寂说:"你是编剧,香港的长城和凤凰公司现在很缺剧本,写写吧。"于是,沈寂花了三天时间,写了一个喜剧电影剧本

《蜜月》。导演李萍倩从香港派专人来取稿,投入拍摄,请傅奇演男主角,石慧演女主角。影片拍竣,连映一个月,很受影迷欢迎。票房不错的收入,为"长城"公司渡过了一段困难时期。不久,香港托人请沈寂再写一部剧本,由"凤凰"公司投拍,朱石麟导演。沈寂即写了《中秋月》,朱导看后拍案叫好,将它拍成香港第一部新现实主义风格的影片。上映后虽然没有《蜜月》抢眼,但也获得很高评价。直到上世纪80年代中期,这部影片在香港影评人评奖中,推崇为"中国十大名片"之一。

1952年4月,沈寂等10人回到上海,受到上海电影界的隆重欢迎。他们进了由8家私营公司合并组建的上海联合电影制片厂(简称联影厂),厂长于伶、副厂长叶以群以及许多演职人员都来欢迎他们。沈寂进了资料室,与赵清阁一起管理图书资料,空闲时可以多看书。还一起编辑油印厂报,报道厂里的动态。后调入艺术处导演室,为百来个导演领领工资,发发学习资料。但时间长了,沈寂觉得无聊,打报告希望调到出版系统工作,但没人理他。后来有人告诉他:他是内控对象。为什么?因为他是从香港回来的,在那里接触的人多,关系复杂。沈寂明白了,这一切,均因他在香港电影界待过两年。

之后,沈寂被打成"右派"。1965年在"四清"运动中,发配去江西劳动改造。正欲乘船时,电影厂来人请他留下。回到市区,局党委对沈寂说:"根据市里要求,请你为香港长城公司写两个剧本《双女情深》《小忽雷》。你就改去崇明,一边搞'四清',一边写剧。""长城"通过有关方面,请沈寂写剧本,关键时刻,使沈寂生活之路转了个弯。如去江西农村,真不知有什么可怕的后果。沈寂为自己庆幸。

躲过初一躲不过十五。"文革"来临,沈寂被诬为"香港派遣特务",当然罪不可恕,关进"牛棚"常挨批斗,交代不完的罪行。沈寂记得,赵清阁被迫承认自己是"国民党作家",还被勒令自己喊打倒自己的口号,"打倒沈寂!"就经常挂在他自己的嘴上。最终,沈寂被开除出上海文艺界队伍。这些磨难和厄运,是在港两年给他的人生带来的阴影,对其一生的打击,可说是沉重而致命的!这是历史留给后人的深刻教训!沈寂也不明白,在香港组织罢工时,有人对他威胁:"勿受'左派'利用。"香港一家刊物公开点名:沈寂是共产党安排在香港影坛的一只棋子。而离开香港,内地有人说,他是受香港方面指使,投机混入内地。是焉非焉,任与评说罢。

然而,沈寂因在港两年,前后共为多家香港电影公司写过10余部电影剧本,结识了一大批著名编导和演员朋友,也学到不少电影专业技巧,这是他与香港电影界的缘分。他原本是写小说、编刊物、办书店(兼出版)的青年作家,从此一生没有离

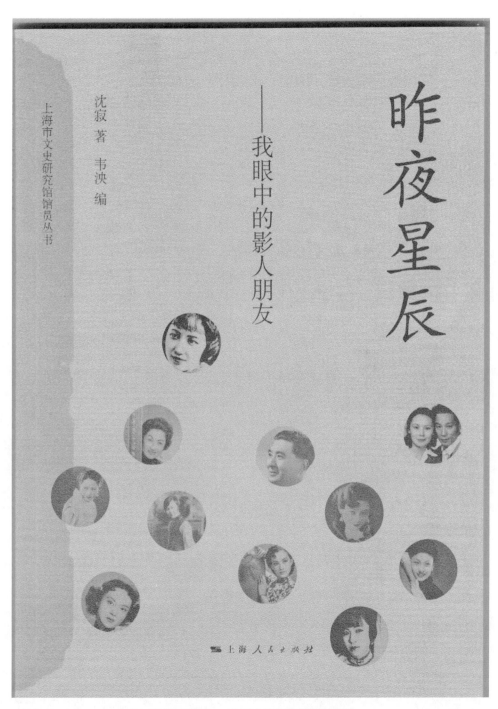

《昨夜星辰——我眼中的影人朋友》封面

《老上海电影明星 1915—1949》封面

开过电影界。晚年,他主编及写作出版了 20 多部电影题材的书籍,如《话说电影》《中外电影大观》《老上海电影明星 1915—1949》《影星悲欢录》,以及记录电影人的《昨夜星辰——我眼中的影人朋友》《沈寂人物琐忆》等专著,被授予"杰出电影艺术家"的至高荣誉。

听运天兄谈恩师王蘧常

今年是国学大家、复旦名师王蘧常先生诞辰123周年，作为关门弟子的王运天兄，常常念叨恩师。年初春上，在上海笔墨博物馆举办的"力学斋主书法篆刻精品展"上，第一次见到运天兄，谈起父亲王京盙的这次百岁诞辰纪念展时，他情不自禁地说："是父亲让我结识了王蘧常，这是我一生的幸运。"

与运天兄神交10多年了。那时，我常去古代日记研究专家陈左高先生家请益。陈老就对我说起运天兄，说他在上海博物馆主编《上海文博》，向其约稿，就写了若干关于古代日记的文章，载于此刊，并多次夸运天兄的学问之好。未几陈左高先生病故，在追悼会上，我见到运天兄以大腕力写下的挽联，遒劲厚重。心想，他一定来送左高老最后一程。可是，左高先生不在了。这天，我无缘识荆，怅然若失。

之后，按左高老生前给的联系方式，我与运天兄接上了头。再之后，我与运天兄互加了微信，以防失联，并互寄书籍等，联系渐多。知道运天兄是王蘧常先生的高足，一手章草酷似乃师，神韵尽显。

说起恩师，运天兄饱含深情。他说，父亲有许多师友，如王福庵、胡朴安、丁福保、姚虞琴、沈尹默等，王蘧常即列其中。"文革"中王运天做"知青"10余年，蹉跎了岁月。所幸喜欢书法，父亲就把他带到王蘧常家，王老见他纯朴又不乏灵气，很是喜欢。根据"运天"之名，给他起了堂号"旋乾斋"，并毛笔手书相赠，运天一看，觉得自己用这个斋名，口气过大，心中惶然。王老对他说："这有什么大的，我的堂号'朱老楼'，珠穆朗玛峰上一栋楼，口气岂不更大！"

20世纪80代年初，社会上有一股"文凭热"。时已调入上海书画出版社任编辑的运天，想去考大学。王老听后说："你到底想做学问，还是想读文凭？想做学问我教你，想要文凭去考大学。"可巧师母在旁，对运天说："老先生肯教你，不要太福气噢。"运天当即下跪,行叩头拜师礼。

从第二天起,运天就天天去王老家求学,像过去的私塾一样。有一年,临近农历新年,王老问运天:"打算在哪里过年?"运天答说:"想独自在办公室读些书。"王老怕他一人冷清,就让运天到自己家过年。运天喜不自禁,却故意与老师开玩笑:"那总得有一份请帖吧,过年是大事,你请我,师母同意么?"王老真的认真寄来一张邀请书,还请师母一同署了名,并附言道:"运天老弟:大除夕设家宴,虽粗粝然有乡风,盼光临为幸。"爱生之情,溢于言表。

寒去暑来,"王门立雪"。前后约 10 来年时间,运天陪伴王老左右,学古文诵经典,说文史赏书法,真正是一对一的教学辅导。在那里,有老师为大夏大学编的国文教材《古今文选》,从中可窥老师选文准则与教学思想,又从老师为《日知录》《刘师培论文杂感》《史记自序》《萧"敬孚"记永乐大典》等所作备课计划,感受到提纲挈领、循循诱导的读书与疏证方法,还从老师读书笔记及 80 后致力于重读《廿五史菁华》《王阳明文集》《王渔洋诗集》等,可见老师的学术思想之递变。久而久之的耳闻目染,亲炙教诲,感受非同一般。

王老曾对运天说:"我 50 岁自订年谱,以后如有精力,一定改写学谱。"可惜老师未及实现自己的意愿,便倏然病逝。这一任务,就由运天担起,在王老百岁诞辰之际,编著完成《王蘧常教授学谱》,老师地下有知,当感欣慰。

运天兄从《王蘧常自传》(未刊稿)和口述中,钩沉出老师的籍贯。祖上从山东琅琊,到浙江会稽、安徽休宁,又迁于浙江嘉兴。"吾父佐北洋大臣直隶总督裕禄幕府,就离家乡,侨居天津,我即生于此地。庚子遭乱,复还嘉兴,廿七岁后,轻去其乡,淹滞海上,嘉兴已成原籍了。"

王蘧常曾回忆:"关于读书,我小时候在家中,父亲课读很严,他在书中任意提一句,我就得背下去,那时我才 10 岁。"之后,他从沈寐叟学诗书,从唐文治学文学理学,从梁启超学子学史。可见其学问之深究状态。

时至暮年,王老仍不忘乡梓之情。为乡贤沈寐叟故居题匾,还为张元济图书馆撰联:"毕生劝学书成海,旷世高风义作航"。曾应中共嘉兴市委邀请,在运天兄等陪同下,他以八八高龄重返故里,观瞻老屋并留影,又与睽别多年的家人与乡亲开怀畅叙。

王蘧常辞世后,运天为老师操办"王蘧常先生遗作展览",展出老师从 20 世纪40 年代至 80 年代的作品 92 幅,以及部分著作、手稿等。故交谢稚柳先生评其书法:"是章草,非章草,实乃蘧草,千年以来一人而已。"

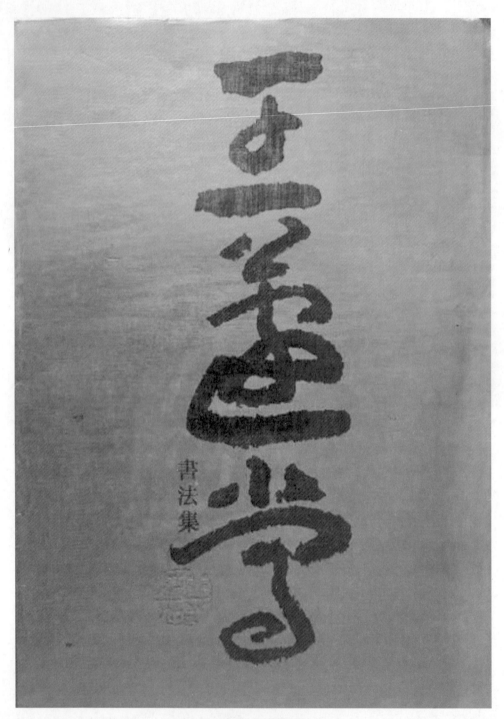

《王蘧常书法集》封面

　　继而,在纪念老师百年诞辰之际,运天兄倾力编印《王蘧常书法集》(增订本),增加了范敬宜序和冯其庸《关于先师王瑗仲先生的绝笔〈十八帖〉》。此前,冯其庸曾作《读王蘧常先生书法随想》,他认为:"瑗师之书,是学者之书,诗人之书,而不是书家之书。"

　　而在运天兄的心中,老师的恩情比山高,比海深。并曾书"永怀"一纸,题跋曰:"瑗师广学问而谦冲,亮高风而近人",表达对老师的敬仰之情。

由钱君匋谈民国图书封面装帧

一次，在旧书摊见到戴望舒译著《屋卡珊和尼各莱特》，见封面是一些花卉与小草的组合图案，这样的设计风格告诉我，应该是出自钱君匋先生的手笔。购回家细阅后，果然见此书扉页上印有一行小字："钱牧风设计封面"，对了，这就是钱君匋。民国版书一般不印封面设计者姓名，此书却显得别致。

《屋卡珊和尼各莱特》封面

时下，不少爱好者热衷于收藏民国版本，盖因封面设计的独特风格，已无疑成为一种魅力。这方面的专业书籍多年未曾间断，寒斋有《鲁迅与书籍装帧》《钱君匋装帧艺术》《曹辛之装帧艺术》三种，以为属此类专业书中的佼佼者。

我之所以喜欢民国旧籍，起初的诱因，多半是其封面装帧的缘故。淘书途中，每得一册民国版本，总有值得掏钱的理由。但是，有不少次，仅仅因为旧书封面的淳朴、简洁，十分可观，就让我毫不犹豫地掷下银子入袋为安。

封面也有书衣之美称，那是一本书的素雅、合身的漂亮衣裳。我国古籍刻本以线装形式流传了千百年,版式较为固定,除了少量的绣像插图,一般还不讲究封面设计。清末民初间,由于西风东渐,外来文化的输入,从铅印、石印,到洋装书的引进,大大推动了我国出版印刷业的发展。以书籍装帧设计为例,书心外面,加上从封面经书脊到封底的整个书皮,以铁丝钉或蜡线装订成册,这就是平装本,如封面用硬纸或加绸布特制,就是精装本了。民国年间,精装本因其装订考究和工料较贵,印制数量一般并不多。今天我们所看到的民国版旧书,大多是平装本,尤以文学内容为多,俗称"旧平装"。

我常常被民国版文学书的封面设计所迷住。早时购得姜德明先生所著《书衣百题》爱不释手。虽然我无法拥有这些旧平装,但一幅幅欣赏这些封面画,亦如同品尝一席精神美餐。在旧书店,当民国版本那种特有的封面设计风格进入我的眼帘,眼神会随即一亮,赶紧抓在手中,以最快的速度进行甄别,确信无疑,立即付款走人。

一个时代有一个时代的书衣风格。相比时下的书籍封面设计,电脑的普及运用,为设计提供了现代辅助工具,可采用重叠、组合、剪辑、时空切换等新颖手法,呈现四维立体的视觉效果,由此封面设计更显时代特色,其优势是无可替代的。然而,再先进的装备,也有局限性。有人说,建筑系的大学毕业生离开电脑,竟不会手绘建筑效果图。同样,出版社的美编离开电脑则不善手绘封面画了。而画家更不屑于此。电脑设计封面,会走入划一、雷同的窠臼,难以体现民族文化特色。钱君匋先生谈到20世纪30年代的往事,说有一次随陶元庆去鲁迅先生家,听鲁迅谈封面设计,鲁迅说,可以多运用一些民族形式,如我国古代的青铜器和汉画像,都有极其优秀的图案纹样和人物描写,如果把这种传统用到封面设计上去,可增强民族风格。几十年来,钱先生正是努力践行鲁迅先生的教诲,形成了他的装饰性鲜明的封面设计风格,人称"钱封面"。对民国版封面颇有研究的新文学史专家高信先生,曾就此写出系列文章,介绍了一批鲜为人知,却是民国时期重要的封面装帧家如季小波、刘既漂、郑川谷、莫志恒、汪仓等,他们代表了开明、良友等出版机构的封面设计水准。捧读这各具特色的封面画,仿佛能触摸到设计者的心声与手温,令人倍感亲切。现在电脑设计,以字体为例,有宋体字但没有老宋体那样的美术字,过去设计者都是通过手写手绘,使古朴、厚重的老宋体神形毕肖,韵味纯厚。这样的效果,现在只能从民国版的"旧平装"中去寻觅去欣赏了。

从贺友直的漫画谈起

　　有人会说,贺友直不是画漫画的呀,他是著名的连环画家。此话不错。但我说的这幅漫画,确实是贺老所画,内容自然离不开连环画,漫画的题目就叫"一个连环画工作者的遐想"。

《一个连环画工作者的遐想》(贺友直画)

　　这幅漫画,我偶然发现于 18 年前上海的《出版工作》刊物上。画面的意思简明扼要,主题十分鲜明:在一家专售连环画的书柜前,男女老幼排着长龙般的队伍,热情高涨地踊跃购买连环画册。

我注意到,贺老在这幅漫画的下端有一句题签:"贺友直一九八六年十一月作于第三届连环画评奖之后"。上世纪的 70 年代末、80 年代初,正是我国连环画事业方兴未艾之时。由于长期的思想禁锢被打破,连环画的创作与出版呈现空前活跃的景象,迎来了真正百花齐放的可喜局面。从 1981 年起,我国恢复了因"文革"而中断了 18 年之久的全国连环画评奖(首届评奖在 1963 年),于 1981 年举办了第二届连环画评奖,盛况空前。评奖活动推动了连环画的创作繁荣,新作迭现,佳构如云。当时,我国连环画的年出版量约 2 000 余种,总印数高达 8 000 万册,创了历史最高。然而,好景不长,从 1984 年开始,连环画已初显危机。鉴于这一状况,贺友直1985 年不再担任中央美术学院连环画的教学工作,回到了上海。我知道,贺老是新中国第一位高等院校连环画专业教授。贺老作此漫画为 1986 年。尽管在第三届连环画评奖中,涌现出一些优秀作品,如以反映现实生活题材的《人到中年》《人生》《高山下的花环》等作品获得一、二等奖,但仍无法改变连环画的滑坡现象。作为连坛的一棵常青树,贺老曾在前两届评奖中,以《山乡巨变》和《白光》连获一等奖,拔得头筹。当看到评奖对改变现状亦回天无力时,他深感忧郁。有感于此,他挥笔作了他一生中也难得画的这幅漫画。观这幅漫画,可见画面人物众多,但个个生动形象,有伸手指点的,有踮起脚尖的,有耐心等待的,有急切顾盼的。简洁流畅的线条中,人物的内心世界刻画得入木三分。漫画的风格,亦一如贺老的连环画风格,传统的白描中,人物形象生动传神。遐想,其实只是表达了贺老的一种良好的愿望,希冀我国连环画再现繁荣局面。时隔 18 年,倏然看到这幅贺老早年发表的漫画,我首先感慨的是,贺老的遐想,终未成为现实。从 90 年代初第四届连环画全国评奖后,就没有再单独评奖。而国内连环画的创作与出版,亦每况愈下,逐步走向衰落。由于社会经济的嬗变,电视、电脑、卡通的日益普及,传统的连环画已难以再现昔日的辉煌,更无法激活人们的购买与阅读的欲望。连坛后继乏人,年岁大的连环画家大都已搁笔,新的画家又多不屑于此。而少年儿童面对着更多的文化娱乐形式,诱惑实在不少。

近年来,连环画的出版仍未走出低谷。然连环画的收藏与拍卖,却十分红火,成了一大文化景观。这是时代的造化,或是现实的无奈。是焉非焉,让时间来评说。但一个不容置疑的事实是,连环画已成为一种勾起人们回忆、怀旧情感的载体,一种精神享受的奢侈品。不知贺老见到自己的这幅旧作该有何种感想,我见到他时,就问问他吧。

颜仲的肖像木刻

当我辗转得读《颜仲木刻——中外文化名人肖像选集》时，离此书出版日期有年余了。然而，我依然觉得耳目一新，心绪难平。

显然，我被作者颜仲的身世与遭遇所打动。他生于 1930 年，为浙江富阳人。1955 年毕业于中央美术学院华东分院，任人民文学出版社美编，从前辈版画家刘岘学木刻创作。1959 年，颜仲创作出成名作《鲁迅像》，入选同年举办的全国第四届版画展。这幅木刻后被收入日本举办的纪念鲁迅诞辰 100 周年木刻展览会，又入选法国举办的中国现代木刻展。1981 年，这幅《鲁迅像》被放大 100 倍悬挂在人民大会堂主席台的背景处，那是首都纪念鲁迅诞辰 100 周年大会。就是这样一位颇有前途的木刻家，却在 20 世纪 60 年代初交上"华盖运"，被"下放"到哈尔滨，在一所中学任教。环境的窘迫，加上历年政治运动不断，颜仲的艺术生命被完全止息了。"文革"结束后，全国美展选中《鲁迅像》，并邀请他去出席开幕式，却因付不出交通费而未能如愿。在他默默度过 25 年粉笔生涯后，1985 年在友人的帮助下，才调进哈尔滨市画院，开始重拾木刻刀具，逐步恢复创作活力。以后 10 多年中，他创作出 200 余幅中外文化名人肖像。终生以名人肖像为创作对象，这在中国美术史上是绝无仅有的；并在《鲁迅研究月刊》连载了 8 年，近百幅作品，这也是前无先例的。然而，天有不测风云，20 世纪 90 年代后期，颜仲突患脑脓肿，长期住院并动手术，给本来就经济拮据的颜仲家庭带来巨大的经济负担。而更大的厄运是，因脑出血第二次动手术却终告失败，造成他的精神失常，神志迷乱、疯癫。从此，疾病彻底断送了颜仲的艺术生涯。

《颜仲木刻——中外文化名人肖像选集》封面

《鲁迅像》(颜仲作)

颜仲昔年的三位好友王观泉、李允经、王世家，为给病中的颜仲一个安慰，也为留下他的一份珍贵的艺术成果，愿意贴钱来为颜仲编画集。他们从颜仲的肖像木刻作品中，精选了 128 幅，其中中国部分 58 幅，外国部分 70 幅。美术史学家、传记作家王观泉的"跋语"，是一篇颜仲木刻艺术的精辟专论。版画史学家李允经抱病写了"序言"，肯定了颜仲的木刻在中国版画史上的地位。原《鲁迅研究月刊》副主编王世家写了"编后杂记"，介绍了颜仲坎坷的生平。由京沪三位重量级的学者联手为一位在世画家编木刻选集，这在中国美术史上亦属史无前例，足见《颜仲木刻》一书的分量。只要读一读这三位专家的文章，就可详知颜仲其人其作。此书以一幅肖像木刻配一段简洁的文字，来介绍一位文化名人，且以人物肖像为主体。有人说，画肖像，最高境界是"形神兼备"。而颜仲的肖像画，除此以外，更涵蕴着人物深邃的思想。在他的木刻刀下，这些人物不仅是文化人，更是斗士是思想者。看诗人、文艺理论家胡风，他紧蹙着眉头，仿佛不明白中国现代文坛何以风雨多变。再看俄国作家陀思妥耶夫斯基，他被沙皇流放到西伯利亚，那双凹陷的眼窝深刻而犀利，似乎是鲁迅所评价的"人的灵魂的伟大的审问者"。时下，人们说这是一个"读图时代"，同时也要警惕"浅阅读"的流弊。而读《颜仲木刻》，并无轻松和肤浅之感。

然而，顺便要告诉读者的是，于今未必能读到此书。因为，我不是为一本书的销路而写下这篇短文，实在是因为此书仅印 1 000 册，据说除 300 册赠颜仲家属以及相关朋友外，其余 700 册投放书店，很快不见了踪影。物以稀为贵，颜仲的人物肖像就是一种不可多得的艺术精品，一种黑白木刻的经典。正如观泉老师在赠我书的扉页上所写下的题签："颜仲是一位很不幸的木刻家，但总算在友人的努力下，出版了这册木刻集，我深信能流传下去的。"诚是斯言。

黎鲁骑行写出四部书

每次,我去看望黎鲁,必定会骑上跟随我多年的自行车。从我家居住地的东南隅陆家浜路出发,到西北角的武宁路桥堍,斜线穿过整个上海闹市区,路程约 30 余公里,费时 1 小时左右。

骑车拜访黎老,只是向他表明,我也属"骑车党"一员,是他的一个爱好自行车的小同党,而黎鲁当之无愧可称"党首"了。

确实,我的骑车,与黎老相比,连"小巫见大巫"这样的字句都用不上,可说相差"十万八千里"。1936 年,黎鲁 15 岁在复旦附中读书时,常花两毛小钱租一辆自行车,骑着满城闯荡。一次,他竟从交通大学旁的一条小路朝西骑去,不知不觉到了虹桥公墓,见到鲁迅新坟,使他想起大白布上曾书"民族魂"三个大字,不由得肃然起敬。在华华中学时,他加入了党组织,后任学生协会六区及八区的党团书记。考上大夏大学(华师大前身)后,他任大夏大学党支部书记,期间做进步杂志《海沫》的发行工作。1941 年,因酷爱美术,转考新华艺专,成为陈抱一、丁衍庸的学生。由于形势恶化,经组织安排,他到淮南新四军根据地。也就是说,从中学到参军,他一直边读书,边从事中共地下党领导的学生运动,来来往往神出鬼没,只要有骑车的环境和条件,他就与自行车形影不离,亲如兄弟。上海解放初,工作稳定后,他自费买了一辆"永久牌"自行车,作为代步工具。上班下班,出门办事,可称方便简捷,自行车成了他"最好的伴侣,从此一日也少它不得"。离休了,不用天天去单位,照理可以享享清福,坐坐免费公交。可他不,不但"继续操练",还把骑车这活计搞大了。1975 年,他利用"干校"难得的几天休假,到苏州一带,作了骑车远游的第一次尝试。上世纪 80 年代初,他与一拨同样年过六旬的老人,说干就干,扯起"中华老年自行车旅游者协会"的大旗,从上海到华东,再到全国近 20 个省份,作过 12 次的自行车"自由行"呢!

黎鲁的骑游,并不是一般意义上的旅游。他骑一路,忙碌一路,不停地用水笔写,用画笔画,用相机拍,经修改整理,先后出版了4种专著,即《八山十七水——一个画家在骑车旅途中的絮语》《速写十五省——黎鲁单骑千里写生记》《穿越南北中》和《自行车速写上海——九旬老者七十年骑游上海的故事》。

他如同一位田野考古工作者,一路上叩问自然,叩问城市,叩问历史,写下50余篇《车轮上的思考》。他写道:"体力旺盛的我,骑着自行车,一早从上海先过黄渡,沿着一条大河向西,右边是良田阡陌,大麦小麦绿中泛黄,不时夹着如镜的水面,方方正正。穿着鲜靓蓝衣裤、头插桃红色簪的农妇一队队干着活,水田总归亮晶晶的。左边是成排望不到底的水杉,隔着嫩青的、细碎的树影往外瞧,大船小船撑帆不撑帆的东来西往慢吞吞移动着,便肯定为吴淞江……当时的吴淞江面,唐代有二十公里的宽度,并有青龙镇的崛起。上海先祖不在黄歇浦,而是在青龙。八十年来市上出售的上海市郊简图上都不见青龙的地名,只隐约记得人们说过青龙便是青浦的白鹤。"

他写《徐家汇和八仙桥》:"八仙桥原是一座桥,原和南阳桥一样都是周泾浜上的桥,原浜于一九○○年填平筑路,名敏体尼荫路,即今之西藏南路。"骑车过五角场,他写过《市政府的命运》,这当然就是国民政府的市政府:"这里陆上有淞沪铁路直通宁沪铁路,水上处黄浦江下游,可就近于吴淞口出海,从市中心分出五条路:黄兴路、邯郸路、淞沪路、四平路、翔殷路走向四面八方。"

由游历而深入一座城市的起源和它的历史,黎鲁将旅游赋予了一种特别的涵义。

除了写,黎鲁的拿手好戏是画。20世纪40年代初刚参军之后,他就每日笔不离手地练习速写,一本本积累了13本,塞在行军背包里。而他的背包,总比别人鼓囊沉甸许多。一日,后被蒋军大部队追赶,前有黄河堵住。加上连日大雨,路上浅处水漫过膝。在匆忙中,遗失了这13本速写本。于今想来,仍令他深感可惜。不过,速写的基础便在那战争年月打扎实了。时下,一路骑游,正是"英雄有用武之地"哪。他用画笔速写了浙江广德县太极洞,以及九华山、天柱山、大别山、河南三门峡水电站、延安枣园等。今年,联合国批准中国的"丝绸之路"、"大运河"为世界申遗项目,这两处的场景,多次在他的旅途速写中出现。他每到一地,还拜访当地老干部局,请他们在他的速写画旁盖上红印,留下了一种别样的纪念。

本来,黎鲁骑游,是不带相机的。祖国山水之秀丽,文化之丰富,使他感到不拍

《速写 15 省——黎鲁单骑千里写生记》封面

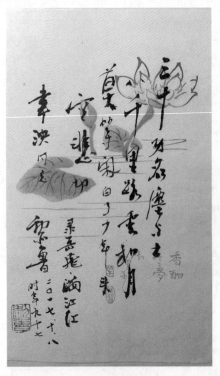

黎鲁手迹

下这些美景，实在太可惜了。从第五次远游起，他开始用上了傻瓜相机，走一路拍一路。后来，他的老友、时任市摄影家协会副主席的尹福康知道了，帮他买了一架稍好些的"海鸥牌"相机。相机的作用，可以弥补速写的不足，甚至可以为日后回忆提供更清晰的原貌。在他一路拍摄的照片中，留下不少珍贵的人文景观。一次，他在河南郏县荒僻的沙石路上跋涉寻访"三苏祠"，在墓园中东寻西找，终于得见苏东坡的坟，他请旅友帮忙，拍下一张纪念照，从中可看出他疲惫不堪的神态。只是相对而言，黎鲁更喜欢提笔画画。老友杨可扬说这些速写与照片"既是生活对画家的回报，也是画家对社会的奉献，是一种自讨苦吃、自得其乐的享受。"老友贺友直更是激赏："黎鲁人老但志壮心壮，才能有行万里之壮举，可敬可佩。"

黎鲁以自行车游历神州，一路上，用上了十八般武艺，全身心投入，快哉乐哉！有人说，城市道路资源有限，要大力发展公共交通。这当然没错。而黎鲁想："我不认为自行车会被淘汰，因为它本身具备不可取代的良好性能。除了体育爱好者有自己的解释外，剩下来的理由我看只有一条，那便是审美情趣。"

这，道出了一个热爱生活老人的乐观和思考。所以，我骑车去黎老家，可以与他多一个共同的话题。至于骑自行车的种种优处，何须赘述，一切尽在不言中。

读画"三乐"

倏然间，见到这幅彩色水墨画，我的心里就乐开了花。

这幅画的主角，即是人们十分熟悉的孙悟空和猪八戒形象。这一下，就把我拉回到了半个世纪前的童年。我小时候看连环画《孙悟空三打白骨精》，书中讲的就是孙猴一班人，跟着师父唐僧去西天取经的故事。所以，我识得孙悟空与猪八戒，就是从这本连环画开始的。那时，压根儿就不知道还有厚厚的古典名著《西游记》之类的书。我想，这个家喻户晓的故事，小朋友们大都也像我一样，是从连环画中知晓的。所以，一看到这幅画，我就乐开怀了，有什么事情比回想甜蜜的童年更让人高兴的哪。此为一乐。

当我的目光端详着这幅画面，看到左下方的毛笔书法落款："万籁鸣九十岁作"时，我又乐坏了。立马想到，我的忘年交、资深老编辑彭新琪老师，她跟我说过，她写过一本人物传记叫《动画大师万籁鸣》，传主就是这幅画的作者啊。我就找来这本书，看呀看，整个身心都被彭老师生动的文笔带进了画家的人生世界。万籁鸣是我国现代动画之父，创作了《大闹天宫》等许多脍炙人口、影响广泛的动画故事片。而有趣的是，他是个生活中十分节俭的画家，衣着简朴，饮食随便。幼时喜欢画画，把父母给的零花钱，全用来买了毛笔、颜料和画纸。为了能一直坚持画画，他就养成了一个好习惯，把不舍得用的零花钱，一分一厘积攒起来，放在一个小红木盒子里，当颜料和画纸快用完时，他的存钱就到足够可以购买这些绘画用品的数额了。聪颖而不停地勤奋作画，使他成为孩子们喜爱的动画大画家，而他一辈子都是在为少年儿童创作乐趣无穷的动画故事片，获得了"动画之父"的美誉。所以，看到"万籁鸣"的名字，爱好动画的我和许许多多大小朋友们，都会从心里乐滋滋地感到无比亲切。此为二乐。

《大闹天宫》(万籁鸣作)

这最后一乐,那就说来话长喽!仿佛时光隧道一样,千百年前的神话故事,如同"穿越"一般,眨眼来到了我们的现实世界。唐僧是和尚群体的领军人物,他带领的团队,就是僧人的团队,在朝西天取经的路途中,一路"阿弥陀佛",一路作揖"化缘"。这样一个团队,少不了吃喝住行的开销,至少也得解决温饱问题。昔日化缘,就是僧人们赖以生存的主要手段。

然而,到了眼下商业高度发达的市场经济时代,虽然善男信女出于对宗教文化的信仰,信奉"慈悲为怀",目的无非是教人积善行德。对于僧人的"化缘"要求,都会给予一定的赞助。但是,仅仅靠别人的"施舍",是很难从根本上解决生活难题的。

那就必须有一种新的方式,来取代口中念念有词的"化缘"。画家调动着自己的生活积累,也许还想到了童年为买笔墨而存钱的那个木盒子。就给头脑灵活、妙计无数的孙悟空,设计出一种现代理财方法,那就是两个字:"储蓄"。

当憨厚、无能的猪八戒举着个空钵,对孙悟空感慨而无望地叹息道:"现在化缘真难啊",孙悟空却一个飞步,踏云而来,欢快地亮出一个"标配"的孙猴动作,说道:"如今要靠储蓄才好",并在右手托起一只仙桃,预示着有了"储蓄",就有了丰硕的果实,就有了长久稳定的生活来源。会"七十二变"的孙猴,也得依靠储蓄来应对日常起居等世事变化。

曾听说一个真实的故事。关于"储蓄"的理念,确实在僧人中流行起来。说有个寺院,因香火旺盛,引无数好心人捐款。寺里的方丈就会隔一段时间,给和尚们发点零花钱,买买牙刷牙膏之类的生活必用品。其实,现代僧人,也逐步时代化了,有的连手表、手机都武装在身。所以,这就有个如何用钱的问题。为了让和尚们学会自我管理资金,方丈联手附近的一家银行,给每位和尚都办了一张"储蓄卡"。呵呵,这一招还真灵,他们个个学会了"储蓄"。

我国自有银行以来的100多年历史中,储蓄始终是一项主打业务。对银行而言,可以集零成巨,服务国家和企业,这是银行运作资金的特性使然。对储户个人而言,通过日常有意识的节制,换取一生"无后顾之忧"的安慰,更可培养勤俭生活、持之以恒的传统美德。可见储蓄事小,却是于国于民大有裨益之事。

是的,从千百年来的神话,到大千世界、芸芸众生的现实,画家演绎了一个令人充满想象的"穿越"。这恰恰是,现代金融给出的一个人生指南。从远古的僧人生活,到现代的悠闲理财,一切都已瞬息万变,一切都在追随智慧的创新的优质生活。

艾青称莫测"水的歌手"

　　20世纪80年代初,我在上海电力系统团委工作,业余爱好文学写作。那时,就知道北京水利电力部文艺协会有个叫莫测的版画家,他还担任着这个协会的专职副主席。我时不时从展览中,从报刊上读到他画面清新的木刻作品。但是,作为那时的"文青",我沉湎诗歌,与协会的联系,亦仅限于文学"那点事"。那时到文协所在地北京白广路办事或开会,也与文学"单线联络"。现在想来,是错过了走近莫测,向他学习美术的良好机会。

　　10多年后,当我离开电力系统,当我爱上版画和藏书票时,读到大量莫测优秀版画作品时,才幡然醒悟:低调淡泊的版画大家,原来就近在咫尺啊! 对于莫测,还有一层感到亲切的关联,是我知道他年轻时与我一样,在苏南常熟市共青团宣传部工作过,可说是老共青团员,我的前辈哪!

　　这就说到了莫测的丰富经历。他1928年生于江苏盱眙,由于家境贫寒,1944年未满16岁,就到《淮南日报》当刻工小学徒。也许是冥冥之中的一种巧合,也许是他对美术有着天生的感悟。一个"刻"字,贯穿着他漫漫的艺术人生,使他与木刻结下了不解之缘。一次,印刷厂要排印《放下你的鞭子》剧本,封面原由一位画家画了墨稿草图,却无制锌版的条件。为了能够及时印出,厂里让莫测刻成画面。他立马操起刻刀,很快就把图案翻刻到木板上,上机就印出了造型有力、黑白分明的封面。这就是木刻在战时的简便实用和独有的艺术魅力。一位作家要出版作品集,慕名找到莫测,请求为其创作一幅木刻画作为封面。莫测二话没说,从画面设计,一稿稿修改,到正式翻印刻制,顺利完成,赢得作家连声称赞。以后,莫测忠诚于生活的感受,创作一些小型木刻,投稿给当地报刊,竟常常被录用刊发。这给了莫测莫大的鼓励。这叫什么? 这叫无师自通啊! 1948年,时年20岁的他,被《新常熟报》正式聘用为文艺版助理编辑。虽然报社条件简陋,但莫测干得浑身是劲,因没有做锌版的印刷条件,却给了他木刻创作的用武之地。他的木刻作为副刊版面的插图,屡见报端。

1949年4月,解放军打过长江,江南解放了。他所在的报社由军管会接管,莫测从此参加了革命工作,成为我党建国后第一代新闻工作者。新的革命形势,对报社工作提出新的要求。可是,莫测手上使用的那把刻刀,还是几年前的旧家伙,跟不上创作需求了。于是,他想到,上海有版画名家杨可扬先生,解放前曾与人一起搞过"木合厂",专门生产木刻工具,供应给青年木刻爱好者。对,找他一定能买到合适的木刻刀。于是,莫测寄出了一个月的生活津贴,并充满希望地等待着。果然,热心的杨可扬获得信息后,设法为他购买了"啄木鸟"名牌的木刻刀。从此,莫测拥有了一套完整的木刻工具。更使他感到幸运的是,他与杨可扬建立了通信联系,常常得到来自上海版画家的关心指导。在心中,他把杨可扬视为自己创作版画的引路人和导师。

1953年,莫测调到水利部,从事水电系统的展览设计、报刊美术等工作。对于水,莫测感到无比亲切,充满感情。他的家乡就在洪泽湖畔、淮河岸边,他的童年是在水的滋养下长大的。青年时代在苏南水乡工作多年,与水须臾不曾分离。如今到了水电系统,他如鱼得水,把全部热情和精力,都投入水的题材创作中。1955年,他创作出代表作《拿鱼》。直幅的画面,水天一色,宽阔的江上,一叶小舟,一对渔家,鱼鹰在欢快地追逐着水中之鱼。很快,此画在《人民日报》发表,随即被许多报刊争相转载。此画还入选第二届全国版画展、全国青年画展,又作为对外文化交流的优秀作品,选送到不少国家参加展览。莫测不仅表现与水相关的作品,如《苏州河上》《响洪甸风光》《水上猎人》等,更有深度反映"大地明珠"水电站建设的作品,如《三门峡》《电灌站》《新安江晓雾》等。水,不但养育了他的人生,亦滋润了他的艺术。在他的作品中,可以看到自由流淌的水,平静如镜的水,激情澎湃的水。著名版画家晁楣说:"水,萦系着他的心绪;水,浸染着他的每一根神经;水,直接影响着莫测的创作构思、构图乃至创作个性风貌。"版画前辈古元先生是莫测亦师亦友的挚友,莫测自从20世纪50年代调到北京水电部后,常去向古元请教版画创作上的诸多问题。可以说,古元对莫测的创作生活了解至深,评说也最到位。古元说:"五十年代你常常采用大片纯黑色表现水,六七十年代你喜欢采用激越飞驰的线,增加画面的动感。近些年你大胆使用平行复线来结构画面,增加了黑白版画不易表达的那种烟雨迷蒙的意境,融合了中国山水画的审美情趣。"曾就读国立西湖

《苏州河上》(莫测作)

艺术学院绘画系的著名诗人艾青,更是对莫测表现水的题材作品欣赏不已,说"莫测大量的作品都来自水乡的感受,真实而动人",并称他是"水的歌手。"艾青用诗的语言,深情地赞美道:"来自水乡的人/和水打交道/唱的是水/画的是水/从他的画夹里/传出了水的声音"。

可是,由于反映水的作品,那么抒情,那么淡雅,以至在"文革"中,被人指责为脱离政治的"小资情调"而受到批判,并把他的画归入"黑画展"中进行示众性的展出。最终,因为莫测是共青团干部出身,也因为他是一个业余作者,此事也就不了了之不予追究了。

"新时期"后,莫测焕发了创作青春。随着改革开放的春风劲吹,国门打开,中外文化交流渐多。他与日本版画家友好往来并互赠作品。而从日本寄来的资料中,有不少是他们藏书票协会出版的版画藏书票原作。莫测觉到新奇而欢喜,由此引起了他对藏书票的极大兴趣。1981 年,他撰写了《藏书票杂谈》一文,刊发在《版画艺术》杂志上,并附印了几十张各国藏书票作品,引起了版画界、读书界的广泛关注。之后,他又在《人民日报》《光明日报》《美术》等报刊上,发表了 10 余篇介绍藏书票的文章。在莫测与李平凡、杨栋等版画家的积极倡议和推动下,1984 年 3 月,在北京成立了中国藏书票研究会。30 多年来,藏书票艺术活动在我国不少城市蓬勃开展,不但促进了版画创作,推动了读书热潮,更丰富了人们的精神生活与文化品位。

莫测堪称新中国第一代优秀版画家。从 1955 年创作成名作《拿鱼》至今,他踏踏实实走过了 60 年的版画创作之路。如今八七高龄的他,依然刀耕不辍,勤于创作。其版画新作《牧场家园》等,在艺术上更是炉火纯青,风格卓约。可见老画家宝刀不老,艺术长青啊!

邵克萍的连环画之说

一次,在旧书摊淘得一份四开旧报,报名下印着:"第二期,中华全国美术工作者协会上海分会编",又有时间与地址:"一九五〇年五月一日,陕西南路一三九号"。粗阅一过,我始知这是一份早年上海市美术家协会主办的内部小报,为《上海美术》,刊头书法题字,似乎出自当年上海美协主席赖少其之手。距今已有六七十年矣。当翻到第三版,见有《谈谈改造连环图画》一文,不觉欣喜,竟先睹为快。文章约二、三千字,占了大半个版面,作者克萍,即邵克萍先生也。

中华人民共和国成立初,由于文艺百废待兴,包括连环画在过去二三十年中,多以三皇五帝、才子佳人、侠客豪杰、神妖鬼怪为主要题材,为了让读者"从被造成的愚昧幻境中解放出来,给以新鲜的养料,让他们看见生活的真实和方向,那改造连环画不能不成为我们美术工作者当前最主要的任务了"。

邵克萍先生

克萍通过具体举例和翔实的材料,分析了当年在改造连环画中的一些好的做法与存在的若干不足,并指出:"要改造连环画,我的粗浅意见是'连联'必须加强组织,让新旧作者紧密地联系起来,交流经验,其他部门的美术工作者也不容袖手旁观,应该认识到改造连环画就是新文化普及工作中一个重要的方面,毅然地参加到改造的实际工作中来。"这里的"连联",即解放初成立的"上海连环画工作者联谊会"。

《一支驳壳枪》封面

《格兰特船长的儿女》(上)封面

克萍还指出："上海解放后,有好几位作者起了带头作用,完成了好几本新内容的连环画作品,如邵宇的《土地》,吴耘的《不要杀他》,可扬的《冬冬的童年》,甫堡的《丹娘》,赵宏本的《血泪仇》。这一方面给改造连环画的工作打下了基础,另一方面也给旧作者、旧出版家拓展了一条改变出版方针的康庄大道。在这些新的出版物方面,当以大众美术出版社出版的《土地》为杰出代表,看这一〇七幅图画里,的确是尽情暴露了封建地主阶级剥削劳动农民的残酷。由于作者是亲身经历过土地改革工作的,加以技巧的熟练,就充分把握了地主阶级和农民阶级的典型,所以也就显得非常真实。"

邵克萍先生与韦诀

据我掌握的史料所知,克萍刊在《上海美术》上的《谈谈改造连环图画》文章,是建国后较早与蔡若虹一起,对加强连环画改造与重视发出呼吁的美术工作者,他俩在同时期发表了谈及连环画的专论,蔡若虹在《人民美术》1950 年 2 月创刊号上发表了《关于连环图画的改造问题》。在上海解放一年之际,创刊了《上海美术》,虽然是内部报纸,却已经把美术动态的报道与促进工作抓出了初步成效。尤其上海作为连环画的发祥地,其改造和普及工作,更是给予高度关注。1951 年 6 月,为适应连环画的改造与创作需求,全国性的专业刊物《连环画报》应运而生,此后又出版了

《美术》月刊。因此,克萍以一个美术工作者的政治敏感性和责任性,及时为连环画在建国后的健康发展,作了深入调查和细致研究,并及时撰文阐述了独特的观点。这在我国连环画发展史上,是值得留下的重要一笔。

其实,邵克萍并不是连环画家。他在1940年开始从事版画创作,任中华全国木刻协会理事,长期致力于新兴版画运动,曾被授予"新兴版画贡献奖"。1950年,他在华东文化部艺术处工作。期间,对上海的美术工作有了多方面了解,改造连环画成了他的主管工作之一,并多次组织有关连环画创作与研讨活动。几十年来,他以现实主义的手法创作了大量优秀版画作品,2006年6月,在上海美术馆举办了《邵克萍九十回顾展》,出版了新著《铮铮刻刀写春秋》,获得高度赞誉。

邵老多次谈及从建国初直至目前的连环画现状,令我深感他对连环画发展的关心备至,怀有一片赤诚之心。面对眼下处于疲软状态的连环画创作与出版业,他常怀念我国连环画事业曾经的辉煌,又对未来的发展寄予更多的关注,袒露殷殷之情,期望振兴我国这一为人民、为大众服务的通俗文艺样式。

叶滋藩的艺术人生

叶滋藩走了。脑溢血,很突然很意外。

这些天,一提起他,我们心中就堵得慌,无法释然。虽然他年逾 80,却老当益壮。听他谈设想谈打算,都是挺好的蓝图与抱负。好端端的一个美术同行,一起聊天的朋友,那天在东方明珠下的陆家嘴藏书票馆里,他和美术同好还谈笑风生。不到一个月,怎么说走就走了。真让人郁闷。

叶滋藩以一生的努力,践行着陶行知先生"爱满天下"的博大精神。行知如地下有知,为有这样一位知音、一位后继者,当感欣慰。

最可敬佩陶行知

1956 年 7 月,初夏的一天,凉风习习。刚满 18 岁的叶滋藩,经三年苦读后顺利毕业,此刻,他突然觉得自己长大长高了。他踌躇满志,从位于虹口四平路的上海行知艺术师范学校走出,立志要干一番事业。这是一所很有来历的学校,它的校长曾是著名教育家、社会活动家陶行知先生。1939 年,在抗战炮火中,陶行知克服千难万险,荜路蓝缕,创办了意在教育救国的这所学校,亲任校长,为实施"新式教育"的策略,探寻一条中国新教育之路。

虽然,在这所学校短短的求学生涯中,叶滋藩没能亲炙陶行知的言行教诲,却身心浸润在陶行知倡导的严明校风和严格教育的襟怀中。尤其是陶行知的那句名言:"捧着一颗心来,不带半根草去",在叶滋藩心底扎下坚固根底,给他留下深刻印记,以致影响了他的一生。陶行知的无私精神,就是叶滋藩人生的立足点和出发点,也是他人生的意义所在。

　　叶滋藩1938年出生上海,系中国美术家协会会员、中国版画家协会会员、九三学社社员。还在中学求学期间,他从《国文》教科书中,就读到了陶行知的相关内容,深受感染。课文中说,陶行知出生在普通农家,却学习刻苦,以第一名的成绩毕业于金陵大学,又负笈美国,就读哥伦比亚大学教育系。回国后立志教育救国,在创办行知艺术学校之前的1932年,已创办了"山海工学团",之后又创办了育才学校,把课堂、工场、社会三者连成一片,使学生学以致用,为国家培养了许多栋梁之才。受此启发,从小爱好美术的叶滋藩,中学一毕业,就毫不犹豫报考了行知艺术学校美术专业。他认为美术既是艺术的,又是实用的,具有广泛的发挥空间。由此立志,把美术作为自己的终身爱好,一种事业的追求。

　　在这所半工半读的专业学校,生活是那么清苦,可他的精神却十分充实愉悦。他寒窗苦读,他冒暑写生,打下了绘画的美术基础。因为是发自内心的钦佩,钦佩伟人陶行知;也因为是发自内必的爱好,爱好美术这一行。他的学习从来不用家长逼老师催,每学期结束,功课门门优秀。外出写生的习作,常常作为范本,张贴在学校的橱窗里。以优异成绩从行知艺术学校毕业后,叶滋藩分配进普善路小学,做了一名教书育人的老师,当然教的是他的美术专业。他喜欢这一工作,可以发挥他的绘画特长,他要像陶行知那样,培养更多祖国需要的人才。

　　教学工作之余,他潜心投入绘画创作,素描、油画、版画、水彩,样样都会实践一番。难忘1957年,他创作的一幅油画《西郊农村》,在上海市第一届职工美术展览中,夺得一等奖。那年他才19岁,初出茅庐,名不经传却一夜成名。这幅画面稍大

叶滋藩版画

的油画,他花了一个多星期时间,可说是夜以继日地不思食寝,用血汗绘成。画面是绿色基调,近处是河塘、石桥,中景是草坪,两边有茂密的树林,后面是茅草简屋,有农家晾晒的衣物,那红色秋装在一片绿色中,显得十分鲜艳,亮人眼球。再远处,就是空旷而深邃的蓝天。这幅画意境恬淡静谧,是上世纪年代上海郊外的典型场景,也是城里人向往的一方安宁圣地。叶滋藩用的是传统笔法,酷似俄罗斯油画的厚重、沉郁。在当年,没有相当知名度的画家,是难以画出这样厚实成熟之作。"自古英雄出少年",堪称画坛新星。

之后,他一发而不可收。油画作品《风雨后》《富春江畔》《鲜花和葡萄》《黄浦江》等相继问世。他的油画创作,一直持续了 60 多年,直到今年 8 月,在创作一幅水彩画时,因突发脑溢血而中断。那幅画了一半的画,还搁在家中画室,未及命名啊!像一艘船触礁搁浅,永远停泊在半途。

从学画开始,他就向杨可扬、邵洛羊、沈柔坚等画坛前辈学习和请教。除了水彩画,他还画版画、国画、油画等,是画坛的多面手。从 1957 年他的国画《扫雪》,在上海《青年报》刊发起,他的作品在《人民日报》《解放日报》《文汇报》《新民晚报》《解放军画报》及专业美术报刊屡屡发表。并在国际性展览、全国美展、版画展、市美展等展出。1962 年,上海为配合"牡丹牌"油墨发行,专门印制了一本挂历,12 个月每月一画,画家有古代的唐寅,近现代的齐白石、徐悲鸿、林风眠等,叶滋藩的版画《黄浦江的黎明》刊在 11 月份上。同年,黄浦区文化馆在中华第一街的南京东路上,为他举办了首次个人画展。

一生不忘乡梓情

出生于上海的叶滋藩,却情系家乡慈溪鸣鹤镇。清末民初,叶家在当地是名门大户的望族。办实业举善事,在十里乡间名闻遐迩。成年后的叶滋藩,常常回家乡感受浓浓乡情。

20 世纪 70 年代,一个偶然机会,使他与陶瓷结下不解之缘。那时,他已调到上海中兴剧场任专职美工,画电影海报,也是他喜欢的绘画工作。在剧场大修时,他从美学的角度,建议墙立面的装饰,可用外形美观、永不褪色的彩瓷装饰。剧场负责人为难地说,这需要进口的啊。闻此,叶滋藩大感不惑,发明陶瓷的泱泱中华,却在现代经济发展中落伍了。于是,在上海电瓷厂的支持下,他自行设计模型,土法自制压力机,烧制出第一批用于建筑外墙的彩色凹凸瓷砖,填补了中国陶瓷贴砖的一项空白。此工艺先后运用于风雷剧场、万人体育馆等场馆建设中,也推广到全国许多城市。此举惊动了北京轻工业部陶瓷司,把他借调到部里,参与《中国陶瓷发展史》的编撰工作。完成该项目后,他回到上海,乘着在部里积累的工作经验和优势,在上海发起举办了由 28 个省市参加的"全国陶瓷艺术展览会",集中展示了全国各地名陶名瓷精品,此展轰动整个上海和全行业,每天有多达 4 万的观展人次。

这一连串的案例,给了他极大的启发。美术,不仅是一种具有观赏的艺术价值,还有美化生活、促进经济的实用价值。彩瓷成功的消息不径而走。家乡慈溪有家陶瓷厂,闻风而动,转弯抹角好不容易找到叶滋藩。真是老乡见老乡,情深泪沾衣啊。家乡人特地来沪,邀请他去担任陶瓷技术顾问。借着改革开放的强劲东风,叶滋藩决定接受家乡的热情邀请,毅然辞去上海公职,回到家乡担起这一重任。

他想,山青水绿的家乡慈溪,历史甚为悠久,是我国越瓷的发源地。弘扬我国越瓷艺术,为家乡经济发展助一臂之力,正是叶滋藩心里埋藏很久的梦想。如今政策允许打破"铁饭碗",人才可以自由流动,又提倡搞活地方经济,振兴现代乡村。天时地利人和,正是他发挥一技之长的大好时机。

当时,叶滋藩获悉,上海中药厂的著名产品"六神丸",因找不到合适的外包装而将产量一减再减。一线牵两手。叶滋藩奔波于沪浙两地,终于促使两个厂家的"联姻",展开互惠、互利的合作。他根据"六神丸"小颗粒的产品特点,反复琢磨研究,开发出一种体积微小、造型优美的葫芦瓷瓶,如同古代瓷器中的青花瓶微缩版。并用自行设计制造的"电热隧道窑"来烧制,一举成型。样品送合作方检验,大呼"好极了"。马上就决定投入生产,流水线灌装,第一年产出 10 万瓶"六神丸",推向市场后,很快不见踪影。第二年扩大到 1 000 万瓶,又大受市场追捧。"六神丸"远销海内外,为中国神药赢得了国际声誉。这里面,是中国中药的奇妙,也是中国瓷瓶的奇妙。当然,也是强强联手的双赢结果。

就是这只小小的"六神丸"瓷瓶,很快救活了慈溪这家乡镇企业。一年可创造近 200 万元利润。厂里职工从十几人,猛增至 2 000 余人。显著推动了当地经济,也带动了地区陶瓷行业的发展。之后,这一发明,还获得了浙江省新产品科技奖、华东地区包装装潢设计大奖、全国医药包装一等奖等。叶滋藩为家乡人民争光添彩,家乡人感恩不尽。

今年年初,叶滋藩对我笑着说:"我姓叶,80 出头了,俗话说叶落归根。虽然我没多大财产留给家乡,但总想为家乡文化事业尽尽力,想去老家走一趟。"他邀请版画家邵黎阳和我,随他和家属后代一道,驱车前往慈溪鸣鹤古镇。在家乡,受到当地文旅部门热情接待,专门召开了座谈会。会上,叶滋藩倾吐了对家乡的怀恋之情,表示余生还有一技之长,如家乡有美术人才培训等方面的需求,他可以利用上海的人脉资源,尽自己的一份微薄之力。家乡人听后,深为其乡梓之情而感动。

他没有想到,这是他最后一次返回故里。突然的离世,他的壮心未酬,他的理想还没来得及实现。可乡情乡意,会永远陪伴着他,使他得到心灵的安慰。

艺术教育社会化

叶滋藩感到,一个人的力量毕竟有限。他始终不忘早年行知艺术学校的熏陶,要如陶行知所希望的那样,让更多年轻人投身到艺术事业中。1983 年,他主持成立了"上海行知艺术工学团",以实际行动纪念陶行知创办"山海工学团"50 周年。同时,他又与华山中学联手,开办美术职业班,这也是职业教育形式的一种探索和创举。若干年后,这所学校成长为颇有名气的华山美术职校。

成功的经验,总是可以复制推广的。好消息一夜吹遍大江南北。处在改革前沿的深圳,更是闻风而动。深圳教育局领导慧眼独具,热诚邀请叶滋藩前往深圳参观考察。这一看可不一般,把叶滋藩的双脚牢牢粘在了这片热土上了。叶滋藩的想法与深圳方面的计划不谋而合:那就是创办深圳第一家"行知艺术工学团",为深圳发展提供优秀艺术人才。

从此,叶滋藩的艺术生命,与深圳这一充满活力的新兴城市结下了深厚感情。

如同深圳这座城市,这座城市千千万万家企业一样,他开始迈出艰辛的创业之路。一切白手起家。没有校舍,没有办公室。他和几位当地老师,在一间简陋的草屋里开始了创业。他们把这屋白天当作办公室,晚上权作宿舍,还当厨房、饭厅、接待室等。他们没有假期,没有 8 小时区分,只有分分秒秒的拼命工作。他们与时间赛跑,要赶快挂牌开学,让莘莘学子早日跨入学校学美术。为了节省办校费用,也为了能为贫困学生减免一些学杂费,他们利用休息时间,承接外单位的广告设计、会务装饰等项目。

"深圳行知艺术工学团"终于办起来了。当地的新闻媒体、电台、电视台、《深圳特区报》等等,都盛赞这是一所"特区一特的艺术学校"。他们既教文化课程,又做专业培训,严格按陶行知的"工学结合"教育方针办学,毕业出来的学生,既懂理论,又会实践,是社会欢迎的适用人才。海内外前来参观、学习的人络绎不绝。在此基础上,没过几年,"深圳行知艺术工学团"就升格为深圳市行知职业技术学校,又衍生出一所深圳市美术学校。行知职校成为一所闻名海内外的全国重点专业技术学校，连续 15 年被评为深圳市高考工作先进单位，为特区培养了一大批各类专业人才。

深圳，如同一块磁性极强的磁铁，强烈地牢固地吸引着叶滋藩。"深圳行知艺术工学团"的成功和拓展，使叶滋藩在深圳创业的信心倍增。他觉得，这里，是他的理想和事业的寄托之处。1987 年，他又创办"深圳三叶科艺有限公司"，专业从事城市空间装置和艺术设计，成为深圳第一家艺术公司，第一批民营企业家。他开始为这座新型城市设计着各种环境艺术，设计着城市发展的未来。

1994 年，深圳大礼堂人山人海座无虚席。市领导为 40 多位港澳台知名人士、成功企业家颁发"深圳市第一届荣誉市民纪念章"。当获奖者手捧精巧别致、美仑美奂的纪念章，欣赏上面镌刻的栩栩如生的深圳市鲜明标志"孺子牛"时，万万没有想到，这件富有意义的纪念章，却出自一家小小的民营企业，一位来自上海的艺术家叶滋藩之手。

深圳，与香港紧紧相连。那些年，站在罗湖桥头，叶滋藩心中五味杂陈，百年的屈辱，不能再持续下去了。党中央英明果断，及时发出收回香港主权的声明。党的决策，极大鼓舞了叶滋藩。为了迎接这神圣一天的到来，他接受市政府的邀请，在罗湖口桥头，设计相关雕塑标志。为此，他寝食不安，日思构思，相继创新设计出"香港回归祖国倒计时牌""香港明天会更好""香港回归祖国纪念碑"等三处巨型户外装置。

每天，在深圳，罗湖口岸出入境人流如潮。那些香港同胞、旅居海外华侨、国际友好人士等，通过罗湖海关入境时，都会情不自禁地凝视这几个醒目的立体装置，看着倒计时大屏幕上滚动的日历，展望这一刻必将来临，心中充满无限期待！

1997 年，香港终于回归祖国，一洗中华民族的百年耻辱。而倒计时等装置在完成它的历史使命后，其模型已被中国历史博物馆、中国革命博物馆永久收藏。

深圳创业，令他难以忘怀。在深圳行知职业艺术学校成立 30 周年庆典上，叶滋藩作为学校的创始人和老校长，受到热诚邀请，再度回到深圳这片梦萦魂绕的土地。走在学校门前的"行知路"上，他仿佛回到陶行知当年出生地上海大场的"行知路"上。回忆来深圳创业之初时，《深圳特区报》以《陶行知先生的事业后继有人》的大幅报道，他感慨当年创业的艰难，桃李满天下的人生愉悦。

20 年前，他印梓问世了《叶滋藩艺术作品集》。今年，在上海图书馆举办的《入木三分》版画展上，他的 20 多幅作品，再次吸引众多观者。2018 年创作的版画《洋山深水港》，成了他留给人间的最后绝唱。

叶滋藩的一生，有人称他为油画家、版画家、水彩画家，也有人称他教育家、企业家。其实，这是一个艺术家丰富而精彩的多面人生。这是一个有理想、有行动、有成效的艺术家，对社会、对民众作出的无私奉献。

藏书票的寓言趣味

藏书票玲珑剔透,精致隽永,为画幅最小的美术作品。它粘贴于书的扉页,让书籍承载更多文化元素与艺术品质。

20 世纪 80 年代中期始,被杨可扬先生的藏书票作品所吸引。20 多年来,欣赏愈多,愈觉兴趣有增无减,渐渐品出内蕴的意趣与高洁。

可扬是我国老一辈版画家,他曾说:"鲁迅先生于一九三一年在上海创办了我国最初的木刻讲习所,从此在祖国大地播下了新兴版画的种子。"正是在鲁迅对版画艺术的倡导和感召下,可扬从上世纪 30 年代后期开始创作木刻版画,并"把它作为一种武器,投身到抗日救亡的宣传活动中去。"在那个民不聊生的年代,可扬先后创作了《孤儿寡妇》《贫病》《老苦来》等一大批富有影响的版画作品,内容沉郁、凄惨。年轻时,可扬向往幸福、温暖、充满人情的生活。然而,现实令他失望,现实与他心中的理想形成强烈、鲜明的反差。几十年过去了,祖国大地翻天覆地的变化,使可扬的心理由冷转暖,渐渐得到调整。生活的场景,真的展示出美好的诗意。在他的刻刀下,《女儿上夜校》《江南春晓》《九曲桥》等作品,表达了他内心的喜悦。1984 年 6 月,上海将在香港举办"上海书展"。这是新时期开始,内地首次在香港举办的大型书展,以展示上海出版业蓬勃生机。主事者慕名特邀可扬为书展创作一枚藏书票。为此,可扬联想到早年在家乡看到的一副对联:"水清鱼读月,山静鸟谈天",感觉环境使然,鸟可谈天,鱼亦读月,这样的意境实在美哉。他在画面上设计了三条小鱼,鲜活灵动,畅游水中,一轮月色的倒影在水底时隐时现,于和谐、幽静的情景中,寓意着人们对书籍、对知识的渴求。这枚《鱼读月》的藏书票,被印成文雅的书笺,犹如一份精美礼物,送到香港成千上万个读者手中,令他们爱不释手。其时,内地与香港还彼此陌生。藏书票,成了开沪港两地文化交流先河的信使。以藏书票为媒介,氤氲的书香得以弥漫于沪港两地。这小小的藏书票,其实就是一幅微缩的版画,其构思与制作方法,与版画别无二致,所以有"版画珍珠"之称誉。

从《鱼读月》开始,可扬每每以藏书票的形式创作版画。每一幅作品,犹如充满童趣的寓言,呈现出象征性的涵义。可扬总是把画面的主旨隐在背后,让读者去琢磨去意会。《巴金珍藏》是他早期创作的一幅藏书票作品。画面上青竹占了大半空间,一个背着竹篓的川人独自行走。人们看不到川人的面部表情与眼神,这一切是模糊的,是应该忽略的,而沉重的背篓却是真实的。巴金的故乡在四川,特有的方竹,沉甸甸的背篓,默默地前行,都是巴金人格与精神的一种暗喻。朴实的构思中,表达了深度的寓意。画面本身所呈现的是模糊与丰富的组合,是多义性与多元性的交融。极具个人特征的意向,暗示一种回忆,一种意蕴的无限性,让读者可以回望过去的事物与年月。可扬的藏书票,把哲理的深奥、繁琐,形象地阐释得明朗而不直露,清晰而富诗情。

可扬是一位创作风格鲜明的版画家,指认他的画,是不用看署名的。总体来说,他的版画线条硬朗、粗犷、厚实,画风简洁明快,具有删繁就简的精湛效果。观赏他的藏书票,使我常常想起著名的伊索寓言,还有普希金的那些童话诗。瞬间的象征,洋溢着永恒的清新。

中国版画从它诞生起,就与其战斗性的现实主义传统紧密相联。而可扬的晚年创作,实现了从战斗性到寓言性的转换。他的那些黑白线条,是支撑画面的主体,是他创作的灵魂。

爱屋及乌,我爱书,亦爱藏书票。知晓这源自欧洲的艺术"舶来品",表达了人类对书籍的热爱与珍视之情。作为书香情趣标志,藏书票以微缩艺术品的形态应运而生。鲁迅早年曾多次提及藏书票,他曾在日记中写道:"夜往内山书店买《藏书票之话》一本,十元";"得唐英伟信并木刻藏书票十种,午后复",等等。鲁迅在他编印的《引玉集》中,介绍过苏联木刻家毕斯凯莱的藏书票,他称此为"藏书图记"。鲁迅一生所藏 24 种早期书票,无疑已成为我国藏书票史上的珍贵历史文献。鲁迅当年没有提倡藏书票,认为"在风沙扑面,狼虎成群的时候,"难有闲情来欣赏这出自优雅书斋的"象牙之塔"。他更多的是竭力倡导新兴木刻运动,说:"当革命时,版画之用最广。"上海鲁迅纪念馆、上海图书馆等将优秀中外藏书票作为重要的馆藏珍品。在欧美及邻国日本,都非常重视藏书票艺术,视其为一个国家文明的象征。第三十一届国际藏书票大会去年在瑞士举行,明年将移师中国北京。这将是我国藏书票艺术的一次盛会。

可扬正是循着鲁迅的思维指向,在过去需要提倡木刻的岁月,他创作了大量揭露黑暗现实的木刻作品。而在政治清明、社会祥和的年代,为倡导民间更浓郁的读书风气,他创作了多达 400 余种藏书票,其鲜明的创作风格,与他的版画一脉相承,为读者奉献出清醇、甘洌,饱蕴艺术之美的琼浆玉液。

方寸之间的藏书票,在可扬的刻刀下,仿佛打开了阿里巴巴的童话世界,一种诗化的意境。他最获成功的藏书票创作,是为一批爱书的学者、作家所作的专用书票,如为汪道涵、罗竹风、丁景唐、柯灵、束纫秋、赵家璧等创作的藏书票,每一枚都显示出构图的精巧,画面的和谐。更主要的是,都寄寓了一种童话般的象征与向往。《施蛰存藏书》中的画面,以景深来寓意施蛰存一生所开创作、翻译、碑版、古典文学四扇"窗口"。在江南水乡,仿佛是施蛰存的故乡松江,一座石桥的后面,是一条老街,两旁成排老宅延伸而去。醒目处,是住房洞开的窗户。它诱引人们走进施先生的读书治学领域,去推开一扇扇学问的窗棂。在人们的视野中,这空间是无限的,象征却是明晰而集中的,把寓意建筑在确切比喻与无限想象的画境中,这正体现了寓言诗的显著特色。书票虽小,其思想与艺术的容积量却别有天地。

年逾 94 高龄的可扬先生,慈眉善目,温文尔雅,每次与他晤谈,总觉得沐浴在长者的关爱之中,心里暖暖的。愈到晚年,可扬的内心愈充满童心。大幅版画的创作,于他已力所不逮。而对巴掌大的藏书票,他却情有独钟,乐此不疲,以寄托他曾经的梦想。他把对世界憧憬的情愫,凝聚在小小的木刻刀尖。近期《可扬藏书票》第三本专著已问世,又出版了《可扬艺术随笔》一书,这是他一辈子从事版画艺术创作的心得结晶,谈木刻版画,亦谈藏书票。在每篇文字中,他极少谈"创新"两字,但他把艺术探索的精神,融化在具体的创作实践中。他恪守现实主义的版画传统,又点石成精,出神入化。他的每一幅藏书票都是一首极富装饰性的寓言诗,既不沿袭已有的传统框范,亦不重复自己的立意。他不刻意求变,只是顺从艺术规律,一任自然发展。他的藏书票作品,让人觉得奇妙,神往,细细品味那或淡或浓的无尽意趣。

张丰泉的藏书票

大约在 10 多年前,我第一次见到张丰泉老师的藏书票作品,立马就被吸引住了。这是一家专做藏书票经营的专业机构,许多藏书票放在玻璃柜内,任由爱好者自由选购。我就选了一张有票主的《李白诗》专用藏书票。以后,我就关注张老师的藏书票作品,欣赏之余,就会感叹:这样的藏书票,颇有特色,几乎无人能及。

藏书票一

就以这张藏书票来说,尺幅小小的,颇觉可爱。右边的古城墙上,李白昂首站立,作着抒怀长叹之状,城墙下用古建筑和树丛作点缀,整个画面以湖蓝色为主,下面一行《李白诗》用咖啡色作底,那些树丛绿荫中,有一圆形的印章,只一个"丰"字,这就是张丰泉老师富有特色的标配了。

以后,看张老师的藏书票作品看多了,就有了更多感悟,无论从艺术欣赏的向度,还是从收藏把玩的视角,都值得认真思量,细细品味。

1931 年,张丰泉出生于山东省文登县的一个小村庄。中华人民共和国成立初进新华书店工作,是书店里唯一的美术工作者,简称"美工",现在改称平面设计师。每天以画各种图书的海报，及其书店环境布置为主要职责。为了把工作做好，他把自己喜欢的版画，作为学习美术的主攻方向，还拜著名版画家朱鸣冈先生为师，刻苦钻研，勤于创作。在打扮美丽书店的装饰实践中，不断提高版画创作水平。1959年，他的第一幅作品《沙漠之舟》入选北京中国美术展览，并在《美术》杂志上发表。此后的短短几年中，共有30多幅版画作品参加画展和发表。

到20世纪80年代中期，在我国藏书票艺术蓬勃兴起之际，作为喜欢书的人，又工作在书的氛围中，他犹如"老鼠掉在米缸里"，心想，自己天天在书店里，满目都是书，仿佛置身在书的海洋，何不做些与书相关的创作。于是，他将藏书票的设计，融合在书的推广工作中，积极探索，沉迷其中而一发不可收，作品多次参加全国藏书票大展，在第三届展出中，获得了铜奖的优异成绩。继2018年出版《书虫专属手帐》一书后，2022年出版了《张丰泉藏书票》专集，获得了业内外的普遍好评。他的恩师朱鸣冈对他的藏书票创作曾给予称赞："书票虽小，情味深长，发挥才智，历久弥香。"

观他创作于1986年的《鸣冈藏书》，画面上字画有机结合，一幅醒目的书法作品："一生常奋进，扶摇百尺竿"，以青青的翠竹为背景，寓意清晰，又极富意境，展现出恩师的高尚情操。《忠祥藏书》以仰视天空的角度，将电视发射塔的光波作为主画面，一群和平鸽在蓝天欢快翔翔。非常鲜明地点出了藏书票票主赵忠祥的职业精神。《雅丹藏书》的画面，确实给人以雅的享受，它将一只悠哉悠哉的黑天鹅，置于画面的中心，前景是芦苇摇弋，后景是水岸一线。这是给藏书票创作同行的专题书票，预示着艺术正展示出自由的空间。《晓红藏书》则是两只活泼的小鸟，站立枝头顾盼嬉戏，绿叶片片，衬托出无限生机，仿佛一幅写意画，寥寥几笔，就显示大自然的亲切可爱。

藏书票二

从 20 世纪 80 年代至今,在 40 余年的藏书票创作中,张老师持之以恒,矢志不移,虽年逾九秩,仍热心为机构、为亲友、为爱好者创作了成千上万张藏书票作品。他的名字,他的淡泊低调,他的乐善好施,从辽宁沈阳传播到东北到全国,赢得了人们的交口赞誉。

张丰泉老师的藏书票创作,有着自己鲜明的风格。一是小而美,藏书票本有"袖珍版画"之誉,是书中"蝴蝶",小既是它的形态,也是它的特点,张丰泉的藏书票都是巴掌大的尺寸,无论贴在书的扉页,还是单独收藏把玩,都是赏心悦目的精美艺术品。二是艳而雅,张丰泉的藏书票都是微型的套色版画格局,其色调并不繁杂,有时只用两种或三种颜色,却显得艳丽夺目,层次丰富,透出一股清雅之气,十分耐人寻味。三是简而盈,即画面是简洁的,而意蕴却饱满充盈,常常在简练的线条和色块中,体现出作者丰实的寓意,这是一种独具匠心的艺术构思,也体现出一位艺术大家独特的创作灵性与深厚功力。

兔年漫说藏书票

过去每临农历春节，家家门扉上贴年画挂对联。如今，随着时代变迁，每逢新年到来，继生肖邮票之后，生肖藏书票异军突起，成为艺术及书籍爱好者追捧的宠爱新品。农历兔年将至，以兔子为形象载体的藏书票，已不期而至，为新年增添欢庆气氛。

藏书票的前生今世

藏书票，亦称书票，国际通用标志为"EX—LIBRIS"，拉丁文，意为"我的藏书"，表达了对书籍的热爱和珍视之情。一枚小小藏书票，贴在书的扉页，其方寸之间，包孕万物，真是"迁想妙得、魂系藏书"，直接依存于承载人类文明的书籍，充盈着画意与文思。开卷相见，赏心悦目，连同对书的几多惜爱，益增崇尚知识的情怀和乐趣。那么，从藏书票不算太长的历史源流看，尚有不少可圈可点之处。相对邮票来说，藏书票虽属小众画作，是艺术海洋中的一粟。然而，在版画家族中的"小不点"纸片，却已引起无数读者和艺术爱好者的喜爱，被誉为"版画珍珠""书中蝴蝶"。

作为一种艺术"舶来品"，藏书票已有 300 多年历史。据说，世界上第一枚藏书票由德国人克那本斯堡于 1740 年创制，名叫《刺猬》。画面是一只硕大的刺猬，嘴里衔着一枝野花，脚下踩着缤纷的花草，上端有一飘带，写有德文"慎防刺猬一吻"，意在提醒人们不得盗书和毁书，要珍爱书籍。

中国作家中，鲁迅积极倡导版画艺术，又第一位提到藏书票，在 1930 年 6 月 13 日的日记中，他写道："夜往内山书店买《藏书票之话》一本，十元，"并收藏中外藏书票 24 张，现珍藏在上海鲁迅纪念馆。而叶灵凤是我国最早介绍西方藏书票的文化人。1933年12月,他在施蛰存主编的《现代》杂志上发表了《藏书票之话》长文,并配有他多年收藏的16枚国外早期藏书票。这是我国第一篇系统阐述藏书票的文章。同时,他设计了一枚自用专题藏书票《灵凤藏书》,可称"现代第一票"了。

上海是藏书票创作重镇

之后,由于抗战等多种因素,藏书票基本处于停滞状态。一直到改革开放"新时期",藏书票才得以重新倡导,并呈积极发展态势,上海迅速成为全国藏书票的创作和推广重镇。这里,不能不提到上海美术史学家、《上海美术志》主编黄可先生。他在1980年第二期《读书》杂志上,率先发表了《中国早期的木刻藏书票》,梳理和评述了我国藏书票的发展脉络,成为"新时期"第一篇关于藏书票的重要文章,引起美术界、读书界对藏书票的关注。第二年,他又在人民日报社主办的《大地》杂志上,刊出《外国藏书票》一文,进一步追根溯源,从藏书票的发源地德国,一直写到当今世界的艺术走向,打开读者了解国际藏书票的视野。之后,又写了《藏书票艺札》,从版画家个案入笔,对藏书票的创作艺术作具体分析,让读者分享藏书票给人的美感与魅力。

同时,从20世纪80年代开始,沪上著名版画家杨可扬、杨涵、邵克萍、张嵩祖等,身体力行,纷纷投入藏书票的创作。杨可扬从猴年开始,以生肖动物为题材,接连创作藏书票,24年不间断,整整持续了两轮生肖。张嵩祖先生以人物肖像为藏书票的创作主题,刻画了鲁迅、瞿秋白、邹韬奋、叶圣陶、王元化等艺术形象,在国内独领风骚。由此,带动了上海老中青三代版画家,大家踊跃创作题材多样的藏书票。这些作品精益求精,积极参加历届"梅园杯"国际藏书票展评,编印出版藏书票专集,以及挂历、台历等,取得累累硕果。

兔年藏书票争奇斗妍

又迎兔年。在中国十二生肖中,兔子温顺善良,待人宽厚,意谓平安吉祥的象征,赢得人们的好感和赞美。在年末岁初之际,上海版画家们早已跃跃欲试,一展身手。邵黎阳、张克勤、倪建明、徐龙宝、张翔、金大鹏、胡军等实力派版画家,创作出一批优秀兔年藏书票作品,给节日带来喜庆和祝愿。

邵黎阳藏书票的题目是《骄傲的小队长》,展示了少先队员在抗疫时期当好"小

《贺年 1987》(杨可扬作)

《丰嫦藏书》(金大鹏作)

白"的生动形象。兔年到了,小朋友们更要快快乐乐、健健康康上学去。张克勤的这幅作品,是给王琼蕴小朋友的读书专用书票,画面上两只兔灯笼,在花海中相向而行,去结伴玩家家。整个画面色彩丰富,趣味盎然。倪建明的书票制作新颖精细,画面是"蛇盘兔",民间有两者性格相近,互依互存,婚姻美满之说。手工纸加上凹凸拓印,呈现出画面的层次与质感,水印木刻的效果特别显著。徐龙宝的书票创制,体现出他的版画风格,刀法细腻缜密,木纹丝丝入扣,画面肌理相融,以中国传统图案为主基调,下部一人头戴兔帽,如儿歌所唱"小兔兔乖又乖,两只耳朵竖起来",以此吸引人们好奇的目光。张翔的作品以江南特有的砖墙民居为底色,饰以一组喜字的图案,一只红兔漫步其间,洋溢出红红火火迎新春的喜庆。金大鹏的"丰嫦藏书"的专用书票,画面简洁,寓意美好。它把嫦娥与玉兔巧妙地相联,憨憨的兔子,踮起双脚,眺望银色的月球,好像在寻找嫦娥,一起回家过新年哪!胡军这张藏书票真是太可爱了。小兔毛茸茸胖都都,眼睛炯炯有神,神态栩栩如生,它怀着期盼,仿佛在等待兔年降临。画面黑白分明,刀法娴熟,传统木刻风味浓郁。

沪上版画家群体,以实际行动迎接兔年的到来。他们创作出众多兔年题材的藏书票,参加各种展览,更编入各种书中,实现了鲁迅先生所期待的那样:"用版画装饰书籍,将来也一定成为必要。"

藏书票的本义与多元性

　　曾在淘得的民国版旧籍中，见到扉页上粘贴着一枚小画片，扑克牌样大小，竟不知何物。后经请益，始知此为藏书票。如手头一册出版于民国二十一年（1932年）的《法律思想史概论》，扉页上就平平整整地贴着一枚藏书票，上面有"燕京大学图书馆"字样，可见当初这是"燕大"的藏书，那时大学图书馆大都有自己的藏书专用书票。虽然是印刷品而不是手工原拓，因历时大半个世纪，我仍感到稀奇，视若珍宝。有人以为，藏书票须有"EXLIBRIS"字样才符合国际标准，否则就是"里书标"而非"藏书票"。其实我国早期的藏书票多没有这些字母，仍称藏书票。

　　自幼爱好美术的我，对这种画片自是陶陶然乐在其中，爱不释手了。然而，由于收藏热的方兴未艾，巴掌大的藏书票如同现代字画一样，成了收藏界的"宠物"。有的人不藏书，却迷上了藏书票，成了藏书票收藏家，令人匪夷所思，颇生慕意。

　　因为爱上淘书，便"爱屋及乌"地喜欢上了藏书票。顾名思义，藏书票是贴在藏书上的一种作为标记的装饰画，与书籍装帧设计有机组合，成为一本图书出版链中的一个富有诗意的环节，亦表示藏书者对书的所有权，用以表示珍爱自己所藏之书的感情。这源自欧洲的艺术"舶来品"，表达了人类对书籍的热爱与珍视之情。作为书香情趣标志，藏书票以微缩艺术品的形态应运而生。

　　不知何时真正接触到藏书票原作。记得友人曾赠我《杨可扬先生九十寿纪念册》，中间夹有两枚藏书票原作，一为"可扬藏书"，一为"可扬之书"，这大概是我与藏书票亲密接触的起始之步。以后，我的藏书票逐渐多了起来，有特请画家定制的专用票，有书票作者赠予的，有文友间交换来的，更有自个掏钱买的。我爱书，藏有若干民国版旧书，亦出版过自己的专著，但我并没有将藏书票贴在自己藏书上的习惯。再珍贵的藏书，我也舍不得贴上同样珍贵的藏书票，虽然那是珠联璧合的雅

《黄可藏书》(杨可扬作)

事,但在我的眼中这近乎奢侈。我只是将藏书票小心翼翼,一枚枚插入藏书票专用塑料票夹内,暇时一页页翻阅把玩,像欣赏画册一样,兴味盎然。其实,这就是一本构图新颖、姿态各异的微型版画集啊。

有人在北京梳璃厂淘得藏书家宋春舫的旧籍,内有《褐木庐藏书票》,这是读书人的幸运。据我所知,我国从 20 世纪 30 年代引进这西方玩意儿,真正专业制票者并不多,大多是版画家偶尔为之的余兴节目。因之物少显贵,他们一般也不愿随书粘贴,或供自己孤芳自赏,或作礼物小品馈赠三二好友。所以,在民国版本旧书中,极少见到藏书票原作,贴上一枚印刷品已实属不易。然我国古已有之的藏书印,钤盖轻而易举。藏书票与藏书印体现了中西文化不同的特性与价值诉求,两者实不可同日而语。

我国藏书票的创始人之一李桦先生曾写过《为藏书票正名》一文,他说:"若把藏书票作为一种独立的艺术品来欣赏,甚至有'集艺'嗜好者搜集它和收藏它,这是它的派生效果,不是它的本身意义。"事实果真如此,藏书票已日益失去了它的本义。藏书票与藏书已分道扬镳。在收藏热中,藏书票还登上了拍卖坛,一枚上世纪 30 年代的《叶灵凤藏书票》,竟拍出 22 400 元的高价。老版画家古元的藏书票市场价约在千元左右,其他如力群、彦涵等亦在三四百元上下,包括杨可扬、杨涵

《蛇盘兔》(倪建明作)

等著名老版画家的藏书票,都有不错的市场需求。因藏书票的可复制性,即一次可以拓印三五十张原作,只要版子保存完好,仍可拓印。所以,其价格一直在低位间徘徊。然而,现代字画拍卖价格的飚升,亦带动了素有"珍珠版画"之誉的藏书票价位。藏书票的实用意义正在淡化,而它的市场性、艺术价值及收藏价值等多元性因素已日益凸现。居高不下且愈升愈高的藏书票原作的价格,亦使爱好藏书的文化人望而却步,不敢问津了。我想,今后的藏书票,将会与邮票、旧平装、连环画等一样,成为一门极具文化特色的收藏品。

扇面书法两题

时下,书画收藏投资方兴未艾,其中扇面收藏更是势头不减,价位屡创新高。因为它不但富有文人气息,而且随手携带方便,兼有把玩与实用双重功效,所以深得文人雅士的青睐。近年来,我更关注扇面中的银行家作品,偶得一二,颇可玩味。

张謇的银行梦

因为出差,错过观看一场小型字画拍卖预展。临拍当天上午,我早早到场,请工作人员在电脑上放了拍品图录,我一眼看中张謇的一幅书法扇面。心想,就这一张了。拍卖中,我目标专一,好在没有太大悬念,轻而易举就收入囊中。

张謇(1853—1926)字委直,号啬直、啬庵,江苏海门人,为清末状元,近代著名政治活动家、实业家、教育家,半朝半野,亦官亦绅。后半生主要从事实业、教育、地方自治、城市建设、慈善等事业。

对于赫赫有名的张謇,人们大都知道他在南通办过许多企业、学校,以及博物苑等。殊不知,他与银行有着诸多关联哪。1894 年,张謇 41 岁考中状元,走上仕途。然而,甲午战争的惨败,使他痛下弃官从商决心,要走以实业和教育救国之路。次年,张謇开始创办纺织厂,继而成立垦牧公司,以棉纺促垦牧。1910 年,张謇为了利用通海地方资金和两淮盐务资金,为他的大生企业服务。在创办实业过程中,他深深认识到,银行在现行的实业中,具有融通资金的巨大作用。他认为银行的功能优于钱庄,"最利中国实业,须兴劝业银行。"因此,他曾筹划创办劝业与盐业银行。但由于其实业摊子铺大,财力有限,他的这些设想未能得以实现。但是,他仍在大生一厂设立"储蓄账房",收受存款,发行"钱票"、"支票"等,发挥了具有银行雏形的功能。

1918 年,张謇闻听上海一银行有意在南通设立分支机构,认为"通海一年有五千余万元之贸易额",岂能"金融牛耳执之他人之手"。第二年,由大生股东会通过决议,成立"淮海实业银行",总经理为张謇之子张孝若,行长为徐赓起。由于世界列强的经济侵略,我国民族工业遭受重创,包括大生各厂在内,无力为继,并拖累淮海银行,直至停业。

试办银行受挫,亦让张謇意识到金融人才的重要性。1913 年,他在通州开办甲种和乙种商业学校,设立银行专修科,学制为预科一年,本科三年。张謇为学校题写校训:"忠信持之以诚,勤俭行之以恕"。毕业生分布南通、上海等沿江城市,尤其为南通工商业发展提供了专业人才。

张謇书法

1916 年 5 月,中国银行业商股股东联合会成立,张謇任会长,叶景葵(浙江兴业银行董事长)任副会长,钱新之(中国交通银行董事长)任秘书长。联合会要求各家银行采取通兑等措施,保持市场稳定,仅仅 4 天,席卷京沪等大中城市的金融危机得以平息。

纵观张謇一生,他未曾有过银行行长头衔,连担任中国银行商股股东联合会会长也鲜为人知。但他参与了诸多金融活动与实践,以实现他的银行梦。他强调银行发展要有股份理念,曾向清政府、北洋政府推荐学习西方金融体制,提出以"合资"、"借款"、"代办"等形式,设立合资、合作银行,并先后倡议设立劝业、盐业、治淮、实业等多种银行。

作为状元,张謇学问自然渊博。他幼小便会作诗。一次,有人骑马经过私塾门前,老师脱口一句"人骑白马门前过",张謇即对"我踏金鳌海上来",气势之大,令老师惊叹,认为"此儿不凡,将来在科第上必能出人头地"。从扇面上的题诗看,写得词章华美丰腴。他从丰衣足食、亲人团聚的热闹情景中,回想到自己"三年五日仍羁旅",为事业而奔波忙碌,顾不得家人,不禁"怊怅芜平忆故园"。诗中没有具体写到实业和银行之事,但他为之所耗精力已在感叹中。题诗未署年份,当在他整日操劳的青壮年。从他的书法看,亦可见楷中带行,笔力遒劲。但凡翰苑中人,必工书法。张謇于楷书外,兼擅篆隶。他说:"最初临帖要像古人,到了后来要有自己。写字最要结体端正平直,决不可怪,更不可俗。"他的字,虽不多见,但均为精品之作。可以窥见颜、柳的根底,又在挺拔舒朗中,显出灵动飘逸。这书法功底,就是由传统文人扎扎实实的学问所铸就的。

一身文气的魏友棐

在一次拍卖会上,有一拍品为五幅扇面,似乎是民国年间的物什,字不赖有文气,定价亦不算高,从 2 000 元开始起拍。遂决定试试,碰碰运气吧。还好,我率先举牌,没人跟进。拍卖师一锤定音,此拍品就归我所有。接着是付款取货走人。

魏友棐书法

　　回家细看,扇面品相不错,前面两幅是同一人所作,落款为"友棐",我觉得此名有点眼熟,细看名字下的印章:"彦忱",对啊,这不就是魏友棐的字嘛,旧时老派文人除了姓名,还有字,还有号。这魏君,字彦忱、忱若,号穷楼,还有笔名章榴、涉崔等。这让我欣喜不已,好像在地摊上捡到宝贝一样。

　　魏友棐生于 1909 年 10 月,浙江慈溪人。人称学者型银行家。他少年师从浙东著名国学家、教育家冯君木。沙孟海等都受教于他。恩师的女儿冯贞俞嫁于魏君,成为他事业上得力的贤内助。早期魏友棐入"宁波甲级商校"学习,一毕业就到上海,进福源钱庄谋生。20 岁从练习生做起,一直做到该钱庄的襄理。

　　这福源钱庄的经理,就是钱庄业闻名遐迩的秦润卿。他 15 岁就到上海程觐岳开设的协源钱庄当学徒,后任经理,改名福源钱庄后仍任经理。由于他采取灵活而稳健的经营方针,福源钱庄的存款居上海各家钱庄的首位。程氏临终前将福源、福康、顺康三家钱庄托付给秦润卿总管,使他一时成为上海钱庄业的头面人物。民国九年(1920 年),他被推选为上海钱业公会会长。中华人民共和国成立后的 1955年,公私合营银行成立新董事会,他担任副董事长。1966 年去世。

　　魏友棐当年给这样一位"钱业巨擘"当助手,秦氏的一切内外往来,包括文书、信函等,都由魏友棐代理,如此言传身教,自然得益匪浅。不久他便成为秦润卿的得力心腹,掌管主要业务。魏友棐虽然学历不高,却天资聪颖,学习上刻苦律己。他一面从事钱庄的经营管理,一面博览群书,长期从事财经评论文章的写作,并涉足新闻界,曾参与《文汇报》的初建,在徐铸成进入该报,成立五人社务委员会中,他是其中之一,并为其主撰经济评论。还担任过上海《大公报》的社评委员,主编专栏"商情一周"。那时他的写稿热情高涨,一夜可挥就一篇长篇论文,有时一天同时在几家报刊发表文章。其财经文章频频见诸《钱业月刊》《东方杂志》《国闻周刊》《申报》《译报》《中央日报》等,内容以论述货币金融、汇率税收等为主。仅 1934 年至1935 年的一年多,他就在《钱业月刊》一家刊物上,发表了《论银行钱庄之争》《变革途上之世界经济》等 10 余篇论文。他先后出版《法币问题》《现阶段的中国金融》《战争与通货膨胀》等专著。

　　此外,魏友棐兴趣广泛,爱好高雅。对于书画、治印、吟诗填词、京昆琴弦,乃至种花养草,无所不能。尤擅长书法、篆刻,并精丹青,其书写楹联、扇面、碑铭甚多,沪浙一些店招亦出于他手。《四明书画家传》一书中,谓其"善书法,以颜鲁公为宗法,与潭泽闿齐名",1953 年因病辞世。

　　魏友棐扇面的上款为"云莪先生"。内容是一首五言律诗："径暖草如积，山晴花更繁，纵横一川水，高下数家村，静憩鸡鸣午，荒寻犬吠昏，归来向人说，疑是武陵源"。从书法风格看，他的字颇有颜体神韵，运笔纵逸，宽舒遒厚，而又棉里藏针，茂密浑穆。文人的儒雅，从字里行间可一览无遗也。

拍场亦"捡漏"

我自小喜爱中国书画。记得20世纪70年代中期,尚在读中学的我,就常常去坐落在南京西路上的上海美术馆,观看各种书画展览。去福州路文化街,购些笔墨纸砚。平时也练练钢笔字毛笔字,画画素描和国画。这一爱好,一直保持至今,有四十余了。然而,在收藏热中,自己也由雅兴,而陡生贪心,不但观赏,还想"据为己有"。于是乎,常去古玩市场转转。

从20世纪90年代初,拍卖这一形式传入国内,为书画交易提供了一个崭新的间空。其时,我供职于一家投资杂志,做一些艺术品投资的报道工作。这样,与沪上刚成立不久的朵云轩拍卖公司有了联系,他们寄我拍卖图录,邀请我参加拍卖会,感受现场氛围。记得出席拍卖会的邀请函当时是有定价的,印着"贰佰元"字样。拍卖会地点是在华山路上的静安希尔顿酒店。拍卖师是沪上书法家戴小京,我也第一次见到香港大收藏家张宗祥先生,因为第一号拍品被他举牌拿下。不但亲历现场,了解行情,做一些访谈,我还拍了不少拍场照片。

观看拍卖会的机会多了,不免生出一些感想来。这拍场确是斗富砸钱的竞技场。一掷千金乃至一掷万金,都在瞬息之间。之后拍卖公司如雨后春笋般冒出,拍卖会也多如牛毛。我就多了一些去拍卖会看看的机遇。除了大拍卖公司每年的春拍和秋拍,我更关注一些小型拍卖公司的小拍,虽然那里拍品档次不高,还常混迹不少赝品,但也不乏精品。正如罗丹所言:"美到处存在,关键是

沈兼士书法

要有一双发现美的眼睛。"

有时遇到自己特喜欢的拍品,也会显出"志在必得"的犟劲,人一有这个可怕的念头,实在是很危险的。因为,这就意味着你会跟钱过不去。那次去看拍卖预展,见到一幅丰子恺先生的书法,是为友人题写的书斋名"新桐斋",我好生喜欢。丰老的漫画多次在拍场目睹,而书法不常见。他的画及他的字,都有自成一体的独特风格。三个字的拍品,从几千元一路破万,举到 3 万元,价位已达我的心理底线,谢天谢地,对方终于歇手。这幅一字万金的书法,有鉴定家萧平老先生的跋语,我请丰老 86 岁高龄的女儿丰一吟老师过目并题字,以增加一些珍贵的文化信息。花较高价钿拍来的作品尚有沈尹默、沈兼士兄弟的墨宝、翁同龢的对联等。当然,也是物有所值,如放在大的拍卖会上,这些墨宝的价位还得高出许多哪。

沈尹然书法

但一般来说,我不去大型拍卖现场,那是拼钱的"豪举",不是我等小本经营者能为之。我还是心存"拣漏"的侥幸,那会给人带来意外之喜。花几百或几千元,拍得一件自己中意的作品,是再惬意不过的事。比如像曾纪泽的对联,作家夏征农、诗人吕剑的条幅等,都以一二千元得之,是真正的拍场"捡漏"了。

　　要常得如此"幸运",我以为,如专家所说,需有"眼力、魄力、财力",这"三力",眼力为上。这就需要做功课。除了阅读相关专业书籍,我常去上海、苏州等地博物馆,观看历代字画展,以及北京的嘉德、匡时、杭州的西泠等大型拍卖公司,他们每年都有上海巡展,那必看无疑。这是提高自己眼力的最好方式。然后,才有可能在小型拍卖会上觅到真品精品。且小拍上,一般不会有大收藏家来光顾,这就少了强大的竞争对手,比较容易在低价位上得手。

　　时下,"捡漏"的机会是愈来愈少了。过去是用几百上千元可"捡漏",现在要用万元几万元去"捡漏"。因为,字画市场在普涨,"捡漏"的成本也就"水涨船高"喽!